江戸にフランス革命を！

橋本治

青土社

安治　冨士見渡シ之景

芳年　新撰東錦絵
田宮坊太郎之話
（p. 312）

芳年　芳流閣両雄動

国芳　芳流閣

芳年　新撰東錦絵
鬼神於松四郎三朗を害す図
（p. 313）

目次

III 江戸はなぜ難解か? 159

江戸にフランス革命を！

呪縛の意匠――過去へ行く為に

河内の国守、高安左衛門には俊徳丸と次郎丸という二人の男子があった。勿論二人の母は違い、一方の俊徳丸は正室の子、残りの次郎丸は妾腹である。俊徳丸を生んだ正室は既になく、今高安左衛門の正室の座には玉手御前という若い女性が納まっている。

物語はある秋の日の住吉明神の境内から始まる。この社に詣でた俊徳丸はそこで、養母の玉手御前から恋を打ち明けられるのだ。

海を見下ろす住吉の境内には灯台が立っている。ときは紅葉の盛りである。石の土台の上に据えられた木製の灯台の前に緋毛氈を敷いて、玉手御前は俊徳丸に酒を勧め、そして「実は――」と、口を開く。玉手御前の勧める盃は、片思いの象徴である鮑の貝殻であり、そしてその勧める酒のなかみは毒である。そういう始まり方を、この物語はする。

勿論、義母が息子に仕掛ける恋は不倫である。そのことは誰よりも、当の仕掛ける本人である玉手御前が知っている。知って彼女は一計を案じた。その結果が〝毒〟である。

それは一体どういう種類の毒か？　それは、生きながら飲んだものの肉体を腐らせて行く毒である。

彼の体が生きながら腐り果てて行くのなら、彼に近づくものは誰もあるまい。それならばその時、私は彼のすべてを思いのままに占有出来る。そう考えた玉手御前は、美しい義理の息子に毒を盛った。

彼は腐って行く。そして自分の父親の妻であるような女性は、自分を慕っている。なんという恥ずべき身の上であろうとおもった彼・俊徳丸は一切を振り捨てて、乞食の境涯に身を落とす。そして若く美しい大名の奥方玉手御前は、「ひとでなし」「畜生」と罵られながらも、若く美しい男の後を追って行く。今から二百年ばかり前に出来上がった和製の『フェードル』――『摂州合邦辻《せっしゅうがっぽうがつじ》』はこんな物語である。

玉手御前は、愛しい男の在り処を尋ねて、自分の生家に立ち戻る。

父親は出家して合邦道心《がっぽうどうしん》と名を改めている。そして玉手御前を名乗るその娘は、それ以前の幼名を〝辻＝お辻〟といった。摂州の合邦辻《がっぽうがつじ》とは、これである。

合邦辻という地名に実際どのような由来があるのか、私は知らない。私が知らないと同時に、この『摂州合邦辻』の作者も知らない。知っていても頓着しない。ただ〝合邦辻〟という言葉から、世俗を捨てて仏道に志すもの――道心とはそういう意味を持つ――に〝合邦〟という名前を与え、六道の辻に踏み迷ったその娘に〝辻〟という名前を与えたというだけである。

合邦道心は閻魔堂を建立する寄付金を集める為に、小さな箱車に閻魔大王の胸像を乗せて、町から町へと歩いている。そこで巡り合ったのが、盲目となり、身は腐り脚は萎え、物乞いにまで身を落とした俊徳丸とそれを助ける許嫁の浅香姫である。合邦は〝義理の孫〟であるような俊徳丸と浅香姫を自分の住家に連れ帰る。


夜の闇の中、村はずれの庵室にはほのかな灯りが点っている。浅香姫と俊徳丸を匿うその合邦道心の住家では、先ほどまで死んでしまった娘辻の魂を弔う百万遍の読経が行われていた。大名の正室でありながら義理の息子に恋を仕掛けるおぞましい娘。そんな娘なら死んでしまったに決まっている。――そういう前提で、玉手御前の両親は、村人と共に経を上げていた。

村人たちは帰り、家は静寂の中に立っている。そしてその門口には、まだ住むべき堂をもたない閻魔大王の胸像が置かれてある。民衆の住む闇の中に忽然として現れた此の世とあの世の境目である六道の辻——それこそが、この浄瑠璃作者の見た合邦辻の実相《イメージ》であろう。そして、そういうイメージを包みこんでしまったもの、イメージをかいま見させてしまうもの、それこそが日本語に於ける〝言葉〟というものであろう。私は日本の〝着物〟というものにそのまま、こうした意味での言葉の持つ奥行きを見る。

この世の中に現出した六道の辻に、なにか、恐ろしいものが裾を引いてやって来る。歌舞伎、人形浄瑠璃という日本の伝統の中で、恋をする女が美しくなかった例《ためし》はない。浄瑠璃の大夫は、こう語る——

いとしんしんたる夜の道、恋の道には暗からねど、気は烏羽玉《うばたま》の玉手御前、俊徳丸の御行衛《おんゆくえ》、尋ねかねつつ人目をも、忍びかねたる頬冠《ほおかむ》り、包みかくせし親里《おやざと》も、今は心の頼みにて、馴れし古郷《こきよう》の門《かど》の口《くち》

黒の御殿模様《ごてんもよう》の裾を引いて、玉手御前は現れる。御殿模様というのは、その名の通り、御殿で着られるような格式のある模様の置き方をした着物で、袖と裾とに小さな（花模様を主とした）繍《ぬい》の文様がつけられる。胸から胴、背中にかけてはなんの模様もない。非常にあっさりした、そしてなおかつ品格を感じさせる着物である。

俊徳丸の許嫁、浅香姫に代表される〝お姫様〟は、緋綸子《ひりんず》の総模様《そうもよう》の振袖である。真っ赤な地に四季の花を繍《ぬ》い取《と》りした、およそ派手といえばこれ以上の派手はない着物である。恋することを公けに許された若い娘が派手であることに歯止めが加えられたことはないという、その象徴が緋の振袖である。

その時代、若い娘は、その年頃だけを限って目一杯の華やぎを許された。そしてその裏を返せば、その年頃を過ぎた〝娘〟には勿論もう〝それ〟は許されない、ということである。

俊徳丸の許嫁・浅香姫は十四五歳であろう。前髪立ちの俊徳丸は、どう行っても十七八歳。そして、その少年の俊徳丸に恋を仕掛ける義母の玉手御前は、なんとまだ二十歳そこそこの若さなのだ。

その時代、夫を持てばその瞬間から女は、形の上では〝年増《としま》〟である。眉を落とし、歯を黒く染め、遊びの多い振袖の袂を切る。黒い御殿模様の裾を引いて〝しんしんたる夜の道〟に姿を現す玉手御前だとて、やはりまだ若い女であることには変わりがないのだ。

夜の闇は深い。しかし恋する身には夜の底に潜む一筋の道が見える。並の恋さえそうである。ましてや、人の世の掟に背いた恋である。夜の闇よりも深い心の暗黒が、彼女の歩みを先へと進める。

高貴の身の一人歩きが、面を露わにすることを可能とする筈もない。大名の正室の若い女の一人歩き。道に背いた恋をも押し隠す必要がある。という訳で〝尋ねかねつつ人目をも、忍びかねたる頬冠り、包みかくせし〟ということになる。

玉手御前は、頭巾を冠って人目を避けている。そしてこの頭巾とは、黒の御殿模様の片袖を引きちぎったものである。この演出にも色々あるが――勿論、歌舞伎に於いては衣装も演出の内である――歌舞伎の歌右衛門系では、黒の御殿模様のその文様は、小さな雪持ちの松。金糸で縁どられた茶色と萌黄（緑）の小さな松の上に、真っ白な雪が降り積もっている。黒い綸子の上にその小さな繍い取りがいくつか。そして、引きちぎった片袖の下から覗くのは真っ赤な襦袢の緋の色である。

それは真っ赤な襦袢の色なのだろうが、しかし私にはそれがよく分からない。何故ならば、その鹿子絞りで松竹梅を染め出した赤い片袖の上には、うっすらと白い綿が置いてあるからである。

ご承知のように、日本の冬の着物には表地と裏地の間にうっすらと綿が置いてある。それが上着の下に着られる襦袢であるのなら、そこに綿が置かれる必要もない。その赤の上に、薄く積もった春の泡雪のような白い綿が置かれるのならば、その赤は襦袢の赤ではなく、裏地の赤である。

黒地に控え目な雪持ちの松――清浄と品格の象徴であるような黒の御殿模様の

〝裏〟には、そのような赤がある。

人目を包む為にその袖を断ち切った時、その品格の下から真っ赤な情熱が顔を出した。それこそが烏羽玉の闇をさまよう玉手御前の着衣である。

▲玉手御前　六代目歌右衛門・歌舞伎座

一体玉手御前はなんの為に俊徳丸に恋を仕掛け、さらには毒酒まで勧めなければならなかったのか？　『摂州合邦辻』が江戸時代の戯曲である以上、必ずこの悪徳には裏がある。

俊徳丸に毒酒を勧めた玉手御前は、それ以前、妾腹の次郎丸が家督相続を謀って俊徳丸暗殺を計画していたことを知っていた。高安左衛門の妻玉手御前にとっては、二人のどちらもが〝義理のある子供〟である。次郎丸の悪を知ったからといって、それを夫に告げることは彼女の（あるいは〝時代〟の）モラルが許さない――と、そう玉手御前は言う。

二人の子供を傷つけないよう、すべてを丸く収める為には「俊徳様に毒酒を勧め、その事によって一時御身を隠されるより他はなし」と、玉手御前は言う。「その為に私は、偽の恋を仕掛けました。あなたのご病気は、私の生き血を飲めばたちどころに治ります」と、そう父親に刺された玉手御前は言う。

なんともって回ったことをする女だろう。一人の人間の安全を守る為に、態々その人間を生死の境スレスレに迄追い込むとは。

人の心とは存外に単純なものである。人の世もまた、存外に単純なものである。ただしかし、その単純と単純とがほんの少しばかり喰違った時、人の世の単純さは、人の心の単純さをたやすく押しつぶすだろう。

若く美しい継母が若く美しい息子に僅かばかりの恋心を持ったとしても、〝若く美しい〟というモラルは、その僅かばかりの情熱を、どこまでもおぞましいものに捩曲げて行くだろう。彼女、玉手御前は若く、しかし美貌の人妻玉手御前には、最早〝若い〟ということが許されない。

人と人とが出会う時、その人と人との間には見えない数の取り決めがしっかとある。だから人は、その取り決めに従って、我身を〝意匠〟に包むのである。

大名の奥方が黒の雪持ち松の御殿模様に身を包むのは、彼女が貞淑と品格と清楚を表す為である。だがしかし、彼女が貞淑と品格と清楚に身を包んだ時、その下にある彼女の情熱は押し隠される。

彼女が袖頭巾で面を包まなければならないのは、彼女が貞淑な品格と清楚を要求される大名の奥方だからである。そして、彼女が袖頭巾で面を包む時、その引きちぎられた片袖から、隠された情熱の色が初めて現れる。

もって回らなければ露わにされないものもある。人の世は、簡潔である筈のものをもって回さなければ露わにはしてくれないという、それだけのややこしさを隠し持った厄介なものではある。

江戸時代という、身分制度と〝らしさ〟と曖昧さと単純なる粗暴とをかねそなえた時代に育まれた日本の着物というものは、それくらいの厄介な奥行きを備えたものである。私が春の謝恩会の振袖姿を未だかつて美しいと思ったことがないというのも、そういうことだ。

〝美しい〟ということになっているだけの若い娘が、〝美しい〟ということになっているだけの派手な振袖を着たからといって、それ以上のことはなにもない。美しいということは、厄介な枷をその先に漂わせているということで、そのことを一度も考えてみたこともないものに〝美しい〟という恩寵が舞い下りて来る訳でもない。〝若く美しい〟という錯覚を身に纏った〝群衆〟がそこにいるという結果になるだけなのだ。

勿論〝過去〟とは意味である。人は、意味のないものを求めたりしない。意味のないものに憧れたりはしないし、知りたがったりもしない。人はただ、己にとって意味のあるものを探ろうとするだけだ。

そして、過去とは〝制度〟である。人を縛りつけようとする、呪縛にも等しい制度である。それならばこそ、人は過去という時間を文字通り〝過去のもの〟にして来たのだ。しかし、今や再び、もう一度〝過去〟である。人はもう一度、〝過去〟という名の制度を身に纏うのだ。そこから解き放たれる為に。

玉手御前は何故裾を引いただろう。何故黒い御殿模様の袖を引きちぎっただろう？

玉手御前の複雑な行為の事情を探る為には、もう一度玉手御前を包む美しい〝制度〟の内実を考えてみなければならない。人の真意を探る為にはまず、その人間の所属する機構ぐるみの構造を探らなければならない。過去の再現とは、そんな〝意味〟の探究である。

〝足袋〟〝縮緬〟〝緋〟〝綸子〟〝片袖〟〝袂〟〝裾〟〝御殿模様〟〝雪持ち松〟——着物ほどおびただしい〝言葉〟を秘めた衣装というものも他にはないような気がする。言葉がそのまま形をなして人に纏いつくような。しかし、人はまず意味を着るのではない。必要を着て、そしてその次に〝意味〟という名の新たなる必要を纏わせるのだ。それを装飾という名の形にして。〝美しい〟というのは、実はそんなことだ。

人は今再び、己の内に潜む呪縛というものを己が身体の表面に浮かび上がらせようとしているのかもしれない。〝自由〟というものを求める為に。そして、着物とは、そんな呪縛の意匠である。

合邦辻の向こうに六道の辻を見るように、人は、言葉の向こうに必ず必要な〝なにか〟を見るのである。言葉とは、必ずそのような奥行きを持ったものなのだ——たとえば、若く美しい女の肌の輝きを〝白綸子〟という言葉がその向こうに垣間見せるように。

着物とは、そうした明確なるイメージを曖昧に纏わせるもののように思われる。その為にこそ、着物というものはあれほど迄に手が込んでいるのだと。そして、〝和服〟なる着物を人が纏いつかせていた日本の〝過去〟という時代も、正にそれと同じである、と。

その過去を、過去の持つ呪縛をもう一度改めて解き放つ為にも、人は今改めて、既にして呪縛を纏い終えている自分自身の現在を明確に自覚すべきなのだ。その自分自身を覆う呪縛から自由になる為にも、人は再び、それぞれの呪縛を明確にする意匠を纏うべきなのだ。

〝過去〟の持つ意味とはそのようなものだ。それを終えて、人は初めて、〝過去〟という名の〝美〟を手に入れることが出来る。

もう一度言う、人は意味の無いものに憧れたりはしない。知りたがったりもしない。人はただ、己にとって〝意味〟のあるものを探し求めるのだ。そして、その意味を見つけ出す手掛かりを持たないものは、その意味を秘めた形象の前で、ただ痴呆のごとくに佇むのだ。

〝それだけのこと〟でしかないことの持つ〝意味〟は、とんでもなく深く、〝それだけのこと〟のもつ意味を理解しない人間は、あまりにも多い。

その人々の前で、〝意味〟はただ当たり前の現実として、闇のように広がるだろう
――合邦辻の向こうに六道の暗黒があったように。

現実とは、ただそのように〝当たり前〟にあるものなのだ。

I

古典の時代

――もう一度、歌う為に

僕の中で日本の古典は、ながい間〝どうにもとっかかりのないようなもの〟になっていた。それはまるで、車も持たず免許も持たないまま、黒く長い影になって覆いかぶさるようにして目の前に伸びている高速道路の高架を見上げているようなものだった。もういっそ古典なんて存在しないことにしてしまおうかと思ったこともある。どう考えたって日本の古典は、決定的なところで、自分とは関係ないのだ。

僕が初めて古典の本物に接触したのは『大南北全集』――歌舞伎の鶴屋南北の全集で、これはどちらかといえば古典の〝正統〟ではない。少なくとも、僕の知る国文学の世界ではそうだった。鶴屋南北というのは、僕にいわせれば、〝古典〟の世界の人ではなくて〝現代文学〟の人だ。それはかなりの部分が当時の日常語で、その当時の日常語は、かなりの部分で、僕の知る〝現代の日常語〟と重なるからだ。僕の唯一知っている日本の古典はそういうもので、そしてでも日本の古典とは、長い間、決してそういうものではなかったのだ。自分の住む現代のある部分と江戸時代のある部分は完全に重なるけれども、でもそれ以外は関わりようがない。だから、それをどうしたらいいのだろうか？　僕は長い間そんなことを考え続けてきた。

意外なところから意外な答というのはやってくるもので、その答は『枕草子』の翻訳をやっていて、分かった。すなわち古典とは、リズムなのだ。

日本の古典を作る古文と漢文は、みんなリズムだ。近代になってからもしばらくの間はそうだったけれども、日本語の文章というものは、みんなリズムによって書かれてきたし読まれてきた。それがいつの間にか、散文と韻文というへんな分かれ方をして、日本語からリズムというものが消滅してしまったのだ。

日本の古典とは、みんなリズムを持った韻文だ。でも、それを読むこちら側には、そのようなリズムを持った文章が用意されてはいない。だから、読んだって分かりゃしない。読むことはすなわち〝解釈〟をすることで、読んだことをもう一度自分の言葉で拾い起こすことが出来ないことほど苦痛なことはない。それじゃ〝古文〟という名の過去時代の奴隷になるだけだもの。

僕に言わせれば、日本の古典とは、その時代その時代に完成された固有のリズムによっているものだ。平安時代には平安時代のリズムがあるし、室町時代には室町時代のリズムがある。同じ平安時代だって、物語には物語のリズムがあるし、日記には日記のリズムがある。それぞれに作者がいて、それぞれの作者がそれぞれの作品を残すというのは、そんなことだろうと思う。

だから僕は、今度の岩波の『新日本古典文学大系』の内容案内を見て驚いた。ほとんど興奮したといってもいいかもしれない。ここではすべてが〝ジャンル〟として把握されている。今までの古典文学全集の類が〝一貫した日本の教養大系〟でしかなかったのに――だからこそ〝ただ突っ走る一本の高速道路〟でしかなかったのに、ここには、それを貫く〝それぞれのリズム〟がある。それぞれのリズムによって〝ジャンル〟というものが構成されて、その中で〝リズムの変遷〟というものを辿ることが出来る。僕にいわせれば、〝古典を分かる〟というのはそういうことだ。

ここでは、『万葉集』は八代集を経過して江戸の狂歌に流れて行く。和歌を分かるというのはこういうことだろう。物語は、『竹取物語』から始まって室町の物語でちゃんと切られる。歴史を分かるというのはこういうことだろう。清少納言の『枕草子』は、そのまんま寺門静軒の『江戸繁昌記』に続いている。〝時代の中にいた人間が文章を書く〟ということを分かろうとするのなら、当然こういう置かれ方があってしかるべきなのだ。

遂に時代は変わったのだ！

なんだか知らないけど、遂にもう一遍、僕は改めて古典の中に入って行けるような気がする。

古典には人間の営みが丸ごと描かれている。だからこそ卑俗でもあったりショッキングでもあったり、ほとんど難解なまでにシンプルだったりもする。でも、人はいつの時代にあっても、その時代の持つ複雑さと同じだけの複雑さを持っているものだ。だからこそ古典は、単純すぎるものでもあるし、時代というリズムを感じさせたりもする。

古典を読むということは、多分、古典と踊ることで、だからこそリズムを分かることが必要なんだ。そのリズムを捕まえてしまえば、単純であろうと難解であろうと、そんなことはもう関係がない。人生とはただ生きるものでしかない以上、どんな質を持っていたって、ただ生きていられさえすればそれでいいのだから。

千何百年にもわたる時間の中で生み出された膨大な言葉のリズムを捕まえることによって、僕達はもう一度、僕達の言葉を作り出すことが出来るのだ。〝僕達〟という共有を含んだ、固有の言葉を。

新しい古典文学の体系案内を見ているだけでも、僕は今とても幸福な気分になれる。僕達はもう一度パワフルになることが出来るんだ、僕はそうはっきりと予感する。

「集団批評の精髄——あるいは全体を語る個について」

私の読書体験というのは、学生時代の大南北全集から始まりました。それまでロクに本を読んでいない人間がいきなり、江戸の口語に接したのです。どれほどの苦労があっただろうかというのは、嘘です。私にとって、これほど分かりやすい日本語というのはありませんでした。それは当時の口語を映したものであり、当時の口語というのはその後百年を経過しても、東京の人間の話し言葉のベースとして残っていたからです。

慣れるまでには、少しだけ時間がかかりました。でもホンの少しだけです。慣れたら後は、なんと楽なことでしょう。そこにある言葉は頭から入っていく言葉ではなく、体感から入って行く言葉ですから、"分からない"ということがまずないのです。それは子供の前に存在する大人の実社会と同じもので、馴れるということは"分かる"ということとイコールだったからです。

江戸の言葉の多くは、リズムから出来上がっています。文節がリズムを持ってつながって行くと、そこに文章が生まれるという訳です。その文章の中にある単語・文節の指し示す語義は、その文章を含んでいる全体の中にあります。全体を理解しさえすれば各個というのは容易に浮かび上がって来るのだということを、私はそこで理解しました。

何篇も何篇も戯曲を読んで、浮かび上がって来るのは、その役を演ずる役者の姿です。御承知のように江戸の台帳（脚本）そのものは、戯曲の役名ではなく演者名によっているものですから、その作中人物の語るセリフの背後には、それを演じる役者の素顔が見えます。四世鶴屋南北という戯曲作者は、癖のある個性の強い役者が好きです。その個性を前提にして、その個性を生かすように、更にはその個性によりかかって、戯曲台本を書きます。そして、東州斎写楽のリアリズムを通過した、歌川豊国・国貞の黄金期でもあるこの時代には、おびただしい数の役者錦絵が残されています。顔があって言葉があって、動きがあって、癖があるのです。どうしてその役者の姿が容易に類推出来ないということがあるでしょうか？　学生時代の私にとって五代目岩井半四郎や坂東善次や桐嶋儀右衛門や関三十郎や惣領甚六や市川おの江は、他の誰よりも身近な同時代人達でした。

私は彼等を知っている、だから私は、彼等がどのように位置づけられているのかを知りたいと思いました。幸いなことに私の通う大学の図書館には当時の番附類が豊富に収蔵されていました。彼等はその芝居社会の中で、どのように位置づけられているのか、その時その年の演目の中で、彼等が占める位置というのは、台帳に書かれる役の軽重とは、微妙にずれてあります。歌舞伎の台帳とは、その演目の全体像を示すものではなく、その演目の作者による論理的骨格を示すものであるということを、私はそのようにして知りました。そして、私は更に、その全体がどのようにして現実の中に存在しているのかを知りたかった――。

つまり、彼等役者達が観客の前にそのようにしてあったのなら、当時の観客にとって彼等はどのようにしてあったのか、と。

まさかそんなことが分かりうること、知りうることだとは思いませんでした。それは頭で類推することであって、そのことをストレートに提示するような資料があるのだということなど、考えも及ばないことだったのです。

ところがそれはありました。たまたま読んでいた雑誌に、当時の役者評判記の一部が引用の形で紹介されているのです。「クッソォ、チクショオ、この全部が読みたい！」と思った私の前に、それはなかったのです。私の探し方が悪かったのかもしれませんが、私の大学の図書館にはそれがなかったのです。まだ『歌舞伎評判記集成』は刊行されていませんでしたし、そんなものがやがて出版されるようになるのだということも、全く知りませんでした。

私は、たまたまある人が引用したその断片しか知らない、しかしにもかかわらず、その断片はとんでもないことを語っているのです（今その記事を引用できないのが残念です）。

その役者の、顔見世狂言の演技評を中心にして、その前一年の仕事を語る――まず〝頭取〟なる司会者兼概説者がいて、その次に〝ひゐき〟なる好意的評を語る人物がいる。そして、それに対立する、あるいは覆すような意見を持った〝悪口〟なる人物がいる。これでまァ批評のバランスは取れているようなものですが、そこには更に〝娘〟だの〝年寄〟だのという、論ずべき対象の骨格から漏れ落ちたディテールを語る第三者というのが雑多にいる。任意に、しかも適材適所に配備されている。この

〝創作〟には驚きました。

集団批評の座談会・合評会の記録というものは、近代以降無数にあります。しかしながら、こうした〝記録〟は、実のところその〝当時〟を伝えるだけで、評すべき対象について何も語ってはいないのです。なるほど、ある人は卓抜なる意見を吐く。別の人はある瞬間鋭い指摘をする。しかし、その全体が一つの〝合評記録〟として読者の前に提出された時、その全体は何も語ってはいない。四条河原の落首のようにただバラバラで、読む――ではなく見る者は、それを見て勝手に何かを判断するだけです。

何かを読者に告げる筈の近代批評が、しかしまったく読者に告げていない。告げることに失敗している。各人というバラバラはあっても、それが批評の場で〝総体〟という名の一つを実現することに失敗している。そこに〝批評〟はなく、そしてその評を構成する人間達は、自分達で構成する筈の〝全体〟なるものの存在に気づいてさえいない。なんたる怠慢、なんたる愚か、なんたる無残と、そのことに腹を立てていた私は、その百年以上も前に出来上がっていた役者評判記の構成を前にして、唖然としたのです。

ここには〝全体〟がある。ある一人の役者というものを説明する、論評することの為には是非とも複数の視点が必要である。その全体によって、初めて〝何かを語る〟という行為は達成される――そうした根本理念にのっとって批評の一々は存在するということが、実現しているのです。前近代という時代に於ける、そうした把握のしかたを当然とする〝個人〟の存在に気がついたのは、その時が最初でした。

「一体この役者評判記なるものを著作しうる〝個人〟というものはどんな人間なのだろう?」——不勉強な私はまだその答を知りません。しかし、その全体を構築しうる〝個人〟というものが存在していたということだけは知っています。

そうした〝個人〟が存在しうる——私がトータルな知性というものの存在を信じたのは、その時が最初でした。

愛嬌——または幻想する肉体

江戸の町人というのは、基本的には生活現実でしか生きてない。主義とか理想とか政治とか、そういうものとは全然関係がない。川柳・狂歌とか、江戸は風刺文学の宝庫とかっていうけど、ホントだろうか、とか思っちゃう。

たとえば「泰平のねむりをさます上喜撰《じょうきせん》たった四杯で夜も寝られず」という有名な狂歌は、浦賀にペリーの黒船がやって来た時の幕府の醜態ぶりを風刺したもんだけど（蒸気船に〝上喜撰〟という上等のお茶をかけている——緑茶のカフェインで眠れないという訳）、これの作者が〝町人〟であるかどうかなんて分かんない。川柳・狂歌が〝江戸町人文学〟なんていうジャンルに入れられてるもんだから、うっかりこれを町人の作品だなんてことを思ってしまいがちになるけれども、江戸にはそんな風な〝風刺する庶民〟なんてものは存在しないんだって思った方がいいと思う。どう考えたって、江戸の町人が自分から進んでそんなことをするとは思えない。そういう幕府を揶揄するようなフレーズが出て来りゃ、自分から進んで嗤ったりもするだろうけれども、でも江戸の町人が自分からそんなもんを進んで作り出すなんてことは考えられない。

幕政風刺だなんてことをやるのは、どう考えたって侍だ。江戸の町には、腹の内に文句を一杯かかえて貧乏に苦しんでる侍なんかゴマンといたんだから、そういうのが〝町人文学〟という〝他人の手段〟を借りて揶揄なんかをする。勿論〝匿名〟で。侍なら裏情報に通じてたって不思議はないし、自分の所属する体制に批判・文句だってゴマンとあるだろう——具体的な〝ヴィジョン〟なんかはなくっても。

人間は、自分に直接の関係がないことに悪口を言ったりなんかしない。〝自分から進んで〟なんて、特に。悪口を言うということは、「そこと関係を持ちたい」「自分はそこと関係がある」という前提があってのことだ。自分の不平不満が巡り巡って、〝そこ〟との関係を感じ取った時だけ、悪口を言う。〝当事者〟の尻馬に乗って〝名もない庶民〟は文句を言うし、愚弄嘲笑に同調する。幕政と関係ない人間が、幕府の悪口なんか言うもんか——言えるだけの頭なんてあるもんかと、私はそう思う。

〝幕府〟なんていうもんと関係があるのは侍だけで、町人には関係がない。だから町人は、直接自分達の〝上〟にいる侍の悪口は言うだろうけれども——そりゃ大いに言うだろうけれども——町人が幕府の悪口なんかを言う理由はない。そんなものは目に入らないんだ。自分達の生活現実と関係のないもんは「カンケーない」んだし、幕府と直接に関わりを持たない階層を〝町人〟と言うんだから。

大衆というのは、そういうもんだ。自分の生活現実の中だけで自己完結してしまえる特権を持ったものを、〝名もない大衆〟という。自分の既成現実の中だけで自己完結するしかない〝外側の排除〟

を自覚した時、大衆は初めて〝大衆〟以外のものになる。それだけの話だ。

さて、主義とか理想とか政治とか、そういうものとは全然関係がなくて、自分の生活現実だけでしか生きてない江戸の町人は、だから勿論、幻想とかロマンチシズムとかいうものとも無縁に生きている。でもそのくせ、江戸の町人は、平気で現実を無視して生きていたりもする。そういう無責任性も〝江戸の文化〟には一方で公然とある――なにしろ江戸の町人文化の最大の特徴は〝冗談〟だ。一体どうしてそういうことが可能になるのかというと、それは勿論、江戸の町人が現実とは無関係なところで現実的に生きていたからだ、ということになるだろう。

江戸の〝現実〟とは、江戸幕府を頂点とする武士世界のもので、町人はそれとは関係がない。〝理想〟と関係のないものは現実的に生きるしかないし、現実から斥けられたものは、平気で〝無責任〟という特権を行使することが出来る。(今の〝若いもん〟みたいなもんだ)。恋に憧れる娘は平気で恋愛妄想の中にひたるし、またこまめに恋愛感情なんていうものも作り出すだろうけれども、だからといって〝恋愛の持つ意味〟なんてことを考えたりはしない。恋愛妄想の中にどっぷりひたりこんでいる女は、平気で自分を〝貞淑な女〟として位置づける。「彼がいさえすれば、あたし平気でお味噌汁だってつくるわ♡」とか。平気で現実離れしている人間が、それ以上の非現実を作り出してもしょうがない。非現実の中に現実的秩序を作り出して、人間というものは、妄想の中に安住する非現実を、現実のものとして可能にする生き物なのである。

そして、江戸の芝居小屋というものは、多分そういうところに存在していたものなんだろうなと、私なんかは思う。江戸の前近代は、〝合理主義の近代〟なんかと比べてみれば、とんでもなく〝幻想的〟なものを生み出していた時代ではあるのだろうけれども、その〝幻想的〟というものの正体は、〝平気で現実離れしている〟という種類の超現実主義《シュールレアリスム》だ。

現実離れの〝超現実〟の中を、極めて合理的に生きてる。江戸の〝幻想文学〟が、現実を超えることを激しく待望する、理屈っぽい西洋のそれとは全然違ったものになっていたって、ちっとも不思議はない。キリスト教の生んだ幻想文学は、厳格な神から離れる非道徳へと行くけれども、儒教から生まれた幻想文学は、結局のところ勧善懲悪の道徳世界だ。〝幻想的〟とは、日本人にとって、一種の〝変わった衣装〟でしかない。

芸術というカテゴリーは、〝娯楽〟というものを現実の中に持ち込んで、そしてそのせせっこましい現実の中に置き場のない、〝娯楽〟という名の不可思議を飾っておく為の神棚でしかないのだろう。だから芸術は〝不可侵〟なのだろうと思う。

やっぱり、現実にキューキューとしてる人間には、歌舞伎って分かんないと思う。明治になって〝西洋近代〟というのがやって来て、「歌舞伎は荒唐無稽である、退廃している」と言われて、演劇改良ということが叫ばれたっていうことは、歌舞伎というものと対決した時、現実というものは〝無粋〟という正体をさらしてしまった、というようなことなのかもしれないなと、私なんかは思う。

歌舞伎と言うものは、基本的には、〝娯楽〟以外のなんの役にも立たない芸能である。だから〝芸術〟というものの幅を広げて、歌舞伎を芸術の中に入れたってしょうがない——歌舞伎の方が頭を下げて、芸術の仲間入りをさせてもらってもしようがない。「それを娯楽にする」という現実を持たないものにとって、歌舞伎というのはいつだって無縁なものだ。娯楽によって慰められるしかないシビアな現実と、娯楽というものを保持出来る豊かな現実と、この両方の現実がなければ、歌舞伎というものは存在出来ない。〝無粋〟とは、そういう二種類の現実が作り出すデリケート・バランスを理解しないもので、無粋な人間には歌舞伎が分からないということにもなっている。教訓でもなく美でもなく、歌舞伎というものは、そういうものを含んだ、ただの〝娯楽〟なのであるから。

ということは、歌舞伎というものは〝娯楽〟という実用性を背負った芸能だということである。江戸という町人社会に育った芸能の質というものはそういうものである。「人はパンのみにて生きるものにあらず」というのは、イエス・キリストの昔からそうなのだけれども、この一言を解する人は、往々にして、〝娯楽〟というものが持っている〝非パン〟的な実用性を忘れてしまう。「人はパンのみにて生きるものにあらず」なら、〝非パン〟的な精神性はきちんと日常の中に位置づけられる〝実用〟でしかない筈なのだ。人を生かす〝パン以外のもの〟がどんな形をしているのかは、多分〝パン〟なんかの関知するところではないのだ。

話は飛ぶが、国家成立の必要性と社交の必要性と葬式の必要性と娯楽の必要性とは、みんな〝実用〟という一点で同じものである。なんのことを言っているかというと、日本の芸能に由来する――即ち〝口承文芸的な文学〟というのは、みんな実用性に基づいて生み出されたものだ、ということである。

『古事記』というものは、古代国家成立の必要性から誕生したものであるし、和歌というものは王朝貴族の社交という日常生活の中で発展していったものだし、琵琶法師の語る『平家物語』から、能を通って近世初期の浄瑠璃に至るまでの芸能が鎮魂という名の葬式であるのも常識で、ここまで現実世界の枠組が出来上がったなら後は娯楽しかない――そういうところで江戸の歌舞伎というものは出て来るのである。少なくとも私は、そう解している。

歌舞伎というのは、何をやっても〝所詮娯楽〟というところへ平気で逃げ込んでしまう非常に厄介なものである。秩序壊乱・現実破壊を公然と表明したものが、終局は腹立たしいぐらいに予定調和の大団円に突然至ってしまうというのが、歌舞伎のドラマである。非現実を平気で現実的に生きている江戸町人のドラマであれば、結果がどのように唐突であってもおかしくはない。要は「見事めでたく現実に帰りました」なのだから。

近世というのは〝葬式以後〟の世界である。能舞台の周りに篝火が燃えて、森のスダマのようにそこを鎮魂されるべき怨霊が取り巻いているのではない。芝居小屋を取り巻くものは、鎮魂を必要とする怨霊ではなくして、対決を必要とする現実で、能の観客は舞台を見て学習をするが、歌舞伎の観客は舞台を見て帰るのである――「ああ、よかった」の一言ぐらい残して。自分達の劇場を〝現実〟というものが取り巻いているんだから、少しはその現実と対立ぐらいして、対決なんてことをしたってバチは当たるまいにと思うのだが、しかししたたかな歌舞伎は、平気でそれを回避してしまう。

歌舞伎とは町人に対しての娯楽なのだから、娯楽を提供してしまえば歌舞伎の側の役割は終わりなのだ。娯楽を提供するものが客よりもワンランク低い身分に属するということは、多分そういうことなのだろう。

歌舞伎の最もポピュラーな幕切れのセリフが何かというと、それは「先《ま》ず今日はこれぎり」というやつである。

善と悪とが対決して、さァこれから最終戦争《ハルマゲドン》の一騎打ちということになると、突然「先ァず今日はこれぎりィ！」と、戦いの当事者が叫ぶ。「これぎり」だから、「これで終わり」なのだ。対決まではあって、その先がない。「先ず今日はこれぎり」の後は〝めでたく打出し〟である。なァにが〝めでたく〟なのかはよく分からないが、対立に至ればそれで〝めでたい〟のである。この点を端的に証すのが、毎年正月に江戸三座で演じられた曽我狂言の対面である。

江戸歌舞伎は、毎年正月を曽我狂言で開けるのを鉄則とするけれども、ここで何をやるのかというと、仇である工藤祐経と曽我十郎・五郎兄弟がめでたく顔を合わせて、お互いの顔を見知って、やがて来る五月に富士の裾野で施行される巻狩の場に於いて、めでたく仇を討たれてやる、討ってやるという再会を誓う、そんなものなのである。〝めでたく対面をする――そしてその後は……〟、というところでドラマは尽きている。「未来に対する約束はあるが、約束がありさえすれば別に未来があろうとなかろうと構わない」というのが、毎年決まりきった江戸の正月行事なのである。

似たようなことはその前の月の〝顔見世狂言〟でも起こる。

江戸の歌舞伎の興行形態というのは、一年を契約の単位とし、毎年十二月の初めに翌年の一座の座組を発表する――そのお披露目が十二月の顔見世狂言だから、これは歌舞伎の世界では最も華やかか

▲曾我の対面の舞台

▲三世坂東三津五郎の曾我十郎と三世尾上菊五郎の五郎　豊国画

つ重要な興行行事である。顔見世狂言に関する約束事は色々あるのだが、それらを全部端折って、一体この顔見世狂言では〝何〟が描かれるのかというと、これが実に〝見顕《みあらわ》し〟と称されるものなのである。

天下を覆そうとする謀叛人がどこかに潜伏している。善人達はその探索に必死になる。勿論この狂言で一座の主役である座頭《ざがしら》役者の演じるものは〝善人〟ではない。悪の張本である〝謀叛人〟の方である。

たとえば文化十年（一八一三）の鶴屋南北作『戻橋背御摂《もどりばしせなにごひいき》』の第一番目の大詰では——。

「ヤレ待たれよ。今討ちとるは安《やす》けれども、七綾《ななあや》が最後の願い。まッた良門《よしかど》がめでたき花の顔見世なれば、源家の御仁心《じんしん》にて一旦この場は見逃しつかわす」

これが謀叛人を追いつめる側のセリフ。そして——

「先《ま》づそれまでは」
「平井《ひらい》の保輔《やすすけ》」
「平の良門」
「方々」
「さらば」

「これより二番目発端始まり、左様!」

善と悪とは対立し対決はするけれども、その対決が成立した瞬間、悪は善によって見逃され、後日の再会を誓って別れて行く。そしてドラマはそこで終わるということをせずに、そのまんま全く別のストーリーへと向かって、平気で展開を始めること、「先ず今日はこれぎり!」の唐突なる幕切れの予定調和とおんなじである。

江戸歌舞伎の戯曲構造は、基本的には〝一番目・二番目〟の二部構成になっていて、この〝一番目・二番目〟というのは勿論、〝一番目は時代に・二番目は世話に〟ということでもあるのだが、しかし全く別々の時代狂言・世話狂言の二本立てでは(原則として)ない。一つの戯曲世界の中に二筋の流れが収まっているようなものだと解すべきであろう。

『戻橋背御摂』の舞台は平安中期、頼光四天王の世界である。平将門と藤原純友の乱は平定され、世界は平和に収まっているけれどもしかしその一方、平将門・藤原純友の子供達や遺臣達は再び不気味な胎動を開始しているという、そういう設定である。平将門の息子が〝将軍太郎・平良門〟(これは一番目の大詰でめでたく見逃された人物)、彼が追い詰められて見逃されたその瞬間に叫ぶ「これより二番目発端始まり、左様!」という、その〝二番目〟とは、〝もう一つの流れ〟である藤原純友の子供達の物語——。

平将門と藤原純友というのは、歴史の上ではほぼ同時期に反乱を起こした人物ではあるけれども、しかしこの二人の間に連絡なり呼応なりがあったかなかったかというのは、歴史学者の問題で、江戸の歌舞伎では誰もそんな詮索をしない。問題となるのは、この二人がほぼ同時期に同じようなことをやって、一方が関東の山の中（将門）、もう一方が瀬戸内の海の上（純友）という、山と海との対応にしかない。歌舞伎戯曲の一番目・二番目というのは、〝同じ時期という一括りの中にある、山と海という対応〟と、ほぼ同じようなものである。それが互いに呼応しているようでもあり、していないようでもあるけれども、実際のところは誰もそんな詮索をしないですんでいるというのは、それが〝同時期〟という〝全体〟の中にすっぽりと収まっているからである。それが歌舞伎に於ける、〝連続〟もしくは〝包括〟の論理。

という訳で、七世市川団十郎という当時の江戸随一の花形役者（彼がこの時の一座の座頭）が扮した謀叛人〝平将門の遺児将軍太郎平良門〟が「これより二番目発端始まり、左様！」と怒鳴った後、文化十年の江戸は市村座の舞台の上では何が起こるのか？

将軍平良門が怒鳴る舞台は、平安時代の武将〝摂津介《せっつのすけ》源頼光の館〟という、大時代のキンキラキンであるが、それがこうなる——

「これより二番目発端始まり、左様！」

ト打ち込みになりて、この人数皆々二重舞台へ上がる。この打ち込みの鳴物、あつらへの通りに替わって、この道具を後ろへ上げる。鳴物にて屋台は段々と斜《はす》に引き込む。下に控えし人数、詰め寄っ

▲『戯場訓蒙図彙』より

◀七世市川団十郎の袴垂保輔　国貞画

て後ろ向きになる見得《みえ》。その前通りへ山組《やまぐみ》をせり上げ、人数を隠す。この途端に屋体《やたい》の前へ鼠木綿《ねずみもめん》に雪の降り来る景色を書きたる一杯の幕を切って落とす。舞台前、雨落《あまおち》へ浪板《なみいた》せり上げ、高梁《たかはり》前へ雪をおいたる釣枝の柳を下げる。知らせに付、佃騒《つくださわ》ぎの鳴物に替わり、舞台へ雪を負たる屋根舟、障子立てきり、蓑笠の船頭、後ろ向に東の方より竿さして乗りこんでゐる見得。舟、納まる。

ト留《とめ》めの拍子木にて、船左右へひらく。この途端に後ろの山組、一度に返ると、雪の積もりし三《み》囲《めぐり》の土手。浪よけの杭、枯れ芦、船つきの雁木《がんぎ》、後ろに石の鳥居、樹木たっぷりと雪積もりたる体。途端に日覆《ひおほひ》より雪だいぶん降ってくる。道具納る。

ト船頭、思い入れあって正面を向く。船頭八にて、舟の内へ思い入れあって、

「もし、おかみさんへ、そんならわっちゃァ、武蔵屋へ行て、お煙管を尋ねて参りますよ。モシ、暮れたら提灯は棚にありますヨ。モシ。蠟燭は枕箱にありますヨ。ア、、コレコレ、酉の市の土産の熊手へ、雪が積もったワ。ア、、寒い寒い、よく降る雪だ」

ト下駄を引っさげ、向こうの雁木《がんぎ》へ飛ぶ。土手の上を通り、鼻唄をうたひながら下座へ入る。このうち始終佃節《つくだぶし》、生けごろしあり。真乳山《まつちやま》の入相《いりあひ》の鐘鳴る。屋根船より海老ざこの十、勇み肌のこしらへにて走り出で、船頭八が跡を見て、

「コレコレ、船頭や、船頭や。コレ、おれが土産の熊手を床の間へ忘れたから、取って来てくれろよ――」

長々と引用したが、実は鶴屋南北という人の台本はト書きが長いのである。役者は一言も発さない

その間、延々とト書きだけで埋めて行くという、そういう緊張感をドラマに持ち込んでいる人である。

現実生活があるということは、そこに会話がある、ということである。言葉は論理の末端であって、言葉があれば論理もある、論理があれば現実に侵されるというのが、江戸のドラマの原理でもある。人間というものは、自分の持っている言葉の量に比例してしか〝想像力〟というものを持てないものなのかもしれない。

歌舞伎というものは、大方の予想に反してまず第一に〝セリフ劇〟でもあるような演劇で、実のところとっても散文的なもんだ。歌舞伎以前にセリフ劇であるような日本の演劇といったら、それは狂言だけで、歌舞伎の演目のことを〝狂言〟というのは、「歌舞伎が狂言と同じセリフ劇である」ということの名残だろう。

▲『桜姫東文章』の三囲土手　豊国画

日本の演劇の中で狂言というものが特殊な位置を占めるのは、実はこれが〝喋る演劇〟だからである。狂言と対になって日本の演劇の中では狂言よりもずっと支配的な位置をしめる能のことを考えれば分かるが、これは〝喋る演劇〟ではなく、〝舞う演劇〟である。能の演者は面をつけて舞台に立つ——即ち、喋る為の口というものはまず最初に覆われているのであるからして、どう考えたって、これが喋ることを前提にした演劇である筈がない。勿論能というものは、舞を見せる〝舞う演劇〟なのである。言葉は演者の後ろに居並ぶ噺し方——地謡に多くはまかせられ、舞を舞うシテが一言も言葉を発さなくてもかまわないような構造になっている。狂言が笑いの散文で、能が美学の夢幻世界であるというのは、喋るか喋らないかという、手段の違いにもよっている。

鶴屋南北の前に江戸の劇壇をリードしていたのは初世桜田治助だが、この人が得意としたのは浄瑠璃——つまり舞踊劇だった。セリフ劇が原則である歌舞伎も、シチュエーションが踊りということになってしまえば、演者は喋らない。黙って動いて(踊って)、夢幻的なシーンを現出させる。桜田治助の次に来た鶴屋南北は、舞踊劇が下手だったということになっている。それでは彼の芝居がリアル一辺倒の夢幻性ゼロの芝居かといえばそんなことは全然ない。彼は写実な会話の名手でもあったけれど、同時に、写実なト書きの名手でもあった。登場人物はセリフを一言も発せず、ただ舞台のト書きで進行して行く〝動き〟だけをエンエンと書き綴って行く。

セリフをとれば論理は消える。言葉の規定する末梢的な理性の束縛から人間の動きはとことん自由になる。歌舞伎の会話はすべてが江戸の日常会話であるといっても過言ではないほどで、舞台から会話を排除すれば、そこから〝日常性〟というものも消えるのだ——そこに現出する情景がどんなに日常的なものであったとしても。鶴屋南北に於ける〝ト書きの長さ〟とは、実は日常の夢幻化であり、ドラマの舞踊化でもあるようなものなのだ。その一端をこうした場面転換のト書きの長さに見てもらえばよいのだ。「たかが場面転換じゃないか」と言うなかれ、これは確かに緊張の設定であり、とんでもない〝日常の登場〟なのである。

時は平安時代の中期、京の都に於いて、平将門の息子・将軍太郎良門の野望は破れた。敵に見逃してもらったとはいえ、しかし彼は依然として敵の御殿の中央で、多くの軍兵に取り囲まれているのである。言うならば江戸の〝ワルハラ落城〟のような壮大さである。するとその彼が「これより二番目発端云々」という、訳のわからないことを突然叫ぶ。それを合図に、兵士達が御殿の上に上がって行くと、その御殿は斜めに引っくり返って行く。その引っくり返って行く前に、今度は下から〝山〟がせり上がって来る。音楽は一貫して、荘重なワーグナーだと思えばいい。

そこに〝雪景色〟が突然、天から降って来る。〝川の水〟が突然湧いて出る。天から〝柳の釣枝〟も降って来る。これがファンタジーでなくして一体なんだ？ という世界の変わり方である。

雪の柳が降りきると、突然に音楽が変わる。〝佃騒ぎ〟というのは、ワーグナーが細川たかしの艶歌に変わったようなもんだと思ってもらえばいい。さっきまでの荘重な御殿は影も形もなく、スチャラカチャンの艶歌が流れる、その訳の分からない灰色の空間に雪が降り、どこからともなく一艘の屋根舟が流れて来る。船頭が何者なのかさっぱり分からないが、しかし船頭は確かにそこにいる。この船頭は〝留の拍子木〟――舞台の進行が一段落したことを告げる合図――が入って、「もし、おかみさんへ、そんなら わっちゃぁ、武蔵屋に行て、お煙管を尋ねて参りますよ。モシ、――」というセリフが始まるまで、ただの一言も喋らない。喋らないまままただ存在して、その存在する彼の周りでは、平気で世界が変わって行く。ある意味で、存在しない船頭がそこに存在しているのでもあり、別の言い方をすれば、次元の断層の中を時間旅行して行く舟の船頭を見るようなもんだ。

舟は漂い着き、そして納まるべきところに納まる。柝が入って、そこに突然現出するのは、隅田川のほとり、三囲《みめぐり》神社の雪景色である。平安朝の京都から、一挙に時は〝現在〟の江戸の隅田川に飛ぶのである。その時間旅行中、彼は一言も喋らず、その彼が存在しうる現実を獲得した時――〝途端〟という言葉は言いえて妙だ――どこにも存在する場所を持てなかった〝存在しない船頭〟は、〝船頭の八〟という名を持って実在し、初めて言葉を発するのである。〝言葉を持つ・持たない〟というのはこんなことだ。

言葉によって規定されるのは〝船頭の八〟という名前を持つ人間で、その言葉を可能にする〝空間〟を設定する間の〝非現実〟の時に於いて、言葉というものは一切存在しない。ただ事実行為だけがエンエンと書き連ねられて行く。

船頭は名前を持ち、そして彼の乗る屋根舟の障子は閉じたままだ。

船頭はその障子の内に向かって口をきく。彼が「もし、おかみさんへ」と言う以上、その障子の内には、誰だか分からないが〝おかみさん〟なる人物がいることだけは確かである。

船頭は早口に用事だけを奥の〝おかみさん〟なる人物に向かって言うと、そのまま舞台を去る。するとその時障子は開いて、ここから正に〝二番目〟の芝居が始まるのだが、この時に、「コレコレ、船頭や、船頭や」というセリフを言ってその障子を開けて出る男の顔を見て、劇場内の観客が「うわッ！」と声を上げなければ嘘である。何故かと言えば、「コレ船頭や」と屋根舟から顔を出す〝勇み肌の町人・海老ざこの十〟なる人物が誰あろう、「方々さらば」で見逃された謀叛の張本、かつては将軍太郎良門であった七世市川団十郎その人だからである。

劇の一番目が終わって二番目になると、市川団十郎は早替わりで〝町人・海老ざこの十〟なる人物になる。〝海老ざこの十〟なるヘンテコリンな名前を持った人物が実はただの町人なんかではないというところが江戸の歌舞伎で、この人物は〝町人に身をやつした頼光四天王の一人、渡辺綱《わたなべのつな》〟という設定だからである。

時代背景というか舞台背景は平安京から突然江戸の隅田川に移ってしまっているけれども、だからといって、ここで話が無関係な方向に進んで行っているのではない。関東の〝山〟の平将門の一族の話は「方々さらば」の一番目で一応の落着は見ているけれども、それに対する、瀬戸内の〝海〟の藤原純友の係累に関する話はどうともなっていない。だからこそここ江戸の隅田川に（羅生門で鬼を退治した）渡辺綱が登場するのである——町人に身をやつして。

まだ『戻橋背御摂《もどりばしせなにごひいき》』という歌舞伎のストーリーは、それ自体エンエンと続いている、ということである。強引に続かせる、続いているからこそ〝意味〟も生まれるということは、南北の十分すぎるほど長いト書によって既に成立させられている。既にしてここは〝雪の降る隅田川の江戸（現在）〟

でありながら、〝現在の江戸〟なんかでは、全然ないのである。

そして勿論、江戸の観客は、そんなことを全然知らない。話は突然江戸の隅田川に移り、自分達と同じような同時代の町人が姿を現して、それが平然と、今までの〝平安京の平将門の息子の話〟とは全然別のストーリーを展開して行くのを、これまた平然と見ているというだけの話である。全然別の、しかし「どうせ平安時代の武将の話になるのに決まっている物語」を。だから、ここにいきなり顔を出す、市川団十郎の〝海老ざこの十実は渡辺綱〟という人物は、観客にとっては、ただの〝カッコいい市川団十郎様〟でしかないのだ。


さて、そういう正体不明の市川団十郎が屋根舟の中から姿を現す。しかし、これは勿論話の展開としては唐突だ。何故ならば、この雪の隅田川に舞台は移って、その新しい話を始めるにあたっての船頭の一言とは「モシ、おかみさんへ」というセリフだからである。市川団十郎が早替わりで、〝将軍太郎〟から〝海老ざこの十〟となって出て来たとしても、これは船頭の呼びかけによって導かれる〝新しい話の局面〟とは関係ない。関係ないというよりか、これは〝挿入〟である。ここに呼びかけられた〝おかみさん〟なる人物が登場して、初めてストーリーの設定は完了するのである。つまり、一番目から二番目へと移る話の展開は、〝平安時代の謀叛人の息子〟から、江戸の単なる〝おかみさん〟へ、ということである。

団十郎の船頭を呼ぶセリフの後、舞台の上ではこう続く――。

舟の障子を明け、お綱、袖頭巾の女房にて顔を出し、
「コレ、十さん、呼びなさんな。打っちゃって置ねえよ。帰ると悪いわな」

勿論ここで江戸の劇場の中が割れ返らなければ嘘である。ここに姿を現した〝お綱〟と呼ばれる〝袖頭巾〟の女房にふんする役者は、当時〝目千両〟を謳われた江戸随一の人気女方役者〝大太夫・五世岩井半四郎〟その人だからである。

団十郎が屋根舟の中から〝走り出で〟ても、その一番目と二番目の境界をなす非現実空間を漂っていた舟の障子は閉《た》てたままである。無言のまま、ただト書きとして書き連ねられて来た〝(場面転換の)事実行為〟が落着して、そこに突然江戸の市井の日常風景が登場しても、実はまだ〝話〟なんかはなんにも始まってはいなかった。話は、この〝おかみさん〟の登場によって始まる。

〝状況〟というものを考えてみれば簡単に分かるが、この障子を閉て切ったまま現実空間を流れさすらっていた屋根舟の中では、男と女の情事《ラブアフェア》が展開されていたのである。オトコは若くていなせな勇み肌、女は〝おかみさん〟と呼ばれるような女。閉て切った屋根舟の中にいるのが振袖の娘ならまだしも、これが成熟した年増女であったなら、ただの〝雪見〟なんかである訳がない。情事の余韻に体を熱くする女は、だからこそ障子を開けるなり「帰ると悪いわな」と言うのである。「もしも呼んだ船頭が帰ってきて情事が中断されたら、悪いわな」という訳である。

斯くして半四郎が舟の障子を開けた瞬間、舞台は一瞬にして〝年増女と年下の男との情事の光景〟

に変わる。というよりも一瞬にして〝その正体を現す〟と言った方がいいかもしれない。

平安京の御殿に起こっていた筈の物語は、いつの間にか訳の分からないような空間を抜けて、そのまま江戸の市井のラブ・アフェアへと移ってしまっていた。そういう正体を舞台が現す時、「実はあなた達は知らなかったかもしれないけれど、ここはズーッと前からそういうものだったのだよ」という意味の転換、もしくは意味の強奪が起こる。そして、「知らない間にそこがそういう風に変わっているのは周知の事実で、それをぼんやりと知らないままでいたのなら、知らないでいたあなたの方が悪い」という、そういう見事な転換——それを見守っていた観客にどよめき一つですべてを納得させてしまうような〝完了〟がなにによって可能かといえば、勿論、たった一つの〝流し目〟である。色気溢れる、「これ、十さん、十さん、呼びなさんな」の一声である。そういうものが、平気で今までの一切を転覆させ、その転覆を了承させて行く。〝幻想〟とは正にそういう転換で、そういうことを可能にしてしまう力のことを、日本語では〝愛嬌〟と呼ぶのだ。

それでは、一体この平安京の平将門・藤原純友という二大謀反人を主軸に据えたドラマで、一体この江戸の〝おかみさん〟にはなんの意味があるのだろうか？　いってみれば、平安時代を舞台にした〝政治ドラマ〟であるような芝居に、公然と〝江戸の隅田川〟が登場し、話の中心は〝おかみさんの色気〟にすり変わってしまうという、そういう芝居が一体どんな意味を観客に与えるのだろうか？

この五世岩井半四郎の〝おかみさん〟の役名は、〝茨木屋鬼七女房お綱〟という。こういう女性が逢い引きをしている相手が〝海老ざこの十、実は渡辺綱〟という男である。渡辺綱が羅生門で退治し

▲五世岩井半四郎の楽屋をおとずれた鶴屋南北

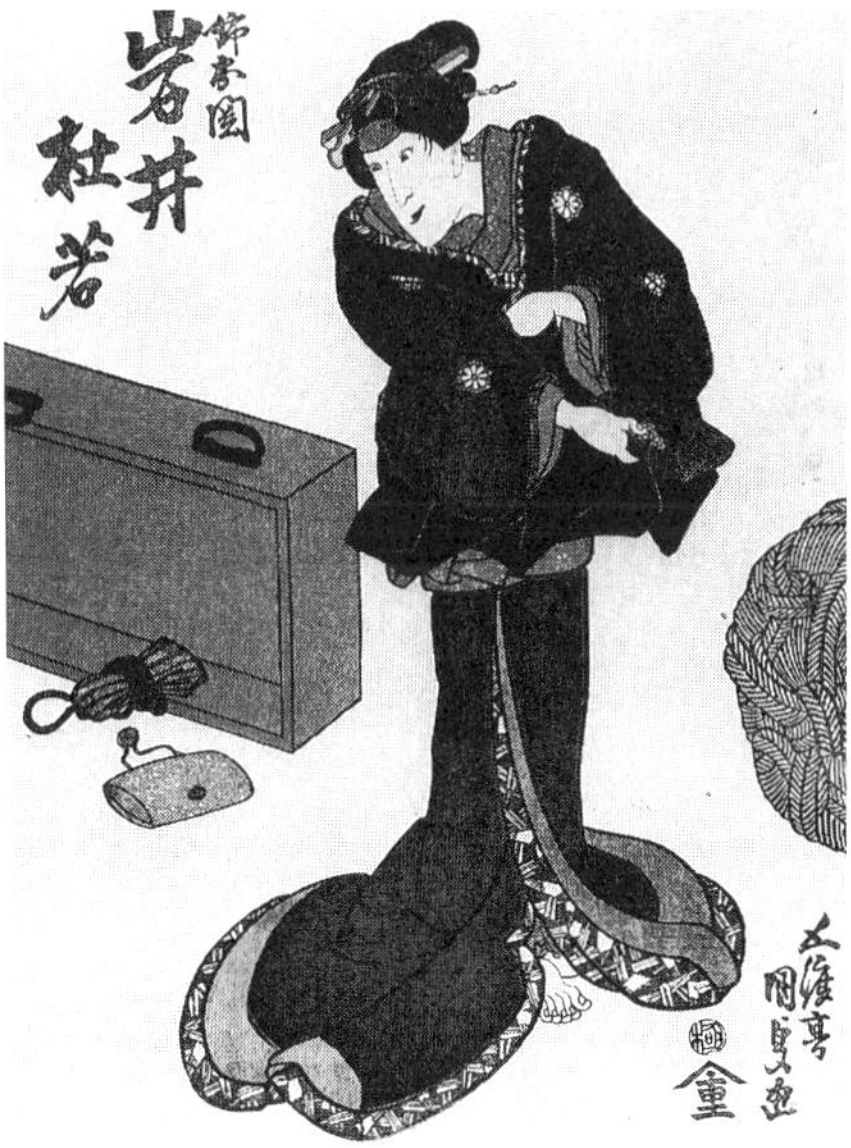

◀五世岩井半四郎(杜若)　国貞画

た鬼の名前は茨木童子という。〝茨木屋〟というのは、勿論〝茨木童子〟から来ている。つまり、海老ざこの十とお綱の亭主は敵対関係にある、ということである。そして、敵対関係にある男の女房の名前が〝お綱〟であるということは、〝茨木屋お綱〟という名前の中に、退治される側と退治する側の両方が入っているということである。要するに、この女の名前そのものが「二人の男のどっちでも♡」と言っているようなものなのだ。

一番目の幕切れが体制側による〝見逃し〟であるならば、この二番目の決着が〝一人の女を巡る三角関係〟になるのであろうことなど、容易に見えて来る。つまり江戸の芝居とは、〝そういう終わり方〟を平然としてしまうものなのだ。アナーキーといえばアナーキーこの上もない。人が〝忠義〟や〝義理〟で平然と死んで行くような〝革命の政治劇〟でもあるような芝居でありながら──そして歌舞伎の〝時代物〟といわれる狂言ジャンルはほとんどみんなこのテの革命劇だが──最後は〝見逃し〟とか〝浮気の黙認〟という〝調和〟に平然と至ってしまう。一番目の〝荘重〟が終わって、唐突にして突然登場する〝隅田川のおかみさん〟とは、実はそういう重要な（?・）役割を担った存在なのだ──一切を無意味に解消してしまうような。

歌舞伎の〝二番目〟とは、勿論〝世話＝江戸の現在現実〟の世界である。そして歌舞伎の鶴屋南北といえば〝生世話〟の巨匠である。生世話とは勿論、〝世話〟を更に写実にした〝リアリズム〟の別名に他ならないが、しかし、こんな風なアナーキズムに平然と至ってしまうような〝リアリズム〟があっていいものだろうか?

答は勿論「いい」のである。なにしろチャンとそういう見本があるのだから。江戸はそういう見本だらけなんだから。江戸と京都、江戸時代と平安時代という時空間を平気で超えて、そして政治ドラマが平然と豪奢な〝金妻〟になってしまう、そういう〝リアリズム〟がいたるところに存在するのであるから。

一体この〝リアリズム〟というのはなんなのだろう？　一体、どんな思想がこんな種類の〝リアリズム〟を許すのであろうか？

答はいとも簡単である、そんなシュールなリアリズムが〝写実《リアリズム》〟であるのだとしたら、それは写される現実が〝そういう現実〟だからという、前提の相違である。市井の人間は容易に過去の歴史的人物とイコールになり、場所は平気で時間を超える——それが自分達の生きている現実であると、江戸時代の人間達が了承していたからこそ、そういう〝写実〟が可能になる。つまり、江戸の人間達にとっては、現実というものはいつでも容易に非現実となりうるもの、なったって一向に不思議はないものであったということである。

現実は平気で非現実となる。平気でそんな風に現実が転覆をしてしまう以上、〝体制〟なる既成現実との対立だの対決だのという〝野暮〟は一切無用なのだ。たとえ〝対立〟があったとしても、必要なのは〝対立がある〟というそのことだけで、その先の〝結果〟とか〝革命の成就〟などということは不必要なことなのだ。

日本の幻想文学が西洋の幻想文学と大いに違うのは、日本にキリスト教という〝幻想〟なる逸脱を禁ずるものがないからだ。日本という国の人間達は、そもそもが平気でフワフワと幻想の彼方へ飛んで行ってしまう。

ただ一つの神が存在して、その〝唯一〟なるものが人間の思想の根本にあるのなら、その思想の求めるものは〝唯一であること〟であろうし、その思想が禁ずるものは〝唯一であることを拒もうとすること〟――つまり〝逸脱〟であろう。もっと俗な言い方をしてしまえば、〝不真面目〟という思想が弾圧される。管理社会の人間がいつも〝幻想〟を求めるというのは、実は管理社会が常に〝唯一〟という原理を求めるからだ。

ところで、そういう管理社会の思想を覆す思想というのがなんだといったら、これは〝平気で唯一ではないこと〟である。つまり〝逸脱のチャランポラン〟ということ。

目千両――即ち〝目もとにこぼれる愛嬌が千両に価する〟と言われた半四郎は、この『戻橋背御摂』の二番目で屋根舟の障子を開けた時、勿論どこかで笑顔をこぼしただろう。愛嬌というものはそんなものなのだし、役者というものは、そういう技術によって観客の支持を獲得する、あるいは観客を魅力によって支配するものなのだ。

平安京の革命劇が一挙に江戸の隅田川の雪景色に変わって、屋根舟の障子を岩井半四郎が開けた時、そこにあるものは、ただの〝色っぽいおかみさん〟だ。彼女が茨木屋のおかみさんで、彼女の名前がお綱で、一諸にいる男が鬼退治の渡辺綱という侍でなどということは、まだその瞬間観客は誰も知らない。たとえ番附（当時のプログラム）を見て、観客があらかじめ彼（彼女）の役名を知っていたとしても、その瞬間、観客はそんなことをみんな忘れてしまう。キンキラ御殿の革命劇が終わって「あれよ、あれよ」と言う間もなく、舞台は雪の隅田川に転換し、さっきまでは〝平将門の息子〟であった筈の市川団十郎が早替わりで〝勇み肌の町人〟になって出て来る。ここでどっときた観客は、最早今までの芝居のストーリー——つまり行き掛かりを忘れて、瞬間の判断放棄に陥る、その瞬間を狙って、岩井半四郎は平然と姿を現すのだ。姿を現した挨拶として、ほんの一瞬の流し目を観客に投げつけて。それで一切は終わる。もう〝今まで〟もへったくれもない。そこから先は、最早公然と許された〝無関係〟の世界だ。幻想とは、こんなことを可能にする肉体の別名でしかない。

江戸の歌舞伎とは、ある意味で筋立て（ストーリー）がどんなものであろうとも、筋立てそのものにはまったく意味がないような代物でもある。どんな支離滅裂な筋立てであっても、そこにそういう支離滅裂を平気で可能にしてしまう肉体を持った役者がいさえすれば、どんな無理だって平気で辻褄が合ってしまうからだ。

江戸の役者の基本原理とは〝身体に色気があること〟——それが立役であろうと女方であろうと敵役であろうと、〝お客様に自分を見ていただく職業〟である以上、〝商品価値〟としてあるいは〝商道徳〟という礼儀として、そのことは絶対にはずせない。そして、そういう〝色気をもった肉体〟というものは、平気で現実社会の単一なる原則を逸脱してしまうものなのである。愛嬌というものはそういうものなのだ。

町人というものが〝現実〟から疎外されて、しかしそして生活現実から一歩も離れることが出来ないままに存在しているという、そういう現実の上で〝リアリズム〟を演じられる〝役者〟というものは、そういう〝根本〟を持ったものなのだ。

エロチシズムと〝生きる〟ということは、どこかで不可分になっている。それは肉体が、そもそもそういう〝社会性〟を備えているものだからだ。

勿論、エロチシズムというのは、人間と人間との間に存在するものであるのだから、当然のことながら、これは〝社会的な資質〟である。そして、そういうものが身体に備わっていればこそ、人は肉体言語という、沈黙の言語を持ちうるのだ。それあればこそ、そしてそれが常人の持つものよりも雄弁な〝役者〟というものであればこそ、口からはただの一言も言葉を発さずにただト書きだけがエンエンと続いて行く、沈黙のドラマも可能なのだ。生世話というリアリズムが一方ではとんでもないシュールな連続を見せる、鶴屋南北の世界というのはそういうものなのだ。

話がこれからというところで終わってしまうのは残念なような気もするが、江戸歌舞伎の終わり方の決まり文句は「先ァず今日は、これぎり」である。江戸の予定調和というものは、こうした現実放棄を平然たる前提にしていることだが、しかし人間の贅沢でこれに勝るものはあんまりないのだということは、あんまり知られてはいない。「だってそういうもんだもん」と平気で言い切ってしまうのが江戸の美学の根本であるのだと思ってしまう私であるから言うのだが、「だって、すべてはそういうもん」なのである。

江戸の予定調和というものは、「そもそもが〝人間〟というマカ不思議なものを含むことによって世の中は成り立つのである」ということの上に立っている（らしい）のだからしょうがない。この世はそもそもが〝幻想的〟であって、幻想的じゃない現実の方が間違っているのである。

〝幻想〟なる不可思議を求めるのが人間であるというのは、そもそもの話、その不可思議を求める人間自体が不可思議なものであるという、ただそれだけの話だ。

日本の〝幻想《ファンタジー》〟とは、そもそもの話、そうした不可思議な肉体を持った人間が纏うべき〝衣装〟なのである。衣装に論理を求めてもしょうがない。衣装の論理とは、それを着ようとする人間の中にしかないものだからである。

「〝それ〟を着たければ色気を持て」——結局のところはあまりにもどうしようもない日常論理に平然と至ってしまう、中途半端な日本の幻想文学は、実のところ、そういう一番シビアな問題を突きつけて来るものなのである。

近代は〝愛嬌〟がないのでつまりませんね。

怪——歌舞伎の論理

歌舞伎に〝女の悪人〟は存在しても、歌舞伎で〝女が悪〟であることはない――分かりにくい話かもしれないが、詳細は後に譲る。

（一）

次に、本論では何が〝悪〟かが論じられる必要も又ない。何故ならば、歌舞伎には《実悪《じつあく》》を頂点とする《敵役《かたきやく》》という役柄が歴として存在しているからである。実悪こそが〝悪〟であるのだから、「何が悪か？」などという問いが起こることもない。

それでは、〝善〟とは何か？　〝善〟とは、ドラマを構成しえないもの、何も起こらずただ過ぎ去って行くだけの〝日常〟である。日常に〝ドラマ〟なるものは存在しない。〝ドラマ〟なる波乱は存在せず、ただ平穏無事な〝日常〟が続いて行くからこそ、〝日常〟は日常なのである。その〝日常〟が敗れることこそがドラマの誕生である。〝悪〟の介入こそがドラマであるというのは、そういうことである。

〝日常〟なるものは〝男〟と〝女〟によって構成されるものである。男を《立役《たちやく》》と呼び、女を《女《おんな》方《がた》》と呼ぶ。

即ち、歌舞伎のドラマとは、日常と非日常の対立であり、その構成要素は、《敵役》《立役》《女方》の三つである、ということになる。これが歌舞伎の世界観だ。

歌舞伎のドラマは〝日常・非日常〟〝善・悪〟〝男・女〟という二元論によっているのだが、しかしそれならばどうして、この二元論には二の倍数の結果であるような〝第四〟――〝敵女方〟と呼ばれるような要素を欠いているのであろうか？

第四の構成要素は、実は〝加役《かやく》〟という形で存在する。『鏡山《かがみやま》』の〝岩藤《いわふじ》〟、『先代萩《せんだいはぎ》』の〝八汐《やしお》〟という、ヒロインに敵対する〝こわい女達〟がそれである。

〝加役〟とは、或る役柄に属するものが自分とは別の役柄を演ずることであり、多くは敵役・立役の役者が女を演ずることと解されている。〝加役〟即ち〝付加〟であり、第四たるべき構成要素〝敵女方〟というものが歌舞伎の中で存在しない――つまり、女は本質的に〝善〟に属するものでしかなく、女が〝悪〟でありうるということが起こらないのは、こうした理由からだ。

〝女の悪〟は〝男の悪〟の中に自動的に含まれて、独立した存在ではない――男に〝悪〟という特権はあっても、女にその特権はないのだが、しかしその理由は簡単で、女は日常にのみ属するドメスティックな存在でしかないということである。

非日常は日常ではない。そして、非日常は非・日常であることによって〝世界は男と女の二原則によって構成される〟という日常論理を免れている。つまり、非日常とは日常にある者の想念の内にのみ存在する一つの抽象概念であって、〝日常の外にあって日常と同じような形を備えている別世界〟のことではない、ということである。別の言い方をすれば「世界は男の想念の内にしかない」ということである。

だからこそ、非日常は〝敵役〟という一つの役柄——一つの抽象概念を基にして実体化された一つの人格——によって表されるのであり、日常は男と女という二つの構成要素によって成立させられねばならないのである。別の言い方をすれば、「江戸の女は空想しない」ということである。

二元論によって出来上がっている歌舞伎の構成要素が善・悪×男・女の〝4〟ではなく、男・女・悪という〝3〟であるのはそういうことだ。ここでは、日常と非日常とが等分にあって、男だけが思考して、女はしない。

〝非日常〟という抽象概念はただそのまま〝悪〟であるというのが何故かといえば、それは〝日常にある者が非日常を悪として斥けた結果〟というだけだ。

男がいて妻がいる。「二人はつつがなく暮らしました」という日常があって、ここに〝悪〟という第三の要素は存在しない。しかし、その日常と非日常の接点にあって、日常と非日常を同時に含む世界が歌舞伎という娯楽である。

この世界には〝座頭《ざがしら》〟というものが存在し、一座及びドラマは彼を中心にして構成されているが、この座頭は勿論〝男〟である。歌舞伎の世界律は、それが属する世界——徳川封建社会のそれに等しいのであるから、ここでの支配者＝座頭は、当然のことながら〝男〟なのである。

　座頭は劇世界の中心に据えられている。そしてこの歌舞伎世界とは、非日常が日常に介入した時に発生するドラマを提供する世界である。座頭はドラマの中心におり、中心である以上、彼がドラマの中心を構成するということになる。ドラマは、ドラマの起こらない日常の上に存在し、このドラマを座頭が構成する。つまり「非日常が日常の上に君臨する」ということになるのである。分かりにくいことを言っているが、要するに歌舞伎とは、支配者（座頭）が〝悪〟であることを前提にして成立している、倒錯した世界なのだということである。

▲『鏡山』の岩藤　国芳画

▲三世坂東三津五郎の石川五右衛門　豊国画

初世並木五瓶《なみきごへい》の『金門五三桐《きんもんごさんのきり》』は、石川五右衛門という〝悪〟と真柴久吉《ましばひさよし》という〝善〟の拮抗を描く有名な芝居だが、この作の中心は勿論、謀叛人石川五右衛門の側にある。だから、座頭役者の演ずべき役は、当然〝石川五右衛門〟である。（歌舞伎の〝石川五右衛門〟とは単なる〝盗賊〟ではなく、〝天下《てんが》を望む大泥棒〟——即ち〝謀叛人〟である）

安永七年（一七七八）の初演に於いては、石川五右衛門が初世嵐雛助《あらしひなすけ》、真柴久吉が初世尾上菊五郎であった。初世嵐雛助《あらしひなすけ》は有名な実悪の役者。石川五右衛門も彼の為に書かれたような役ではあるけれども、それと拮抗する真柴久吉に扮する初世尾上菊五郎も、当然嵐雛助に匹敵するだけの器量を持った役者だった。その初世尾上菊五郎は初演時にもう一役別の役を演じていて、それが〝石川五右衛門の父〟である。石川五右衛門の父親は〝大明《たいみん》の宋蘇卿《そうそけい》〟といって、当時の中国である明からやって来た謀叛の張本人・悪の黒幕というのがこの人物なのである。石川五右衛門は、この父の意志を継ぐ〝忠実な息子〟で、〝善〟である真柴久吉に扮した初世尾上菊五郎は、この〝悪の根源〟でもあるような大明の宋蘇卿にも同時に扮した。歌舞伎に於いては、支配者（座頭）及びそれに匹敵するような力を持つ大立者のパートは〝悪〟であるというのが鉄則なのだから、このような配置は当然のこととなる。

ドラマは〝悪対善〟という対立の下に演じられる。ドラマは勿論、座頭という〝悪〟と同時に、それに抗する〝善〟を持たねばならなくなる。石川五右衛門に対抗する真柴久吉（近世戯曲に於ける〝豊臣秀吉〟の別名が〝真柴久吉〟）がそれで、この役柄を〝実悪〟に対して〝実事《じつごと》〟という。座頭に対する実事の立者《たてもの》を二枚目といって、二枚目とは〝ナンバー2のポジションにある〟ということで、これは別に二枚目《ハンサム》ということではない。

「悪を演じるのは力であり、それに抗する善を演じるのも力である以上、善を演じる力とはそのまま悪を演じる力でもある」というのが歌舞伎である。だからこそ「悪は悪だが、善は同時に悪でもある」という、複雑なことも起きる。この複雑さを象徴するのが〝曽我物〟の敵役〝工藤祐経《くどうすけつね》〟である。

工藤祐経は江戸の〝曽我狂言〟に登場する敵役である。しかし、江戸の初春狂言でもある〝曽我〟の舞台で、有名な敵討の場面は上演されない。描かれるべきは、敵討という目的をもった二人の兄弟――五郎時致《ごろうときむね》・十郎祐成《じゅうろうすけなり》の日常に降りかかる〝非日常《ドラマ》〟だからである。

江戸の正月の舞台で、曽我兄弟の敵討は演じられない。五郎・十郎の兄弟は、まだ顔を知らない父の敵・工藤祐経と出会って顔を知る――これが有名な〝曽我の対面〟である。出会うことによって幕は下り、敵討に至らない工藤祐経は〝敵役〟であることを免れる。歌舞伎の曽我物とは、仇討狂言であって仇討狂言ではない特殊な芝居なのであるが、ここでは、曽我兄弟に〝ドラマ〟が襲いかかり、それが同時に時の国家権力＝鎌倉幕府に及ぶ政治事件でもあることによって、このドラマは政府高官である工藤祐経の上にも及ぶ。

〝曽我狂言〟に於いて、〝敵討〟ということによって直接相互に関わるべき工藤祐経と曽我兄弟は、その間に〝政変を画策する敵役〟を置くことによって、〝平行して存在する両者〟ということになるのである。この平行する二つの流れは、大詰に据えられた〝対面〟に於いて一つに合流する。

政府高官の工藤祐経は悪を排除し、そのことによって曽我兄弟は悪から救出される。これが現行の

『寿曽我対面』ではカットされている、江戸歌舞伎の定型である。

曽我兄弟にとって工藤祐経は〝善〟である。非日常は排除され、日常は回復する。その回復した日常の中で、曽我兄弟と工藤祐経は〝めでたく〟対面をする。

二畳台《にじょうだい》の上で立ち見になった工藤祐経は、富士の裾野に於ける再会を兄弟と約して〝対面〟は終わり、芝居の幕は閉じる。工藤祐経を演じるのは、勿論一座の中心である座頭役者である。曽我兄弟に討たれる〝敵〟であるからこそ、工藤祐経は〝実悪の座頭〟なのであるが、しかし実際に舞台に登場する工藤祐経は悪事を摘発する〝立派な大人物〟に終始する。終始して、〝善〟であった座頭の工藤は、曽我兄弟に出会う対面の幕切れに於いて、〝討たれるべき敵〟の〝悪〟に転じて、〝悪が一座の中心にある〟という歌舞伎の公式に身を委ねるのである。

この形式は顔見世狂言の幕切れ——謀叛人の見顕《みあらわ》しと、三重の上に立った座頭＝謀叛人による終了の合図と全く同じ種類のものである。非日常の介入によって始まったドラマは、非日常(悪)自身の撤退宣言によってのみ終熄されるというのが、歌舞伎のドラマの根本なのである。

(二)

座頭が本質的に悪であるということは、座頭が非日常の〝悪〟を表すからであるが、それならばそうした座頭を頂点に戴く歌舞伎とは一体何なのか?——歌舞伎とは悪が君臨するものであるという倒錯を根本に秘めているものなのか?　支配者は本質的に悪であるという認識に貫かれているものなのか?　という問題もある。

▲劇場内部

▲座頭役「曽我の体面」の工藤祐経（三代目市川猿之助）

結論を先に言ってしまえば、否である。歌舞伎とは、普通の意味での〝論理〟を拒絶するものだからである。

前述の如く、歌舞伎のドラマは二元論によっている。そしてその論理を構成する要素は、一の倍数＝四から一を欠いたものになっている。だからそうしたロジックによるものを、一元論やそれを基にする〝対立〟の論理で解明することは出来ないのである。歌舞伎とは、変化・発展・移行と呼ばれるような運動の〝方向〟を持たない非ベクトル的な弁証法によっているからである。

弁証法は正・反・合と発展する。しかし歌舞伎に於いては正・反・合は常に同時に存在する。歌舞伎には、そうしたことを可能にする時制があるからである。その時制を歌舞伎では《時代世話《じだいぜわ》》と呼ぶ。《時代》とは過去である。《世話》とは現在である。この二分法が歌舞伎の時制のもとになっている。勿論この区分に〝未来〟という時間は含まれない。何故ならば、未来とは〝生きよう〟とする人間の意志に関わりを持つものであって、認識によって成立する〝時間〟とは違うものだからである。江戸の封建時代とは、ある意味で変革の意志をもつことを許されなかった時間である。固定された時間といってもいいかもしれない。徳川三百年の平和の間、時間は〝平和な現在〟というところに固定されていたのだから、ここには意志によって生まれる〝未来〟などという時間が存在する筈もない。存在しうる時間とは、だから〝過去〟と〝現在〟の二つだけ——即ち、歌舞伎の論理が時代・世話の二元論によるしかないのもしようがないのである。

さて、歌舞伎を支える時制は、この現在（世話）と過去（時代）が一つになった《時代世話》なるものである。これがなにかといえば、これは〃虚構の時制〃というようなものである。

歌舞伎は〃劇〃である。劇とは脚色された現実である。現実を脚色するのならば、その脚色する時制は実時間とは全く違った種類の時制であらねばならないという風に、江戸の人間達は選び取った。

何故ならば、現実に時間は流れない。過去から続いて来た時間は〃問題のない現実〃というところでせき止められているのであるから、観客の住む現実で、時間というものは流れない。しかし、演劇というものは、上演時間というものを必要とする時間芸術である。これを見ることによって、観客は〃時間の経過〃というものを味わう。時間が経過し、そして時間を〃現在〃から経過させるというタブーに抵触することは許されない——時間を経過させるということは〃現在〃という体制を変革してしまうこととなのだから、こんなことが許される筈はない。時間は流れ、そして時間は流れないというパラドックスの中に存在する為、歌舞伎は《時代世話》という虚構の時制を選んだのである。

歌舞伎は《時代世話》という虚構の時間を選びとった。時間軸を採用するにあたって、歌舞伎は〃虚構の時間〃と〃現実の時間〃の二つの時間の存在を知ったからである。

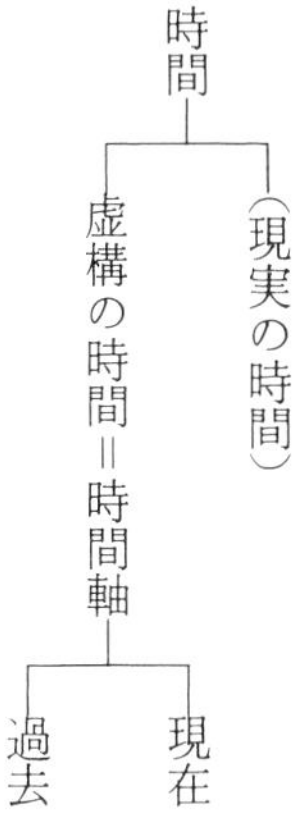

さて《時代世話》とは何か？ それは《世話》によって時代が解され、《時代》によって世話が制約をうけることであり、又同時にそうしたものの総体――時代と世話が混在するということである。その例を鶴屋南北の顔見世狂言『戻橋背御摂《もどりばしせなにごひいき》』（文化十年市村座初演）にとってみよう。『戻橋背御摂』は次のように構成されている。世界（芝居の時代設定）は前太平記――頼光四天王の世界である。

第一番目《時代》
三建目　諸羽社《もろはやしろ》の場（時代）
同返し　暫《しばらく》の場（時代）
四建目　花山古御所《かざんのふるごしょ》だんまりの場（時代）
　　　　生野海道追分《いくのかいどうおいわけ》の場（世話）
　　　　笛吹峠畚《ふご》おろしの場（世話）
同返し　栗の木村の場（世話）
五建目　市原野《いちはらの》の場（世話）
大詰　摂津介頼光館《せっつのすけよりみつやかた》の場（時代）
第二番目《世話》
発端　隅田堤《すだづつみ》の場（世話）
序幕　羅生門河岸切見世《らしょうもんがしきりみせ》の場（世話）
大切　浄瑠璃「親子連枝鶯《おやこづれえだのうぐいす》」（時代）

歌舞伎の構成は第一番目+第二番目の二部構成になっていて、一番目が《時代》二番目が《世話》という〝内容〟を持っている。一番目が〝過去〟に舞台をとって極端に誇張された表現を見せるなら、二番目は〝現在〟を舞台にしてよりリアルな芝居を見せるという、そんな二部構成である。

一番目は《時代》である。平安中期の武将源頼光と配下の四天王の活躍を見せるこの作品で、一番目が〝過去〟というのは当然である。舞台は平安中期、平将門・藤原純友の反乱は平定されたが、しかしまだ平和な時代の中に騒乱の芽は息づいているという設定で三建目《みたてめ》の三場は上演され、そして問題は続く四建目《よたてめ》及び五建目《いつたてめ》である。

四建目の幕明きのト書きには「在郷唄《ざいごうた》にて、幕明く」とある。在郷——即ち〝田舎〟である。頼光四天王の平安中期を時代背景にして、この場は田舎（生野海道）の〝世話場〟である。勿論、この場合の《世話》とは〝時間〟ではない。諸羽社・花山古御所・頼光館といった、民衆の属しえない場所——〝官〟に対する民衆の属しうる〝私〟という〝場所〟を表す。つまり、《時代》《世話》という区分は、〝過去〟〝現在〟という時間ばかりではなく、〝官〟〝私〟という場所・概念をも表すということなのである。

第一番目は全体としては〝時代狂言〟であり、この時代狂言の中には〝世話場〟という、観客にとって身近なシチュエイションも含まれている。

〝過去（時代）〟という統一的な一つの時制の中に、〝官（時代）・私（世話）〟という二つの場所が含まれているという意味で、この一番目の〝時代狂言〟は《時代世話》である。《時代（過去）》であるからといって《世話（現在）》を拒否する訳ではない。この《時代》は平気で《世話（田舎）》を含む。いつでも容易に《世話（現在）》に侵されうる〝ある概念〟が歌舞伎の《時代》なのである。

歌舞伎の《時代（過去）》は、いつでも容易に《時代世話（過去現在）》という混同だ。歌舞伎は〝過去〟をこのように解す。

ところで二番目はいささか複雑である。というのは、この二番目も一番目と同じ『戻橋背御摂』の頼光四天王の時代を舞台とする《時代》の作品でありながら、にもかかわらず《世話》だからである。〝第二番目《世話》〟としたのは勿論、「一番目は時代狂言、二番目狂言は世話狂言」という江戸歌舞伎に関する常識に準じたもので、私の本意ではない。正確には、この第二番目も《時代》である。だから、第二番目序幕の〝羅生門河岸〟がどこにあるかが問題となるのだ。原作のト書きによれば、ここは「都東寺《みやことうじ》の羅生門河岸《らしょうもんがし》」である。つまりここは京都なのだ。しかしそれならば一体、発端の〝隅田堤〟というのはどこにあるのか？ 三囲堤や今戸や千住が京都にある筈はない。これは隅田川のほとりの、歴とした江戸の地である。〝都東寺〟の建前にのっかって、しかしその実は〝江戸の風俗〟であるように、あまりにも公然としつらえられているのが、この『戻橋背御摂』の二番目なのだ。

この『戻橋背御摂』第二番目の眼目は〝切見世女郎三日月おせん〟というものの存在にある。吉原の最下等ランクに切見世というものがあって、そこを舞台にした〝現在風俗〟のスケッチ劇を見せることが、この〝生世話《きぜわ》〟で有名な鶴屋南北の『戻橋背御摂』二番目の眼目なのである。

塀で囲まれた吉原の端には〝切見世〟と称される格安の女郎屋があって、そこに〝羅生門河岸〟というのもあった。なにしろ格安なのだから、どんな女が出て来るかは分からない。梅毒で鼻の一つも欠けるのは覚悟の上という、江戸っ子達が危険を承知で出掛けていった、「鬼が出るか、蛇が出るか」的な危険が〝羅生門河岸〟という命名の由来である。

ロクな女がいないというのが相場の切見世に、若くてとんでもなく美人の女郎がいた——それが〝三日月お仙〟なるものの由来である。そして、吉原には羅生門河岸という名の切見世があった。そしてその昔、都の羅生門には鬼が出て、その鬼を源頼光の配下である四天王の一人渡辺綱が退治したという伝説がある。これが一緒になった結果、〝都東寺の羅生門河岸〟というものが〝隅田川〟の風景によって語られ、そこに生世話の切見世女郎が登場するという『戻橋背御摂』の第二番目の発端〜序幕が登場するのである。

〝隅田堤〟という江戸の現在現実（世話）は、〝羅生門河岸〟という言葉を媒介として、平安時代の京都（時代）へと繋がる。一方、頼光四天王が存在する筈の京の都は、〝切見世女郎〟などというとんでもないものを存在させられてしまった結果、〝架空の京都〟へと変貌を遂げる。〝架空の京都〟と化した平安京（時代）は、いくらでも平気で異質なものを呑み込んでしまう。そこは歴とした〝平安京（時代）〟でありながら、リアルな江戸の人物達（世話）は平気で徘徊し、その架空の都（時代）を徘徊することによって、現在の江戸の町（世話）に住む当たり前の町人達——切見世女郎やカミサンや勇み肌の町人や女郎屋の亭主は、いくらでも〝切見世女郎三日月お仙実ハ藤原純友《ふじわらのすみとも》息女《そくじょ》九重姫《ここのえひめ》〟〝茨木屋女房お綱実ハ藤原純友《ふじわらのすみとも》侍女《じじょ》苫屋《とまや》〟〝肴屋《さかなや》海老ざこの十実ハ渡辺源次綱《わたなべのげんじつな》〟〝茨木屋《いばらぎや》鬼七《おにしち》実ハ伊賀寿太郎正純《いがのじゅたろうまさずみ》〟といった複雑な背景をもつ異形の人物となることが出来る。そして、そのような人物達が徘徊するその光景は、しかしまた明らかに〝江戸の風景〟でもある――明らかに〝江戸の風景〟でしかない。つまり、〝架空の京都（時代）〟はまた〝願望の江戸（時代世話）〟であり、〝願望の江戸（時代世話）〟を描く〝現実の江戸（世話）〟は、そっくりそのまま架空の京都（時代）でもあるということになる。

《時代》という〝架空の全体〟の中に存在する《世話》という現在現実は、このように縦横無尽に（あるいは収拾もつかないほど奔放に）飛びまわる。ある意味で、《世話》という言葉を持ってしまった江戸の町人達には〝現実〟など不要であった、ということである。それほど、江戸歌舞伎の《世話》はとりとめがない。

〝架空の京都〟を描く技術は、〝現在の江戸〟を表現する技術で、それは勿論リアリズムである。この《世話》の中に生まれた写実表現を《生世話》と呼ぶ。江戸の生世話が世話《リアリズム》に対する生世話《ハイパーリアリズム》であるなどと考えたら、とんでもない間違いである。〝切見世女郎の生態〟という写実を舞台に登場させることをこそ要求して、しかしその結果は〝ありうべくもない平安時代〟というものを登場させてしまうような、その時代錯誤の根本を成り立たせる〝写実〟こそが生世話だからである。

頼光四天王の世界という《時代》の中に〝我々〟を存在させることこそが江戸の《世話》――歌舞伎の〝第二番目《世話》〟の持つ実態である。町人にとっての〝我々〟を実感せしめる為に、《世話》あるいは《生世話》という現実描写を持ち込み、そのことによって、〝平安朝の京都〟と〝現在の江戸〟という、時間的にも空間的にも全くかけ離れたものを一つにしてしまう。どうしてこんなことが可能なのかといえば――そして、どうしてこういうことを混乱なしに平気で江戸の町人が受け入れていたかといえば、それはそもそも、彼等の持っていた〝時間〟というものが、曖昧で混濁していた（混濁していられた）ものだからである。

《世話》は、よりリアルであることを目指して《生世話》という細部表現にもなりうる。しかし、そうである一方、《世話》は平気で、自分達の住む現在を見つめない。見つめずに、自分達の現在を成り立たせている枠組みとしての〝過去〟――つまり《時代》を求める。〝未来を拒絶する〟というのは、こんなことでもあろうか。

勿論、過去を表現する為の技術も不徹底である。何故ならば、江戸の町人にとって、過去を表現することとは、〝現在を仮託する為の舞台を設定する〟程度のことでしかないからだ。勿論、その過去に仮託される〝現在〟というものにどういう意味があるのかは、よく分からない。何故ならば、その〝表現される現在〟というものは、そもそもが〝あまり見つめる必要のない現在〟でしかないからだ。江戸の現在は、現在であろうとすれば過去になる。江戸人にとっての〝過去〟は、過去であることにあまり意味のない〝現在〟で、もう一度巡って来る〝江戸人の現在〟というものは、〝混沌であることを拒んでしまった混沌〟でしかない。

それでは「その〝現在〟にどの程度の意味があるのだろうか?」ということになったら――答は当然一つしかないだろう。即ち「〝未来〟を禁じられた現在に意味はない」と。つまり、公然と〝未来のない現在〟を受け入れていた彼等は、そんなものを受け入れることによって、〝現在の無意味〟を表明していたということになる。《時代（過去）》と《世話（現在）》という二つの時間軸を《時代世話》という一つのものにして把握していた江戸人の内実というのは、そういうものだ。

以上の関係をもう一度歌舞伎に即して整理し直すと次のようになる——。

時代	世話
←	←
過去	現在
←	←
属しえない場所	属しうる場所
←	←
官	私
←	←
架空	現実
←	←
リアルである	リアルであることも
←	←
必要がない	必要
←	←
非日常	日常
↙	↖

時代世話
↙　　↘
世話　　時代
↓　　↓
（永遠に続く）　（永遠に続く）

このことを実際の狂言の構成に従ってあてはめれば次のようになる。

時代→世話（時代世話）→時代　……第一番目（時代）
→世話（生世話）→時代　……第二番目（時代世話）
　……歌舞伎狂言（時代世話）
（例『戻橋背御摂』）

歌舞伎狂言は本質的に時代世話であることによって、時代と世話を混在でき、それは常に時代→世話→時代と辿って完結する。しかしそれならば、どうしてその時代世話は世話→時代→世話と辿ることが出来ないのか？　ということもある。時代と世話は互いに入り組んで、時代であることはやがて世話へ通じ、世話であることはそのまま時代であることと同じになってしまう無限循環構造が〝時代世話〟なる歌舞伎の時制であるのなら、その逆だっていい筈のものを、どうして世話→時代→世話という進行は起こりえないのか？　ということである。しかしこれも簡単である。何故にドラマが始まるのか？　ということを考えてみればよい。

ドラマの始まりとは、日常に非日常が介入することである。ドラマの公式は日常→非日常→日常なのである。それが〝過去時代〟を背景にした《時代》であれ、ドラマがそこから始まってしまうのなら、そこは当然〝日常の現在〟――つまり《世話》なのだ。つまり、時代→世話→時代と辿るものは、それが日常→非日常→日常と辿るものであることによって、実は世話→時代→世話というプロセスを辿っているのと同じことになってしまうのだ。私がここで長々と訳の分からないことを語っていることに頭を抱えていられる方も多いだろうが、それも当然である。何故ならば、私が語っているものは〝江戸の人間の持っていた無意味の構造〟だからだ。

歌舞伎というものは《時代世話》という時間概念を導入することによって、すべての結末を曖昧の中に断ち切ってしまった。終着はあっても結論はない。〝娯楽〟というものは、実はそういうものなのだけれども、歌舞伎という娯楽は、時代世話という、最も効率よく磨き上げられた〝曖昧な時制〟を導入することによって、すべての構築された論理を解消してしまうことを可能にした、とんでもない平然なのである。

すべての論理を無効にするように構築されたもの――だからその結果〝その中にいる〟ということ以外が不可能になったものが、歌舞伎という江戸の娯楽なのである。

（三）

様式は論理によって支えられる。しかし論理が無効であるものが様式を持つ筈がない。がしかし、歌舞伎は前述の如く歴とした様式を持つ――無意味を無意味として感じさせないように、無限循環の糸を「今日は先ずこれ切り」の一言で断ち切ってしまう〝時代↓世話↓時代〟の流れが、歌舞伎の様式である。そしてこの様式は、すべての論理を無効にしてしまう様式である。様式が論理を拒絶したまま様式であるような、そんな矛盾が現実には起こりうる筈がないのに、しかしその例がここにある。あるのは何故か？　そんな矛盾が露わにならない理由は何か？

答は一つである。そこには、なにかの詐術が存在する。

それでは、その詐術とは何か？

それは勿論、歌舞伎の論理体系が二元論から発生して、しかしその実は〝2×2－1〟という形になっていることと関係している。つまり、歌舞伎の論理とは、常に何かを捨てている（－1）ということである。原初的に〝マイナス1〟という空隙をもっているからこそ、論理を持たずに様式を持つという詐術も可能なのである。

それでは一体歌舞伎が排除した〝1〟というのは何なのか？

それは初めに述べた「ドラマの起こらない日常は、果して善か？」という問いかけである。

歌舞伎を作る側、ドラマを演じる側には〝日常〟がない。〝日常〟とは、そのドラマを見る観客の側にこそあって、それを演じる側にはない。歌舞伎とは、〝日常〟の側からやって来る観客に〝非日常〟を提供する娯楽だからである。非日常を提供することによって日常を成立させているものに〝日常〟なるものはない。非日常を弾圧することによって〝おだやかな日常〟を営むものと違い、〝日常〟に非日常を提供するものの日常とは、非日常を育てるようなものだからだ。スターの異常、芸人の異常、表現者の異常とはそのようなものだ。彼等は他人に非日常を提供するという目的の為に、〝非日常〟という余分を飼っている。その日常が尋常なものでないのは当然である。その飼っている〝余分〟の存在を指して〝異常〟というのであるから。だから勿論、このことを別の言い方で置き換えると、「歌舞伎は観客によって日常を奪われている」ということになる。

観客によって日常を奪われ、観客に非日常を提供するものが歌舞伎であれば、ここの世界の支配者である座頭が〝悪〟であるのは当たり前のことだ。彼は非日常を代表する〝悪〟であり、そして彼は、〝日常〟の前に腰を低くし頭を下げるような〝悪〟だ。歌舞伎のドラマが、悪の側の撤退宣言によってしか終熄しないのは当たり前の話である。

観客とは〝日常〟にあるもので、劇場の観客席に着くことによって初めて、観客は〝非日常〟と接することが出来るもの。彼等によって〝非日常〟とは、関係のないもの――自分達とは幕一枚隔てて、舞台と客席との境界を接して存在するものである。だからこそ、日常の側に住むものにとって、自分達とは関係のない〝非日常〟が悪であったところで、一向に差し支えはない。問題があるのだとしたら、それは非日常の質ではなく、自分達が属する〝日常〟の質である。

歌舞伎に代表される町人娯楽は、時の政府＝公儀から見れば〝下らないもの〟である。それは存在するけれども、それを〝下らない〟とするものにとってはなんの関係もない。関係ないものが存在することは、ただ「いたしかたない」というようなものであって、それを「より高尚であれ」などという干渉が生まれる訳もない。それを〝芸術〟と規定して〝改良〟を目指したのは明治以降の近代の話である。江戸の徳川政権にそんなことは関係がない。問題が生まれるとしたら、それはただ一つ、関係のないものが関係を持とうとしたその時だけである。関係のないものが関係を持とうとすること――その一つが批判である。下らない町人の為の娯楽が〝現在の日常〟に迫って来てはならない。現在の風俗・事件を、そのままドラマとして脚色することを幕府が禁じたのはその為である。だから歌舞伎は〝現在〟という時間を中途半端に放棄して、ドラマの背景を〝過去〟に設定するという特殊な劇作術を持った。〝日常〟というものは、既に停止しているのである――〝平和な現在〟という状態の内に。〝批判〟とは勿論、この停滞を衝いて〝未来〟を要求することである。江戸の封建体制に於いて、このことは何を意味するのかといえば、そのまま体制転覆を意味する。江戸の当時、直訴が一家眷属を含めての死刑という大罪であったのはそういうことだ。たとえその批判に理があっても、結果としてその批判を受け入れて事態が〝改善〟されることはあっても、批判そのものは悪である。現在は既に〝太平〟というものの中に完了してしまっているのであるから、それに対する〝批判〟などというものが起こる筈がない――だからこそ、それを唱えるものは言語道断の〝悪〟なのである。

日常が悪であってはならない。それが観客の属する世界の常識である。その日常に娯楽を提供する〝非日常〟の側は、だから当然この条件を呑む。呑んで黙って譲歩をして、そして黙って詐術を設けた。だから歌舞伎に「ドラマの起こらない日常は、果たして善か？」という問いかけは存在しないのである。「歌舞伎以降存在するすべての大衆娯楽に」と言うべきか。

〝娯楽〟に属する側は、自身が日常とは一線を画した〝非日常〟に属することを宣言して、一切の日常は自身の〝平和〟に対する問いかけを免れたのである。

たとえば、鶴屋南北の『東海道四谷怪談』には〝乳母おまき〟という女性が登場する。民谷伊右衛門の浪宅に〝面体崩るる秘法の薬〟というものを持って訪れ、伊右衛門の妻お岩の顔を変えてしまう、その使者となるべき隣家の乳母である。

民谷伊右衛門の隣家には伊藤喜兵衛という裕福な武士が住んでいて、この家の孫娘が民谷伊右衛門に一目惚れをしたところから『東海道四谷怪談』のドラマは始まるのだが、父をなくして母の手だけで育てられたこの孫娘の〝お梅〟が、祖父の伊藤喜兵衛には可愛くてしかたがない。そして、勿論この伊藤喜兵衛なる人物は善良なる好々爺でもあるような人物である（詳細を言えば微妙に違いはするけれども、それはまずおく）。

孫娘の惚れた相手の男には妻があって、その妻には子供まである。いくらなんでもこれをもぎ取って孫の夫にする訳にはいかない。〝善良なる隣人〟であるような男はこう考える。考えて何をするのかというと、こうである――「孫めが事が不憫と存じ、婿に取ろふも女房持ち。ア丶、どふかなと工夫をこらし、お弓（お梅の母）にも知らさず、身が覚えたる面体崩るる秘法の薬、お岩殿に飲ませなば、たちまち相好変わるは治定、その時こそはこなたの女房に愛想が尽き、別れ引きにもなったなら、後へ持たせるこの孫と、悪い心が出た故に、口外せねど、さっきにこなたへ血の道の薬と乳母に持たせてつかはしたるは、面体変わる毒薬同然――」

その結果、使用人の乳母でしかない〝おまき〟は、自分の役割がどんなものかも知らずに、その薬をお岩に手渡すことになる。伊藤喜兵衛の中に〝愚〟はあっても、〝悪〟というものはあまりない。伊藤喜兵衛が悪事を企む〝悪人〟であるならば、江戸の歌舞伎はそのように書く。歌舞伎の悪人は「悪い心が出た故」等という述懐は吐かないものだ。伊藤喜兵衛の〝悪〟が〝微妙〟であるというのはそういうことだが、しかしこの〝おまき〟は違う。自分が何をしているのかということと一切を知らされずにいる〝隣家の善人〟だ。自分が乳をやって育てたお梅が可愛くない筈はないだろうし、その娘が隣家の妻子持ちの男に一目惚れして悩んでいるのならなんとかしてやりたいと思って気を揉むこともあるだろう。身贔屓のあまり、隣の男の女房を憎むことさえもあるだろう。だがしかし、その女房に毒薬を持って行く乳母の〝おまき〟は、そういうことの一切を超えて、ただの〝出産見舞いに隣家からやって来た善人〟である。

乳母おまきを演ずるのは〝市川おの江〟という女方役者である。江戸では女方役者を、通常は〝若女方〟と表記する。たとえ彼が年老いて老女の役を演ずるようになっていたとしても、その役者の演ずるパートが女方であるならば、彼は必ず〝若女方〟と表記される。歌舞伎の女方は〝悪〟を演じることはないが、しかしその女方は、同時に〝老〟を演じることもないのだ。非日常の側から見た〝日常〟にある〝女〟というものがそういうものであったことには注目しなければならない。〝女〟とはそういうものだったのだ。

▲『東海道四谷怪談』三世尾上菊五郎のお岩

すべての女は〝若い〟のだ。女を演じる上で一番必要なことは〝若い〟ことで、勿論その〝若い〟という言葉の後ろには、当然のことながら〝美しい〟という必要条件が隠れている筈である。〝女であること〟を観客に対して演じることを職務とする人間にとって、〝美しい〟ということを見せるのは、まず一番最初に来る義務であり、そしてその上に、〝若い〟のだ。すべてはこの前提の上にある。〝悪を演じる〟という特殊が〝敵役〟というものを担当する人間の任務であるなら、〝若い（そして勿論・美しい）〟という特殊を演じるのが〝女方（若女方）〟というパートを担当する人間の職務である。

悪を演じる敵役が〝悪い女〟というものを演じるのは当然だ。〝悪〟ということの前に男女の区別はない。そして〝若女方〟という役者の前にあるものは〝若い（美）〟ということであって、このことの前にもやはり男女の別はない。何故ならば、女方役者は〝若衆〟という〝若い（美しい）男〟──即ち美少年をも演じるからである。女方にとっての問題は〝若い（美しい）〟ということであって、善悪は関係ない。そしてこの〝関係ない〟ということの中には、「美は善悪の道徳を超えている」──即ち「〝美〟ならば〝悪〟であっても了とする」という、近代の耽美主義は含まれない。前近代の美はモラルの中にしかないし、前近代のドラマは悪の中にしかない。美少年とはあくまでも〝善〟なのであって、〝悪の美〟というものは歌舞伎の中に存在しない──たとえ人間が〝悪〟というドラマに引きずられて興奮感動してしまうことはあっても、それを〝美〟とする論理は前近代にはないのだ。美とはどこまでも善であり、善とはどこまでも美である。日常にはドラマがないが、しかし日常は美である──これが「日常は善である」ということの内実である。

そして、すべての女方は〝美〟であり〝善〟であり〝若いということ〟である。女方は〝日常を成立させる女〟であり、女が悪であることはありえない。女は夢想せず、ドラマであることに関知しない。だから〝乳母おまき〟を演じる若女方役者市川おの江も、それを〝善〟として演じる。だから〝乳母おまき〟は〝善〟なのだ——善であることを当然のものとして観客に了承されているのだ。観客は〝おまき〟の行為に疑問を差し挟まない。差し挟む必要がないと理解する。そして、その〝乳母おまき〟は何をしたか？　彼女の行為によって、お岩という一人の罪もない女性が醜悪なる化物へと変貌させられるのである。〝善〟なる〝おまき〟は平然と〝日常の一員〟でありながら、事態を〝不気味なもの〟へと衝き動かして行く。衝き動かし、そして彼女はそのことに対して平然と口を噤んでいられる。彼女は単なる〝ワキ役〟であって、ドラマを演ずる主要人物ではない。ドラマという非日常を取り巻くワキの点景人物に〝ドラマ〟はいらない。私はほとんど、〝ドラマ〟という〝非日常の侵出〟を〝心理〟という言葉に置き換えたがっている。しかし、江戸に〝心理〟はないのである。「非日常の登場がドラマである」と規定されてしまった平穏の中に、〝心理的葛藤〟だの〝内的必然性〟などというものがある筈がないではないか。

斯くして、〝日常〟なる彼女は舞台を通り抜ける——〝面体崩るる秘法の薬〟というものを持って。観客なる〝日常〟もそれを眺めている。彼女が通り抜ければ、事態は一変する。お岩の顔は崩れ、舞台は〝夫に捨てられる哀れな人妻〟の話から〝醜悪な外貌を持った幽霊による復讐劇〟へと変わり、その間に一人の人妻は死に追いやられている——隣家の善人の単純なる〝行為〟によって。日常に善悪の判断はいらない。何故ならば日常は既に〝善〟なのであるから、善悪の判断抜きの単純なる〝行為〟は、公然と罷り通る。勿論ここで私の言うことは「すべての〝行為〟は〝単純なる行為〟として位置づけられる特権を持つ」ということである。

観客はそれを眺めてしまったことで〝事態〟の転換を容認し、そしてそれを更に眺めることによって彼女が何をしたかを知ることが出来る――いや、勿論そんなことは出来ない。舞台を通り抜けただけの〝日常〟は、通り抜けること以外には何もしていない、人物の形をしたただの〝段取り〟だからだ。状況を進展させ物語の展開を可能にする歯車のような〝ワキ役〟に、人間としての〝心理〟などはない。そして勿論、生きた段取りとして舞台に登場するワキ役の一々に〝その人物らしいリアリティー〟が要求されるのは当然である。裕福な武士の、そして祖父がいまだに一家の中心にいるような女家族の中にいる〝乳母〟という女性がどれほどの〝ゆとり〟と〝しとやかさ〟を持っているか、それを描き出すのが〝おまき〟役者の腕の見せどころでもある。そして、それだけ見事なリアリティーを持っている女性に、実のところ〝一人の人間〟としての心理がないのである。

もしもこの〝乳母おまき〟を演じるのが〝若女方〟の市川おの江でなく、〝敵役〟であるような役者が〝加役〟で女方を演じていたのなら、事態はもう少し変わっていただろう。〝乳母おまき〟は明らかに〝いやな女〟で、そして裕福な武士の家の乳母にあるまじき〝下品な女〟で、不美人だ。前近代の演劇である歌舞伎に於いて、こうした〝心理的〟なパートはすべて、若女方の担うべきところではなく、敵役の演じる領分だったから。そして勿論、乳母の〝おまき〟がそういう女だったならば、それを使う伊藤喜兵衛という老人ももっと薄っぺらな〝ただの悪人〟に堕していただろう。

『東海道四谷怪談』という不思議な演劇は、実のところ、たった一人のわがまま娘の言動が平気で貧しい浪人の一家を破綻させてしまうという、〃怪談〃となる以前の発端部分にすべての薄気味の悪さを結集させているといっても過言ではない。孫への愛情に目がくらんだ老人は「悪い心が出た故」と平気で反省し、しかしそう言っている間にも毒を盛られた女の顔は崩れて行くし、そう言って反省した老人も、しかしそうなって行くことを一向に悔いる様子もない。事態が「もうしょうがないな」というところに行くまで、すべての〃善人〃達は、平気でおし黙っているだけなのだ。おし黙って、そして自分達の要求が通って行くことを待っている。心理的な脈絡を欠いたまま事態の推移を伺っているだけの人間なんていうものがいるのかといったら、ここに立派に存在する。〃ここに〃というよりも、ここから延々と存在を主張し続ける。つまり、〃大衆〃というものはそういうものなのだ。外形の〃らしさ〃という肉体性を十分に備えた〃乳母おまき〃という女性に〃心理〃というものがまったく存在しないという虚偽は、実のところ虚偽ではなく、大衆であることの真実そのものなのだ。

〃日常〃は、そういう〃彼女〃が〃生きた段取り〃として舞台を通り抜けることを容認する。何故ならば、〃日常〃も又、彼女と同じような〃善〃だからである。

（四）

「日常は善である」というテーゼを覆す方法は、単純に「日常は悪である」と置き換えることではない。日常が悪となれば、その瞬間から日常は非日常と変り、日常は再び恬淡としてその非日常を眺め始めるからである。

「日常は善である」というテーゼを覆す方法はただ一つ。それは、日常の〝欠落〟を指摘することである。

何故ならば、日常は「ドラマの起こらない日常は、果して善か?」という問いを免れているからである。

そして、「日常を営む人間に心理はない」ということを指摘することである。

何故ならば、「ドラマの起こらない日常は、果して善か?」という問いを日常が免れているということは、人が心理的な葛藤を持つ必然性を免れている――拒否しているからである。

そして、「日常は善である」というテーゼを持つ世界が不気味なものであるということを描出することである。〝日常〟というものはいつでも、〝面体崩るる秘法の薬〟という不気味なものを持ち出すことが出来るものであるからして。

『東海道四谷怪談』は生世話の典型として知られている。生世話という〝より進んだ写実劇〟がどうして〝怪談〟に要求されたのか? それは、日常がリアルに描写されればされるほど、日常の持つ無気味さが増すという前提が、既にあったからである。

歌舞伎というものは、自分達を〝非日常〟、観客は日常からやって来た〝お客様〟と規定することによって、明瞭に観客に媚びたのである。観客に媚びることを前提にした〝娯楽〟であることによって、観客に襲いかかる機会を待っていたのである。

すべての論理が歌舞伎に対して無効であるというのは、すべての論理が〝日常〟から出ているからである。日常から抜け出た論理だけが、歌舞伎に対しては有効なのである。

歌舞伎の論理は、それが論理であると指摘された瞬間に雲散霧消してのける。それは勿論、襲いかかるべき相手に畏れを抱かせない為だ。そして、その消え去る一瞬を目の辺りにしてしまった人間にだけ、歌舞伎というものの持つ〝不気味〟という正体が見える。
見えたと思った瞬間には既に見えなくなってしまっているという点で、歌舞伎とは、最も素早く餌物を捕えることに長けた狡猾な舌を持つ蛇なのである。

この蛇は、撤退を条件にして残忍非道の限りを尽す。同じ鶴屋南北の作である『絵本合法衢《えほんがっぽうがつじ》』はその頂点である。「悪は最終的に討たれる」という前提さえ押さえておけば、この〝娯楽〟にはどのような残酷も可能であり、許されるのだ。そしてこの狡猾な蛇は、一番最初に捨て去ったものさえも、巧みに己が餌食としてしまった。つまり、日常に気取られないように「日常は善である」というテーゼを覆してしまったということである。

〝怪〟とは、それを眺める日常の内にあることを、日常を放棄させられたことを逆手にとって、歌舞伎は観客にこっそりと突きつけた。毒薬を運ぶ乳母が、なんの罪もない〝庶民〟であるならば、観客だとて同じなのだ。「観客とは、自らが〝怪〟であることを免れる特権に与っていたものである」ということを明らかにする為に、毒薬を運ぶ乳母という〝名もない庶民〟は、〝善〟にして〝美〟にして〝若い〟という、そういうお世辞を、鶴屋南北という劇作家は、それとなく使ったのである。

〝それ〟を享受するものは、〝それ〟を提供する側と、正に重なる。歌舞伎の論理が〝怪〟でしかないのは、それを享受する観客が、実のところ〝怪〟でしかなかったことの表れである。だからこそ多分、我々は、この前近代から続く〝大衆演劇〟の実相を、なかなかに理解しないままでいるのであろう。

歌舞伎の論理、それは不明確であることと明確であることの間にあって、不明確であることを明確に描き出すような〝怪〟の一文字で表されるようなものなのである。

II

江戸の〝様式《てつがく》〟

まず最初に三点の絵を見てもらいたいと思います。画風はそれぞれに違いますが、作者は同一人――天保に生まれて明治に死んだ〝最後の浮世絵師〟芳年《よしとし》です。この人ほど近世が近代に変わることの実質を簡単に教えてくれる人もいないだろうと思います。この人は明治になって狂い死にをする江戸人だからです。

最初の絵は慶応二年に出版された『英名《えいめい》二十八衆句《しゅうく》』というシリーズ物の一点。三番目の縦長の絵は、明治十八年に出版された『奥州安達原《あだちがはら》、一つ家の図』。どっちも女が半裸になってぶら下がっておりますが、さてクイズです――この二つの絵のうちで、発禁になったのはどっちでしょうか？

もちろん、絵としてはおとなしい方の明治の〝一つ家〟。通称〝鮟鱇《あんこう》斬り〟の『英名二十八衆句』の方はなんのおとがめもなし、なんですね。

なんでこの絵に、〝鮟鱇斬り〟なんていう通称がついたのかというと、ここに「鮟鱇を　ふりさけ

▲芳年『英名二十八衆句』「稲田九蔵新助」

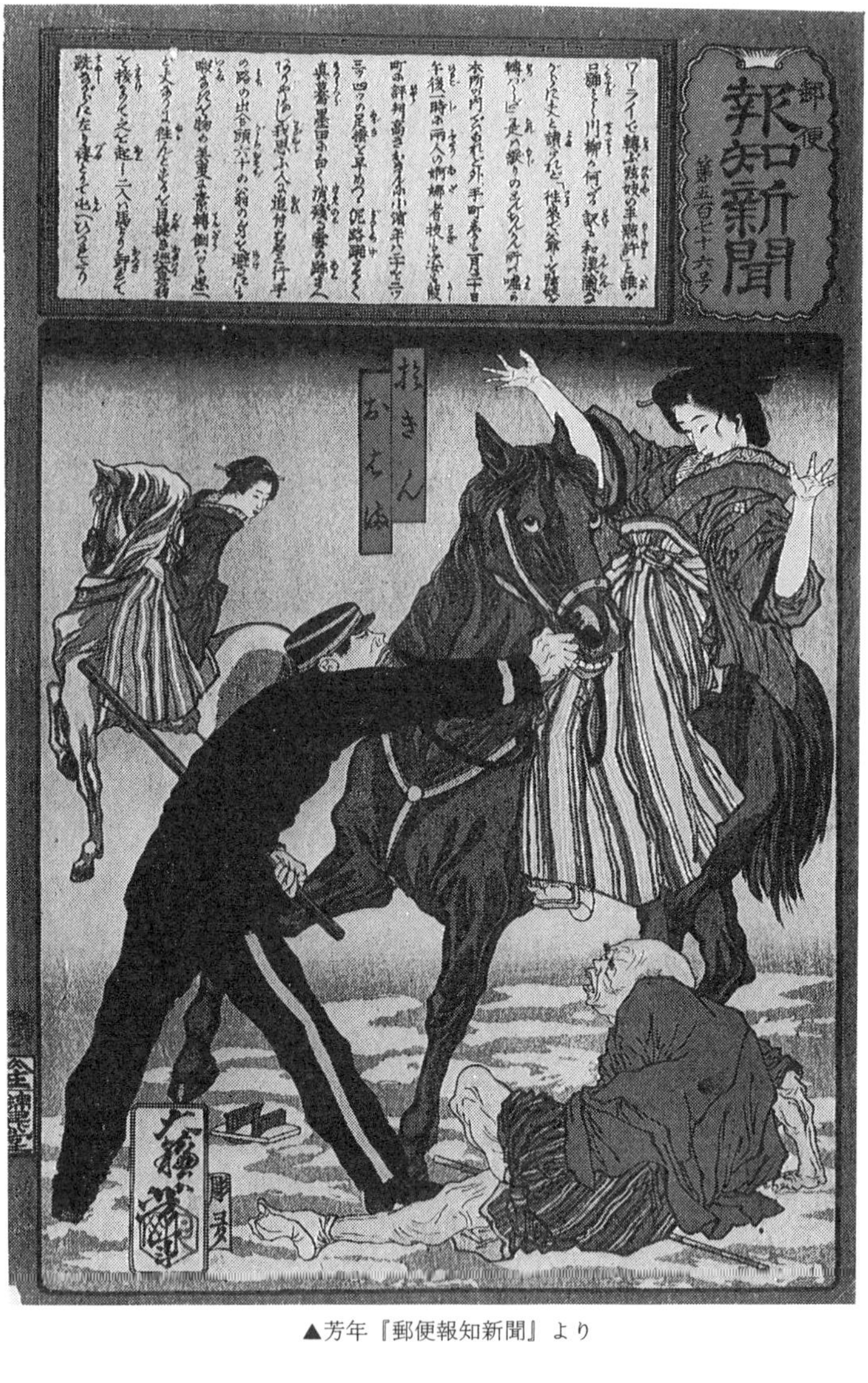

▲芳年『郵便報知新聞』より

みれば 厨《くりや》かな」という、とんでもない句がついているからですね（赤地タイトルの横）。深海魚である鮟鱇を料理する時は、尾を縛って台所の梁から吊るして斬る、と——そういう日常的な情景をこの絵が連想させるというんですね。どうしてこういうシーンが〝日常的〟なのかはよく分かりませんが……。

ともかく、日常的なものとして存在していたからこそ、この〝英名二十八衆句〟というシリーズは、別に発禁にもなんにもなりゃしなかった。問題は、「一体〝何〟が日常的に存在していたか?」なんですね。

この『英名二十八衆句』というのは、英名を謳われた〝二十八人〟を題材にした二十八点のシリーズですが、全部血みどろですね。

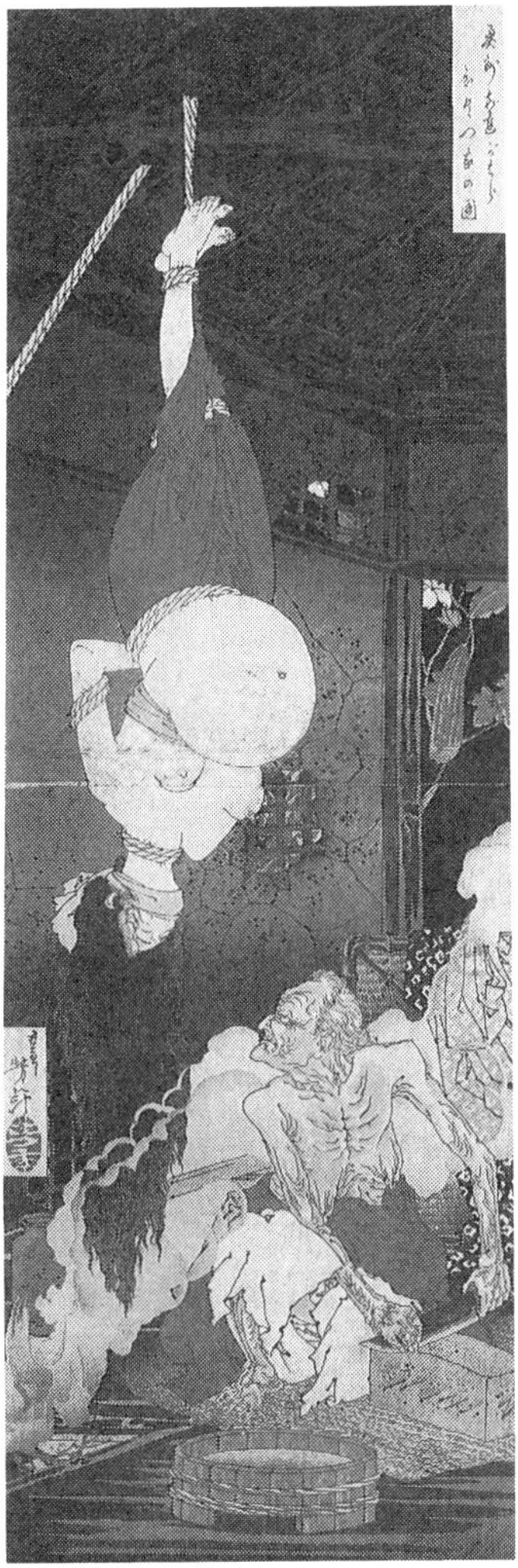

▲芳年『奥州安達原，一つ家の図』

江戸というのは、別に上つ方が〝御改革〟なんてことを言い出さなきゃ、風紀に関しては取り締まりなんてないも同然です。江戸時代に春画は取り締まりの対象になったのかならなかったのかといえば、「まずならないものではあったけれども、しかしなることもあった」というようなものでしょう。なんたって、性行為ほど日常的なものはないんだし、その日常を禁ずる理由なんてない。でも、春画に描かれるその〝日常〟は〝いかがわしい〟というような領域にも属するようなものであるから、そうそう公然とどこにでも出て行けるようなもんではない、というようなもんでしょう。それはちょうど、江戸では売春が禁止されてはいなかったけれども、だからといって吉原の娼婦達が江戸の町のどこにでも出没出来ていた訳ではない、というのとおんなじでしょう。吉原の娼婦達は吉原の外に出るのを禁止されていましたから。

江戸の浮世絵師達はみんな〝春画〟を描いてますよね。歌麿なんか、春画の方がズーッとワイセツじゃないようなもんですよね。あまりにも即物的な行為を即物的に描いてるもんだから〝官能〟というものの湧きようがない。歌麿の春画を見ると、そして歌麿が動植物を描いた絵本なんかを見ると、この人がリリシズムというものを生理として持っているリアリズムの画家だということがよく分かりますね。だから春画の方が健康だし、肉体の大部分を隠した大首絵の方がずーっとエロチックだ。禁じられることによって露わになる〝本質〟というものは、別に局部的なものではなく、もっと全体的なことだということでしょうか。

北斎っていう人は露骨なまでの春画を描いて、そのことで〝人間性〟というものに肉薄したがってた人ではあるけれども、この人の春画は、露わであることによって、隠された淫靡というものがなく

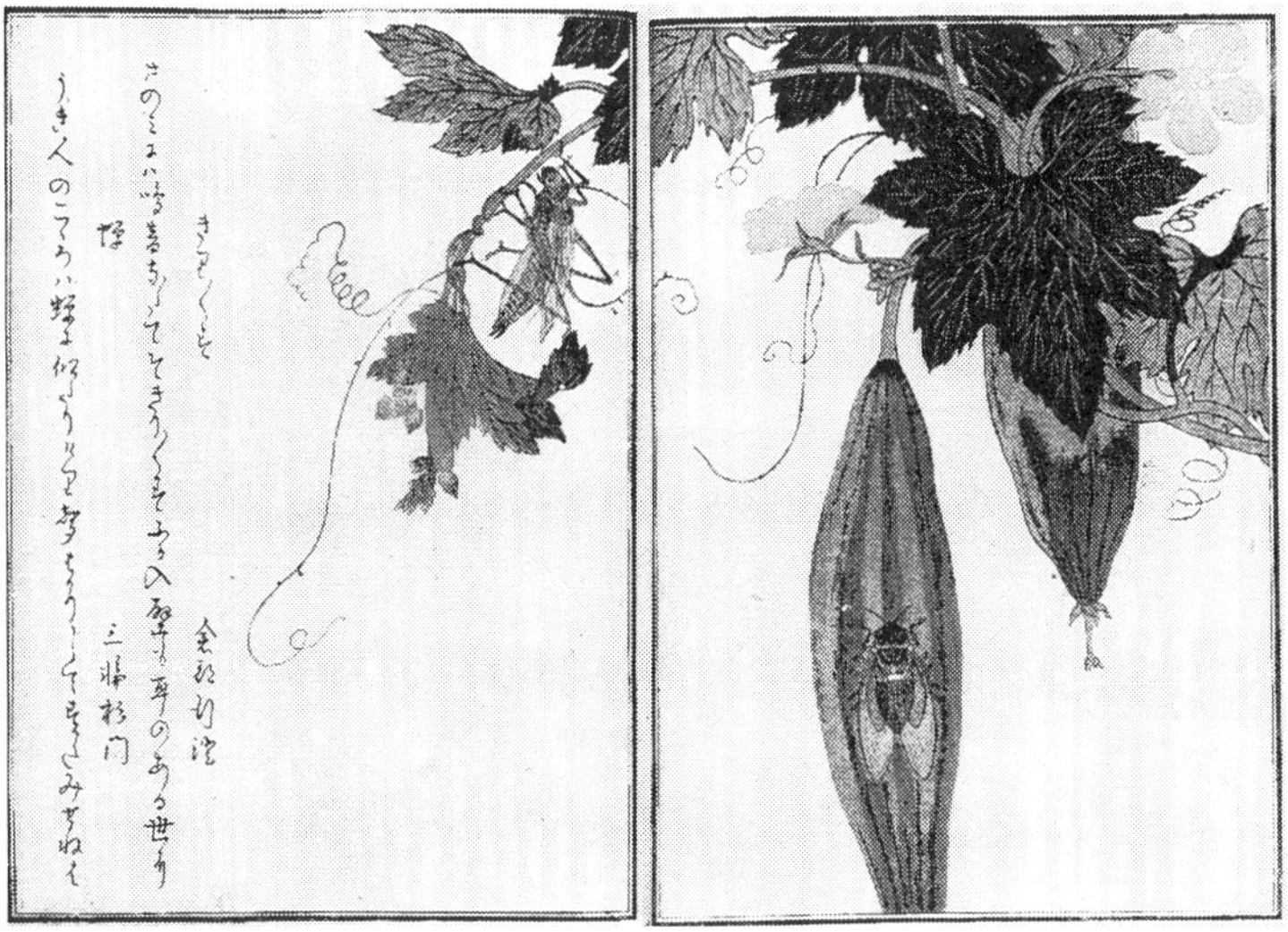

▲歌麿『画本虫撰』より「きりぎりす　蟬」

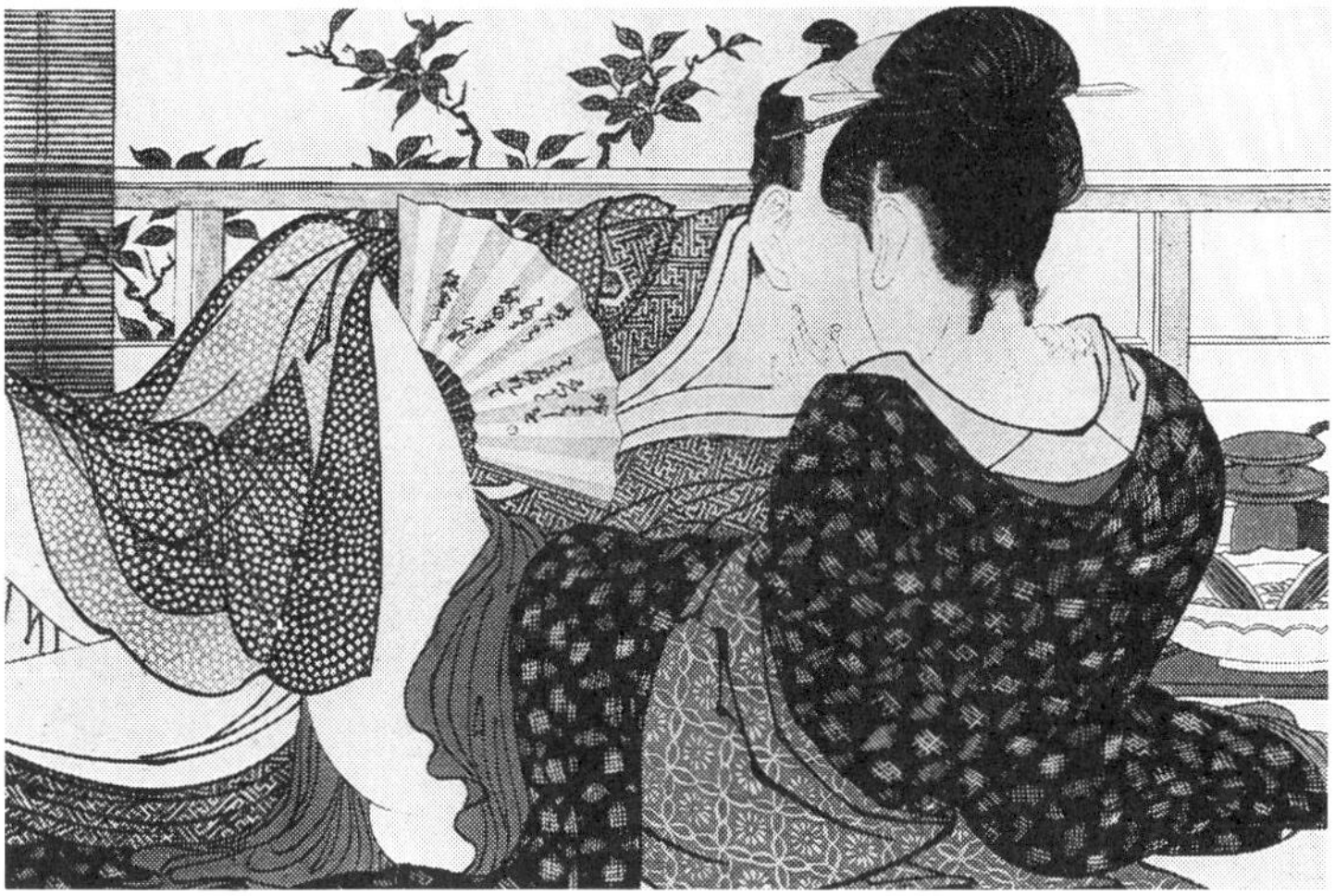

▲歌麿の春画

なってしまった。ほとんど〝公然たる格闘技〟で、「こりゃいけない」とおもった北斎は、その絵の中に〝いやらしいセリフ〟を書きこんでる。下品丸出しのセリフを書くことによって、春画の持ついやらしさをかろうじて成り立たせたっていう、そういう人ですね。「ポルノは別にいやらしくない」っていうのが一昔前の性解放の論理でしたけど、でもそんなのウソですね。ポルノはいやらしくて、人間はそのいやらしいということを必要とするものだっていうのが正しい性の論理だと思いますね。北斎はそのことを百年以上も前に実証してる。

　ところで、芳年っていうのは春画を描かなかった珍しい浮世絵師だっていうんですよね。そのかわり女の自慰シーンだけを描いた『美女艶姿絵巻』ていう肉筆絵巻があるっていうんですよね――明治になってからの作でね。これだけで、「ああ、近代ってのはそういうもんなんだな」と思いますけどね。当たり前の行為から排除されていった男が、自己完結している他人を見るというね。そこに通奏低音としての〝狂気〟があるというね。

　明治十八年の『奥州安達原、一つ家の図』というのは、なんの問題もない絵ですね。だってこれは〝歴史画〟なんだから。

　奥州の安達原には鬼婆がいて、孕み女の腹を裂くという、そういう〝伝説〟の類が片ッ端から〝史実〟に変えられていくのが、実は明治という非常にロマンチックな時代の一側面である訳で、その安達原の鬼婆が、実は前九年の役（一〇六二）の首謀者・安部貞任《あべのさだとう》の母親であるということは江戸の昔に『奥州安達原《おうしゅうあだちがはら》』という浄瑠璃で、民衆の間に定着してしまったフィクショナブルな〝史実〟ですし。そういう〝史実〟があってこそ、こういう説明抜きの〝歴史画〟が存在できるんですね。なんでこの絵が発禁になったのかは知りませんが、しかしこれは〝こわい絵〟ですね。発禁という事態を起こしかねない〝何か〟を持ってますね。その〝何か〟がなんであるのかを考えないで、〝発禁〟という措置で片付けてしまうのが近代というもんじゃないかな、とかは思いますけど。

まァ、いろいろ言ってはおりますけども、しかし私は実のところ、そういう〝内面〟の問題にはあんまり関心がない。問題は内容ではなく、実は外見――様式の方なんです。

なんだってわざわざ〝半裸の女が殺される為にぶら下がっている絵〟を二つ並べたのかというと、その様式上の違いだけですね。幕末の『英名二十八衆句』の方は、男も女も濃厚に〝芝居をしている〟。題材のショッキングに目をつぶれば、男のポーズは明らかに浮世絵のポーズ、それに合わせて〝鮟鱇〟の方も、濃厚に芝居をしているし、化粧もしている(血糊ボタボタの)。

その一方で、明治の『一つ家』の方は、なんの芝居もしていない。女はぶら下がっているから苦しいのだし、鬼婆は包丁をといでいるから息をつめている、と。非常にリーゾナブルで、歴史の一情景を冷静に絵にしているというだけですよね。ただし、この〝冷静さ〟の内実を考えてみるとこわい、というような。

それだけの話です。ここにあるのは、題材としては特殊だけれども、しかし画面構成ということは非常によく考えてある、一つの〝近代絵画〟ですね。伝統的な浮世絵版画の技法によって制作されているけれども、これはもう浮世絵とは縁を切った作品です。『英名二十八衆句』にある男の着物の描線、これが明治の『一つ家』にはありませんから。これはまったく独特な、この作家の線ですから。

浮世絵の描線というものはクセのあるもので、独特の様式をその中に孕んでいる。『英名二十八衆句』が芝居をしているというのは、この絵の根本が浮世絵の線によっているからですね。私はこれを、〝浮世絵している〟と言いますけど。

というところで二番目の絵。

これは明治七年に始まった〝新聞錦絵〟という、浮世絵の新ジャンルに属するもので、郵便報知新聞中の記事を一枚刷りに仕立てた『郵便報知新聞錦絵』の中の一点です。日本で最初の週刊誌ジャーナリズムというようなものでしょう。絵の題材は、葭《よし》町の芸者が二人で馬に乗ってて爺さんをはねた、それを巡査に見とがめられたという、昔も今も〝フォトジャーナリズム〟はどうでもいいことばっかりを売り物にしますが、そんなことはどうでもいい。ヘンテコリンなのはこの絵ですね。こんなに異様な絵っていうのもちょっとない。それくらいに異様ですね。

巡査の右手右脚と胴体、それに馬の左前脚が大きな台形を作ってる。巡査の右脚は馬の左前脚の先と接して、この馬の脚はそのまんままっすぐ上に伸びていく。馬の胴は上に乗っている芸者の袴の縁をたどることによってそのまま、巡査の右手と馬の口許の接点・袴の結び目・着物の襟元・芸者の口を通って画面外にある赤い〝郵便報知新聞〟の枠の右下へ一直線につながる。

この絵がヘンテコリンな絵だというのは、このテの直線的な構成がいたるところに見られることですね。どういう法則性にのっとっているのかはさっぱり分からないけど、でも妙な〝法則〟がこの絵を支配してる。遠景の馬と芸者は、巡査の手と馬の口が接するところを中心にして描かれた二つの同心円の一部のように、身をそらせている。前景で倒れている爺さんは、なんだか分からないけれども、何か幾何学的な構図を演じたがっているように、身をよじっている。

この絵に法則性があるのかないのかは分からないけれども、この絵はもうホント、あからさまに「幾何学的構成にのっとっている」ということを主張している。ヘンテコリンとはそういうことですけど、でもそれはこの絵だけに限ったことじゃない。これは、芳年の描いた『郵便報知新聞錦絵』全部に共通した性格ですね。法則性なんかないんだけど——と思うけど——妙に幾何学的であることによって様式的であるというのが、このヘンテコリンな絵達の共通項です。

一体、この絵には〝黄金分割〟のような幾何学的な法則性というのはあるんだろうか？　専門家がよーく探せばあるのかもしれないけど、私は何故か知らない「そんなもんなんかない！」と言い切りたい。「芳年のこの絵が単に異様に幾何学的なだけだ」と。


浮世絵と幾何学っていったらまず無関係であるのが似つかわしいようなもんですが、幾何学的方法で絵を描きたがってた浮世絵師っていうのはちゃんと江戸時代にいました。芳年ってのはその名の通り歌川派の大物国芳の弟子ですが、下手すりゃ芳年は、国芳よりもこっちの方により多くの影響を受けたんじゃないかっていうのが、例の北斎です。北斎には『略画早指南《りゃくがはやおしえ》』という本の中で、コンパスと定規だけで絵を描くという、そういう画法を紹介している例さえある。日本のレオナルド・ダ・ヴィンチかセザンヌってとこでしょうが、しかし北斎のこの本にもやっぱり、法則性というものなんかはない。ただ幾何学的なだけ。丸と三角で蝶やトンボを描く。ウーン、なるほど科学的ではあると思うけれども、しかし「ぶんまわし一ツしき（コンパス一式）にて浪に兎を描くしかた」って言われたって、一体この絵のどこに法則性があるんだっていうようなもんでしょう？　〝浪に兎〟っていう、日本画によくある画題を、北斎が円弧だけで描けるようにパターン化して、それを「ハイ、コンパスだけで描けます！」ってやった、言ってみれば手品のタネ本ですよね。なるほどこの蝶の絵は丸と三角だけで描けるけれども、だからと言って、蝶々一般が丸と三角で出来上がってるなんてことは、一言も言ってない。江戸の〝科学〟ってのはこんなもんですよね。手品ができるだけの科学性があれば科学っていうものはいらない。それが江戸という〝実用の時代〟ですね。

「なぜそうなんだ？」って、江戸の人間に訊いたって無駄だと思いますよ。だって、江戸の人間というのは「どうして科学者なのに手品をしないんだ？」という発想をする人間ですからね。江戸に〝哲学〟なんてないと思いますもん。こういう人間達の間に〝哲学〟なんて生まれっこないもの。具体性を抽象して、なんてこと、体質として出来ないんだから。

具体性を抽象化して遊んでるんだってことは、北斎の〝幾何学〟を見れば分かることですね。「訳のわかんない人達」というよりも、私としては「あ、いいなァ、遊んでられて」というところですね。まァ、江戸はいい加減なんですが、しかしそんなことも嘘ですね。正確に言えば、江戸はいい加減でもありうる、なんですね。北斎はいい加減に手っ取り早く絵の描ける実用書『略画早指南』の著者でもあるけれども、彼は決していい加減な絵を描いてた画家じゃないですからね。

芳年の新聞錦絵というのは『英名二十八衆句』と『奥州安達原、一つ家の図』のほぼ中間に位置する絵です（時期的に）。江戸という時代がもう終わってしまう、その寸前ではあってもまだ江戸という時代は生きていた——だからこそ慶応二年の〝英名二十八衆句〟は浮世絵なんです。まだ浮世絵し

▲北斎『喜能會之故真通』より

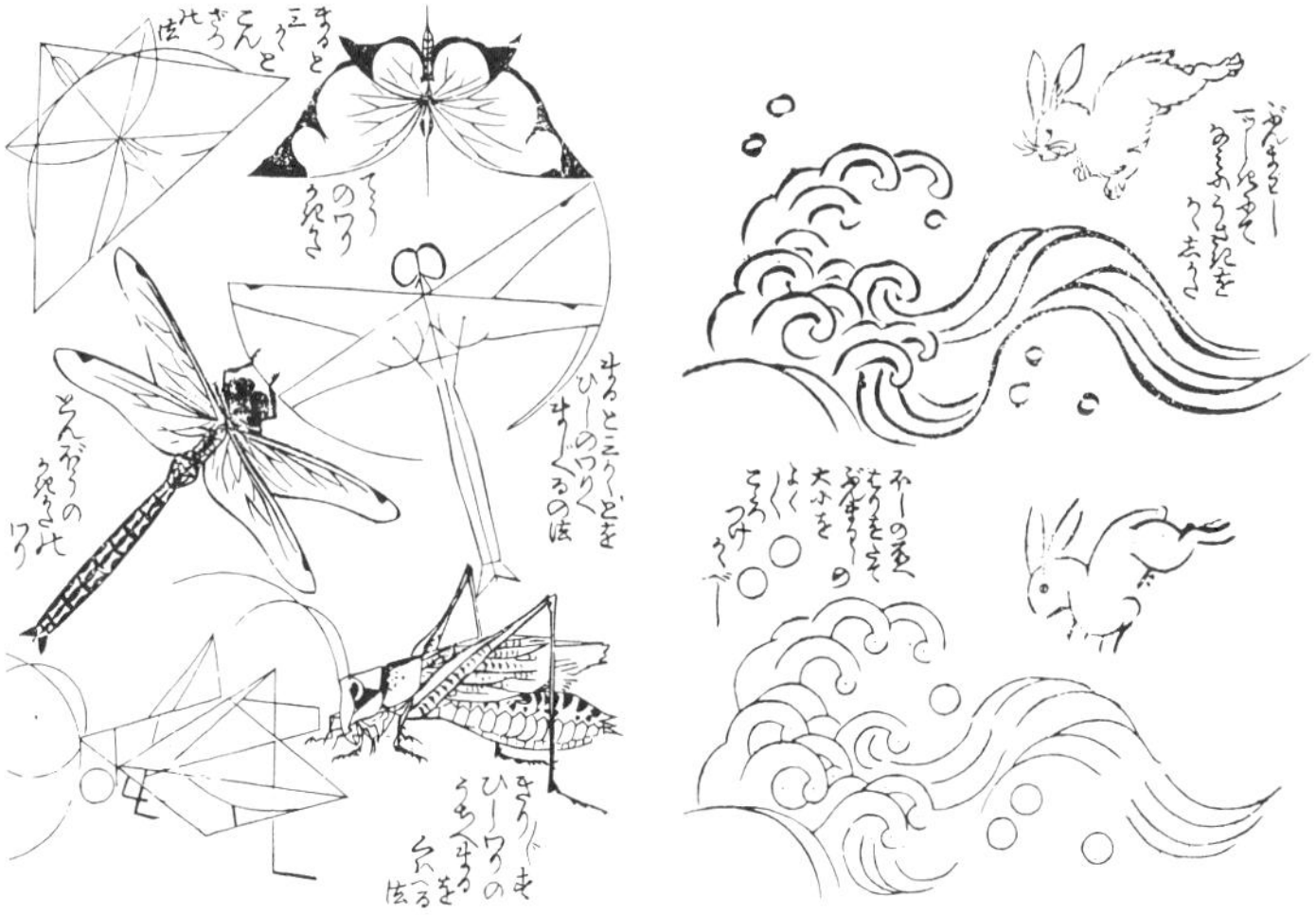

▲北斎『略画早指南』より

てられる時代の産物なんです。

明治になって、近代というものがもうすぐそこにまでやって来ている。近代である以上、もう江戸の〝旧幕・旧弊〟であってはならないんです。その〝新しさ〟を象徴するものなんかゴマンと明治にはありましょうが、新聞という西洋渡りの情報メディアはその一典型だったでしょう。情報そのものが御禁制であった江戸とは一線を画するのが〝新聞〟です。新聞という新しいメディアが登場する以上、その絵画《ビジュアル》だって旧幕・旧弊であってはならない。だからこそ、新聞錦絵は「浮世絵であってはならない」んです。そういう要請はあって、でもしかし、まだそういう〝新しさ〟が可能な絵描きは存在しないんです——浮世絵師以外には。明治の新聞記者の多くが旧幕の戯作者であったということと、これはまったく同じですね。戯作者流の文体から離れる為の近代の文体＝言文一致体が生み出されるのは、この芳年の『一つ家』の翌年なんですけどね——二葉亭四迷の『浮雲』は明治二十年。

インテリ評論家のノン気は今も昔も変わらないのかもしれませんが、ビジュアル担当の職人はシビアです。「新しいもんなんだから新しく描け！」という要請は、上から簡単に飛んで来る。飛んで来なくたって職人なら、「新しい時代の作物は新しい描き方で描きたい！　自分は出来る！　出来てる！」と思うのは当然でしょうね。

新しくなってしまったというそのことをあきらかにする為に、一目で〝新しい〟と分かるような様式を必要とする——その必要にのっとって描かれたものが明治の初めの新聞錦絵の画風であると、私は思います。そうでなければ、あのヘンテコリンな幾何学性は説明出来ない。

たわむような力感をもった線で描かれていたのが江戸の浮世絵であるのなら、明治の錦絵は新しく直線的である――曲線部が全部直線に置き換えられたのだから、一目で「ああ、新時代だ」ということは分かる。ただそれだけの〝新奇〟です。

というところで、じゃァ――という話。

どうして彼らは、新しい時代がやって来たというのに、自由に描こうとはしなかったのか？　やがてそれは『奥州安達原、一つ家の図』という自由な近代絵画を生み出すことになるのにもかかわらず、明治の七年に、なんだってその浮世絵はわざわざ素っ頓狂且つヘンテコリンな幾何学的構成――多分〝変わってる〟ということを示す以外になんの法則性も持たない様式の存在を、絵の中で示さなければならなかったのか？

答は一つですね。

そうしなければ絵にならない。

浮世絵は浮世絵しているから浮世絵になっているのであって、それでいけば、絵になっていないものは〝絵〟ではない。なにか〝様式〟というものがあって、すべてのものはその様式にキチンと収まっていることを一切の前提とする――それあればこそ、明治になっての〝新しい様式〟の登場が理解されます。

新しい何かを作るなら、まず新しい様式を最初に作らねばならない――さもなければ〝作った〟という事実は満足されない。なんにもないにもかかわらず、まず〝新しい様式〟が先にある。その謎の正体はこれです。

色々なものが登場し、それが整理淘汰されていって、そこからやっと様式が生まれるという段取り、もしくは歴史の必然を無視して、明治という時代は、まず最初に〝様式〟そのものを生んでしまった。そしてそのことは、見事な職人の腕によって、さしたる違和を感じさせなかった。違和感であるよりも前に、〝違和感を感じさせない新しいスタイル〟として、定着してしまった。それが明治の〝洋風建築〟であるような新聞錦絵ですね。

〝まず様式を作る〟というのは、性急に近代を導入してしまった明治という時代の発想ですが、それは〝すべてが様式に合致している〟という江戸の前提を踏襲した結果ですね。理念の導入が理念の導入にならずに、折衷主義の様式を確立するだけで終わってしまった、鹿鳴館や帝国憲法に代表される、明治という時代は、正にそのまんま江戸という前近代を踏襲してる〝近代〟なんですね。

江戸がなんだか分からないのは、結局、江戸が〝江戸をしている〟という様式の中にあるからでしょうね。『英名二十八衆句』は明らかに浮世絵してますけれども、じゃァその〝浮世絵している〟ことの内実は何かと訊かれたら、私は分かりませんもの――専門家じゃなし。

江戸に〝哲学〟なんかないと思うのは〝様式している〟ことが江戸のすべてだからだろうと思いますね。〝様式している〟ことこそが江戸の〝てつがく〟なんだ、と。

「じゃァ哲学ってなんだ?」って訊かれたら、そんなもん知りません。「ひょっとしたら〝哲学〟なんてものはなかったんじゃないの? 人間の歴史っていうのはみんな、その時代その時代の〝その時代している〟という実質の積み重ねでしかないんだから」というのが正解なんじゃないのかって思いますから。それでみんな混迷してるんでしょ。哲学という立派な〝外部〟によっかかれば楽だもの。

楽でおまけにカッコがつくもの。〝自分なりの哲学〟っていうものは、カッコ悪くてしんどいものだっていうのが、一切がマニュアル化しちゃった現代の〝トレンド〟みたいなもんだから。

違います？

もう、ゼェーンブ〝江戸〟なんだと思うけどな、歴史なんか。ディテールの塊がただそこにある――ただそれだけだから分かんないって言うのは、単なる無精の問題でしかないんだと思う。

江戸の段取り

日本髪の話をしたいと思います。

女の人が初詣に着物を着てもついぞ日本髪は結わなくなったというのは、ここ五年十年の話でしょうか。という訳で、日本からはもう決定的に〝江戸〟が消滅してしまったんだなァとかは思います。日本のファッションの歴史における江戸時代は、女が男になることによって始まったんですね。女が男の恰好をすることによって、平安朝の古代が切れたんですね。それが日本髪の話です。

平安朝の国風文化は、遣唐使をつづけるのがメンドクサくなった結果に出来上がっちゃったものだという、さすがに、鎖国で江戸時代を作り上げた徳川武士政権よりも平安貴族の方が数層倍鷹揚で、どうしようもねェソフィスティケーションだとは思いますけど、平安朝の女性の十二単を支えたあの〝おすべらかし〟の長～い黒髪は、出雲の阿国が男装して男髷《おとこまげ》に結い上げられることによってピリオドが打たれたんですね。女が男になることによって古代は終わった――そして近世が始まったんだと。誰もこんなこと言わないけど――言ってたらごめんなさい、不勉強なもんで――日本はとんでもねェ国だなァと思いますね。江戸の女の髪型は、みんな基本的には男髷なんですからね。女が男になることによって、日本の近世は始まったんですね。だから、日本の女性運動というやつは欧米並には盛り上がらなかったんですね。だって、日本ではもう遠い昔に、男と女が同じところに立ってしまっていたし。

日本女性の日本髪（ヘンな日本語……）が〝男髷〟であるなんていうことは常識ですけど、ひょっとしたら奇異に思う人もあるかもしれません。でも近世以前、髷《まげ》を結うものは男、女とは〝髷を結わないもの〟でしかなかったんですから、女が髷を結ったら、それは女が男になったのと同じことになるんですね。髷というものは男の結うものなんだから、結った瞬間、その女の髷は自動的に〝男髷〟になるんですね。なにしろ女とは、髷を結わないものだったんだから――。

女の日本髪が男髷じゃないと思ってしまうのは、まァ、当然と言えば当然ですよね。なにしろ、日本の男はもうとうの昔に髷を結わなくなっていて、髷を結うものは女だけになっていましたから。現代の日本の男で髷を結うのは相撲取りだけだし、相撲取りの頭と芸者の頭は明らかに違うから。時代劇に出て来る男達の頭はおでこ丸出しで、前髪というものがありませんから。男のチョン髷と女の〝日本髪〟は明らかに違う。でも、それを言うんだったら、「男と女の髪型が違う」ではなく、「男と少年の髪型は違う」というのが本当ですね。男はいつの間にか少年から男になるけれども、女は永遠に大人＝男にならないという、そういう違いが、江戸の男女差です。

なにしろ、江戸の女は永遠に前髪を剃り落としませんから。男はある年頃になったら〝元服〟といって前髪を剃り落としちゃう。でも女はそうしない――その時点で男と女は分かれるという、それだけの話ですね。女が男装することによってはじまった江戸時代の男・女差というものは。

世界の歴史で女のわがままがもっとも横行したのは古代ローマだと思いますが、結婚しても男と女は別姓で、女は平気で浮気をし、結婚離婚を繰り返して、遂には「今の女は過去を年号で知るのではなく、男の名前で知る」なんてことを言われるようになっちゃいますが、じゃァその女が果して〝自由〟であったのかどうか？

自由とわがままは勿論違います。古代ローマの女達は、その扱いとしては、永遠の未成年だった。つまり、〝自由〟という権利を行使する資格がなかったから、ただわがままだった。

古代ローマで結婚した男女が別姓だったのは、女が父親の姓から自由になれなかったからですね。娘は父親のものである。だから当然、結婚しても女は男の姓を名乗らない。そして、結婚した夫も、自分の妻に自分の姓を与えない。だから男女は別姓なんですね。男女は不平等なんだけども、でもそれだからといって〝性交〟という格闘技を挟んだ女が、男に対しておとなしくしていなくちゃいけないという理由もない。勝利者は勝利者としての分だけの特権は確保する。かくして永遠に〝その父の娘〟であり、後見人というものの保護監視下に永遠に置かれることになっていた女達はわがまま放題を繰り返して、古代ローマの男達は実質のない結婚生活の中で美人の女奴隷を寵愛することになった。〝美人の女奴隷〟という一項を除けば現在の日本とどれだけ違うかというようなもんですが、江戸の女だって、やっぱり明治の女よりは〝自由〟でした。
限界があるからといって別にそれが不自由に直結する訳でもないというのは、わがままが可能なら〝自由〟なんてことを考える必要もないという、〝実質〟から出てくる考えだってある訳ですからね。古代ローマの女達は永遠に〝未成年〟だったけれども、江戸の女達だって、永遠に前髪を剃り落とさない〝少年〟だった訳です――髪型的には。女の問題で問題にされることはほとんど〝女であること〟だけだけれども、でも本当にそれでいいのか？　っていうことだってあるんですね。女の中の、女自身に気づかれない〝未成年性〟っていうのだってある訳だしね。

江戸の女達がどうして全員髷を結うようになったのかは知りませんが、女が髷を結うことの始まりは〝出雲の阿国〟に代表される〝かぶき者〟ですね。次にその流れを汲んだ遊女――つまり、あんまりカタギの方としては感心出来ないような人間達の〝風俗〟から始まるんですね。大奥の女達が髪を結うようになったのは三代将軍家光の時代、春日局の頃ですが、春日局の時代も、まだ始めの頃はおすべらかしの中世ヘアーですね。出雲の阿国の時代は淀君の時代で、多分大坂城の糒倉《ほしいぐら》で消えて行った淀君というのが〝古代の終焉〟を象徴する女性なんでしょう。日本史の常識を無視して勝手なことを言ってますが、淀君の時代に出雲の阿国という女性は男装をして、男と同じように髷を結った。淀君は死んで、それからしばらくして春日局以下大奥の女達も全員髷を結って、徳川時代の女はみんな〝男になる〟ことによって、江戸三百年の新しい国風文化は出来上がっていく訳ですね。こういう記述を歴史の本の中で見た記憶ってないんですけど、違ってます？

日本髪というのは大きく分けて四つのパートから出来上がってますね。

おデコの上にある前髪。男の子がこれを失う儀式が元服というヤツですが、女性の場合は終生これがあります。

顔の両側にある鬢《びん》。男の場合はこれをピッチリと撫でつけちゃいますけど、女の人はこれを膨らましますね。清長、歌麿の時代だと鬢を膨らませるために芯を入れて〝燈籠鬢《とうろうびん》〟というのにしてた――まァ、ロココのフープ付きスカートとおんなじですね。

後頭部からうなじにかけての髱《たぼ》。大奥女中のことを別名〝椎茸髱《しいたけたぼ》〟と言いますが、それは大奥の高級女中のこの部分が、椎茸の恰好に似ていたからですね。

元禄ぐらいまでの女性は、この髱が大きく後ろに突き出ているのが特徴です。髷を上に結う技術がまだあまり発達していなかったので、髪型の中心が上ではなく下に来た――だから髱が髪型の中心になったんだそうですが、この特徴は春信の〝鷗髱《かもめづと》〟なんていう波形の髱まで続きます。江戸の浮世絵師も古典的な女性を描く時は、みんなこの髪型を採用しています。アルカイック・スマイルならぬ、アルカイック・ヘアーというところでしょう。

この前髪・鬢《びん》・髱《たぼ》の三つのパートを一つに合わせて、それを最後〝髷《まげ》〟という形にして、頭の上にのっけるんですね。侍・町人のチョン髷も、女の島田髷も、髷ということでは全く同じものですね。

島田とか兵庫とか、あるいは丸髷なんていうのは全部〝髷の形〟ですね。髷の形に名称を代表させた髪型の名、ですね。髪型＝髷の形であるぐらいに、髷というものは結髪の中心です。

▲女かぶき

▲燈籠鬢　歌麿画

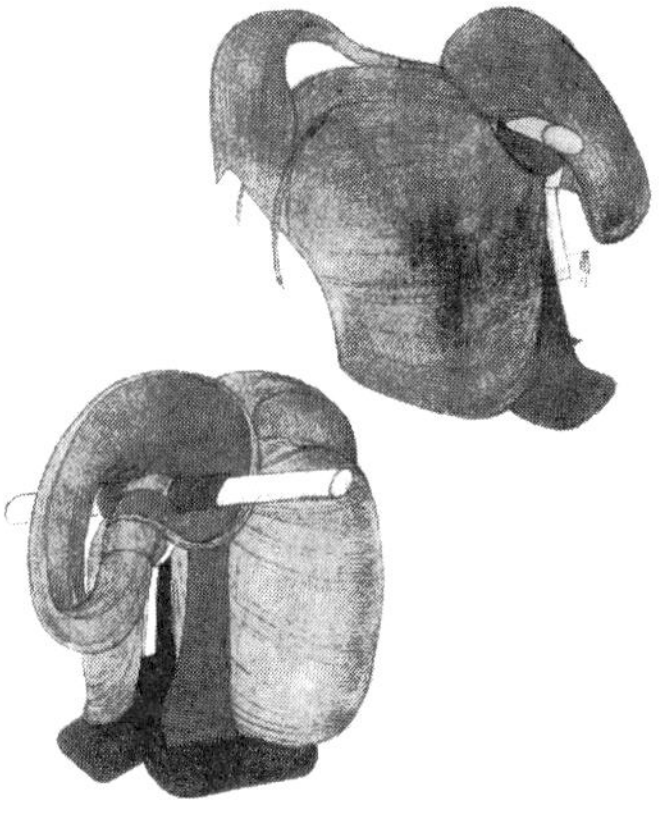
▲『歌舞伎のかつら』より
椎茸髱 松田青風画

▲鴎髱　春信画

日本の髪型というものは〝前髪・鬢・髱・髷〟の四つのパートで出来上がっているもので、こんなもんは日本の常識ですが、それが分からなくなったのはみんな武士《サムライ》のせいですね。前髪を剃り落として、鬢も髱もないように、髪をひたすらギュッと引っつめて、味も素っ気もない髷を頭の上に乗せてるだけだから、女の島田だって男風俗の写しであるってことが分かんなくなっちゃったんですね。

武士の頭に前髪を乗っければ、武士の少年です。武士の頭の両の鬢を少し緩めて、そして髱をゆったりと出せば、町人の男です。町人の鬢をさらに緩めて前髪を乗っければ、これで女です。おもしろいと思いませんか？

なにもないのが武士なんです。

髱があると非・武士なんです。

前髪があると非・男なんです。

これが江戸の段取りなんだと私は思いますね。

禿というのは男性ホルモンのなせる業であって、女に禿はいないということになってますが、こんなの江戸時代の日本では嘘ですね。江戸じゃァ、男は禿げずに女が禿げるんですから。

男はみんな、頭のテッペンの月代《さかやき》を剃りましょう？　成人になって前髪を落としたら、江戸の男はみんな禿だっていうようなもんでしょう？　どうしてわざわざ男が禿げます？

ところで一方、女は禿げるんですよね。前髪と鬢と髱を一つにする、その中心部を〝根《ね》〟というんですが、ここをキッーク縛り上げて、それを土台にして女の髷は結い上げられる訳で（男の髷の中心も勿論ここ）、尋常じゃない毛髪の虐待現象が後頭部には起こる。おまけにここは蒸れますしね。だから従って、女は禿になるんですね。

江戸も後半過ぎの国貞《くにさだ》や英泉《えいせん》の浮世絵を見ますと、女の前髪の後ろが青い時があるんですね。男の月代とおんなじで、剃ってるから青いんですね。中剃《なかぞり》といいますが、女だって男とおんなじに剃るんです。ヘンなもんだとは思いますが、女が男になることによって始まった時代の風俗というのはこんなもんなんでしょう。前提が違うんですから。

江戸というのは封建制の幕藩体制で、士農工商の男尊女卑のピラミッド構造でっていうのがありますけど、でもここには必ず〝余分〟というものがあるんですよね。徳川の将軍を頂点としたピラミッド構造となるように全体の制度は構成されていて、実際に普段はそうであるにもかかわらず、いざとなると必ず〝余分〟というものが出て来る。その最たるものは勿論〝朝廷〟ですけれども。

明治維新を前にして江戸の無血開城が何故起こったのかというと、それは江戸のピラミッドの頂点が「実は幕府というものは本来ならば朝廷という更に大きな政治機構に吸収されるものである」という〝論理〟を呑んだからですね。徳川の将軍とは、実は朝廷から任命される〝征夷大将軍〟という令外官《りょうげのかん》であるという本来性を呑んで、徳川幕府は消滅する訳だけれども、それまでの三百年――もっとさかのぼろうと思えば摂関政治の時代までさかのぼれるけど――天皇の朝廷とはなんだったのかといえば、それは〝余分〟でしょ。

〝余分〟という言い方はヘンかもしれませんけど、天皇を頂点として、頭のテッペンの月代を剃らないでいた男達の集団である〝公家〟というものは、ズーッと〝京都〟という座敷牢にいたんですね。徳川政権の朝廷封じ込め政策というのは、京都を一つの巨大な座敷牢にしてしまったようなもんだし、そうすることによって、「あると思えばあり、なしと思えばなし、色即是空、空即是色」という極めて日本的な存在状態を実現させていた訳ですけどもね。

この〝朝廷〟というものは、頭のテッペンの月代を剃る、近世という髪型体制における、〝月代を剃らない古代〟ですね。女が髷を結って〝男になる〟ところから始まった近世という時代の中に、いざとなったら出て来るような〝古代〟というものもちゃんと存在したんですね。

勿論、平安朝の貴族だってちゃんと髷を結ってました。でもこちらは月代なんかは剃りません。月代を剃るという行為は、戦場で兜を被った時にのぼせないようにする為の戦闘行為がそもそもですから、平安朝の貴族がこんなことをする筈がありません。だから、江戸の京都の公家の頭には、剃るべ

▲皇女のヘアスタイル

▲国貞の描く中剃りの女

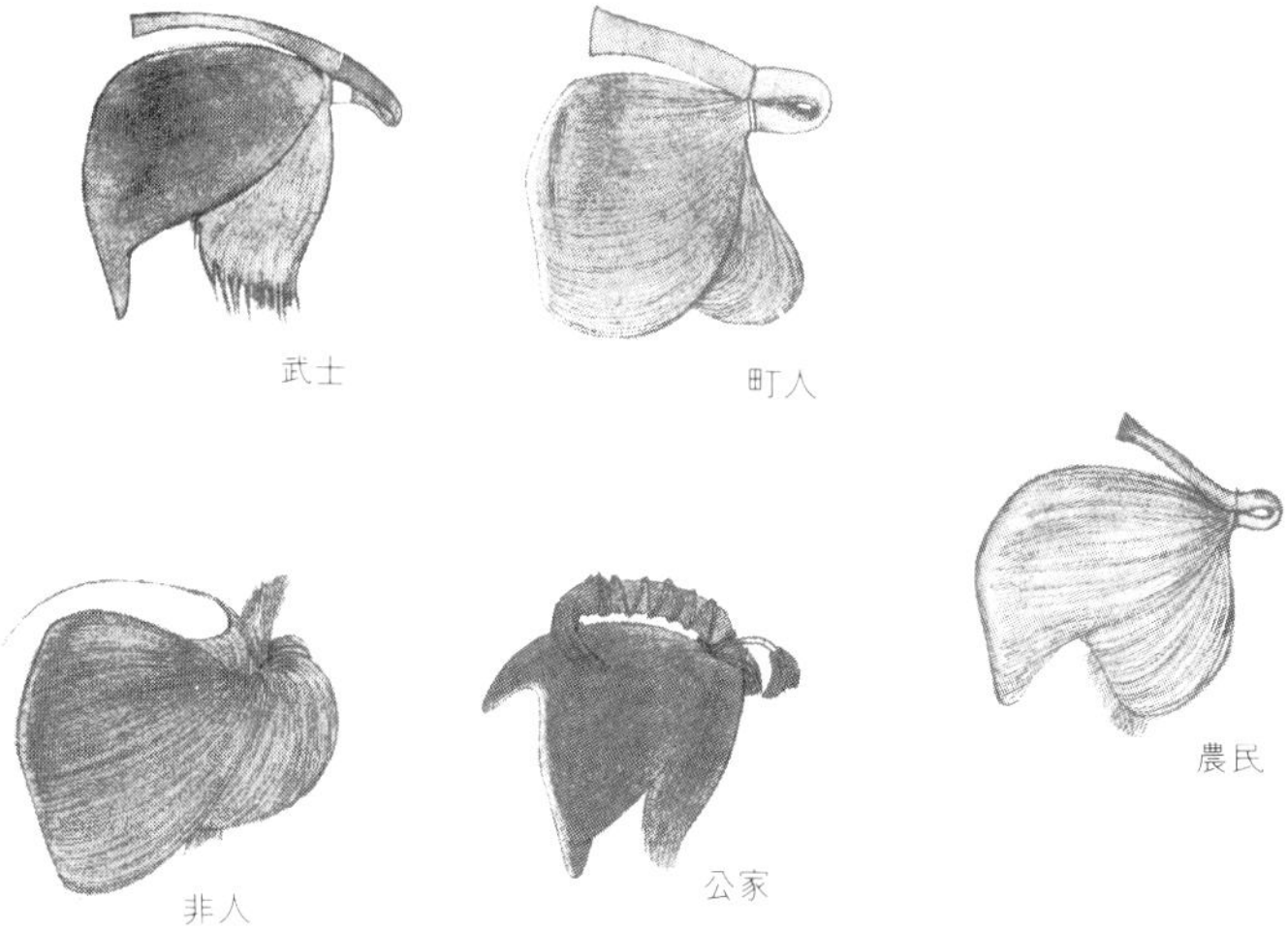

き月代が剃らないまんまでありました。

月代をそることを原則にしていた武士の社会で、〝剃られない月代〟は〝余分〟ですね。江戸の古代は〝剃られない月代〟で余分ですが、しかし江戸時代で月代を剃らないでいるものといったら、これは浪人だけです。剃る金がないから剃れないのが貧乏人で、剃れないから剃らないのが病人ですが、仕官を離れた浪人は剃る必要がないので剃りません。明治維新が頭の上が黒い公家と脱藩浪人の合作によるものというのは、たんなる偶然の一致なんでしょうか？

そして、京都の朝廷に所属する女達は、江戸時代になっても髷なんかは結いませんでした。結わないにもかかわらず、この〝おすべらかし〟の彼女達は、やっぱり近世の女として、おしゃれにも髪の両鬢を膨らましていたんですね。将軍に降嫁した皇妹和宮のヘアスタイルって「ホントにヘンな頭！」と思いますけど、江戸に出来たお雛様の髪型は、みんなこの両鬢を膨らませたもんですね。古代だって、ある部分では当代に歩みよってはいたんですね。

前髪のあるなし、鬢、髱の如何の他に、月代のあるなしがあり、相変わらずの〝おすべらかし〟もある。江戸の髪型には様々の種類と、だからこそ勿論、様々な意味があるんですね。

前髪のない、鬢も髱も張り出してない武士の爺さん、老中水野忠邦の始めた天保の改革は〝贅沢の禁止〟という一項を挟んで大奥の椎茸髱と対立して、これに負けます。鬢も髱も前髪もない——だから従って髪型に遊びの入るスキのないことを前提として引き受けさせられたもの（武士）の主張は、髱を持ち前髪も持ち鬢も持つもの——即ち、遊びを前提として成立する髪型を持つもの（女）に負けるんです。

水野越前守の改革は、「前髪を持たないものによって世の中は成立している」ということを前提にしているんですね。勿論〝前髪を持つ人間〟でもある女は、〝奥〟に隠れてます。だからこれは、前髪を持たない〝男〟の目には触れません。大奥は勿論〝奥〟なんですから、一種の座敷牢かもしれませんが、でもここには京都の朝廷とおんなじように、その成立を支える春日局以来の〝本来の法〟がありました。「城の〝奥〟とは、前髪を持つ女の領域で、ここに閉じこめられた女達は、その代償として贅沢を許容される」というのがそれですね。この〝隠された余分〟――つまり〝前髪を持つ未成年＝女〟ですが、それに〝遊びのない髪型＝武士官僚〟は負けるんですね。


江戸という一つの体制は〝すべての人間は頭に髷を持つ〟という、そのことによって表されます。髷を持たない人間は頭に毛がないから髷を結えない〝坊主〟だけです。従って、髪型の論理を持つ江戸幕府は、僧侶というものを別に押さえてしまえば、天下一望の下に、〝人間に関する均一〟というものを確保することが出来る。江戸の司法に関する三奉行というのは寺社奉行・勘定奉行・町奉行ですが、これはそれぞれの髪型に対応します。頭髪のない坊主と古代以来の公家とおんなじ月代を剃らない神主を管轄する寺社奉行と、武士を管轄する勘定奉行と、町人を管轄する町奉行ですね。

西洋の哲学で大きいのは〝宗教〟の存在で、〝聖と俗〟の対立は後々まで尾をひきますけど、でも日本の場合、これは髪型の差でしかないんですね。仏教なら〝無毛と有毛の差〟だし、神道なら〝月代の有無〟ですから。宗教が宗教としての意味を持たなくて、儀礼の意味しか持ってなかった。だからこそ髪型の差が重要なんだと思いますね。髪型という制度上の問題でしかなかったもんだから、近代になって登場する〝哲学〟なるものは、日本の場合〝神学〟とは全く無縁の土壌からしか生まれなかった、と。まァ、こんなこと余分ですからどうでもいいことですがね。

江戸とは、すべて「様式に合致している」という前提に立っているものであるということは前に言いました。だから、江戸の浮世絵は〝浮世絵している〟んだし、絵は〝絵になっている〟ということが必要だったんですが、その〝している〟〝なっている〟の〝ている〟という、状態を表す動詞が、実は〝髷〟なんですね。

「人間はすべて頭に髷を持つ」あるいは「固有の髪型を持つ」というのが江戸時代の人間の条件ですが、だとしたらこれを裏側で支えるものだっている。つまり、固有の髪型を持つことを禁止されているもの、髷を結うことを禁止されているものの存在です。即ち、〝非人〟として士農工商の下に位置づけられるようにしていたものは、髪型を持つこと――髷を結うことが許されていなかった。

〝髷〟というものは、江戸時代にこれだけの意味を持ちます。このことを前提にして、徳川幕府が支配する時代というものは成立していた。

江戸の司法に関する三奉行――寺社奉行・勘定奉行・町奉行というのは、それぞれに〝頭髪のないもの＝僧侶〟あるいは〝月代を剃らないもの＝神官〟、〝髷はあっても髷のない男＝武士〟、〝髷があって髷もある男〝町人〟に対応するものですね。論理はまず〝髷〟なる象徴によって成立するけれども、その成立した論理は、頭髪の有無（僧侶・神官・公家）・髷の有無（町人）という各論によって成り立たせられる。そして勿論、その髷を成り立たせる〝一人前の資格〟というものは、〝既に前髪を持たない〟という条件の上に乗っています。だから〝前髪を持つもの〟はそれぞれの配偶者や親権者の帰属に準ずる。

頭髪の三要素である〝前髪〟〝鬢〟〝髱〟は、〝髷〟の一に結集されるけれども、その〝髷〟によって言い表される髪型なる〝一〟は、やはり前髪・鬢・髱・髷という四によって成り立っている。つまり、「三にして一であることは、一にして四である」ということです。近代という時代は〝一〟なる個人の〝個（一）〟の部分に結集して、それが実は〝四〟にもなりうるようなことに気づかなかった――あるいは、切り捨ててしまった。

髷とは、前髪と鬢と髱と、三つのものが一つになってできあがるものである以上、髷の論理は、何かを「代表する」という概括的なものでしかない。支配的かつ概括的かつ一般的かつ主流的かつ基本的かつ代表的かつ象徴的ではあっても、でも髷は髷なんです。頭髪の一部分でしかない。髷の形が髪型そのものを指し示すことはあっても、髷は頭髪の一部で、髪型全体は更に別の要素も必要とする。「三は一を作るが、しかしその一は四でもある」という流動性が江戸の根本なんじゃないか――だから〝全体である個〟には必ず〝各部〟が存在する。

各部なるものを押さえる段取りこそが、江戸の職人性なんじゃないかと思いますね。

江戸の〝総論〟

歌舞伎の話をしたいと思います。

ここにひとつの舞台装置があります。背景は雪の山です。雪の山の中に御簾《みす》のかかった瀟洒な建物があります。ここが関所で、時代背景は平安時代です、ということになったら、これは有名な『積恋《つもるこい》雪関扉《ゆきのせきのと》』——通称〝関の戸〟の舞台です。舞台の上からは、冬なのに桜の吊り枝が下がっていて、舞台の真ん中には満開の桜の大木が立っています。この大木の真ん中には虚《うろ》があって、墨染桜の精がここから出入りをすることになっています。ということは、この桜の木はかなりの大きさの木だということです。太い丸太のような幹が舞台の上に伸びて、その先に枝が広がっていますが、この木の大部分は、すんなり伸びた〝丸太〟です。桜の木の胴体と人の出入りする虚の他にはなんにもないのっぺらぼうなんですが、ここに一本だけ花をつけた小さな枝が出ています。この木から出た桜の精が、最後大悪人である大伴黒主《おおとものくろぬし》と立ち回りを演じる時に、この桜の枝を折り取って使うので、その為に小さな――手に持って振り回せるだけの大きさの――枝が出ているのです。

さて、歌舞伎の舞台にある舞台装置を作るのは大道具方の仕事です。舞台装置は大道具ですから、この『積恋雪関扉』の舞台にある関所の建物や桜の大木は、みんな大道具方が作ります。桜の木を作るのが大道具の仕事なんだから、当然桜の木は全部大道具が作る筈なんですが、ただ一ヶ所、最後に墨染め桜の精が折り取って使う桜の小枝だけは小道具方が作ります。役者が持って使うものだから、これは舞台に据えつけてある舞台装置の大道具ではなく、小道具であるというのがその理由です。だから舞台の装置図には、このあるべき小枝が描いてないんです。一メートルの長さに満たない細い木の棒の先に桜の造花を取り付けた小枝を小道具の人間が作って、これを大道具が作った桜の幹につけるんですね。同じ桜の木を作るんだったら、なにもそんなに面倒なことをしなくたって、みんな大道具の人間が作ってしまえばいいのにと思うのが人情ですが、歌舞伎の方ではそうしません。これは、江戸の昔から今に至るまで変わらない職掌分担です。

もう一つの例――。

『仮名手本忠臣蔵』の七段目、一力茶屋のシーンです。大星由良之助（大石内蔵助）は敵の目をあざむく為にここへ来て茶屋遊びをしていますが、ここには四十七士の一人である早野勘平の女房のお軽も遊女に身をやつして働いています。由良之助のところには息子の力弥からの密書が来て、由良之助は縁先でこれを読んでいます。そこにやって来るのが、酒の酔いをさまそうとするお軽です。由良之助のいるところとは少し離れた二階座敷に姿を現したお軽は、由良之助が手紙をみているのを見ていたずら心を起こす。二階座敷の格子にもたれ、お軽は懐から小さな鏡を取り出して、髪の乱れを直そうというふりをして、下にいる由良之助の手紙を盗み読む。由良之助のいる縁の下では、敵方に寝返った斧九《おのく》大夫《だゆう》が、やはり由良之助の手紙を盗み見ている。そういう緊張したシチュエーションの中で、二階にいたお軽の髪の毛から、挿してあった簪《かんざし》がコトンと落ちる。その音に気がついた由良之助は、サッと手紙を隠して、お軽の方に近づいて来るという、有名なシーンですが、このシーンで重要な役割を果たすのが、落ちて来る簪です。

この簪は、普通の簪よりも大きめに作られていて、先には黒い糸がついています。頃はよしと見は

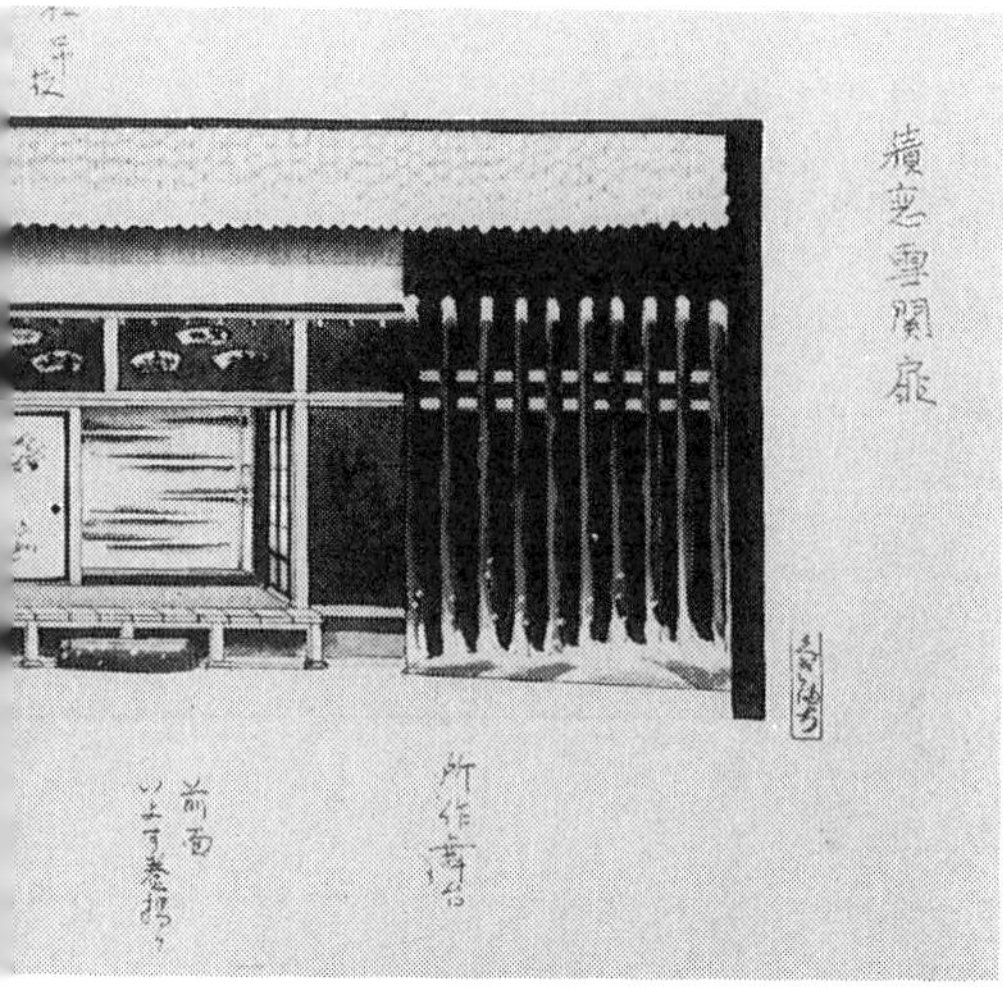

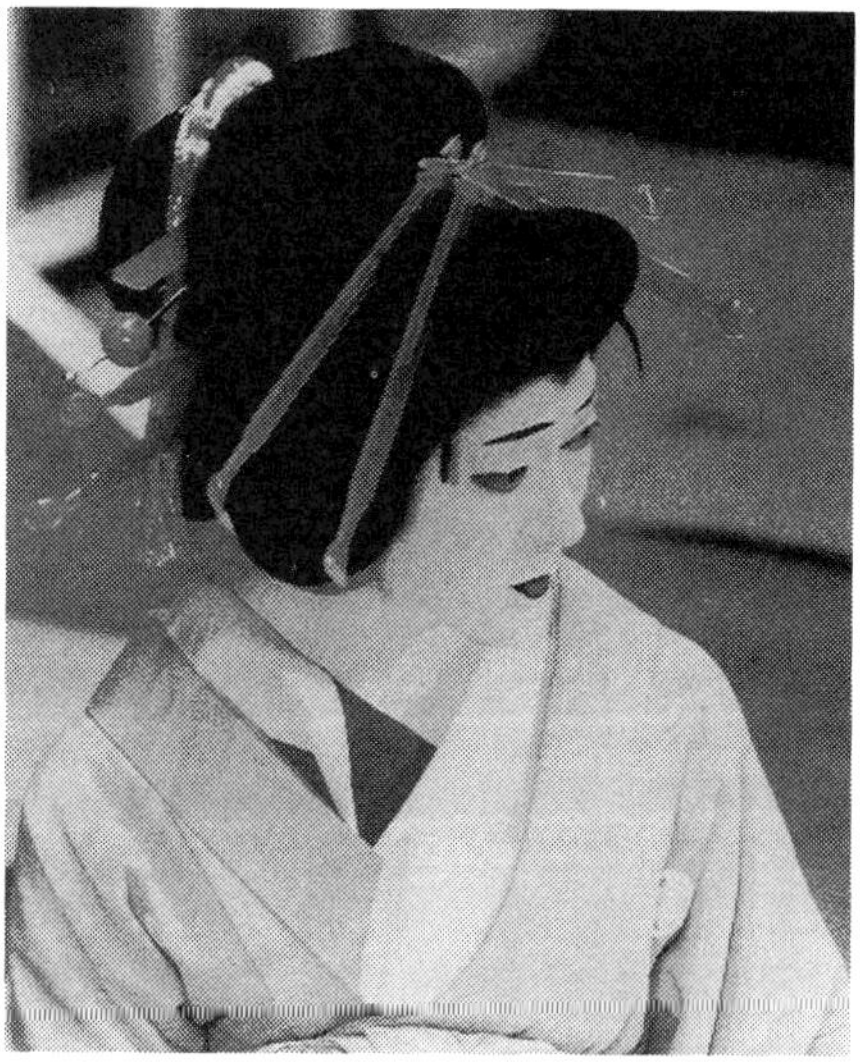

▲お軽の大きな玉簪　撮影・福田尚武

▲『積恋雪関扉』舞台装置図　釘町久磨次画

▲『積恋雪関扉』桜の枝を持つ墨染桜の精と大伴黒主の立ち回り　三世豊国（国貞）画

からった後見（黒子）が、その糸を引いて落とすからです。

簪というのは勿論鬘に付属するもので、歌舞伎の舞台で使う鬘は、鬘師と床山（結髪）の手を経て出来上がります。

鬘師というのは、鬘の骨格を作る台金に髪の毛を植えつける仕事をするもの。床山というのは、そうして出来上がった鬘の骨組に植わっている髪の毛を結いあげるものです。鬘師の段階では、鬘はただ髪の毛が垂れ下がった〝お化けの鬘〟でしかないようなものですが、これが床山の手を通ると、鬢も髱も髷も揃った、いわゆるきちんとした〝鬘〟になるという訳です。ですから勿論、日本髪に付属する櫛・笄《こうがい》・簪の類は、みんな床山の管轄なんですが、しかし、この『仮名手本忠臣蔵』七段目のお軽の髪の毛から落っこちる簪に限っては、床山ではなく、小道具の管轄になるんですね。

なぜかということを一言で言ってしまえば、それはこのお軽の簪が「芝居をする」からでしょう。『積恋雪関扉』の墨染桜の幹から一本だけ突き出ていた桜の小枝が、後に独立して、舞台装置ではない〝桜の精の立ち回りの道具〟になるのとおんなじように、この簪は〝髪の毛からすべり落ちて音を立てる〟という、芝居の小道具になるからですね。

床山の挿す簪は、飾りです。ある意味で、動かない舞台装置の一部のようなものです。御殿があって、そこに豪華な絵が描かれた襖がはまっている、その襖と同じものが床山の簪だといってもいいでしょう。

舞台装置というものは、そこで役者が動き回る〝舞台に所属するもの〟です。ところで、役者がもって使う小道具というのは、これは役者の動きに所属するものです。別に大道具というものが固定されて動かないものばかりじゃない。歌舞伎の舞台装置というのは、せり上げ・がんどう返し・居所《いどころ》変《が》わりといった具合に、縦横無尽に動き回るものでもありますから、これは十分に動きを持ったものです。但し、その動きは役者の動きによるのではなく、舞台の動きを表す動きであるということですが。

舞台とは役者を動かす為のもの、舞台装置とは、そこで動く役者の動きを効果的に見せるものということになると、これは髷に挿してある髪飾りとおんなじようなものです。別の言い方をすれば、衣装のようなものであるということです。

ところでじゃァ小道具というのはなにかといったら、これは役者に所属するものであるよりも、どちらかといえば〝ドラマに所属するもの〟です。それを役者が持って（あるいは扱って）ドラマというものを進めて行く。その役の衣装を身につけ、その役の鬘をかぶり、そしてその役の人物が棲息する舞台装置の中に出て行く――そして、そこから先でドラマというものが始まります。ドラマというのは、ある意味で〝やっと始まる非日常〟というようなものでしょうが、小道具というものが関わって来るのはそこからです。決められた設定を離れたら、そこは非日常――つまりドラマの世界です。

桜の小枝が幹を離れたら、幹を離れて桜の精に扮した役者の手の中に収まったら、それはもう〝背景の中にある桜〟ではありません。同じように、きちんと髪飾りとして髷の中に収まっている簪が、そこからすべり落ちて音を立ててしまったら、そこで今までの〝調和〟は崩れます。正しく〝ドラマの始まり〟で、ドラマの始まりだからこそその簪の扱いだけは特別になる。やがてすべり落ちることが決定されている〝その簪〟は、すでに始めから特殊な意味を孕んで髷の中に存在しているという訳なんですから、それは当然そのように作られなければならない。

遊女であるお軽の頭に挿してあるのは、そのすべり落ちる赤い珊瑚《さんご》の玉簪《たまかんざし》ばかりではなく、鼈甲《べっこう》製の〝前挿し〟と呼ばれる簪や笄までありますが、その中でただ一つ、落っこちる為に存在する玉簪だけは別なんです。別であって、そしてその〝別なもの〟は、他のものとおんなじように存在していなければならない。つまり、同じ桜の木の中に存在している一本の桜の枝は、それが管轄違いのものであったとしても、それが折り取られて、〝違う意味〟を持つものであるということが観客の目にはっきりするまでは、違う異質を持っていることを観客に気づかれてはならない。同じヘアスタイルの中に収まっている髪飾りの中の一つである簪は、それが〝他とは違うもの〟であるということが必要になるまで、〝違う〟ということを主張してはならない、ということです。どういうことなのかといえば、要するに「小道具方は大変だ」ということです。

桜の木に限らず、舞台で必要とする造花を作る仕事が、小道具と大道具とでどっちが多いかといったら、それは勿論大道具の方でしょう。髪飾りを扱う仕事は床山のもので、でも床山が櫛笄に簪を〝作る〟かといったら作りません。既に出来上がっているものを鬘に挿すだけです。髪飾りの類は、歌舞伎の世界の外にそれを作る専門家がいて、それを扱う床山は、その結果を利用するというだけですが、でも小道具方は、それを作ります。

今ではどうなったのか知りませんが、少し前までには、歌舞伎の舞台で使う傘を専門に作る職人というのがいました。どういうことかというと、歌舞伎の舞台でさす傘というのは、〝開く瞬間〟が勝負だからです。助六でもなんでもそうですが、舞台に出てきた二枚目が「お、雨か」と思ってパッとさす、そのさす瞬間に、傘が「バッ」と音を立てて開かなかったら〝イキ〟じゃなくなっちゃうからですね。その開き方がいかにもイキであるように傘を作るというのは、とっても特殊な技能だったのです。

歌舞伎の舞台に傘が登場するんだったら、それを扱うのは小道具方の管轄です。〝扱う〟というのは〝作る〟ということばかりでなく、どっかから持って来るということも含まれますが、この〝音を立ててイキに開く傘〟というのは、勿論〝持ってくる〟の方です。髪飾りを扱う床山が、櫛簪の類を〝作る〟んではなく、既に外で作られているものを〝持ってくる〟のとおんなじです。しかしところ

▲助六

▲『鏡山旧錦絵』の岩藤・お初　豊国画

が、同じ傘でも、〝舞台で開く傘〟ではなく、〝舞台で破かれる傘〟〝壊される傘〟となったら、これは別です。必要なところで落っこって、その落っこちた時に、十分「私はちゃんと落っこちました」ということを主張するような簪が、普通の日常で必要とされないのとおんなじように、〝壊されることを目的とする傘〟なんていうものは現実に存在しません。現実には存在しないけれども、ドラマがそれを要求するのだったら、ドラマの世界では存在しなければならない——だから小道具方が作るんですね。〝壊される為の傘〟を。

歌舞伎の舞台で二枚目がバッと音を立ててカッコよくさす傘が必要とされるように、歌舞伎の舞台では〝サッと手早く破かれるような傘〟だって必要なんです。『鏡山旧錦絵』の大詰である、奥庭のシーンでは、局岩藤と召し使いお初の女二人が、黒の蛇の目傘をカセにして立ち回りを演じます。岩藤はお初に切りつけられ、手傷を負った岩藤がお初につかみかかると、お初はこれを傘でかわす。岩藤はこの傘をベリベリと引き裂いて、女方二人はきれいにキマる。岩藤が傘を破るというのが、このシーンの型なんですから、興行中の舞台では毎日毎日傘が破かれる——この〝きれいに破けることを目的として作られている傘〟という、この世のどこにも売っていない傘を作るのが、小道具方の仕事なんですね。

歌舞伎の小道具方というのは、必要となればなんでも作ってしまうのが仕事です——簪であろうと傘であろうと桜の造花であろうと。その特別に作られたものは、〝当たり前に作られたもの〟の中にあって違和感を感じさせないようなものでなければいけないんですから、その製品のレベルがとんでもなく高いものであるということは容易に予想がつきます。そして、その高いレベルを維持しながらも、歌舞伎の小道具方の作るものは違うのです。なにが違うのかといったら、それは勿論、その小道具の持つ思想――所属するカテゴリーが違うということですね。小道具方は〝ドラマ〟というものに所属する。その所属が違うゆえに、〝小道具方の管轄〟というものがちゃんと存在するんですね。

この歌舞伎の小道具方の〝管轄の不思議〟というものはなんなのかというと、それは、「それを〝不思議〟と感じるこちらの頭が間違っている」ということの証拠です。

我々はなんだってこの管轄・管掌を「変わってる」「不思議」と感じるのかというと、そのものの持っている〝性質・意味〟というものを一切考えないで、ただ無邪気に「おんなじ花なのに違うのォ」「おんなじ頭に挿すものなのに、そんなに面倒くさいことすんのォ」「おんなじ傘なのに、破くのと開くのとじゃ作る人が違うのォ……」と言っているだけです。それを〝面倒なまでに不思議な前近代の不合理〟と考える我々は、実は、「たとえおんなじものであっても、その置かれるシチュエーションが違ってしまえば、同じものがまったく違う意味を持つ」ということに気がつかないでいるだけなのです。そうでしょ？

〝意味が違う〟という本質だけを見て、「ただ傘であることだけが同じ」でしかない〝表層の類似〟にはまったく目もくれない、その江戸の専門職の質の高さに目を剝くべきなのです。それが本当なんです。

さてところで、江戸の専門職とその役割分担の〝不思議〟です。「〝分担〟はいいが、しかし〝統合〟というのはどうなっているんだ？」ということです。ご存じかもしれませんが、江戸の歌舞伎に

〝演出家〟というものは存在しません。つまり、分担はいいが、その様々な分担によって成り立っている〝全体〟を統括して見る〝役割〟が存在しないという、不思議です。

江戸の歌舞伎には〝狂言作者〟という作家がいます。力関係にもよりますが、しかし原則として、この狂言作者は、役者に従属したものではなく、役者から独立した存在です。要するに、スターの言うことを唯々諾々と聞いているだけの存在ではない、ということです。我々の常識でいけば、「そういう専門の劇作家が存在するんだったら、〝演出〟というのはその劇作家が担当するべきであろう」ということになりますが、しかしそうならないところが、江戸時代の歌舞伎なるものの不思議です。歌舞伎に〝演出家〟というものは存在しないのです。

さてそれでは、演出家が存在しない歌舞伎に、舞台の全体を見渡す〝最終責任者〟なるものがいないのか、ということになったら、これは厳然として存在します。〝座頭《ざがしら》〟という名の、一座のトップスターがそれです。トップスターが演出家であることを兼任しているから、わざわざ独立した〝演出家〟なんぞというものは存在しないという訳なんです。

それでは更に不思議というのは、そういう演出家を兼任しているスター役者がいて、しかしそれでもなおかつ〝狂言作者〟というものが、スターに従属しない〝独立した存在である〟という、その不思議です。

歌舞伎の座頭と狂言作者の関係は、〝破きのいい傘〟を作って〝開きのいい傘〟を用意する小道具方と、〝開きのいい傘〟を小道具方の要請で作る傘屋の関係と同じでしょう。客席にいる観客の為に歌舞伎なる〝商品〟を提供する責任者が座頭で、その骨子となるべき設計図＝脚本を作るのが狂言作者である、ということです。

江戸時代、歌舞伎は古典演劇ではなくて、現代演劇でしたから、興行ごとに新作を出すのが原則でした。ですから、狂言作者は一座ごとに一年間の新作契約を結んで、ちゃんと存在する訳ですが、この狂言作者が新作の台本を書いて、そしてそれをどうするか？ です。江戸の昔にコピー機はありません。出来た台本を役者に渡すには、これを一々筆で書き写すしかありません――まさか一々版木を彫って木版刷りにする訳にもいきますまい――これがどんなにか大変な作業であったろうかというと、さにあらずです。コピー機があろうとなかろうと、そんなことはまったく関係ないという事態が招来するのです。

狂言作者が書き上げた台本――〝台帳〟といいますが――これは二部だけ作られます。一部だけは仕方がない、完全に筆写ですが、しかしそれ以上に台帳の複製が作られることは、とりあえずありません。二部の内、一部は狂言作者が持ち、残りの一部を座頭が持ちます。これだけです。最終権限は座頭にあるのですから、座頭がこれを持つのは当然で、台帳を書いた狂言作者もこれを持ったままでいるのですから、狂言作者の主権が損なわれることはないという仕組になります。

さて、とりあえずの狂言作者の位置はいいのですが、しかしそうなってくると困るというのは、この芝居を演じることになる、座頭以外の役者達はどうするのか？ ということです。なにしろ彼等には台本が渡らないのですから、芝居の内容も自分の役柄も分からないということになってしまいます。

台本を渡されず、劇の内容も知らされない役者達には〝書き抜き〟というものが渡されます。これは、台帳の中からある一人の役者のセリフだけを書き抜いたメモです。台帳を完成させた狂言作者は、自分の弟子達に言いつけて、出来上がった台帳の構成を一遍バラバラにして、役者ごとのブックレットとして再構成します。勿論、書き抜きというものは、その芝居に出演するすべての役者に渡されるものですから、役者の数だけ作られます。役者の数だけ作られて、役者ごとにその内容は違う訳ですから、コピー機があろうとなかろうと手間はおんなじ、ということになる訳ですね。

歌舞伎の役者は、昔も今も、自分のセリフと自分の分のト書きしか読みません。歌舞伎というのはそういうものだから、それでいいんです。

それでは、歌舞伎の役者達は、自分がその中である役割を演じる芝居の全体像というものをどうやって知るのでしょうか？　そんなものは全然知らなくて、自分のやるべき役柄だけを自分の勝手に演じればそれですむような、歌舞伎はそんな特殊な演劇なんでしょうか？

勿論、歌舞伎の役者達は、当然のことながら、自分が登場するべき新作戯曲の全体像を知ります。新作の準備が始まり、台帳から各人それぞれに向けて作られた〝書き抜き〟が狂言作者のところから回ってくると、その後で出演者全員の集合が開始されます。全員集合した役者達を前にして、狂言作者はここで〝本読み〟ということをします。〝本読み〟というのは、狂言作者が台帳を読んで、〝自分の役柄〟という断片しか知らないでいる役者達に全体像を理解させる段取りをいいます。

狂言作者は最初から終わりまで、まるで講釈師のように、台帳の全部を読み上げて、役者達に芝居の全貌を理解させます。ということはどういうことなのかというと、〝狂言作者〟と称される前近代

▲「狂言本読みの図」『御狂言楽屋本説』より

▲「惣ざらいの図」『御狂言楽屋本説』より

の劇作家達は、他人に聞かせる為の朗読術を持ち合わせていなければならない、ということですね。ともかく、その全体像を細部まで知っている、知ることが出来る権利を有しているのは狂言作者と座頭だけで、その細部にわたる全体像を役者達に理解させるのは狂言作者の仕事なんですから、この〝本読み〟が下手だったらお話になりません。聞くしか理解の方法がないところで、聞かせる技術をもっていなかったら、それは〝字が書けない作家〟とおんなじことになるんです。ですから、昔は〝本読みのうまい狂言作者〟〝本読みの下手な狂言作者〟という二種類がちゃんとあったんですね。文学者が活字だけの存在になって、文章というものが〝声〟という肉体とは違うものになってしまったのは、〝現代〟という、近代後期の極めて限られた局部的現象でしかないんです。

さて、それでは、狂言作者に一遍だけ全体を通して読んで聞かされただけの役者達です。一体彼等は、それだけで一切を理解できるのか？　ということになったら、出来ます。それが出来るのがプロで、プロであることが一人前の大人の条件であった前近代ですから。

前近代というのは、思われている以上に、スピーディーな時代です。というよりも、もっと正確に言いますと、前近代とは、スピーディーであることを当たり前に要求された時代だということです。踊りでも三味線でも江戸の習い事はみんなそうですが、お師匠さんが弟子の前で三回だけやってみせる。弟子の方は、初めて見るものでもなんでも、三回見ただけで覚えなければなりません。三回見ただけで覚えられるだけの下地を自分で作っておかなければならないというのが弟子です。だから、前近代の弟子というものは、その最初が一番つらい。なんにも知らない状態で弟子になってしまったものは、〝見て分かる〟というだけのことが可能になる下地が出来るまではなんにもさせてもらえません。ただ見てるだけです。一番大事にされた弟子というものは〝内弟子〟ということになりますが、内弟子というものは下女下男の類とおんなじもので、掃除をするのが最大の仕事であるというようなもんです。朝から晩までこき使われて、なんにも教えてもらえません。なんにも教えてもらわずに、ただ〝そこ〟に属して、そこの雰囲気を肌で感じとる、全身で〝見る〟ということを自分なりに体得して行くんですね。〝見習い〟という言葉が意味をもつというのはそういうことで、〝そこ〟を体験出来るというのが最高の恩恵だからこそ、なんにも教えてもらえずにただこき使われるだけの〝内弟子〟というものは、もっとも恵まれた、もっとも有望な弟子である、ということになるんです。

本読みに立ち会って、一回聞くだけですべての把握を要求される役者達というものは、そういうプロセスを経過して来たプロフェッショナルなんですから、それで分かって当然、それで呑みこめなかったらバカという、ただそれだけの話です。

彼等は既に〝書き抜き〟を渡されて、自分のやるべきことがどんなことかは、ある程度呑みこんでいます。始めに〝自分〟というものの把握があって、そしてその〝自分〟が〝全体〟というものの中に置かれたらどうすればいいのか、ということを知る――そのことが〝本読みを聞く〟ということの本質なんですね。

歌舞伎の台帳というものがまた第一違っているというのは、この〝文学作品〟であるような戯曲が、実は文学作品なんかではない、ドラマの仕様書・設計図として書かれている、ということがあるからです。というのは、歌舞伎の台帳というものは、なんにも知らない人間が一度見ただけではなんのことか分からないようになっていて、これは役名ではなく、役者名によっているからなんです。具体的にいいますと、たとえば『東海道四谷怪談』を活字の本で読むとこうなっています――。

伊右衛門：なんぞ貸せ。サ、早く貸しやァがれ。
　ト手荒く突き飛ばす。お岩、思い入れあって、
お岩：なんと言ふても品もなし、いっそ私が。
　ト着るものを脱ぎ、下着ばかりになり、
病中ながらもお前の頼み、これ持って行かしゃんせ。
　ト差し出す。伊右衛門、見て、
伊右衛門：これでは足らねへ。もっと貸してくれろ。

浪人中の民谷伊右衛門が妻のお岩にむごく当たるシーンですが、これは〝本〟として読みやすいように書き直したもので、実際はこうなっています――。

団十郎：なんぞ貸せ。サ、早く貸しやァがれ。
　ト手荒く突き飛ばす。菊五郎、思い入れあって、
菊五郎：なんと言ふても品もなし、いっそ私が。
　ト着るものを脱ぎ、下着ばかりになり、

▲『東海道四谷怪談』舞台裏『御狂言楽屋本説』より

▲『東海道四谷怪談』しかけ『御狂言楽屋本説』より

病中ながらもお前の頼み、これ持って行かしゃんせ。
ト差し出す。団十郎、見て、
団十郎：これでは足らねへ。もっと貸してくれろ。

役名ではなく役者名で書いてあるというのはこういうことで、〝お岩〟も〝伊右衛門〟もなければ、一体これがなんの台本なのかはさっぱり分かりません。しかし、ただの〝読者〟というような部外者にはさっぱり分からなくたって、この芝居を上演する関係者にとっては、これほど分かりのいいものはありません。なにしろみんな役者名なんですから、「ああ、俺のセリフだ。ここでこうすんのか」ということは簡単に分かります。役者別に抜き出して作る書き抜きだって、とんでもなく簡単に作れます。台帳が仕様書であるというのはこういうことですね。

勿論、台本というものは〝読者〟なるものが本として読む為に書かれたものではありません。それを上演して一本の芝居にする為に存在するものです。だから、この台帳なる書物がどちらを向いているのかということになったら、当然のこと、芝居を上演するものの側に向いています。そして、その芝居がどちらの側を向いているのかといったら、勿論これは観客の側を向いているのです。

江戸の歌舞伎に演出家がいないということは、座頭という一座のリーダー役者に絶対権力が集中している、ということです。なにしろ〝全体を見る権利〟というものは台帳を持っている狂言作者と座頭にしかなく、上演の為の稽古という段階になったら狂言作者は単なる進行係です。座頭の都合、役者の都合に合わせて、狂言作者によって書かれた根本設計図である台帳は、実際に合わせてどんどん変えて行かれるからです。そして、この変えて行くことの権限が誰にあるのかといったら、それは勿論座頭です。彼は、頂点に将軍様をいただく徳川封建制度の世の中にふさわしく、その一座の一切の権限を掌中にする絶対権力者なんですから。

そして、この座頭というのは別に〝世襲〟というようなもんではありません。例外として江戸の市川団十郎だけは、その代々が座頭であるような存在ではありますが、しかし団十郎必ずしも座頭にあらずというのは、ここが人気と実力によって客を呼ぶ、商業演劇の世界だからです。座頭に絶対権力が集中していても一向に構わないというのは、その絶対権力者を頭《こうべ》にいただく一座というものは、それにお金を払って見に来て下さる〝お客様〟に対して、頭を下げるものだからです。我々は、ほとんどここに〝立憲君主制〟の理想パターンを見てしまうようなものです。正確にいえば、この立憲君主制は〝立客君主制〟というようなものでしょうが。

〝江戸の総論〟というタイトルは、すでにお分かりのように、〝「江戸には全体を決定するような代表人格が存在する」という論〟、のことです。全体を概括するという意味での〝総論〟ではありません。各論はすべて、一人の代表者の足下に結集する。そういう形で〝総〟がある、という論です。

我々は、権力とか封建制度とかっていうものを、どこかで誤解してるんです。全体を代表して責任を負うものは、その〝代表する全体〟という内側に対しては絶対の権力者です。でも、その総体を代表して責任を負ってしまったものは、その〝外側〟に対しては頭を下げるようなもんなんです。〝頭を下げる〟ということを別の言葉におきかえると、これは〝目的を持つ〟ということです。歌舞伎の座頭が一座に対して絶対権力を持ったということは、〃お客様に対していいお芝居をお見せする〃という目的を遂行する為です。目的があれば、その目的を実現する為に絶対権力者は存在し、その下で各部は、その各部に課された〃必要な意味〃を達成するように動く。それだけのことです。

我々は、残念ながら〃目的〃というものの存在をどうやら忘れてしまったらしい。江戸というのは、ある部分ではまっとうなものだったけれども、しかし江戸の主権者である将軍は、外国に対して頭を下げなかった。

なにしろ、江戸時代というのは外に対して閉じていた鎖国の時代ですから、〃内〃に対しては絶対権力者であった将軍は、頭を下げるべき〃外側〃を持つ必要がなかった。ということは、この絶対権力者には目的がなかった。この権力者にはしかし、ただ一人、頭を下げるべき相手が存在していた。それが誰かといえば、勿論天皇です。なにしろ、江戸の将軍家は、名義上、朝廷の臣下である征夷大将軍だったんですから。

という訳で、近代になった途端、天皇というものが絶対の権力者となる。そして、この絶対君主であるような天皇は、やはり誰にも頭を下げなかった。ひょっとしたら〃敗戦〃という時には頭を下げたかもしれない。しかしそうなって来ると、太平洋戦争が終わって〃占領〃という目的を持って日本にやって来た進駐軍の総司令官は、日本では誰にも頭を下げなかっただろうということになる。

まァ、こんなことを繰り返していると、こんなことを話し始めた〃目的〃というものをなくしてしまいますが、要は、頭を下げる対象を持たない権力者は異常なものである、ということです。

我々は「目的を持てない権力者は追放されねばならない」ということを間違えて、〃権力者〃というもの自体を追放してしまった。だから当然、権力者が追放されるのに付随して、〝目的〟まで追放されてしまった。

我々はとっても愚かだったので、〝権力者を持つことの目的〟というのが分からなかった。だからこそ、〝目的を持てない権力者〟ということが理解出来なかった。我々はだからこそ、江戸の〝不思議な職掌分担〟というものを、ただ単に「へー」と言っているアホーに落ちてしまった。それは不思議でもなんでもない、ただ必要性という意味によって割り出された分割業務でしかないのだけれど、我々は、その分担を成り立たせる〝論旨〟の存在を理解出来ずに、ただ表層だけを見ていたもんだから、「へー」というアホーに落ちてしまった。

勿論、当たり前というのは、芝居を上演する側と見る側では〝立場〟というものが全然違うということですね。観客の論理は観客の側に立たなければならない。だがしかし、演者の論理は演者の側に立たなければ分からない。演劇というひとつのものを挟んで、明らかに対立するような〝論旨〟が二つある。あって当然で、総論というものは、その総論を必要とする集団の数だけ存在するのが常識というものです。

我々は、そこを忘れてしまった。総論といえば「一つですむもの」という考え方自体が、〝目的〟というものを喪失してしまった、行動を喪失してしまった時代の退廃というものなんですね。現実がなければ論理だって存在しない。にもかかわらず我々は、論理だけを先に立てて、その論理を生み出すような現実が、果して一体存在するのかどうかということを、考えてみようともしない。これは明らかな退歩ですね。

我々にとって江戸が重要であることとの意味は、多分一つしかない。それは、〝現実が論理を生み出すということが可能だった〟ということだけ。

我々は、単に〝生み出された論理のその後〟に生きているだけなのであって、果して我々の生きている現実が、まともな〝分担〟なり〝目的〟なりを可能にする、生きて〝論理〟を生み出せる現実なのかどうかは分からない。だからこそ我々は〝発見できない論理〟によって総括されている〝江戸の不思議〟というのを見る訳なんだけれども、でも、その不思議に従ってばかりいたら、我々は再び、江戸という絶対君主に従う〝アホーな町人〟になってしまう。

我々は、だから、〝江戸を否定する〟という観点から江戸に頭を下げなければならない。なにしろ江戸は封建制度の時代なんだから、放っとけば、向こうは自分から頭なんか下げやしないだろう。こっちから頭を下げて、一方的に頭を下げさせられた分だけ、最終的に否定させていただく。それが、近世や近代を経過した後にやって来ている、現代に生きる我々のやり方ではないのかと、思うのでありまする。

III

江戸はなぜ難解か?

1　大江戸ローマ帝国説

「江戸」って分かんないでしょ。分かるようで分からない。なぜかって言えば、第一に江戸には大哲学っていうものがないからね。どんな時代だって国だって、そこには「これだ」っていうようなキーワードがあるでしょ。それを捕まえれば分かったみたいな気になる――たとえば古代ギリシアだったら〝民主制〟っていうようなね、そういうウケそうな〝哲学〟ってないんだよね。まァ、通りのいいキーワードを知ってたからってなにが分かるのかっていう話もあるんだけどさ、ともかく江戸には「これだ！」っていう大哲学がない。だから江戸は、その点でとってもローマ帝国に似てるよね。現実的なだけで、知ってカッコよさそうな気分になれる〝思想〟がないっていう点でね。それで、人間てとってもひねくれてるんだけどさ、〝思想〟っていうような高級だったり難解だったりするようなもんがあると、とっても捕まえにくいその〝思想〟を捕まえて、それで分かった気になってはいるんだけど、その実全然なんにも分かってなくて、ただ頭抱えてるだけでさ、でもそのくせ、初めから知ってるような気がする〝現実的〟な世界のことはなんにも知らないで、平気でいるのね。

江戸とかローマ帝国ってそんなもんでしょ。別に頭抱えそうなもんがなんにもないから、簡単に分かったみたいな気になって身近なもんだって思っていられるけど、でもよく考えたらなんにも分かってなんかいないのね。身近なだけでなんにも分かってないから、それを具体的に考え始めると、なにが分かってないのかがさっぱり分からない。

2　江戸はとっても難解だ

江戸って、あまりにも親密だから分かりにくいってことが最初にあるんだよね。例えば、今はもう少なくなったけど、二十年前だったら明治生まれの人なんてざらにいたし、明治の東京生まれの人間にとって、生活の形っていうものは〝江戸〟と全然変わらない地続きのまんまだったしね。いつか時代小説を書こうと思ってフッと考えたら、昭和の三十年代まで、僕らの生活って〝江戸〟なんだよね。高度成長が始まるまで、日本人の生活ってずっと続いてんの。

たとえば、冬に火鉢に炭をおこすっていうのは、江戸からずっと続いてる。『枕草子』訳しててさ、平安時代だと火鉢が二つ出てくんだ、火桶《ひおけ》と炭櫃《すびつ》って。丸い火鉢と四角い火鉢の差だけどさ、分けて訳そうかと思ったけどやめたの。だって、火鉢を見たことない若い子が火鉢を通り越して火桶や炭櫃を知ってたって片手落ちじゃない。火桶や炭櫃が江戸で火鉢になって、それがずっと続いてたっていうことの方が重要だと思うもんね。歴史って〝時代区分〟ていうやつでブッ切りにされてるけど、そういうものとは関係ないとこで全部続いてんだよね。平安時代だと遠すぎて続いてるってことが分かんない――そのことは当たり前だと思って納得しちゃうけど、江戸はそんなに遠くない。

冬の道に霜柱が降りてさ、泥の道はグチャグチャになっちゃうから石炭ガラをまく、あるいは炭俵を敷くっていうのは、道路が舗装される前までは当たり前のことでしょう。冬の暖房の燃えカスや脱け殻が冬の地面のぬかるみをふせぐ道具になってた。でも平安時代だって、雨が降って道路がぬかるんだら、そこにムシロ敷いてたんだからね。そういうことが出来る人は特別の身分の人間だけだったのが、それが当たり前の生活様式として定着して、それが突然「そんなメンドクサイことしないで、ぬかるむ道路の方を変えてしまえ！」っていう発想の転換が起こっただけだもんね。ぬかるまないように町の道路がどんどん舗装されてく昭和三十年代の後半なんて、ムシロどころか、畳表のゴザまで道路に投げ出してあったんだけどさ、平安時代の畳表なんていったら貴族のとんでもない贅沢品だったけど、それが平気でぬかるみの上に放っぽり出されてる。そういう変化はあっても、道がぬかるむという大状況自体はなんにも変わってなかったんだよね、ついこの間まで。

　タライに洗濯板でゴシゴシ洗濯するっていうのはついこの間までやってたし、洋服着るようになっても、昭和の三十年代くらいまではどんな家でも、最低夏の浴衣と冬の丹前（綿入れ）は作ってた。衣食住の内、衣食だけは自前であるっていうのが、身分を問わずについこの間まで続いていた日本人の生活なんだけどね。

　そういうものが、高度成長期に出現する都市生活の様式――舗装道路や暖房機や洗濯機の普及によってどんどん変わって行く、生活からだんだんなくなって行くんだけども、それは日常の端々にずっと生きてた。進歩とかなんていうような高級な次元じゃなくて、主に女の手仕事という形で代表される〝日常〟のレベルでね。それがなくなったってことに気がついた人間だけが、江戸は難解だってことが分かるんだと思うよ。

　明治生まれの人だったら、江戸の老舗や下町の様子なんて、自分の日常生活の延長でなんとなく知ってて分かるでしょ。昔の浅草はこうだったとか、向島の桜はああだったとか、父親やおじいさんなんかから聞いたりして知ってるし、自分だってその残り香の中にいるんだから。でもそれは、ほとんど「昔はこう違っていた」っていう、微細なディテールの差でしかないんだよね。「昔はこうだった」を言われ続けて、それがいつの間にか「昔はよかった」って言われ続けてるみたいになっちゃう。

　昔と今との間にある、微細でしかないような差を知らないでいることが無知であるようなね――なんか、コンプレックスをかき立てられ続けて、それを克服することだけが〝知る〟ことであるみたいになっちゃって、ヘンなとこだけを詳しく知っているのが〝通〟で、ヘンなとこを少しだけ知っているのが〝半可通《はんかつう》〟ってことになんのね。膨大なる〝おんなじこと〟の知識が

▲「洗濯」豊国画

▲浅草寺『東遊』より　北斎画

全部すっぽり抜けてるからさ、結局〝ヘンなところ〟だけしか詳しくなれないの。

江戸が実はとんでもなく難解であるってことを隠してんのは、江戸に対する現代人の異国趣味だよね。現代に飽きた人が突然〝江戸〟に浸り始めてさ、あんまり確かでもないような個人的なセンスとか美意識で塗り潰してくのね。それやられたら、〝違う〟も〝同じ〟もみんな消えちゃう。全体が好き勝手なエトランゼ趣味で一色になっちゃうからさ、平気で全体を今とおんなじものにしちゃうのね。江戸が難解だったというのは、それまでずーっと続いて来た日本の〝生活〟なるものを支える前提が、ものを考える近代の人間の頭の中にある考え方とはかなり異質にずれこんじゃってるっていうことがあるからなんだけどもさ、うっかり全体を今とおんなじ風につかまえちゃったら、そんな前提って分からなくなっちゃうじゃない。

江戸ってとっても異質なのよ。そういうことを突きつけてくるからさ、「異質を求める自分とはなんなのであろう?」っていう考え方をしない人間には〝異質〟も〝難解〟も見えてこないっていう、そういう難解さはあるんだよね。結局「前近代を何故に近代は問わなければならないのか?」っていうことだからさ、近代に関して疑問感じてない人間にはなんにも分かんないし、「江戸ってなに?」は、「近代ってなに?」でもあるし、そしてその上に「近代をどうすればいいの?」が重なって来るからね、並の体力ではとてもとてもっていうところがあるんです。

3 江戸は色々に江戸である

江戸の難解は江戸の膨大さにもよるんだけど、江戸っていうのは量的にだけじゃなくって、質的にも実は膨大なのね。

量の方でいくとさ、江戸って何回も何回も火事に遭って焼けてるんだ。そのダメ押しとして関東大震災と東京の大空襲っていうのがあって、江戸っていうのは何遍も何遍も焼け跡の上に再構成されてる巨大都市だっていうことがあるんだよね。

火事が多かったということもあってさ、歴史の基本資料である寺の過去帳なんかが全部焼けちゃってて、履歴がはっきりしなくなっちゃってる人間だって一杯いるんだ。江戸っていうのは生きて脈動してた都市だから、平気で今の東京とおんなじようにどんどん姿を変えてっちゃったからね、石造りで古いのだけが取り柄の歴史都市っていうのとはちょっと違うんだ。そもそも江戸自体が江戸湾の入り江を埋め立てて造られた人工都市だってこともあるけどさ、平気で何遍も姿を変えてった都市の実際の姿を再現するのって、実はとんでもなく大変なんだよね。何層にも江戸って重なってるから。江戸が考古学の対象になるなんてことは普通考えないけどもさ、実生活の下に平気で隠されちゃった前代の生活を把握するとなったら、文章資料がとんでもなく一杯残ってるとこだけに、大変なんだよね。

江戸は何層にも重なってて、それから勿論、江戸は身分制社会だから、そういう複雑だってあるものね。

平安時代なんて、いくら複雑だって、結局は都の貴族だけでしょう。貴族以外の人間がなにをしてたのかなんて、ほとんどなんにも分かってない。〝下司《げす》〟って呼ばれる、普通の貴族の下にいる人間達のことなんてなんにも分かってない。俺なんか〝下司〟を貴族の下にいる〝中産階級人間〟って訳しちゃったけどさ、結局は都市の住民なんだよね。そういうものはただ存在してるってだけで、実態なんかなんにも問題になりゃしない。貴族ってものから目を広げると、地方と中央っていう二分制にしかならないけど、江戸っていうのは都市が独立したひとつの文化になっちゃって、そこに様々な町人達による様々な町人文化だって生まれちゃう。上層町人と下層町人とじゃ、重なるところは重なっても、違うところじゃ全然違う。農村と一線を画した大都市文化もあれば、中世的な色合いを残した地方都市文化や農村文化だってある。その色々ある江戸の文化の内で、「一体どれを〝江戸の文化〟といえばよいのだろうか?」ってことだってあるんだからね。

4　江戸は漢字の世界でもある

江戸の中心にあるのって、実は漢字の文化なんだよね。文化の中心は勿論伝統的に漢文だしさ、本居宣長なんか〝カラゴコロ〟に対する〝ヤマトゴコロ〟っていうのを出して来て、そっから漢文の学問じゃない国学っていうのが生まれてくんだけどさ、これだって万葉仮名のように漢字を駆使してる学問だしね。江戸の町人文化の読本だってこの影響を受けてるから、総ルビでひらがなだけ知ってさえいれば誰にだって読めるけど、でもとんでもなくペダンチックに漢字を使ってる。勿論、鎖国してる江戸時代の人間には、鎖国してるからこそなおさらっていう、エキゾチズムとしての中国への憧れだってあるから、中国趣味は濃厚にあるし、明治時代がとんでもなく漢字の多い漢文の文化になっちゃったっていうのは、この江戸の中国趣味が下地としてあったからだと思うよ。

明治っていうのは、実はとんでもなく漢字の多い時代で、西洋の文化を全部漢字で翻訳しちゃったみたいなところがある。やってる当人は気がついてないんだろうけど、新しい外来の本式文化に対応する為には、自分達の持ってる本式文化、つまり漢字の文化を出すしかないと思ったんだろうね。明治には江戸のリバイバルや、江戸ルネッサンスっていうのも実はあったわけだけどさ、その時に持ち出された〝江戸〟っていうのは、町人文化に代表される〝ひらがなの江戸〟じゃなくて、漢字の江戸だったの。

明治っていう時代は、西洋から来たコンセプトをみんな漢字の訳語で置き換えていく時代でね、それは勿論江戸の公式文化だった漢字の文化の踏襲なんだけどもさ、でも江戸の公式の漢文ていうのは、実は漢文じゃないんだよね。江戸の公式文書っていうのは〝候文〟ていう、とんでもなく特殊に日本化しちゃった〝変体漢文〟だからね。「外に可申上儀無御座候間」――「外《ほか》に申《もうし》上《あ》ぐ可《べ》き儀《ぎ》、御座《ござ》無《な》く候《そうろう》間《あいだ》」って、つまり「ほかに申し上げるべきことはございませんから」ってことだけど、正式文書はこういう〝漢文〟なんだよ。こういう〝日本式の漢文〟である候文ていうのは旧弊だっていうことになっちゃったからさ、それで明治はどんどん〝本格の漢文〟化してっちゃった。

明治っていうのは、西洋を取り入れつつもどんどん昔の中国に走っちゃう反動の時代なんだけどさ、やっぱり本式でエライのは中国なのね。「中国の大きさを学ぼう」みたいな、大人《たいじん》趣味が出てくる。夏目漱石がイギリスに留学して、日本に帰ってきて、最後は「則天去私」の漢文に行っちゃうっていうのは象徴的だよね。夏目漱石なんて絵も描いて、『こゝろ』の装丁なんか自分でしちゃってる〝マルチ人間〟だけどさ、別にそんなもの特別でもなんでもなくって、江戸で成立した〝文人〟ていうのはそういうもんなんだもの。江戸の文人画とか文人趣味っていうのはすごく分かりづらい特殊なもんなんだけどさ、それは全部中国という外国文化の日本的——しかも鎖国で煮つまった日本の町人的解釈だからね。夏目漱石が「則天去私」の文人しちゃって落ち着いたっていうのは、それがまだその当時の東京に残ってた〝江戸〟という故里だからなんだけどさ、夏目漱石はひらがな使って江戸に入ってってたんじゃないものね。彼が帰ってってたのは〝漢文の江戸〟なんだ。

江戸っていったらすぐ浮世絵に代表される〝町人文化〟ってことになっちゃうけど、でも長い間〝町人文化〟なんて〝江戸の文化〟じゃなかったんだよ。「あんな分かりやすいもんがなんで文化か」っていう、明治の事大主義ってあったんだから。難しいものが〝文化〟で、ありふれてて通俗的なのは文化じゃない——だから〝質〟というものが問われる必要はないっていう、そういう偏見てずーっと続いてんだよね。

写楽がすごいってことを言い出したのは日本人じゃなくてドイツ人が最初なんだけどさ、江戸を代表する画家は写楽なんかじゃなくて、司馬江漢とか円山応挙だったりはしたんだよ。写楽だって、ドイツ人がレンブラントなんかと一緒にして持ち上げちゃったもんだからさ、彼が具体的になにを描いたかなんてことは誰も問題にしなくて、ただ「芸術だ！　芸術だ！」って、当の日本人は長いことやってたんだからね。

江戸が分からないっていうのは、どういうものを自分達の文化としたらいいのか分からなかったっていう、明治以降の混乱が大きいんだと思うんだ。日常生活として存在してる文化っていうのはあまりにも日常的なもんだから、文化としての距離が取りずらくって分かりにくいもの。おまけに明治から後は、生活の文化と官制の文化の対立みたいなことがずっとあったし、漢文の文化はいつの間にかドイツ語の文化になって英語の文化になって、明治以降の百年ていうのは、すべてが建前に負けていく百年だからさ、江戸の〝生活〟に由来するような文化は全部二流の文化みたいになってくの。

歴史の授業に出てくる江戸が、長い間〝三大改革の話〟と〝国学の話〟と〝百姓一揆の話〟だけだったのは、実はそういう理由ね。一番肝心な町人文化は、どう扱っていいのか分かんなかったんだと思う。

5　江戸はモチロン日本史の中にある

江戸っていうのは、都市文明の時代なんだよね。ある時期の江戸っていうのは、世界最大の人口を持ってた都市だし、都市というのは、雑多なまでに俗な部分があってなおかつ抽象的なものだからさ、こういうものは分からない。都市を分かろうとする学問の歴史って本当に浅いからね。

都市的文化の特徴っていうのは、大哲学がないかわりに〝法〟という制度だけは細かにある文化ね。その点でも江戸はローマ帝国なんだけどさ、「ギリシアはギリシア哲学で、ローマはローマ法」っていうでしょ。ローマ帝国は初め共和制だったけど、でも江戸はそうじゃないからね。あくまでも身分の上下を前提とした封建制度でしょ。その頂点に江戸幕府があって将軍様がいるね。でも江戸って、とっても実用本位だから、あんまり絢爛豪華にピラミッド構造じゃないんだ。ピラミッド構造はアミの目のように広がってるけど、でもその全体は不思議なまとまり方をしてる。どっかで、江戸っていうのはロジックの離れ業なんだよね。

江戸の頂点は徳川幕府だけど、でもよく考えたら、徳川幕府は天皇を頂点とする朝廷の、征夷人将軍ていう〝家来〟でしょ。

英語で徳川の将軍のことを〝大君（タイクーン）〟っていうでしょ。天皇は〝エンペラー〟だよね。ところでさ、皇帝《エンペラー》と国王《キング》っていうのは違うんだよね。国王がローマ法王から皇帝の冠を貰ったら、そこで国王は皇帝になるっていうようなもんなんだよね。我々が歴史を語る時に使う〝歴史用語〟っていうものの大本を決定しちゃってる、歴史学っていうものを生み出したヨーロッパの常識はそうだよね。国王は、登龍門を上って龍になっちゃった鯉みたいに、皇帝になる。だから、同じ国に国王と皇帝が一緒にいるのはおかしいと思った西欧人が、江戸の徳川将軍に対して〝大君《タイクーン》〟なんていうヘンな名前を与えたんだよね。実質でいけば、黒船来航当時の徳川将軍は〝国王《キング》〟でいい筈だもの。キングでいい筈だと思ってたら、でもその徳川将軍に〝将軍〟というポストを授ける天皇というものがいたからさ、「こりゃヘンだ」っていうんで、天皇はエンペラー、将軍はタイクーンていうことになったんでしょ。そのセンを踏襲して、明治の日本は皇帝が統治する〝帝国〟っていう形態を自称したんだから。

皇帝というのはローマ法王から冠を授けられたもんだから、宗教的な認知を受けてるというか、祭政一致的な色彩を持ってるというかさ、そんなもんだから、きっと天皇とエンペラーはイコールでもあろうと思ったんだろうね。

日本の近代っていうのは、国家神道というものが成立した。近代という名にあるまじき非合理的な時期で、国家神道というものの上で天皇は宗教の祭司になったんだけどもさ、でも、江戸の天皇はそんなんじゃないものね。江戸時代の天皇は、いってみれば官職というポストを発行する〝世俗の祭司〟でしかないんだから。別の言い方をすれば、〝征夷大将軍〟という肩書を必要とする徳川幕府が、その肩書を発行する機関として天皇のいる朝廷を存続させておいたっていうだけだもの。

天皇が日本の元首かどうかなんてことを〝歴史的に〟考えたってしょうがないんだよね。だって、〝元首〟が〝その国を代表するもの〟っていうんだったら、日本の元首は、歴史的には〝その時代に一番力を持って日本を支配していたもの〟でしかないんだから。それが天皇だった時もあれば〝平相国入道〟なんていうワケの分かんないものだった時もあれば、将軍だった時もある。平安時代の摂政関白なんていうのは、多分日本の支配者ではあっただろうけど、対外的には知らん顔してたんだから、〝元首〟なんかである必要がない。豊臣秀吉なんかは、西欧人の常識を無視して、天皇が健在であるにもかかわらず、国外に向かって〝日本国王〟を自称しちゃってるんだからさ、この時の元首は〝引退した関白〟である〝太閤〟になるんだよね。

まァ、どうでもいいことを言ってるけどさ、「どうして日本史に登場する権力者達は天皇を倒して自分から天皇の位置につかなかったのか」っていうよくある疑問は、天皇と皇帝あるいは国王を混同してるんだよね。天皇が倒すに値するような存在で、そのことになんらかのメリットがあると思ったら、誰かがそういうことをやってたと思う。誰もそんなことにメリットを見出さなかったから、天皇というものはそのまんまあったんでしょうね。

豊臣秀吉は関白から太政大臣になって、武士から〝朝廷の貴族〟になっちゃうけどさ、でも徳川家康だって朝廷の右大臣になってるんだ。右大臣になって、それから、ホントだったら右大臣なんかよりもずっと位は低い筈の征夷大将軍になってる。「征夷大将軍になることが武家政治の本道」っていう考えがあるんだとしたら、それは徳川家康が復活して、改めて定着させた考え方にすぎないっていうのは、織田信長だって豊臣秀吉だって、別に征夷大将軍になんかなってないからね。みんな〝大臣〟という朝廷のポストについて、徳川家康だってそのことを踏襲して、そして改めて征夷大将軍になったっていうだけだもんね。

家康がなんでそんなことをしたのかっていったら、家康が関東の江戸にいたからっていうことしか考えられない。秀吉に関東に追っ払われて、江戸っていう町を作ってそれを自分の拠点にしちゃったからしょうがない、そのことを納得させるテとしては、源頼朝以来の〝武士の棟梁〟〝幕府の主宰者〟っていう正統性を主張した方がいいって踏んだからだろうって思うね。江戸はそれ以来〝征夷大将軍〟っていう〝主権者〟を戴く〝日本の準首都〟ってことになって、征夷大将軍というものを発生させる根拠として、徳川幕府は朝廷なるものを存続させといた。

天皇っていうのがなにかっていったら、答えは一つしかないと思う。自分を主権者として規定することをメンドクさがる日本人の為に存在している、世俗の身分証明書発行機関ていう、ただそれだけだよね。徳川幕府はそれを知ってたから、それで天皇のいる朝廷っていうのを養ってた。だからこそ、江戸の頂点にあるものは徳川幕府の将軍だけれども、その将軍は実は征夷大将軍という、天皇のいる朝廷の家来でしかないっていうパラドックスが成立して、そこをテコにすれば、明治維新というヘンテコリンな無血革命は、いとも簡単に成立しちゃうんだよね。江戸っていうのは、そういうことを可能にしちゃう論理の抜け穴みたいなものをいっぱい持っていた。

6 明治維新はサムライ・クーデター

江戸ってなにかっていったら、今にしてみれば、それは一種の保留状態であるっていうようなもんなんだよね。

江戸が保留状態の持続だっていうことは分かりにくいかもしれないけどさ、例えば、江戸っていったら町人文化でしょ。でもさ、江戸の秩序の中で町人ていったら、士農工商の一番下じゃない。一番下層のものがその時代の中心文化を作るなんて倒錯は、他にないでしょ。別に武士が文化ってものを無視してた訳じゃない。にもかかわらず、この時代の新しい何かは〝町人〟というところに結集しちゃった。結集してどうなったかというと、結局のところなんにもならなかった――近代文化に排除されちゃったというところもあるんだけどさ、でも、この時代の文化っていうものは、尻っ尾を呑んだ蛇みたいに町人ていう一番下に結実しちゃった。

普通そんなことになったら、成熟っていうものが起こってさ、次なる新しい時代っていうのは、そういう〝新しい人達〟によってリードなんてされてくもんでしょ。ところが、江戸の次に来る明治っていうのは決してそういう時代じゃないんだよね。ヘタすりゃまだ中世を引きずってるかもしれない、武士というよりも郷士《ごうし》って言った方がふさわしい、田舎の、半分農民やってるような貧しい下級武士が作ってくんだよね。明治維新の江戸を引きずらないトンチンカンさっていうのは、そういう断絶に由来するのかもしれないなって思うけどもさ、そういう人達が簡単に〝次の時代〟を作っちゃうっていうことはさ、江戸っていう世界を作ってた人間達が全部、現状に対してＯＫであるような人間達だったっていうことだよね。

昔「明治維新は市民革命か?」なんていう議論があったけどもさ、バカみたいっていうのは、「そんな、その当時存在しない〝市民〟なんていうものにどうして革命なんていうことが演じられるのさ?・」っていうことがあるからだよね。明治維新と十八世紀のヨーロッパに起こった市民革命っていうのをならべてさ、「果して日本の明治維新はそうした市民革命に匹敵しうるもんであろうか?・」って考えるのはいいけどさ、そんなまわりくどいことしてるから分かんなくなっちゃうのね。だって、明治維新当時に〝市民〟なんてものはいなかった。そういうものがいるんだとしたら、日本の場合は町人ていう。「明治維新が町人革命だったか?・」っていったら、答は「笑っちゃうね」でしょ。勿論明治維新に町人はほとんどといっていいほど関係がない。明治維新を動かしてったのは下級武士であり郷士の息子であり下級貴族だったんだから。じゃァ「果して武士は市民か?・」っていったら、これも違うでしょ。「明治維新後、市民になろうとしていた武士もいただろう」ぐらいのもんでさ。

明治維新ていうのは、市民革命なんかじゃ全然なくて、これは特殊な軍事クーデターなんだよね。特殊な軍事クーデターっていうのがなんなのかっていったら、その当時に〝市民〟なんていうものがいなかったのと同時に、その当時の日本にはまた、〝軍人〟なんていうものもいなかったっていうことがあるからだけどもね。軍人がいなくて軍隊というものだってないから、幕末の幕府や維新政府は〝軍隊〟っていうものを作ろうとしてたんだけどさ、武士は軍人なんかじゃありませんよね。武士は、刀を差すことを義務づけられた一つの階級でしかないものでね、政治家でもあり官僚でもあり文化人でもありただのゴクツブシでもありっていう〝なんでもないようなもの〟だもの。そういう階級に属してると思ってた人達が演じたクーデターが明治維新なんだから、これは、正確に言ったら〝サムライ・クーデター〟ですよね。これで江戸城無血開城ということが成立したんだから、サムライ・クーデターは実のところ〝文事クーデター〟であり〝政治クーデター〟であったっていう、それだけの話ですね。

明治維新ていうのは、江戸に登場した一種の革命——政体変革ではあるけどさ、そのことに対して、江戸に住んでた人間達は、武士も含めて、ほとんどノータッチだった。つまり江戸の人間達っていうのがすべて、現状に対して平気でOKだったもんだから、「次を自分達が担う」っていう発想が生まれなかった。つまり、江戸の人間には〝その先〟っていう成熟の発想がなかったっていうことね。

じゃァ、なんでそんなことになるんだろう？　っていう訳ね。

7　江戸は勿論管理社会だ

直訴ってあるでしょ。現状をなんとかしてほしいっていう訴えを上級の支配管理者に直接訴えて出ると死刑になっちゃう。当人だけじゃなくて、一家眷族皆殺しの極刑だけど、なんでそれがいけないかというと、秩序を乱したからね。

江戸は法に覆われた管理社会で、都市っていうのはそういうものですね。田舎っていうのは、自然を超法規的なものとして残してる社会だから、自由であって、と同時に恐ろしい。〝先例〟っていう成文化されてない、法以前の法が支配してるから、人間は何かに盲従してる。ところが都市っていうのは、そこを既知のものとして捉えることからスタートする観念的な人為社会だから、超法規的なものは存在しない。それが前提になって〝秩序〟というものがある。だからそこには当然のことながら、既知として捉えられた法体系に従わねばならないっていう〝管理〟がある。都市が管理社会であるのは昔からだし、都市が管理に従うことになるっていうのは当然のことなんですね。田舎は決して管理社会じゃない。前例という暴君の支配する、一種の無法地帯だからね。

江戸というのは法に覆われた管理社会だから、平和である状態が二百六十年も続いた。だから当然江戸っていうのは〝都市の時代〟なんだけどもさ、都市で管理だから、ここでその秩序が壊れたら、都市であることの前提が破綻しちゃうでしょう。直訴っていうのは、直接の管理者を飛び越えて、更にその上の管理者に窮状を訴えることでしょ。窮状を訴えるんだったら、その担当者に訴えればよいっていうのが管理社会のルールなんだよね。直訴が極刑っていうのは、この〝飛び越し〟が管理社会の前提にふれるからなのね。

江戸時代の土地の支配者っていうのは大名・将軍だ

けどさ、このピラミッドの頂点から現地に直接派遣されるのは代官ていうやつだよね。支配者の出先機関の長である管理者が代官。これに管理される側の代表者が庄屋・名主で、管理する側と管理される側が結託してっていうのは時代劇じゃよくある話だけど、でも代官と庄屋・名主の間には歴然たる一線がある。管理されてる側になにか訴えたいことがあったら、それを管理者である代官に訴えればいいんだけど、その直接の管理者がバカだったり、その管理者の手に余るような大問題だったら、代官に訴えることなんかなんの意味もない。だからその上にいて代官を管理している殿様や将軍のところに訴える――これが直訴ね。

封建時代だから上に訴えるということをしちゃいけないんだろう、なんてことを考えるのは現実を知らないバカの言うことでさ、上に訴えることがいけない訳じゃ全然ないんだよね。訴えて出ることは決してタブーじゃない。タブーは、その訴え出ることのルールというかルートを無視することね。封建時代というのは、封建制度という論理を前提にして存在している管理社会であるっていうだけで、そこで黙って支配されてる人間がバカかどうかっていうのはまた別だよね。分かってその論理を呑みこんでればバカじゃないし、なんにも分かんないでその前提に盲従してればバカだっていう、それだけの話だからね。

直訴は極刑だけれども、直訴で訴え出たことが上に採用されないっていう訳じゃない。直訴なんていう非常手段に出なきゃいけないなんていうことはよっぽどのことなんだからさ、それが「もっともである」っていうことになれば、その訴えは通るよね。通るけども、だからってその直訴っていう手段自体が許される訳じゃない。訴えは通るけれども、訴えが通る以前に、その管理社会のルールを乱した行為自体は罰されねばならないという構造はある訳ね。

直訴に及んだ人間は、一家ぐるみ獄門磔の公開死刑。そうやっておいて〝直訴〟なるものは存在しなかったということにしておいて、それからあらためて直訴で訴え出された問題の検討ということになる訳ね。矛盾があるんだとしたら、直訴という訴えが存在しないことになっているのに、どうしてその〝検討される問題〟が存在しうるのかっていうことだけどさ、でもそんなの〝殿様〟っていうものの存在を無視した近代人の考え方だよね。だって封建制度っていうのは、殿様なる支配者にある種万能に近い力を認めちゃってるから、自身をその支配にゆだねるっていうことが可能になってる、そういう世界なんだから。

直訴なる問題提起は存在しない、にもかかわらず提起された問題自体は存在しうるっていう矛盾は「殿様は勿論万能ですので、そういう問題の存在はちゃんと分かってらっしゃいました」っていう後づけで解消されちゃう。直訴に及んだ人間の持ってる意味は抹消されて、問題は解決されて——それは多分まァ〝全部〟ではないけれども——それで結果的には「なんにもなかった」っていうところで収まるのが前近代。だから見方を変えてしまえば、当人及び家族が死ぬことを納得してしまえば、あらゆる問題は検討に移される(可能性がある)っていうことだよね。

江戸時代に直訴っていうのがどれくらいあったかは知らないけれども、でもその直訴のもってる〝論理〟が意味を持ったのは、実は日本の場合、近代になってからじゃないかと、僕は思うの。太平洋戦争に代表される軍人の無理な論理っていうのは、あれは当人が死を覚悟してるっていうファナティズムから出てる訳だけどもさ、個人の問題提起に死が必要になってるっていうのは近世の裏論理だもんね。

近代になって、個人が超法規もへったくれもなくて、あるルールに基づいて自由にものを言ってもいいっていう議会制度が導入されたにもかかわらず、そのルールが呑みこめなかった人間っていうのはとんでもなく一杯いたんだよね。意見を言う、その意見が〝上〟に通って行くっていうルールが存在するっていうことがよく呑みこめなくて、意見を上に通すということを直訴としてしか把握出来なかった。だから、ちゃんとした意見を言うことが出来ない人間達にとっては、議会とか代議士っていうものは〝凡庸な代官〟でしかなかった訳ね。言論機関なんていうものの意味なんか分かりようもない人間達にとっては、言論機関とか議会とかが存在するってこと自体、直訴が日常的になって行くっていうことだった。だから、状況が民主的になればなるほど、頭の中に〝直訴=死〟っていうものが大きくのしかかってくる。日本の近代は〝前近代〟っていうものが実態としてどういう風に残ってるかってことを検討しなかったもんだから、平気でそういうとんでもないファナティズムを野放しにしたんだよね。

近世の江戸っていうのは管理社会で、管理社会っていうのは超法規的なものの存在を許さない。超法規的なものはピラミッド構造の頂点に立つ支配者だけで、それを頂点におくことによって管理の法体系が出来上がっちゃってるもんだからさ、ピラミッドの〝下〟を形作る管理体系の中に〝超法規〟なんてものが存在する訳がない。全部が管理の中にスッポリ収まっちゃってるもんだからさ、それを超えるような〝その先〟っていうのは生まれようがないのね。

そして、そういうものが生まれなくても平気でいられるように、ピラミッド構造を形作る〝法〟という論理を、〝いい加減〟とさえいえちゃうような不思議な組み立て方をしてたのが、二百六十年もの現状維持を可能にしてた、江戸っていう管理社会なのね。

8　大奥の論理

江戸のピラミッド構造の不思議さっていうのはさ、たとえば、頂点である将軍様から発せられる〝御改革〟が、みんな大奥と衝突してダメになっちゃうことね。男尊女卑であってしかるべき封建制度の江戸で、男に従属すべき女の論理が、男の公議に勝つんだもんね。

大奥っていうのは、例の春日局が大奥総取締っていうことになって一つの完備した体制を作り上げちゃったものだけどさ、彼女はそういうピラミッド構造を作り上げて、それを既存の体制に組み込む時にちゃんと将軍の了承を取りつけてんのね。勿論そんなこと江戸時代の常識だけどさ、江戸においては、新しいものっていうのは、既存との調和をはかって登場するもんだし、新しいものの存在は必ずその時の責任者によって了承されて新しく〝既存〟となるようなもんなのね。つまり、すべての存在は既得権を獲得してから存在するっていう、そういうものね。

「既得権を獲得しちゃった以上、それは既にして本来性を兼ね備えているものである」っていう形で了承されるから、既に存在しちゃったものはもう揺るがないっていうことになる訳。江戸の三大改革がみんな大奥とぶつかるっていうのは、江戸の改革の目ざすものが、〝贅沢〟に代表される新しいものの禁圧で、大奥っていうところが贅沢を前提にして存在してる社会だからね。

江戸っていうのは、ひとことで言ってしまえば神君徳川家康が作った〝平和〟という体制をいかにして維持して行くかっていう、あらかじめゴールが決定されちゃってる社会だからさ、それをはみ出す〝余分〟ていうのは決して喜ばれないのね。その既成の中にすっぽりと収まる新しいものだったら、すべては〝その後〟を決定する新しい創始者になれるけれども、それが既存に抵触する、覆すようなものだったらみんな排除される。新しいもののつけ加えは、みんな「ここが今まで、欠けておりました」っていう形で腰を低くして入ってくる。だから、よく考えてみればどうでもいい筈の〝贅沢〟なんていうものがいつも大問題になるのね。余分が溜まって豊かになって、それが目立つようになったものが贅沢だからさ、これは摘まねばならないっていうのが、管理社会の秩序維持のルールだよね。でも大奥っていうのは、女達が将軍の夫人として閉じこめられるのと引き換えに贅沢というものを獲得した社会だからさ、ここでは贅沢が揺るがないんだよね。

ヘンなもんだけどさ、女は男の妻という限界の中に閉じこめられて、それは当然不幸であるのだから、その代償としてワガママ勝手は許されるべきであるっていう、そういう歪んだ愛情論理がここを支配してんのね。

江戸城の大奥にいる女達っていうのは結局のところお世継ぎを生む為に飼われてるようなもんで、万一ってことを考えれば多ければ多いほどいい。色に耽るのは国を乱す基だけれども、大奥っていうのは、将軍が色に耽る為にあるもんじゃなくて、お世継ぎのストックを作る為にあるもんだから、いくら女の数が多くたってかまわない。そして勿論、女の数が多くなれば、将軍は一人しかいないんだから、愛情の偏差っていうのは生まれる。女に欲求不満が生まれるのはしょうがない、だからこそこれをかわす手段が必要になる。贅沢というものを与えて脳のピントをぼんやりさせておけば大丈夫だろうっていうんで、贅沢の公認ていうのが生まれる訳ね。

もともと武士には「自分達は贅沢放題の貴族とは違う、自分達は自分達の領土を守る為にだけ戦うのである」っていう思想があるからさ、どっちかっていえば守るべき本来＝農地で、へたすりゃ「武士とは農民にもどるべきものである」っていうような思想があるからさ、武士が自分のアイデンティティーを問題にすると農民にもどっちゃう。そこをかろうじて踏みとどまると、農地の管理者である武士っていうところに落ち着くもんだから、「贅沢はテキだ」が簡単に出たりはすんだよね。でもそれが〝平和な政権〟ていう不思議なものを作っちゃったからさ、農地（領地）を維持する為にはまず自分達のアイデンティティーであるような政権を維持しなければならないっていうことになって、将軍のお世継ぎっていうのが大問題になったんだよね。

ことは贅沢の問題じゃなくて、政権維持の為のお世継ぎの問題で、政治の問題でね、そのお世継ぎを生む女のことは、実のところどうでもいい。女達が贅沢をするのは苦々しいけれども、それはしょうがない、自分達とは関係ない別の問題だからっていう、考えてみればメンドクサイ許し方をしちゃうのね。人奥というものを維持する法体系が出来るってことは、〝大奥〟という別のものもやはり存在するということでさ、お寺は寺社奉行の管轄だから、お寺の境内に逃げこんだ泥棒は町奉行の手が届かないっていうのとおんなじなんだよね。

9　江戸の治外法権

江戸は武士の町で、その間にやたらお寺があって、町人達はその残りの地域に住んでた訳だけどさ、町家の地域で悪いことをしたやつが追いかけられて、そこで門を開けてるお寺の境内に逃げこんだら、もう町奉行の配下は中に踏みこめない。管轄が違うという理由だけで、犯罪者は平気で姿をくらませる。博奕でいう〝テラ銭〟て言葉だって、賭博場を開く場所がお寺で、そのお寺に対する場所代っていうところから出てる訳でね、単に町方——つまり町奉行の管轄外にお寺があるっていうだけで、簡単にお寺は治外法権の場所となれる。

別にお寺が無法地帯だったっていう訳じゃないんだよ。お寺はお寺で寺社奉行の管轄の中に入って、ちゃんとその法論理によって統制を受けてるんだけど、そこは町奉行の管轄外だから町奉行の支配は受けない――だから当然、町奉行に対しては自由になるっていう、それだけの話ね。江戸っていうのは、法論理が網の目のように全体を覆ってた管理社会だけど、でもその網の目は、かならず誰かの手元に由来してる。管理社会の網の目が縦横無尽に走ってるみたいに見えて、でも全然そんなことないの。江戸は将軍様を頂点にいただくピラミッド社会だから、網の目は、上からやってくる〝縦〟だけなの。縦横無尽に見えて〝横〟はないの。

「ウチとは管轄違いだからどうにもなりません」っていうのは、横柄な官僚主義の最たるもんだけど、江戸の〝治外法権〟と横柄な官僚主義は違うっていうのは、江戸の治外法権を取り仕切ってるのが〝支配〟っていう考え方だからね。近代国家の官僚を動かしてるのは法律とか政令とかっていうもので、これは原則として「みんなでそうしようねって決めました」っていうもんでさ、「決めたことに従わないのはルール違反！」っていうような拘束力はあっても〝命令〟〝支配〟っていうものはないのよ。「それは管轄違いだからウチとしてはなんともなりませんね」なんていう発言が怠惰だっていうのは、管轄違いでなんともならないんだったら、そこになんとかなるような法を作ってしまえばいいっていうだけなのね。「あそこにゃ行けないよ、道がないから」っていう発言と、「あそこにゃ行けないよ、立ち入り禁止ってことになってるから」っていうんじゃ全然違うでしょ。江戸のピラミッド社会は、立ち入り禁止だから、〝横〟っていうルートがないの。近代民主主義国家になると、それはただ単にルートがないの。なくて困るってことがはっきりしたら作ればいい。別にはっきりしたルートがなくたって、行けるもんなら行けばいい、にもかかわらず〝管轄違い〟をタテにとってさぼるのは官僚の怠慢だっていう、それだけの話なのね。

江戸っていうのは、根本のところで徳川将軍を頂点とする、たった一つのピラミッド社会なんだ。その中に、全体とおんなじ相似形をなすような小さなピラミッドが無数に収まってる。すべてのものはなんらかの形でそのピラミッドの中に収まるようになってるから、支配の網の目からこぼれ落ちないように、何はどこに属するっていう〝管轄〟がはっきりしている。でもそのくせ、その無数のピラミッド同士をつなぐ論理っていうのがないのね。

市民革命によって始まる近代社会っていうのは、〝みんなの合意〟っていうような法によってるのね。だからこっちは、〝ピラミッド同士をつなぐ論理〟が基本になってるけど、前近代っていうのは〝横〟である合意の論理のかわりに、支配者っていう〝法を象徴するもの〟をおく。

近代っていうのは〝横〟ばっかりで〝縦〟がないからさ、人にものを言ってきかせるのがすごく苦手なんだよね。「分かってる筈なのにどうしてだめなんだろう……ウヂウヂ」ってね。江戸に代表される前近代っていうのは、横の連繋っていうのが、上からの命令がないかぎり成立しないとこだから、ピラミッドとピラミッドの〝すき間〟っていう自由なる無法地帯があるのね。どこの支配にも属さない空間が生まれてしまえば、そこは〝自由〟だからね。ただし、そこは自由なだけで、外のどこにも行けないっていうことはあるけどね。今だとドロップアウトは自由だなんていう考え方だってあるからさ、「乞食になっちゃえば楽だ」なんて考え方もあるけどさ、江戸にはちゃんと、幕府からそこの支配者であることを認められて、管理を委嘱されている乞食社会の〝正統なる支配者〟だっていたんだからね。

都市が自由でっていう発想がどうして生まれたのかっていえば、都市っていうのは小さなピラミッドが一杯あって、それだからこそ、ピラミッド同士が作る小さなすき間が一杯あった。田舎っていうのはほとんど一つのピラミッドで出来上がっているようなシンプルな社会だからさ、すき間っていうのがほとんどない訳。田舎で自由を求めるんだったら、全員一致で普段の規則を投げ捨てるしかない。だから冠婚葬祭の乱痴気騒ぎを全員で演じる野蛮があるのね。日常の小さな自由か、非日常の狂気か、今までの都市と田舎の二分法っていうのは、そういうホントに限られた選択肢しか持ってないんだよね。

10 江戸は結局キモノの世界だ

都市っていうのは、ある意味で人工的に出来上がっちゃった場所だから、どっかで好き勝手なことが出来る子供部屋っていうところはあるよね。都市を作るのは〝親〟だけど、都市に住むのは〝子供〟でね、結局子供は子供のまんまで満足しちゃって、文化とは子供部屋の文化であるってところに落ち着いちゃう。最終的な決定権は、その子供部屋を含む〝家〟全体の代表者である親に握られてて、子供は親の言うことをきいて、後のだらしなさは「子供だからしょうがない」って形で許されてんの。「部屋の中キチンとかたづけなさい！」って言われて、そればっかりやってると子供らしいのびのびしたところがなくなってひねこびちゃう。これが意味もなく格式ばった〝漢字の江戸〟だよね。その一方に、贅沢な子供部屋あたえられて、そこを意味もなくちらかして、雑然とさせたまんまで自分でかたづけるっていう発想を持たないできてる〝町人文化の江戸〟っていうのもある。硬直してガラン洞の一方にだらしなく中心がなくてディテールばっかりで、そのディテールに意味持たせちゃう町人文化がある。子供に「かたづけろ！」って言う大論理の方は、「しょうがねェな」で許すというか、大目に見るしかなくなっちゃう。明治維新が〝町人革命〟なんかじゃないのはそれだし、「明治維新がどうして町人革命なんかじゃなかったんだろう？」って考える発想が生まれないのもそれだよね。

都市の文化っていうのは結局のところディテールだけの子供部屋の文化になっちゃうから、つまんないところでメンドクサイんだよね。

たとえば衣装の歴史でも髪型の歴史でもさ、「奈良時代はこう、平安時代はこう」っていう、その時代を代表するようなスタイルがあるじゃない。奈良時代は中国風に髪の毛をアップにしてたのが、平安時代になるとおすべらかしのロングヘアになっちゃうとかね。服装だってそうなんだけどさ、近世でも安土桃山から江戸の初期ぐらいまでは、大体その時代を代表する、支配的なヘアスタイルやファッションてのがあったのさ。流行のテンスがとんでもなく長いからね、一つのスタイルが支配的なまんまで、〝他〟っていうのが生まれないの。ところが江戸って、平和になって安定して豊かになっちゃう時代だからさ、様々なヴァリエーションていうのが生まれるの。〝支配的な一つのスタイル〟っていうんじゃなくて、様々なヴァリエーションを持った〝その時代の流行〟になっちゃうんだよね。

着物っていう江戸で完成したスタイルがその典型なんだけどさ、着物って男女差がないでしょ。形は三百年四百年たった今でも変わらないけど、〝ナントカ風〟っていうヴァリエーションはゴマンとある。基本となる大枠は確固として動かなくて、その模様なりなんなりで、ゴマンと変わる。織によって違いを出す、繡《ぬ》いによって違いをだす、染によって違いを出すとかね。素材は絹もあれば木綿もあるけど、でも絹を木綿みたいにしちゃう紬《つむぎ》なんていうのもある。

江戸の末期になって来ると、なんでもかんでも若いヤツならジーパンていう時代が昔あったみたいに、藍の大流行になるんだよね。表は藍一色の地味にしてあるけど、その染めなり織りなりが、とんでもなく手間がかかってて、それだけの手間かけるんなら、もっと簡単に贅沢に見えるようなもん作りゃいいのにと思うんだけどさ、とんでもなく地味。〝渋い〟っていうコンセプトはそこから生まれてくるんだけどさ、もう、行き着くとこまで行っちゃって、後は外にむけて爆発するしかないっていうのに、爆発出来るだけの準備がないから、蓄積されてる筈のエネルギーがみんな内側に向いちゃうのね。表をとんでもなく地味にして、裏地や下着をとんでもなく派手にするっていうのは幕末に確立された美意識だもんね。内にこもって、それからどうなるのかっていうと、しかし実のところなんともならない。江戸時代二百六十年ずーっと着物着てて、結局のところ裏地が派手になっただけなんて、とっても江戸だよね。着物って、とっても江戸だと思うよ。

11　行方不明というヘアスタイルはどうして生まれるか

着物って、明治になったらとんでもなく悪趣味になったんだよ。明治の着物ってとんでもなくケバケバしくって、独特に贅沢だもの。明治という時代がとんでもなく権威主義の時代であったってこともあるけどさ、「贅沢御法度」って言い出す〝上〟がなくなっちゃったでしょう。スタイルの外枠を構成する〝身分〟ていうカセがなくなって、普通の人間が、贅沢だからって別にどこからもオトガメがないのが四民平等の世の中だからさ、美意識っていうものを支える限度っていうものを見失っちゃうのね。だから、派手なものはとんでもなく悪趣味なまでに派手で、〝渋い〟っていわれてたものが、とんでもなく〝重厚〟というような種類のものに変わっちゃうの。

まァ、大体十九世紀のヨーロッパっていうもんが、バロック・ロココの王様の時代の後でさ、市民社会が成金やってた時代だから、美意識っていうものは全部――ヴィクトリアン・ロマンチックとかアール・ヌーヴォーとかのマイナー路線が出てくるまでは、ただケバイんだけどさ、その影響だってあると思うよ。ケバくしちゃえば洋式だっていうのが明治の美学だったりもするしさ。なにしろ明治は鹿鳴館の時代なんだからね。

〝官〟という公式はとんでもなく悪趣味で、それを江戸以来の〝職人〟ていう、思想を持たない熟練だけはある技術者が、ただただ真面目に求道的に作り上げてく訳なんだからさ、そこに位置づけられない情念が氾濫してると思えばおもしろいけど、それだけだよ。明治っていう時代は、美的には公然たる悪趣味が全盛だった真面目な時代なんだよね。確信を持って悪趣味だったというかさ。

明治になって〝二百三高地〟っていう髪形が出来る訳。二百三高地っていうのは日露戦争で有名になった場所だけどさ――小高い丘の上に大砲があってさ――その当時の女の髪形がその二百三高地に似てるって誰かが言い出してさ、勿論その髪形があまりにも仰々しかったのを見て言った悪口だろうけどさ、明治になってもそういう悪口言っちゃう江戸の感性健在なりってところもあるけどね、その二百三高地の後に、今度は〝行方不明〟っていう髪形がくるの。二百三高地に行方不明って、とても女のヘアスタイルにまつわる用語だとも思えないけどさ、そういう頭にしてる人間とそれを見てる人間のギャップっていうのは、そういう呼び方に表れちゃうよね。

行方不明っていうのは、頭のテッペンに髷《まげ》がないの。髷がなくて、頭のテッペンがすっきりしてるもんだから、「髷が行方不明だ」っていうんでそういう名前が出たのね。

髷っていうのは髷《シニヨン》じゃなくて、チョン髷の髷ね。女の人の日本髪の髷っていうのは、男のチョン髷とおんなじもんで、頭のテッペンでまとめた髪をどうまとめるかってことになったら「それは髷にして結いましょう」で、日本髪っていうのは結局髷のヴァリエーションなんだ。明治になって男は髷を切ったけど、女はそのまんま江戸時代とおんなじような日本髪を結ってたでしょ。それがだんだん明治もすすむにつれて少しずつ変わってきて、女の日本髪は束髪《そくはつ》っていう新しい折衷主義のスタイルを生む訳ね。アール・ヌーヴォーや印象派の絵の中に出てくる西洋の女達みたいにさ、頭のテッペンにキャベツのっけたみたいに長い髪をふくらませてまとめ上げるんだけど、それがただのアップにならないで、「じゃァさいご、髷はどうしましょうか?」っていう形で、頭のテッペンに砲台陣地のある二百三高地をのっけなくちゃならない訳。

自分達と似たような外国風俗を真似る時に、自分達の立場っていうのを捨てきれないからさ――まァ、捨てる方じゃちゃんと捨ててるって思ってるかもしれないけど、結局は日本髪のヴァリエーションとして西洋を解釈してくのね。既に束髪になった段階で〝髷〟というものの存在理由はなくなってんだけどさ、でもまだそこまで届いていないからね、そこの上に髷をのせっぱなしだった。だから完全なる束髪が登場した時「髷がない、行方不明だ」っていう言葉も生まれる訳。

日本の女が江戸以来の伝統を断ち切って、「髪とは長いもので、その長いものを結うべきものである」っていうことにさよならを告げるのは、モボ・モガの出てくる大正時代――つまりやっと二十世紀になってからね。まァ、ボブ・ヘアのショート・カットが登場して女が髪の毛を切るのは、西洋だってこの時代だからさ、女の自由――女というものが女のもつ〝女〟という様式から自由になった歴史っていうのは、とんでもなく浅いんだけどさ。

▲「欧州管絃楽合奏の図」周延画

12 江戸の贅沢

まァ、近代っていう時代になればさ、ともかく〝進歩〟っていう考え方が出てきて、変わって行く——限定された時代っていう枠を突き抜けてある方向に向かって変わって行こうっていうことは起こるんだけどさ、でも前近代の近世にはその発想がないの。ゴールというものは一番最初に決定されていて、それを穏健に維持していくのが人間社会のすべてであるっていうことになってるのが近代以前の考え方だからね。

最初に〝理想〟とされるべき人類の黄金時代があってっていうのは、近代以前の人間のもっともポピュラーな歴史観だけどさ——エデンの園を設定する『聖書』も「鼓腹撃壌《こふくげきじょう》」の理想を謳う中国の歴史観もその点ではおんなじでしょ。マルクスの原始共産主義だってこの前近代的歴史観の中から一歩も出てないしさ、結局武士というものも本来なら〝農〟に帰るべきものであるっていう、農本主義を生んじゃう「晴耕雨《せいこうう》読《どく》」っていう思想態度もおんなじもんさ。

でも、残念ながら人間ていうのは、どんどんどんどんどん膨れ上がって変わってっちゃうものなのね。〝元に戻る〟っていうんならさ、それは「もうここまで来たんだからいいや」っていう、ある種、折り返し地点になるべきピークっていうものを極めたいだけなのさ。だからこそ、予定調和を本来とする江戸時代の中に〝贅沢〟っていうものが生まれて、江戸時代の後半は、ずーっと贅沢と倹約のイタチごっこを繰り返してることになるんだけどね。

あらかじめ「ここまで!」って決められた、その時代の限界を超えて、人間ていうものは、いつだって〝自分の納得〟っていうものを求めたい。だからこそ新しいエネルギーっていうものは湧くのね。〝贅沢〟って上から決めつけられちゃった江戸のエネルギーっていうのがなんだったのかっていったら、それは生活の細部を豊かにして充実させてくような力だよね。江戸は鎖国してて閉じられてて、そして「理想は既に達成されている筈である」っていうゴールはあらかじめ決定させられてて、そしてその中で、よく考えたらまだ十分に達成されていなかった〝普通の人間の豊かな生活〟っていうものが育てられてった——二百六十年にわたってね。

だから江戸っていうのは、決して全体の人枠を変えようとはしない。明治維新なんていう発想は持たないまんま、すべてのエネルギーが、まだ、〝及んでいない細部〟ってところに費やされてくの。エネルギーは全部枝分れして、緻密なまでに細部に行き渡って、凝ってくの。全体は一定してるもんだからさ、枝分れが専門分化を生んで、その専門分化が「ちょっとおもしろいんじゃない、これ?」っていう感覚で〝遊び〟を生むのね。江戸っていうものの最高傑作は、結局のところ、〝遊び〟っていう人間文化の頂点を、日常の隅々にまで、あまりにも当り前に行き渡らせてたっていうことだよね。

13 江戸のパターン

江戸っていうのは、儀式っていう大枠の中にヴァリエーションを発生する世界なんだよね。予定調和の中に存在する豊かさっていうのは、そういう種類のもんだし。

たとえば正月なら「松竹梅」でしょ。そういう〝お題〟のようなキマリがあって、それを〝習慣〟ということにして動かさない。「松竹梅」は決まりで、後はそれをどういうヴァリエーションで動かしてくかっていう、創意工夫みたいなもんね。

江戸の豊かさがそういうもんである以上、江戸の創意工夫はみんな、ものの見事に〝役に立たない〟ってところにしか行かない。豊かっていうのは実はそういうことで、〝実用〟から出てくる「役に立つか立たないか」なんていう問いかけに、平気で超然としているもんなんだよね。まァ、だからこそそういう超然は、無知性のバカにしか見えないってところもあるんだけどさ。江戸が評価されるってことは、やっとバカの偉大さに近代が気がついたっていう、それだけのことなんじゃないかな。

たとえばさ、江戸のもので〝紅葉〟の模様があってさ、そこに水が流れてたら、その模様は全部「立田川」なんだよね。在原業平の「千早ふる神代もきかず立田川　からくれないに水くくるとは」の和歌から来ててさ、赤い紅葉が水に流れてればみんな「立田川」。たまさかその紅葉が青かったりすればさ、それは秋の紅葉になるまえの「夏の立田川」でね。「立田揚げ」ってあるでしょ。醬油につけた材料で作る唐揚げ。醬油につけてから揚げると赤くなるでしょ、だから「立田揚げ」。紅葉の赤が立田川を象徴するもんだったのが、〝赤＝立田〟っていうところまで行っちゃうのね。「赤だから立田だ」っていう常識の裏にはちゃんと王朝貴族の和歌っていうとんでもないもんがあるからさ、ただの〝秋の景色〟が秋の景色にならないのさ。江戸で〝秋の景色〟っていったら、菊やススキがぼうぼうと茂る〝秋草〟っていうのを必ず出してくる。ステロタイプに秋の風景をとらえるんじゃなくて、〝秋の風景〟からステロタイプに引っ張り出されてくるいくつかの〝お題〟っていうのがあってさ、それを様々の大なヴァリエーションで表現するっていうのが、江戸の膨大なヴァリエーションを持ったワンパターンなんだよね。

日本人て、なんか、ステロタイプの記号《コード》がついてないと表現ていうのが出来ないみたいね。江戸で生まれた俳句っていうのが、季語っていうコードで出来上がってるでしょ。それからズーッと飛んで、現代のファミリー・レストランのメニューが様々なハンバーグ・ステーキのヴァリエーションで出来上がってるのも多分おんなじだよね。ハンバーグの上に溶けたチーズがのっかってトマトソースがかかってりゃ〝イタリア風〟だしさ、ベイクド・ポテトにベーコンが添えてあれば〝アメリカ風〟になっちゃう訳でしょ。「イタリアとはなにか?」ってことに対する答を、もう明確に「ピッツアである」っていう風に出しちゃってるのは、これはもう季語の感覚でしかないね。イタリア人がそんな風にまでしてハンバーグ・ステーキを食べるかってことだってあるのにね。

正月の松竹梅がなぜめでたいかっていうことになったら、勿論いろいろあるんだろうさ。あるんだろうけど、そんなことの詮索はそういうことが好きな人間にまかせとけばいいやっていうのも江戸なんだよね。江戸はやたら随筆のたぐいが多いし。

好きな人間は勝手に好きな詮索をしてて、そういうのとは関係なく——あるいは、そういう詮索の結果生まれた〝故事来歴〟を根拠なく勝手にありがたがって、正月だったら松竹梅というステロタイプのヴァリエーションを、ほとんど際限なく生み出し続けたのが江戸なんだよね。

14 江戸のデザイン

江戸のデザインていうのは、抽象的じゃないんだよ。ある、意味のあるテーマを——「立田川」とか「松竹梅」をどんどんどんどん、わけが分かんないぐらいにまで崩してって解体の一歩手前まで行っちゃうデザインもあるけど、それと同時にというか、〝それだからこそ〟というか、その逆に、一つの具体的なものを描いてそこに意味のある小世界を作り出しちゃうっていう、そういう物語的なデザインていうのがゴマンとあるんだ。

あるエピソードを使って物語を作るつもりが、途中で「あ、これおもしろいじゃないか」って筆を止めて、それをそのまんま〝絵〟として額に入れて飾っちゃうっていうみたいなね、そんなことやたらにやってんの。デザインの発想が全然違うんだ。

例えば、〝四角いパターン〟というものがある訳さ。「これをどうやって展開しよう」「これでどうやってデザインしよう」って考えるのがデザインの発想だけどさ、でも江戸では違うの。まず〝ナゾナゾ〟になるの。〝四角いパターン〟なんていう抽象的なものはない訳さ。〝四角いもの〟なんていうもんを前に出されたら、「一体これはなんだろう?」と、江戸のデザイナーはまず思う訳さ。紅葉が赤けりゃ「立田川」なんだもの。みんなそういう〝正解〟をもってるんだもの、〝四角〟がただの四角であっていい訳がない。だから、〝四角いもの〟があったら、「これは石畳《いしだたみ》だ」と思う訳さ。四角い石が敷石となって地面に置いてあるっていうのが、その〝四角いパターン〟の正解になる訳ね。デザインの前にまず〝意味〟がある。「江戸のデザイナーは最初に物語を作っちゃう」っていうのはこれなんだけどね。

〝四角いパターン〟を全部〝石畳〟と見る、そういう月並みがいやだったら、「私はこれを豆腐と見る」であってもいいのさ。江戸の〝独創〟っていうのは、そ

▲立田川

▲秋草

ういう解釈にあるんだから。

という訳で、四角を使った模様は〝石畳〟っていうの。そういうものを手拭いや着物なんかに染めだして身につけるんだけどさ、そうなって来ると、一つの疑問ていうのが生まれてくるのね。「一体、石畳なんていうものを手拭にして、それを首に巻いたりして気持ちがいいもんだろうか?」っていう疑問ね。だって、石畳っていうのは〝道路〟だもん。お寺や神社の参道に四角い石が置いてあって、その上を人間が歩いていく、アレが石畳だもん。そんなもん首に巻いて疲れないのか、そんなもん身につけてヒヤッとしないのかっていうことだってある訳でしょ。江戸のデザインが抽象パターンの配置じゃなくて、一つの物語を構成するような〝意味〟を着るもんだったら、そういうことってなおさらでしょ?

一体、石畳を身につけるってことはどういうことなんだろうかっていったら、それをこそ「オツだね」っていうの。

〝オツ〟っていうのは〝乙〟ね。甲乙丙丁……。の二番目。甲っていうのがものの基本となる第一だとすればさ、乙っていうのは、その甲からずれてるでしょ。「乙だね」っていうのは、だから「甲じゃないね、スタンダードからずれてるのがおもしろくっていいね」っていうことなの。「オツだね」と「イキだね」をごっちゃにしてる人ってよくいるけど、これは全然別の基準から出ているもんなのね。〝粋《いき》〟っていうのは、「それがどんぴしゃにはまっている、そしてそのはまっている領域は〝洗練の世界《ソフィスティケイション》〟である」っていう、いってみれば「甲だね」の世界なんだから。「乙だね」と思って、本来ならギクシャクする違いを楽しんでる筈のものが、実はどんぴしゃにはまってるものであったってことになったら、それは同時に「粋だね」でもあるけどさ、そもそもイキとオツは違うもんなの。

江戸には、そういうミス・マッチを味わうことを前提にしていた言葉っていうのもちゃんとあったのね。だから、石畳だろうとコンクリートブロックだろうと、いくらだって平気で身にまとったのさ。「乙だね」ってことを平気で成立させる〝幅〟ってものがあればさ、ミス・マッチもへったくれもないっていうことね。

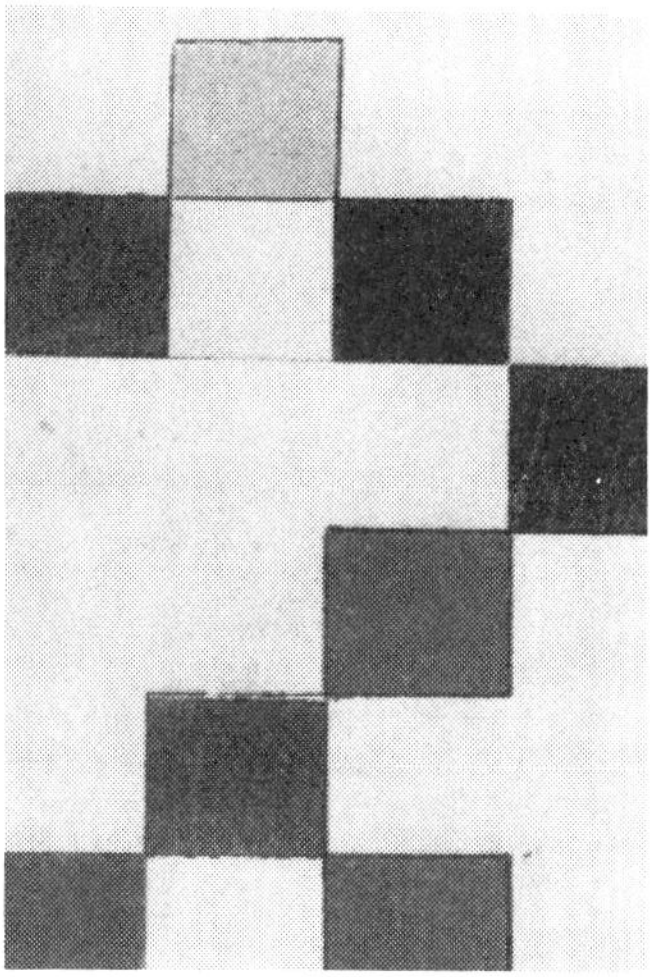

▲石畳

◀衿もとの市松模様　英山画
『風流名所雪月花』より

15　イキとヤボ

〝石畳〟っていう模様を好む歌舞伎の役者がいたのさ。しかも女方でね。名前を佐野川市松っていったんだけどさ、彼というか〝彼女〟がそれを舞台で身につけてて、それがとっても素敵だったものだからさ、その模様に〝市松模様〟っていう名前がつけられたのね。〝石畳〟ってことになったら、〝甲〟なる基準からずれてる〝乙〟だけどさ——なにしろ〝道路〟だから——でも〝市松模様〟ってことになったら、人気役者っていう、正統なる流行の発進源に由来してるもんだから、どうしたってこれは〝乙〟じゃない。どうしたってこれは〝甲〟の世界だよね。だから、「乙な石畳」はあっても「乙な市松模様」っていうのはない。あるんだとしたら、これはかなりヘンテコリンにアレンジしてある市松模様になっちゃう。でもね、それじゃ「粋な市松模様」っていうのがあるのかっていったら、これはまた存在しない。こんな言葉があるんだとしたら、江戸が終わった近代の明治大正、あるいは昭和になっての言葉だね。だって、市松模様そのものは粋でもなんでもない。これはベーシックなパターンとして定着しちゃった、いってみれば模様の〝定番〟なんだから。

定番だから素敵って訳じゃ全然ない。「あ、素敵だな」って思って、それが定番になっちゃったら、今度はその定番をいかに素敵に着こなすかっていうことになる訳でしょ。それとおんなじ。市松模様そのものが粋な訳では全然ない。それが〝粋〟という言葉を持っていた江戸に由来するものであるからそれを〝粋〟と呼ぶっていうのは、江戸というものが終わってしまった時代になってからのことでしょう。ただ市松模様を着てるだけで〝粋〟なんてものが出来上がる訳はない。「粋に市松模様を着こなして」ってなるだけ。

江戸っていうのは外に向かって国を閉じてる時代だし、ゴールはあらかじめ決定されちゃってる時代でもあるから、動きっていうものがない時代だと思うかもしれないけど、でもそんなことは全然間違いなんだよね。閉じているからこそ動きは生まれる。閉じて動きがなかったら、それこそ死んでる時代でしょ。閉じることによって動きを行き渡らせたっていう、そういう時代だから、すべてが〝動き〟の中にあるの。だから〝粋〟ってことが動詞にかかる副詞になるの。初めっから粋なものなんてなんにもない。〝粋にする〟っていう行為があって、すべてのものは粋になる訳ね。

粋があれば勿論、その反対の野暮だってある。たとえば「山道」っていう模様ね。これは紺の地に落葉をいっぱい染め出してある。手拭なんかによくある模様なんだけど、松やイチョウや楓の葉っぱが紺地に白く抜いてあるその中に、一本すーっと、藍を薄く抜いてあるの。藍って、薄くすれば水色になるから、紺地の真ん中に薄いブルーの道が一本通ってるんだよね。これで、落ち葉が散り敷く野山の真ん中に一本、かすかな山道が通ってることになる。だから「山道」。これはもう、それ自体永遠に粋なもんですね。だって、これはひなびた風雅の世界をデザインしたものだもの。

「石畳」っていうのは乙なの。なぜかっていえば、これは普段に暮らしてる人間世界の中に当たり前にあるもんだから。いってみれば、都市生活者のゴミ箱みたいなもんさ。いつの間にか溜まっちゃう。ほっとけば垢がたまるみたいに、人間の生活っていうのは〝生活必需品〟というものを生む。これはもうみんな必需品なんだから、決して〝風雅〟というジャンルに属するもんじゃないんだよね。単なる日常、単なる生活。これは人間の感性を鈍くするようなもので、決してとぎすまされた〝粋〟というものではない。どっちかっていうと野暮の世界。でも、江戸がすごいっていうのは、

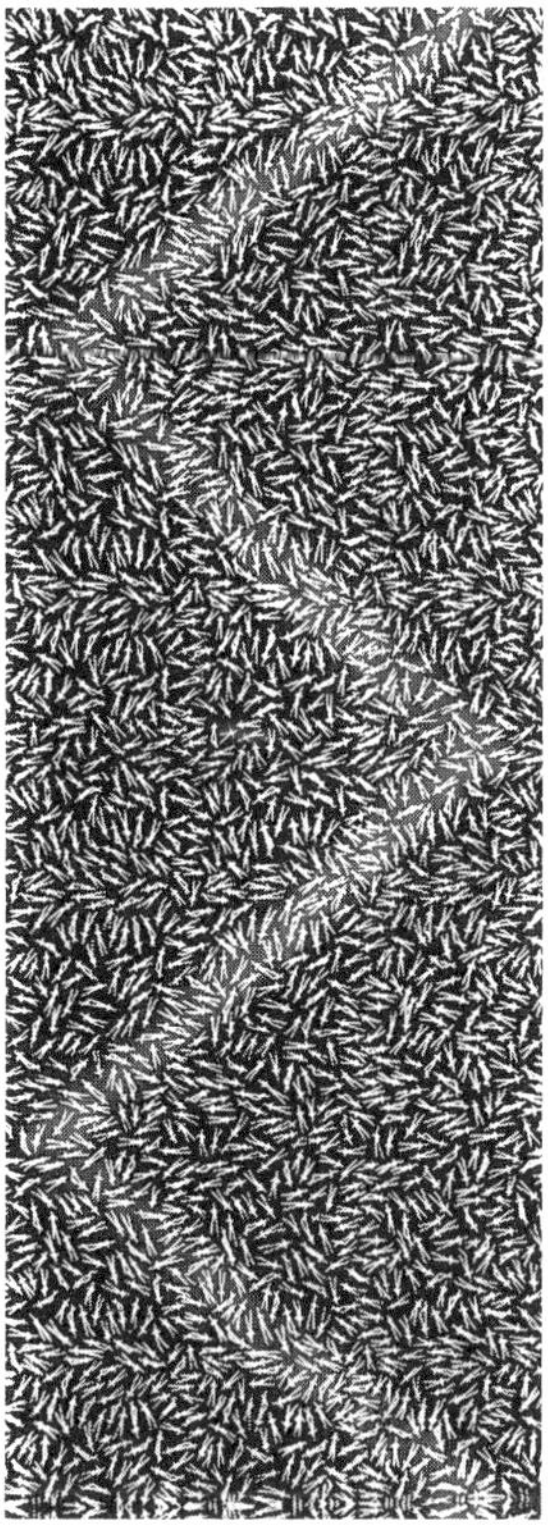

▲「山道」の手拭

そういう本来だったらドメスティックなところにしか属さないものを、視点を変えて見ちゃうところね。当たり前にしか存在しない野暮なものでも、視点を変えて見たら〝乙なもの〟になる。乙っていうことはそういうことですよね。でも、「山道」っていうのは違う。江戸の町の中に山道なんてものはないんだから。山道っていうのは、日常からかけ離れた異世界に属するものなんですよ。異世界の、しかも美しいもの。日常世界の世俗の価値観からかけ離れた美というものは全部〝粋〟なんだから、なんてことない山ン中の、なんのヘンテツもない小道だって、これは美を探す目でみれば〝美〟になる。「山道」っていう模様は、その一つの典型デザイン。「山道」を「乙だね」って言ったらバカだね。これは〝粋〟っていうカテゴリーに属するものだから。

初めっから粋に属するものだってあるの。初めっから粋に属して、人間が都市生活を山の中でするのが第一の原則であるなんて風に時代が変わらないかぎり、これはもう永遠に粋。そして、そういうもんがただ粋であるっていうことだって、勿論ないの。粋なものは、粋であるようにジャスト・フィットしてみせなければ粋じゃない。「粋に市松模様を着こなす」はあっても「粋な市松模様」っていうものがないのと同じように、粋に「山道」を使わなかったら、これは野暮ですね。贅沢ギンギンラギンの中に、あるいは実用一点張りのスタイルの中に、紺の「山道」の手拭いなんかのぞかせたら、それこそ野暮だ。こういうものは、ソフィスティケイトされたカジュアルファッションの中でしか似合わない――と同時に、ボロボロの作業着着て道路工事やってるジイサンの首にこんな手拭が巻いてたら、これはもう粋の極致。彼は、自分のそんな〝貧乏〟でしかない生活の中で、美を発見して美を自身に表明してるんだから。シチュエーション、シチュァーションで、意味なんて全部が変わるんだよ。それこそが人間の生きてる生活ってものなんだから。

16 江戸はなぜ重要か

近代って、すごく贅沢な捨て方をしてるんだ。子供部屋の文化が分からない書生の文化が近代だからね。

外から近代ヨーロッパっていう〝外敵〟が来るかもしれないっていうんで、それに対処する為に〝今まで〟を全部捨てちゃった。捨ててもういっぺん〝御一新〟という形で再構成することにしましょって、江戸の全部をなかったことにして捨てちゃうんだから。分かんないから捨てちゃうっていうのは、贅沢じゃなくてバカっていうんだけどさ、日本ていう国は今にいたってもそういうすごい捨て方をしてるね。昔だと、すごいものが分からなくて、そのすごいものを捨てちゃったんだけど、今というか、ちょっと前の昭和なんか、なにがすごいのかが全然分からなかったから、つまんないものばっか集めて、そのつまんないものを次から次へと捨ててる。まともなものが分からない野暮から、なんにも分かんないバカに進化してるんだから、たいしたもんだと思うよ。

江戸が近代と違うっていうのは、抽象的な理念が最初にあって、それをなんとか形にしようと思ってデザインをしてたんじゃないってところで明らかでしょう。自分の欲望なんてよく分かんないんだよ。分かんないから、一々現物に当たる訳さ。現物に当たって、一体そこにはどういう物語があるのかって考えるのさ。物語を設定して、それをきちんと配置することがデザインで、そのデザインの中になにが隠されているのかってことを探るのが、その近世の後に来る近代っていう時間の筈だったんだけどね。

自分の欲望なんて分からない。だから当然、自分がなにをしたがってる何者なのかなんてことも分からない。でも、その自分の中には、「なにをおもしろいと思うか」っていう〝娯楽中枢〟みたいなものがあったのさ。カンていうのはそういうものだけど、それがなくっちゃだめなのよ。それがない限り、人間ていうものはどんなに勉強をしたって育たない。書生の文化が子供部屋の文化を分からないのはそこだけど、江戸っていうのは〝その先〟っていうところで必要になるであろう〝感性〟っていうものを育てたんだ。文化っていうものは、そういうものが作り出すのよ。封建制という、鎖国という、そういう一つの大きな〝くくり〟の中で、微細としかいえない部分を豊かに育ててったのが江戸なんだよね。それをどう使うかの頭がなかったら、〝その後〟なんてものはなきに等しいんだ。近代って、そのことが分からない大野暮なんだよ。

日本の近代がさ、世界の歴史でも類を見ない、とんでもない奇跡のような変わり方をした原因なんて簡単に分かるじゃない。そんな変貌を可能にしたのは、日本の中に、他に類を見ないようなものがあったってことだよね。それがなにかっていったら、勿論〝江戸〟でしょうね。日本には江戸っていう時代があって、それがあまりにも当たり前にあったから、それがどんなにすごいことを可能にするもんかが分かれなかったけどさ、日本以外に〝江戸〟ってないんだもの。江戸に該当するものって、ホントによそにはないんだよ。

江戸の最大特色っていうのは、侍がいて町人がいるっていう身分制がはっきりしてて、そしてお互いが関係なくて勝手に生きてるっていう、そういういい加減性なんだから。そんなものって他にないでしょう。

アジアは勿論違う。だって、国王とか皇帝とかっていう支配者がはっきりしてて、その下に貴族がいて、その下に貧しい民衆がいる。上下がはっきり二分されてて、中間ていうのがないんだもの。唯一絶対の権力があるから、すごいものはすごいけど、そのしわよせを喰らって、貧しいものはとことん貧しい。日本には唯一絶対の権力がある、と同時に、それを唯一絶対にはしない為の〝天皇〟っていうヘンな機構がある。天皇っていうものをなんだかよく分からないへんてこりんなものにすることによって、すべてを〝いい加減〟にしちゃった。すべてをいい加減にすることによって、中間というものを膨大に増やしちゃった。日本以外の文明っていうやつは、すべて〝唯一絶対〟というものをキーにして動いてきてるんだけど、でも日本ていうのは途中から違っちゃってるんだよね。

日本て、大和朝廷のその昔に、中国の梁の武帝から〝征夷大将軍〟――つまり征東大将軍なるものに任命されてるんだ。〝倭王武〟ってやつだけど、大和朝廷のテッペンにいる筈の人間が、王(天皇)であると同時に、中国の征東大将軍になって平然としてる。なって、それでその後どうとかなったのかっていったら、ほとんどなんにもしてない。朝貢してたりしてなかったり、聖徳太子みたいに「日出処の天子、書を日没処の天子へいたす」って、ほとんど相手をバカにしてるみたいな使いを出すしさ、そんなことやっといて遣隋使なんての送ってて、でもそれが終わると、今度は平気で倭寇なんていう海賊になって中国を荒らし回ってる。中国から倭寇を禁止してほしいっていう正式な要請なんて何回も来てるんだぜ。中国っていう巨大な先進文明国から征東大将軍ていうものに任命されて――いってみれば自分のアイデンティフィケーションを他人にゆだねといて、それでアイデンティティーが確立しちゃったら、もう好き放題でしょ。豊臣秀吉なんて「大明国の皇帝になってやる!」でしょう。そういう、確立された筈の自分のアイデンティティーを外側に向けて出してくのなんて、日本の歴史の中では狂人しかしてないんだからね――豊臣秀吉とか大日本帝国とか。

日本と中国の間には海があるからさ、知らん顔してりゃ知らん顔してられるって、どうもそういうもんだとしか思えない訳。ほとんどそれは、江戸と京都の間にとんでもない距離があってというのとおんなじような気がする。徳川幕府にとって京都の朝廷がどうでもよかったのとおんなじように、征東大将軍に任命された日本にとっても、その任命した中国なんてものは、ほとんどの間はどうでもよかったんだよね。「どうでもいい」と思ってたんじゃなくて、「どうでもいい」と思えてたっていうことなんだろうけど。日本と中国の関係は、ほとんど日本人と天皇との関係に等しくて、普段はほとんど「どうでもいい」なのさ。いってみれば、こんなに外側との緊張関係を欠いてる、そしてなおかつそれで外敵に滅ぼされなかった文化って、他にないでしょう。太平洋戦争の後だって、占領に来たアメリカを〝中国〟にしちゃうしさ。

根本で外側に対する緊張関係を欠いてるからさ、内側に対する締めつけだって、よく考えれば考えるほど、「どうでもいい」に転がっちゃうんだよね。だって、「いざという時」っていうのが、ほとんど実感出来ないんだもの。そんな文明ってないよ。

17 江戸とヨーロッパ

アジアのこと考えると歴史って意外と簡単だなっていうか、とんでもないシンプルさでのけぞっちゃうなっていうのは、人間の歴史って結局のところ古代と近代しかないんだよね。王様がいてそれに付随する宮廷っていうのがあって、そして後は奴隷だけなんだよね。王様っていうのは何人もいて、宮廷っていうものは政変でコロコロ変わるけど、でも世の中全体の構造っていうのはほとんど変わらないのね。時代が進むにつれて下の方はちょっとだけよくなって、王様の一族と周辺だけが貴族をやってた宮廷に官僚っていうものが入ってくるって、変化はそれだけなんだよ。中国なんて、革命前まではエンエンとこのパターンを繰り返してる。四千年かけてなにかは豊かになってきたんだろうけど、でも上と下との間にある一線ていうのはかたくななまでに崩さなかった。中間ていうものは次の〝上〟を作るものであるっていうことだけがあるから、日本のように〝いい加減な中間〟ていうのがないのね。

江戸の町人なんていい加減の最たるものだとは思うけどさ、江戸の武士だってかなりのもんだと思うよ。江戸の町人ていうのは、決して議会なんてところに積極的に出ようとはしなかった――つまり、〝近代商人〟にはなろうとしても、積極的に〝近代市民〟なんていうものにはなろうとしなかった。そういうヘンな〝都市住民〟ていうのは普通ヨーロッパの歴史なんかにはいないもんだけどさ、武士だっていない。〝サムライ〟なんていうヘンな外国語があるっていうのはそういうことなんだけどさ、ヨーロッパの歴史に〝武士〟っていうのはいないんだよ。いるのは中世の騎士と、あとは軍人だけだもん。日本の幕府っていうのは一種の軍事政権である筈だけど、でも日本の場合っていうのは、軍事政権が成立する時は平和が招来してるっていう時で、軍事政権成立と同時に平和が来て、るっていう、とんでもなくヘンテコリンな軍事政権なんだよね。政権を取ると同時に軍人である必要がなくなっちゃうから軍人じゃなくなっちゃう筈なのに、日本の武士っていうのは、戦争が終わっても武士なのね。

今思ったんだけど、徳川幕府の大政奉還ていうのは、あれは徳川幕府が政権を朝廷に返すと同時に、武士が政治を担当する人間であるということも返しちゃってるんだね。だから、あの時に武士っていうものも消滅しちゃって、武士は華族と軍人に分離しちゃってるのね。徳川幕府が武士であることを代表して、武士が政治の担当者であることさえも返還しちゃってるからさ、その後に武士っていうものが平和裡に消滅しちゃってるのね。そういうことをのみこめなかった武士っていうのも北と南にいたから、会津戦争とか西南戦争とかがあったんだろうけどさ、明治になると同時に武士っていうものは消滅しちゃって、なんと、近代の日本は〝古代のヨーロッパ〟を始めることになるんだよね。

祭政一致の主権者である天皇がいて、天皇の軍隊があって、華族っていう〝上〟があって、その周りに議会に所属するような市民がいる。後はなんにもなし。明治から大正になって、大正っていうのは大衆文化なるものが新しく成立することになる時代なんだけどさ、大衆文化ほど公式に無視された文化ってない。明らかに大衆っていうのは、〝上〟に対してワンランク下のものに押しもどされてるんだよね。明治になって帝国議会っていうものが出てきたから〝近代〟だなんていうとんでもない錯覚ってあるみたいだけどさ、ギリシアやローマの古代から議会っていうものはあるんだ。ゲルマンの部族社会だって、一種の議会でしょう。議会がなんぼのもんで〝近代〟かっていうんだよね。議会を導入することによって、日本はヨーロッパの〝古代〟を演じ始めたっていうだけじゃないの。

議会を構成するような上層の〝市民〟っていうのがいてさ、その周りに奴隷っていうのがいてね。近代になって、かつての町人は奴隷になったっていうだけじゃないの。日本の近代ってそういうものだよ。

18　騎士とサムライ

アジアとヨーロッパの違いったらさ、古代の後に、自分から近代になるか、それとも外から近代にやって来られるかっていう、その差だけなんだよね、と思うんだ。江戸の武士とか町人とかっていうなんだかよく分からない〝中間〟がないもんだからさ、遊んでられないんだよね。自分達で国家っていう家を切り回しかない。近代の議会政治を担う市民ていうのは、そういうもんだと思うよ。自分達でやんなきゃいけないから、個人の責任ていうのがどんとのしかかってきて、無責任体制で平然としてる日本とはえらい違いだよね。

僕は、近代ヨーロッパの思想とか議会にあたるもんが、江戸の生活とか法論理なんだと思ってるの。日本というのはしょうがない、ともかく平和になったら思索や議論抜きでやれちゃったんだもの。あの膨大なる数の江戸の中間層と秩序と文化っていうのは、そういうもんだとしか思えない。そういう江戸にいたる為に平安時代という、これまた特殊な文化時代があったんだと思うけどさ——なにしろ、千年前に複数の女達が自由に口きいてたんだから、こんなもん前代未聞の空前絶後だよね。

江戸っていうのは、平安時代に一部貴族によって達成された不思議な〝豊かさ〟っていうのを日本中におよぼす為の保留時間だったんじゃないかって思うんだけどさ、江戸はそういうものを達成しちゃったんだよ——多分。江戸が風俗的には〝様々なヴァリエーションン〟でしかないのはそういうことだと思う。ある時代時代の段階を踏んできたものが、あそこで貯水池みたいにバーッと全部広がっちゃったんだよね。

これは前にも書いたんだけどさ、マーク・ジルアードっていうイギリス人の書いた『騎士道とジェントルマン——ヴィクトリア朝社会精神史』っていう本があって、これ見て愕然としちゃったんだけどさ、日本の幕末から明治にあたるイギリスのヴィクトリア朝時代っていうのは、騎士道が意図的にリヴァイヴァルさせられてきた時代だっていうのね。ジェントルマンという豊かな近代市民の達成の時期に精神的な美学がないから、そこに騎士道が引っぱり出されてきたんだっていうの。なにしろ一九一二年には中世騎士の馬上槍試合が復活するってところまで行くんだから。考えてみれば、バヴァリアの狂王であるルートヴィッヒ二世が中世の騎士物語に憧れて、ワーグナーがそれを全部音楽劇に変えてったっていうのも、日本が近代に向かってく時代なんだよね。ルートヴィッヒ二世がルイ十四世になろうと思って、ヴェルサイユ宮殿のさらにスケールアップしたコピーであるヘーレンキムゼー城の建設を始めたのは、明治の日本で鹿鳴館の建設が始まる、たったの二年前なんだから。王様までがひとしなみに通俗ロマンを追いかけるっていうところが、さすがに個人というもののはっきりしたヨーロッパだけど、出世した中産階級を支える美学がないから〝本物志向〟で過去に向かってったっていうのは、別に現在の日本だけじゃないのね。王様を滅ぼした筈のヨーロッパが、豊かな市民社会っていうのを作ろうとした時に引っ張り出して来たものが中世の騎士道で、しかも第一次世界大戦の時には、まだヨーロッパには王様や皇帝が現役でいたんだものね。なにしろ、ドイツとロシアとイギリスの王様や皇帝は、みんなヴィクトリア女王の孫で、第一次世界大戦は従兄弟同士の戦争でもあったんだからさ。

その頃の日本ていうのは、封建制度はもう古いっていうんで、武士というものを絶滅しちゃった時代でもあるんだけどさ、なんという皮肉だろう、ヨーロッパには日本の武士にあたるようなものが存在しなかったから、それで騎士道っていう幻想を引っ張り出してくるんだものね。封建時代を終えた日本が「やれ近代だ!」っていってお手本にしようとしたヨーロッパが、近代になった途端に〝江戸時代〟をやろうとしてたなんて、とんでもないパラドックスだよね。近代ヨーロッパのコピーをやろうとしてた近代日本が、かえって西欧古代になっちゃったっていうのは、不思議でもなんでもない話かもしれない。

19 江戸の開明度

江戸ってとんでもなく豊かなものをその根本に持ってたっていうのはヨーロッパと比べてみるとよく分かるんだけど、日本が他に例を見ないような〝近代の達成〟とか〝経済復興〟なんていうのをやっちゃうっていうのは、勿論この江戸の豊かさあったればこそだよね。基本的な〝民力〟みたいな蓄積って、とんでもないもの。

江戸に寺子屋ってあったでしょ。江戸で町人やるんだったら〝読み書きソロバン〟が出来なくちゃいけなかったからそれ習ってたし、それだけじゃ勿論なくて、今の幼稚園児の年頃で「子ノタマワク」の『論語』やってた。道徳・哲学まで教えてるんだよね。

寺子屋っていうのが前近代のいい加減なもので、ちゃんとした近代教育を定着させなきゃいけないっていうのは明治になってからだけどね、まァそのお陰で愚かなファシズム教育っていうものがちゃんと行き渡ったんだけどさ、でもね、ヨーロッパにはそういう〝いい加減な前近代の教育〟っていうもんがなかったんだよね。イギリスの全寮制のパブリックスクールっていうのは、ヴィクトリア朝の騎士道リヴァイヴァルの時代に生まれるんだけどさ、これは、特権階級の為の学校でしょ。近代的な〝学校〟なるものの歴史をたどってくと、これはみんな、貴族あるいはそれに準ずる上流階級の為のもんなんだよね。確かに日本にそういうものはあんまりない。学問ていうのは、ほとんどマン・ツー・マンの家庭教師によるものっていうのがアジア的な教育だから。ヨーロッパだってそうだったんだけどさ、それが学校という、複数の少年達を集めて教育が施される施設が生まれる。生まれて、高級な教育をほどこすのはいいけど、でもこれは、上流階級の子弟の為のものなんだよね。でも日本の寺子屋って違うでしょ。これは町人階級の為のものだよね。武士階級の子供達はまた別のところで学問を習う。寺子屋の欠点ていうのはその〝身分の差〟にあるんだけどさ、でもヨーロッパには、近代になって義務教育っていう考えが出てくるまで、下の階級の為の教育機関なんてないんだぜ。日本は上と下とで別々の教育機関があった。でもヨーロッパには上の為だけしかなかった。上の為だけにしかなかったものが下にまで手を広げてくるのが、市民社会が確立されてくる近代だけどさ、それまではないんだもの。比べるんだったら日本とヨーロッパとで、近世っていう時代同士を比べればって思うんだけどさ、不思議なことに、日本の江戸時代はヨーロッパの近代と比べられて「遅れてる」「封建的」って言われるのね。

日本の文盲率って世界的に見て圧倒的に低いでしょ。「私は字が読めません」というおばあさんがいたら珍しいくらいのもんだけどさ、現在の世界レベルでいったら、字なんか読める方が少ないんだものね。これが十八世紀のレベルにもどしたらさ、日本人の開明度って、驚異的なもんだよ。字が読めて、それから高級な教育っていうのがヨーロッパ由来の近代教育なら、日本の前近代の庶民は字が読めるだけ。でも、日本以外の〝庶民〟なんてものは、字が読める方が例外的なんだからさ。

日本の近代ががむしゃらだったっていうことはよく言うけどさ、ホントにがむしゃらではあろうなって思うよ。だって、別に上流の特権階級でもないフツーの日本人に要求されたレベルが、その特権階級のフッーのレベルなんだから。近代日本の〝貧しさ〟なんてことは今にいたっても言われてるけどさ、「ホントかなァ」って思うよ。だって、その貧しさっていうのはヨーロッパ的基準に立った〝貧しさ〟でさ、そりゃヨーロッパ人にくらべりゃ日本人はヨーロッパ人じゃないさ。でも、日本人は十分に〝日本人〟だと思うよ。日本人て、日本人であることを満足させて、その上に〝ヨーロッパ〟がのっかってなくちゃ承知しないんだもん。そりゃヨーロッパであることにおいては貧しいでしょうよって思うよ。でも、そういう達成基準て〝とんでもない贅沢〟っていうんじゃないの。

日本人が日本人であることの達成レベルは相変わらず〝寺子屋〟のレベルでさ、ヨーロッパ人であることの達成基準は王侯貴族なんだもんね。それで日本人のことを「貧しい」なんて言ったらバチが当たると思う。貧しくなんか全然ないよ。物質的にだけじゃなくて、精神的にだって貧しくなんかないよ。ただ、バカなだけだよ。

「ジャンジャン♬」てとこだね。

20 江戸の教養メディア

江戸の町人て、本読んでたんだよ。江戸の出版物って、特別の専門書でもないかぎり、たいていは総ルビつきだからさ、ひらがな読めれば分かるしね。その伝統引いてるからさ、日本の新聞や雑誌は、長い間総ルビつきだったんだから。

江戸時代の出版ていうのは年に一回で、正月に新刊がでる〝年刊〟なんだけどさ、印刷方式が木版だから、そんなに多く部数は刷れない。浮世絵の初版なんて二百枚が限界なんだから。でも、そんな少部数でもみんな読んでた。なぜかっていうと、貸本屋っていうレンタル施設があったからね。施設というか、行商人だけど。本屋と貸本屋を兼ねてるのが普通だけど、それが富山の薬売りみたいに背中に本の荷物背負ってさ、歩いて回るの。ペーパーバックの大衆文化を貸本屋が代行してたんだ。この貸本屋文化って昭和三十年代くらいまで続くんだけどさ。そういうものが日常としてあるんだもの、日本の大衆の教養レベルが高いなんて当然だよね。「くだらない」っていわれるようなメディアを通して、一通り以上の教養が蓄積されちゃうんだもの。今のレンタルビデオ屋がどれほどの〝知性〟を生むかっていうのが今後の問題だとは思うよね。その先に本が読めれば〝近代〟は来るけどね。

レンタルビデオは今に出現した江戸時代だけど、それが単なる時間浪費の娯楽で終わるかどうかってこともあるでしょ。いくら総ルビつきの貸本屋文化が江戸にあったっていったってさ、ちゃんとした図書館が町人の為に開かれてる訳じゃないから、江戸の人間は『万葉集』や『古今集』なんて読める訳もないのね。でも、そんな読んだこともない、読める筈もないことを、意外や意外、江戸の町人は知ってたりするの。

例えば、「ささがにの」っていうのは「蜘蛛」にかかる枕詞なんだけどさ、衣通姫《そとおりひめ》の作っていうことで『古今集』の序にも引用されてる、「わが背子《せこ》が来べき宵なりささがにの　蜘蛛のふるまいかねて知るしも」っていう有名な和歌があるの。これは「庭先の蜘蛛が変わったことしてるから、私の待っているあの方が来るらしい」っていう、帝のおいでを待ってる女の歌なんだよ——そういうことになってるの。それがさ、なぜか知らん、これがいつの間にか「蜘蛛が来る」に変わっちゃったの。

能に『土蜘蛛』ってあってさ、これが源頼光が土蜘蛛の妖怪に襲われたのを〝膝丸《ひざまる》〟っていう名刀の力で追っぱらっちゃったっていう話ね。源頼光が病気でずーっと苦しんでるとさ、夜中に変な坊主がやって来て「気分はいかが?」って訊く訳。さすがにへんだと思った頼光が「お前は何者だ?」って言うと、その坊主が「バカなことを言うもんじゃない、あんたが病気なのも——」って、その衣通姫の歌を出すのね。「わが背子が来べき宵なりささがにの」って、和歌の上の句だけ言って、謎めかす訳。こんなの平安朝以来の伝統的やり方だからさ、言われた方はすぐ下の句を返すの。「蜘蛛のふるまい——」って。「ささがにの」っていうのは「蜘蛛」の枕詞なんだからさ、まァ、ナゾナゾ問答でいったら、「お前は誰だ」「ささがにの……」「ムッ、蜘蛛の妖怪だなッ!」でいい訳さ。ほとんどこの『土蜘蛛』っていう謡曲じゃ、「わが背子が——」の歌をそういう風にしか使ってないからね。で

▲『的中地本問屋』より，本の行商人

も、それだけじゃおはなしにならない、絵にならないっていうのが中世の能だからさ、わざわざ和歌の上の句と下の句に分けて、優雅に問答をやってる訳さ。「わが背子が来べき宵なりささがにの　蜘蛛のふるまいかねて知るしも」っていう歌を、「あんたが病気なのも、〝わが（私が）……背子が……、来べき宵なり〟のササガニの、さァ——」「うん！　蜘蛛のふるまいかねてより」「知らない内に私は、こうして近づいて……」っていう風に解体する訳。こういう有名な和歌とかを使って別のシチュエーションを出してくるのを、江戸じゃ〝もどく〟っていうんだけどさ、江戸に先行する中世の能でもうやってて、それで有名になってることを、今度は歌舞伎や浄瑠璃でもう一回やるのね。

源頼光が土蜘蛛の妖怪に襲われて追っぱらうっていう謡曲の話を、今度は近松門左衛門が『関八州繋《かんはっしゅうつなぎ》馬《うま》』っていう絶筆になった最後の作品なんだけど、そこに持ちこむの。ここでは土蜘蛛の精が〝胡蝶〟っていう娘に憑くんだけどさ、こうなるとかえって元の歌に近くなっちゃうんだよね。「わが背子が来べき宵なり——」っていうのは、恋人（背子）が来るのを待ってる女の歌だからさ、男のところに坊主が来るより、女が来た方が〝らしい〟でしょう。近松門左衛門の『関八州繋馬』は、通称〝胡蝶蜘蛛〟っていうようなもんなんだけど、それが歌舞伎になると、もう一歩進んで、「女で蜘蛛だったら土蜘蛛なんかよりはもっと〝らしい〟のがあるだろう」って〝女郎蜘蛛の精〟ってことになるのね。

〝女郎〟ったら遊女でしょ。だから文字通り、女郎蜘蛛の精が遊女になってやって来るの、しかも〝恋〟にことよせてね。「ささがにの」が「蜘蛛」の枕詞であったのを踏まえて、それが遂には「わが背子」が「妖怪変化」の枕詞みたいになっちゃう。元は全然違うんだけど、そうやって古典の教養ってのが色々と形を変えて、江戸の〝庶民〟ていわれるような、ホント

だったら教養とは全然無関係な人達の中に入りこむのね。なんにも知らないけど、知ろうとすれば『古今集』の〝本物〟まであと一歩っていう下地が出来ちゃうんだよね。今のマンガ週刊誌しか読んでないやつが、それでもへんなこと結構知ってたりするっていうのは、この伝統引いてんだよね。

21　江戸のよく分かんない知性

江戸で、そういう〝教養〟がメディアを通して流れてたっていうのは、別に都会地ばっかりじゃないんだよ。田舎だって、農村には今でも〝農民歌舞伎〟とか〝地芝居〟とか——地方によっては〝黒川能〟みたいに能が残ってるところがあるでしょ。江戸時代には日本各地に立派な劇場だって出来てたし、なくたってムシロかけの小屋を作って、農閑期の農村でも芝居をやってた。地芝居という形で自分達がやってたところだってあるんだからね。

江戸時代の日本にどれだけの〝演劇〟があったかってことを考えると、それはたぶん想像を絶する数だっ

▲舞『土蜘』国周画

たんだって思う。考えてみればさ、歌舞伎っていう演劇だって、世界の歴史じゃ類がないんだよね。だって、宗教とは切れてるけど宗教的な気分は残してて、民衆の間にしっかりと定着してて、教養というものもしっかりと伝えてる。宗教儀礼じゃない、舞踊でもない、当たり前の〝世俗の演劇〟っていうものを、貴族じゃないフツーの国民が自分達のものとして持ってることが可能だった文化っていうのは、世界でもあんまり例がないんだよね。

歌舞伎に『先代萩』ってあるでしょ。人形浄瑠璃にもあるけど、仙台の伊達騒動を扱った芝居ね。その中で政岡っていう乳母が若君の命を守ってる訳さ。悪いやつが若君を毒殺しようとしてるから、千松っていう自分の子供を若様のお供につけて、奥の院にたてこもってるの。何しろ〝毒殺の危険〟だから、外から食べ物は運べないっていうんで、政岡が自分でご飯を炊くんだ。お茶の道具を使ってね。小さな二人はなかなかご飯が食べられないからお腹をすかしてる。若君は、乳兄弟にして家来の千松に「ちょっと様子見てきて」って言うんだけど、それが母親の政岡に見つかる

▲『伽羅先代萩』の政岡と若君　周延画

の。母親は当然、「食事の用意が待ちきれないなんて、侍の子にあるまじき」って怒る。そう言われた子供がなんて言うかっていうと、有名な「腹がへってもひもじうない」っていうセリフなのね。

「腹がへってる」というのは客観的な事実だよね。で、そこを「ひもじい」と感じるか感じないかは、自分の主観でしょ。「腹が減ってる」も「ひもじい」もおんなじことだけどさ、でもそれを「ひもじうない」と言い切っちゃった時に、これが分かれるんだよね。そこには「腹がへってる」という客観的事実と、「しかしそれを〝ひもじい〟とは感じない」という主観的認識の二つがあるって。無茶な言い切りが冷静な認識を生む訳さ。言ってる子供の方にはそんなことなんか分かんないと思うよね。でもさ、それを〝小さな若君の毒殺〟っていうとんでもない緊張感の中でグッと押しつけられてる観客の方は違うんだよね。

江戸の小言って――落語のものいいもそうだけど、なんだかとんでもなくもって回ってる。一種ひねくれてるといった方がいいかもしれないけど、物事の外側をグルッと見回して、その上で、その事物が要求してる結論と、それを見てる自分の出したがってる答っていうのとの二通りをきちんと口にするってことになったら、とんでもなく含みの多い言い方になるしかないんだ。「腹がへってもひもじうない」式の無茶な言い切りっていうのは、その後の近代になって、ただの無謀な行為の方に短絡してくんだけどさ、それは、過激としか見えないような無茶な発現の中に隠されてる〝真理〟ってものを発見出来なかった方の責任だよね。

すべての物事には二つの局面がある。表があるなら裏があるように、どんなものにも必ず〝もう一面〟というものがある。「現実が単純に見えてややこしいのはその為である」っていう、とんでもなく高級な認識を、〝通俗娯楽〟としか後になったら言われなくなっちゃう、〝芝居〟を見てる人間はつかまえるの。

もしもそれが事件の当事者だったら、とてもそんな冷静な認識なんてつかまえられないと思うよ。子供なんかましてやね。でもさ、芝居っていうものは、小さな子供だってうっかりとんでもないことを言い出しかねないような危機的な状況を〝見る〟ものなんだよね。

江戸の身分制社会っていうのは、町人でも武士でも、下のものが当事者として参加してくることを上が阻むっていうもんだから、「すべての人間は等しく社会の当事者であってしかるべきだ」っていう近代と大きく違うんだけど、当事者として阻まれることが、実は〝見る〟ということを育ててった。見なきゃその先なんて分かりゃしないからね。

江戸的な仕事の場って、素人に仕事を与えてくれないでしょ。最初はまず「黙って見てろ」って、〝見習い〟という言葉だってあるけどさ、〝見る〟っていうのは、それくらい重要な基本なのよ。

同じ白でも、白という色はけっして一つではないなんてことは、見れば分かる訳。白が一つあれば、必ずもう一つ別の白だってある。白が二つあるのなら、もう一つの白は〝黒〟かもしれない——一つの白を区別するものは〝もう一つ別の概念〟である、ということだってあるんだから、その白は〝黒〟かもしれないなんていう、禅問答みたいなことが平気で出来るのさ。江戸のロジックなんて、俗にもどかれた禅みたいなもんなんだから。

一つの白が〝二つの白〟になってそれが〝白と黒〟の両極になって、その両極端のあいだにいろんなグレーがある。江戸の枝分かれした様々なヴァリエーションていうのは、多分こういう種類のもんだと思う。ヴァリエーションを発見出来るだけの目こそが江戸を支えてたのかもしれないって。フツーの国民が〝芝居を持つ〟っていうのはこんなことだと思うんだ。

まァ、見る方は見る方としてさ、でも今度はその芝居を作る側だっているんだよね。別に高級な思想家とかっていう人間が江戸の戯曲を書いてた訳じゃない。お家騒動の当事者だった人間が、その経験を生かして芝居を書いてたんじゃないからね。当たり前の劇作家が、なんだって「腹がへってもひもじうない」なんていう高級な認識を吐けたのかっていうことになったら、やっぱりこれは見栄でしょうね。近代知性からは「どうでもいい」としか言われないような、〝つまんない豊かさ〟に満ち満ちている生活の中で、〝見栄〟というものがはたした役割はとんでもなく大きいと思う。

大名のお家が転覆するかもしれない、自分が毒殺されるかもしれない危機的状況のド真ん中で、殿様が「腹へった」って言ったら全部がガタガタになっちゃう。たとえそれが小さな若殿様だったとしても、そうなったらなおさらね。歯を喰いしばっても、絶対他人に「可哀想……」って言わせないようなものが、本当の「可哀想」なんだから。そういうものが見栄というプライドなんだよ。

見栄がなければ、それが重要な構成要素となってる〝関係〟というものがガタガタにくずれちゃう。江戸といったら儒教の倫理社会でもあるけどさ、人間の社会秩序を維持する上で〝見栄〟という美意識のはたした役割って大きいと思うよ。

江戸になってようやく、フツーの人間に見栄をはるだけの余裕が出てきたんだと思うもの。髪型や着物が、根本はおんなじままにしておいて様々なヴァリエーションを生んで、「他人とちょっとでも違えたい」っていう虚栄心が、審美眼ていうものを磨いたんだよね。

22 江戸の学問

江戸の学問についてちょっと言うと、学問をする人間は武士にも町人にも多かったけど、結局、日本における学問の根本ていうのは中国なんだよね。おまけに中国の学問というのは「二千年前に孔子様が全部完成させました」っていうところを前提にしてるからさ、結局全部が解釈学になるんだ。国学にしろ古学にしろ全部同じ。すべては既に出来上がってて、「その思想がいかに現実に適応されるのが一番ふさわしいか」を考えるのが学問。すべては既に出来上がっているのであるから、学問をするということは既に出来上がっている学問に対してうやうやしく頭を下げることであるって、結局は神君徳川家康の作った体制を丸ごと受け入れる、江戸時代の根本構図とおんなじことになるのね。うやうやしく頭を下げて、下げてしまえば、あるいは下げているっていう自覚がありさえすれば、いくらでもその中で自由な解釈は可能なの。でも、その解釈の結果導き出された結論を持って、そのうやうやしく頭を下げたところを出ようとすれば、許されない。その中で解釈するのはいいけれども、外に出てしまったら、それは体制転覆になっちゃうからね。日本の学者がおとなしいっていうのは、このことをいまだにひいてるからかもしれない。

前に「近代以前の思想っていうやつは、一番最初にすべての規範となる理想状況があるということを前提にしてる」って話をしたけど、最初が理想なんだから、〝その後〟はすべて堕落退廃っていうことになるのね。そういう歴史観の中では、時間というものはそういう風にしか流れない。で、時間が流れてすべては退廃して、「こりゃもうどうにもならない」っていうことになったらどうするのかっていったら、過去にもどるしかない。

その退廃してしまった世界というものは、一番最初に神聖にして冒すべからざる理想の根拠がある訳だからさ、これが退廃してしまったのは、その後の管理運営者の責任ていうことになるのね。だから、上に立つ為政者のモラルっていうことがとんでもなくうるさく言われる。帝王学っていうのはそういうもんなんだけどさ、上に立つ人間は、あらかじめ定められている筈の達成基準をマスターしていなければならない。こういう考えの中では、勿論〝その後に登場するであろう新しい要素〟っていうものの存在は考えられないのね。だから、鎖国の中に突然黒船がやって来た時、幕府はパニックを起こしちゃった。新しいものは「存在する筈がない」だから。

初めというか、前代を引き継ぐ為政者のモラルがまずあって、その次に、そのモラルをきちんと理解出来ない世の中っていうものが問題になるのね。根本が決して動かされないで、なにかっていうと「御改革、御改革」になっちゃう江戸の修正主義っていうのはそれなんだけど、でも勿論、その御改革っていうものは、改革の結果新しい方向に進むっていうのでは全然ないのね。すべては初めに全部決定されてるんだから、改革というのは、現在の路線を修正して元の路線にもどることなんだから。つまり、現状維持ってことと復古がイコールであるっていうのがこの時代。別に江戸時代ばっかりじゃない。前近代の思想に決定されてる世界は全部こうなるの。ホメイニに指導されてたイスラム世界は現在でもこうだったもんね。

最初にすべてが決定されてる世界の路線修正は、すべて復古なの。初めに帰ればなんの問題もなくなる筈なんだから——ここの世界の基準律で考えればね。そして、その初めに帰るっていう復古が、それでもやっぱりだめだったらどうするのか？　簡単だよね。その〝初め〟の、さらに前にある、〝もう一つ前の初め〟に帰ればいい。

江戸時代に〝西洋〟っていうのは、徳川幕府が存在した初めに排除されちゃったものだから、基本的には存在してないものなのね。だから西洋はどっかでタブーの匂いを放ってる。でも、それはなんだか役に立ちそうだからって、実学っていう形で、マイナーな技術者の学問になる。和魂洋才なんていうけど、そんなの当たり前なのね。問題は、「そうでなくちゃいけない」っていうところにあってさ、既に存在しちゃってる江戸幕府なるものを立て直すんだとしたら、現実に適応しうる技術によって新しいものを模索していくっていう、洋魂和才の方が必要なんだけど、そんなことは思いもよらないの。西洋的な考えはだめっていうのが、いつの間にか「日本以外のものはだめ」っていう排外主義にも行っちゃう。古い方へ古い方へっていうのを進めてったら、〝外のものになんにも影響されないでいる最初〟っていうところへ行っちゃう。でもそんなものは一種の幻想でさ、外部になんにも影響されてない状態っていうのは脳味噌にシワが一本もない状態のことなんだからさ、ただの知能指数ゼロなんだよね。まァ、そんなこと昔の人に言ってもしょうがないけどさ、江戸という大枠の中でうやうやしく頭を下げてあれこれ解釈っていうものをめぐらせてたら、江戸を突き抜けて〝さらにその前の昔〟ってところに行っちゃった。

なにが出てきたかは分かるでしょう？　天皇を祭司とする国家神道だよね。明治維新というものは、江戸の中で頭を下げて、瞑想に近いような解釈の結果出てきちゃった〝その前〟の復古だからさ、とっても〝古代〟なんだよ。近代がいきづまっちゃったからオカルトだっていうのは、実はこれに近いのね。今まで隠されていた、隠れていたに近いものを、どうやって改めて位置づけるかがむずかしいっていうのは、新魂旧才みたいなもんが必要となるとんでもなくむずかしい作業だからなんだけどさ、そういうのが出来ない人は、一挙に「復古！」なの。近代の終わりに至ってもまだあいかわらず前近代的なものの考え方しか出来ないんだから、近代以前の学問の力っていうのは、とんでもなく強いと思わなくちゃいけないよね。

23 江戸の実業

江戸の侍の学っていうのは出世する為の学で、いってみればサラリーマンの学歴とか一般教養とおんなじで、〝実学〟なんだよ。だから学問としては、歴史がまず一番最初にくるの。「我々のスタートラインはかくもこのように正しいのである」っていうのが〝史観〟ていうやつだし、「その後の我々はかくも正しい」っていう点検が歴史の記述なんだからさ、社史編纂室に行かされるのが左遷を意味する現代とは違うのさ。歴史っていうのは、基本的には体制擁護の学問だったんだからね。『日本外史』みたいな歴史の編纂や、教養体系を形作る為の〝文庫〟の編纂ね。この当時の文庫ったら〝図書館〟ていうのとおんなじ意味だから。

江戸時代の学問って、基本的には百科全書派なんだよね。学問体系作って、それで個人が学問を始めたら自我が目覚めて〝近代の夜明け〟になっちゃう訳だからさ、前近代っていうのは体系作るだけでおしまいなのさ。近代が訪れるってことは前近代の解散が近づくってことでもあるしね。教養の体系作りやるでしょ、それもとにして個人的な思索ってのやったらどうなるかっていうとさ、体制的な思索ならともかく、個人的な思索なんて受け入れる場所がないから、山にこもって坊主になるぐらいしかないのね。

まァ、出家が知性の行き着くところっていうのは江戸以前の話で、徳川幕府が存在していること自体が既に思想的には「完成してる」っていうのが江戸の前提なんだからさ、別に哲学する知性なんかいらない。出来上がった法論理を保守点検する技術者がいればいいってことになるんだから、儒教だけが根本哲学でいいんだよね。戦後の民主主義と江戸の儒教は、おかれ方としてはおんなじもんよ。個人と思索っていうものは、結局のところ体制に吸収されちゃうのね。徳川幕府という体制とか民主主義の社会とかの体制にね。学問そのものは、身を守る背広のようなものにはなっても、あんまり血となったり肉となったりはしないのね。

小林秀雄の『本居宣長』を読んでたら、「本居宣長は講義中に患者が来ると、たびたび席を中座した」って書いてあるの。本居宣長っていうのは医者で、医者を本業にする町人学者でしょ。だから医者であることの方を、当たり前のように優先するの。患者に医療をほどこすのは世の中に定着している実業だけど、思索という抽象行為の中にいるのは違うからね。学問と正業というのは別なんだよ、その人間が世に〝学者〟として通用している家系の人間でもないかぎり。学者の家系以外の人間は学問じゃ食えない。それで生活を成り立たせるんだとしたら、ヘンな新興宗教みたいに、弟子という信者のみつぎもので食ってくしかない。荻生徂徠みたいに、勉強して学問で出世するっていうことになれば別だけれど、町学者という〝フリーの学者〟は表向き存在しないんだよね。

好きで勉強して町学者になってる人はたくさんいたけどさ、それは生活費の裏づけが他にあってのことだものね。遊びでそれをやってるっていったら怒られるかもしれないけど、実態としては〝趣味に生きてる〟っていうのとおんなじなんだよ。

好きで勉強してて、それがご公儀の目にとまって、「なるほど感心、これは役に立つ」ってことになったらその人は〝学者〟だけど、そうでもなかったら、ただの〝隠れた知性〟ね。全部がなんらかの形で位置づけられてる時代っていうのは、位置づけを持たないものは存在しないも同然なんだから、有名な国学者として評判になって、それで弟子だって大勢おしかけてる本居宣長だってさ、ちゃんと医者としての〝本業〟を果す為に往診に行ったんだと思うよ。まァ、宣長クラスになったらそんなことしなくたっていい筈なんだけどさ、でもそれやらないでただ〝お師匠様〟になっちゃったら新興宗教になっちゃうからさ、宣長としてはそれがいやだったんだろうなって思うの。

24 江戸の実業じゃない方

江戸っていうのは「初めにすべてありき」っていう閉じた社会だからさ、そこに初めっから属してる人間は自分の存在なんか探す必要なんかないし、そこに途中から入ってくる人間は全部、自分の存在理由を自分でくっつけなきゃいけないのね。〝そこに初めっから属してる人間〟ていうのは勿論武士で〝途中から入ってきた人間〟ていうのは勿論町人だよ。

滝沢馬琴は日本で最初の印税生活者なんだけどさ、この人は初め戯作者になりたくて、山東京伝のとこに「門人にして下さい」って行って断られてるのね。「戯作者なんて金にならないから職業じゃない、従って入門なんてことはありえない」っていうのが山東京伝の論理なんだけど、それでも馬琴はしつこくしつこくやって来た。じゃ、まあ、なんだから見習いにでも、というところで居候になるんだけど、それだけなんだよね。〝京伝門人〟ていう肩書つきで本なんか書いても有名になんかなりゃしない。当時の習慣でいけば戯作の執筆者に原稿料なんて出ないいんだからさ。

山東京伝は金持ちの息子で、自分でも煙草小物の店を開いてたから、戯作者であっても、所属としては〝商人〟なんだよね。別に京伝の家が煙草屋だったから京伝が煙草小物の店を出したって訳じゃないのね。戯作者というのは一種の属性であって、一人前の男が出してやっていける看板なんかじゃないからさ、カタギの商家の息子である山東京伝としては、それじゃ困るっていうんで、社会に対して筋を通したってだけなのね。〝煙草小物屋〟っていったら分からないかもしれないけど、これは〝有名人の出したファッシーショップ〟なんだから。

戯作者に〝報酬〟というものはないのね。それは商売じゃなくって〝余分〟なんだから。だから戯作者としては、〝有名になること〟以外に戯作者として手に入れられるものはなんにもないの。京伝のところにやって来た馬琴ていうのは、だからはっきり〝マスコミにあこがれるバカな大学生〟なんだけどさ。おまけに彼は、貧乏な武士の家を飛び出してきたんだから貧乏でさ。おまけに書くものは「あんた才能がないよ」って言われるくらいに不器用でさ。まァ、マスコミに憧れて「こんなとこなんの意味もない!」って大学飛び出した、無名な貧乏学者の息子の文学青年みたいなもんかもしれない。言うことァ言ってるけど、ハシにも棒にもかからないという。

そういう人が〝京伝の門人〟であったとしたって、一銭の金もかせげないイソーローじゃ困る訳ね。昔の人っていうのは、少なくともまともな町人なら「当人の将来」ってことしか心配しないんだから。なにしろ、自分で自分の存在理由を探さなきゃなんにもないのが町人のフリーターなんだからさ。それで馬琴は蔦屋の番頭になった。『東海道中膝栗毛』の十返舎一九も、最初はここで〃ドウサ引き〃って、浮世絵の版画に絵の具の食いつきをよくする為にミョウバンの水溶液を塗るんだけど、その仕事をやってた。蔦屋っていうのは、写楽で有名な蔦屋重三郎の店だけどね。編集プロダクションに入って、馬琴は編集者やってました、一

▲蔦屋　北斎画

九は校正やってましたって、そんなところだよね。

　馬琴は結局そこの番頭やめて、下駄屋の入り婿になるんだけど、周りがこんなにも身を固めさせようさせようとしたんだから、よっぽど才能がないと思われたんだろうね。戯作者志願の侍の子が〃下駄屋の養子〃なんだから、やだったろうとは思うんだけど、それがしばらくしたら〃八犬伝の馬琴〃ていう有名な戯作者になって、そうすると「下駄屋はいやだ」で、薬屋になっちゃうんだよね。当時は薬事法なんてないから、勝手に自分の家の庭に木を植えて、薬にして売っちゃうのね。自分の本の奥付けの後に広告なんか載せたりしてさ。なんで薬屋かっていったら、下駄屋よりも薬屋の方が知的だからね。

　薬を作るっていったら、当時としては医者でもあるようなもんだし、医者となったら、苗字帯刀を許されて、ただの町人よりも上にあるもんだからね。話かわるけど、明治になって〃作家〃っていうインテリになった人達の家の職業で〃元御典医〃っていうのが結構多いの。大名家お抱えの医者だけど、知的でプライドが高い人間の系統っていうのはあるんだね——息子

が作家になるくらいだから、そうとうプレッシャーも強いんだろうけど。

馬琴ていうのもとんでもなくへんな現代人でさ、戯作者になって下駄屋がやだで薬屋になっちゃった後は、息子をこの御典医っていうのにしたくてしたくてしょうがなかったんだよね。あいにく「教育パパの息子は脆弱である」っていう法則に馬琴の息子ももれなくて、早死にしちゃうけどさ、存在理由《レゾンデートル》の不安定さがステイタスを求めるっていう現代人の構図はここにあり、だね。

25 江戸の近代自我

馬琴ていう人がなんで原稿料・印税の類を要求したのかっていったら、それがなかったら自分は〝下駄屋の養子〟になっちゃうからでしょ。いくら戯作者になりたいっていっても、「下駄屋の養子が戯作者やってる」じゃいやなんだよね。当時の常識としては、戯作者やれてれば、下駄屋の養子だろうと風呂屋の主人だろうとなんでもよかったんだけどさ、でも、馬琴ていう人は「自分は本来〝戯作者〟という名の文人である!」って思うことによって武士やめちゃった少年だからさ、それが実業の江戸で下駄屋でしかない素性を持たされてるってことがすごくいやだったんだよね。そう思う。馬琴ていうのは、とってもロマンチックな人だよ。ロマンチックで、そのくせ江戸の商人であらねばならない人間の常として、とんでもなく実際的だったからさ、それでもう、ぬぐってもぬぐっても自己嫌悪っていうものはぬぐいきれなかったんだと思うよ。教育パパになっちゃって、自分の息子に自分の上昇志向をおしつけちゃったのはそのせいだと思うもの。

馬琴ていう人は、当時の人間から見れば「一体なにを問題にしてんのかよく分かんなくて、ワケの分かんないことをブツブツ言ってる気むずかしい人」だったんだと思うよ。だって八犬伝で当てたんだからさ、素直に有名人やってりゃいいんだもの。〝戯作者の独立性〟なんていうワケの分かんないことやって、金勘定ばっかりしなくたっていい筈なんだもの。『馬琴日記』って残ってるけど、こっから薬の売上計算と原稿渡しに関するメモと、使ってる女中の悪口を取ったらほとんどなんにも残らないっていうのは有名なんだもの。江戸っていうのは、ことそれが町人ということになったら〝実業の世界〟だからさ、幕末の江戸を代表する〝作家の日記〟がそういうもんになるのね。

　自分のロマンチシズムというようなものをこの現実に定着させるんだとしたら、これだけの格闘をしなければならないって、馬琴は言ってるみたいだものね。馬琴の書いた作品は近代的なもんじゃなかったと思うけどさ、馬琴の格闘っていうのは「近代人でありたい、僕は自立してたい」っていう、そういうもんだったんだと思うよ。それがブキッチョで気むずかしくてヘンなもんにしかならないとこ当時も今も変わらない〝日本の現実〟なんだと思うけど、日本人にとって〝自立〟っていうのがかなりにヘンテコリンなもんなんだっていうことは、江戸の昔に馬琴が証明してるんだと思う。

26　江戸のクォリティライフ

馬琴の原稿料以前の時代に、一体〝有名人〟というような人種がなにで食ってたのかっていったら、揮毫《きごう》で食ってたのね。一発当てて、その後は講演で食ってる現代の有名人とおんなじなんだけどさ、ここら辺は『問題発言2』の平賀源内のところで言っちゃったから〝省略〟だな。

　揮毫の不思議っていうのは絵で考えると分かるんだけど、江戸っていうのは、前の時代に比べると、とんでもなく床の間が増えた時代なんだ。そこら辺はどんな建て売りにも一戸建てなら応接間があって、応接セットを買うのが中流以上のステイタスになってる現代とおんなじなんだけど、書院造りが町家のスタイルとして定着してくると、ちょっとした家ならどこにでも床の間があるっていうことになるでしょ。床の間があれば、そこにかける掛軸が必要になる。浮世絵の〝大判縦長二枚続き〟っていうサイズは、実は縦に二枚つなげるとそのまんま掛軸の絵になるっていうサイズなんだけど、それくらい掛軸用の絵って需要があった。そして、大勢が求めておなじものを手に入れるということになれば、必ず本物志向の差を求める人間ていうのは出てくる。浮世絵の肉筆画ってそれなんだよね。

　江戸にはプロの絵描きっていうのが三種類いたんだ。大名屋敷のお抱えになってる御用絵師と、おなじように本格の絵を描くんだけどお抱えにはなっていない町絵師と、それから浮世絵師ね。前の二つは〝本派《ほんぱ》絵師〟っていって、〝ちゃんとした絵描き〟なの。狩野派とか土佐派とかね。江戸城の襖絵を描くようなのが本派。浮世絵師っていうのはその下にあって、だから本当だったらこういうのは絵描きの内には入れないのさ。江戸時代に武士が〝役者〟っていったらそれは〝能役者〟で、歌舞伎役者のことじゃ全然ないっていうのとおんなじね。浮世絵師と本派絵師の差っていったら、マンガ家と画家の差ぐらいあったんじゃないのかな。浮世絵師はマスプロダクツの版画の版下原稿描いてりゃいいみたいなところってあったから。

　浮世絵って版画でしょ。だから、浮世絵師っていうのは、本当は浮世絵版画の版下職人でもあるんだけどさ、この人達だって肉筆画を描いてんのね。誤解をおそれずに言っちゃうとさ、少数の例外をのぞいて、浮世絵師の描いた肉筆画って、ほんとうにつまんないよ。厚化粧のゴテゴテでね。浮世絵版画っていうものがなかったらそんなことにはならなかったと思うんだけどさ、あいにくのことに浮世絵版画が大量に残ってるからそう思えちゃうの。

　浮世絵師の肉筆画っていうのは、実に版画とおんなじものを描いてるもんなの。普通だったら、オリジナルで一点だけある肉筆画を版画の〝普及品〟にしたのが浮世絵ってことになるんだろうけど、でも違うよね。浮世絵っていうのはもともと普及品として存在している〝下〟の絵なんだもの、そんなことする必要がない。大量生産——っていっても初版の部数は二百だけど——の版画の為に描いた版下の中から、自分の気に入った作品か、あるいは依頼主の気に入った作品を、一点ものの肉筆画に仕立てなおしたのが浮世絵の肉筆画。だからへんなことになるんだよね。

　一遍完成したものがさらに別のものとして仕立て直されるんだからゴテゴテになる。浮世絵版画が浮世絵版画として、本派絵師の作品なんかとはまったく別のところで、独自に存在しているそのことを無視して、わざわざ肉筆のまがいものにしちゃってる。僕なんかは、江戸の浮世絵版画っていうものは、それまでの日本の絵画の歴史とはまったく隔絶してる別種の作品だと思うけど、やってるご当人達にはそういう自覚ってあんまりないのね。掛軸やあるいは屏風として飾られる〝本当の絵〟の方に、簡単に転んじゃう。

江戸の文化って、ルネッサンスのメディチ家が芸術家のパトロンになったとかっていうのとは違って、金持ちの遊びなの。町人文化の上の方っていうのははっきりそう。金持ちが好きで戯作者になってるんだから、「戯作者になりたい」なんていう人間が来たって、「あなたどうやって食べていくの？　金がなかったらおやめなさい」になる。当人が好きで戯作者やって、その結果〝戯作〟っていうものが世に流れていって、それが意味をもつ。馬琴はその〝意味〟を発見したからこそ、それを志望したんだけど、「これは私の遊びなんだから意味なんかありません」て言われたらたまんないのよ。それは「これは私の遊びなんだから、あなたがあなたの〝意味〟を発見してはいけません」て言われてるのとおんなじなんだから。それはもう戯作として世の中に流れてっちゃってるんだから、一介の作者風情にそんなこと言う権利なんかない訳。

自分が発言する権利を根本のところで奪われてるからこそ、それを〝自分だけの遊び〟っていう風に閉じてしまっているんだってことに、なかなか日本の文化人ていうのは気がつけないところってあるんだよね。〝自分だけの遊び〟が外に流れてっちゃったら、それ

▲肉筆画　春章

はもう〝自分だけの遊び〟なんかとは違ったものになっちゃってるんだから、その変わってしまった意味をもう一度つかまえなおしてってことをしなくちゃいけないんだけどさ、もともとの、自分がなんでそういうことを始めたのかっていう閉鎖性に目を向けようとはしないからね、絶対に〝意味〟って持たない。当事者が持たせようとしないんだから、意味という共有財産になるべきものが、その当事者達だけの遊びっていう〝私有財産〟にとどまっちゃってるの。日本の文化っていうのは、みんなそうだよ。だから途中でつまんなくなっちゃうんだから。

浮世絵師が、浮世絵版画の版下師から、江戸町人のクォリティライフの床の間を飾る掛軸画家に変わるっていうのもそれね。マスプロ版画の作者ってことになったら、ただの〝有名な職人〟だけど、それが〝中流から上〟の人間の家の床の間の絵を描く画家だったら、ステイタスが違うもの。「先生」って呼ばれる、クォリティライフ社会の〝お友達〟だもの。日本ていうのは、有名になった人間の〝その後〟の処遇ばっかりが問題で、その人間を有名にした作品の意味を探るってことが全然ないのね。

つまんないものでも、有名になったら勝ち。どんなすごいものを生み出しても、有名にならなかったら評価はゼロっていうのは、たぶん、江戸の町人社会が決定したもんなんだね。

作品というものは意味をもっている。それを生み出した作家の創造行為は他人にインパクトを与える。作品が世に存在することの意味とは、その人に与えるインパクトであるっていう、そういう一番簡単なことが分からないっていうのは、そのもとの社会が閉じてたからでしょう。ホントは閉じてるんだってことに、そこにいる人間が気がつかなかったからでしょうね。

27 江戸の文化小革命

浮世絵がそれまでの日本の絵画の歴史とは隔絶したところにあるっていうのはね、これが筆じゃないからなんだ。日本画ってみんな筆で描くでしょ。線画が基本になってて、それで輪郭線をとった中に彩色してくってもんでしょ。あくまでも線が基本で、その筆を使う人間のすべてがその筆使いの中に入ってくるのね。

ところが西洋の絵ってそうじゃないんだよ。筆は手段で、問題は画家がなにを描き出したかっていうテーマ内容だけでね、「どう描いているか」はまったく問題にならないの。それが問題になってくるのは、印象派から表現主義の後、抽象画の出てくる近代絵画の時代になってからなんだよね。写真術が出てきた時に西洋絵画はとんでもない衝撃を受けちゃってる筈なんだけど、それまでの西洋絵画って、いかに本物らしくリアルに描くかっていう方向にしか進んでなかったからさ、記念になるようなリアルな記録ってことになったら、写真の方が上でしょ。写真の登場と印象派の登場がおんなじっていうのは、そういうことだよね。画家という人間の主観がどう見るか、画家という人間の主観にどう見えるかってところから、「どう描くか」の表現主義に入ってく。

でも、日本の絵画って、一貫して「その当人がどう描いているか」だけなんだよね。リアルに描く方法を知らなかっただけなんだっていう面だって勿論あるんだけどさ、西洋絵画や中国絵画に接して、どうすればリアルに事物を画面の中に存在させることが出来るかってことを習っても、でもそれをマスターしちゃった後は「それをマスターした当人がどう描いているか」ってことにしかならない。和魂洋才は、結局のところ和魂和才にしかならないんだけど、でもそれがどうしてかっていったら、「筆というものはその人間の人格を表すものである」っていう〝信仰〟というか〝論理〟に殉じてたからだ、としか思えない。「その〝当人性〟というものを消してくれればもっとすっきりするのに」っていう、そのことには一貫して背を向けっきりだったのが日本の絵画だったのね。

ところが浮世絵っていうのは、量産を前提にして登場しちゃった版画でしょ。版下を描くのは画工の筆だけど、それが木の板に彫られて紙に刷られてしまえば、筆であることから離れちゃうんだよね。彫師の腕が上がって、画工の描いた版下の筆の線を忠実に再現出来るようになってもなにかが違うっていうのはさ、既に版下を描く画家の線が違っちゃってるってことね。最初の彫師は、たぶん版下画家の描いた筆の線を忠実に彫りだそうとしたと思うよ。でもさ、墨を含んだ筆が紙の上に作り出す微妙な濃淡やかすれ具合っていうのは、刷ることによって、みごとにフラットなものに解消されちゃった。そこで日本画の持ってた筆の意味っていうのが変わっちゃったんだよね。

輪郭線を描く為に作者によって引かれた線の中に不可避的にあった〝隠された感情〟とか〝思惑〟のようなものが、見事にすっきりと整理されちゃった。筆の線の中にあった〝含み〟のようなものがなくなっちゃったからさ、最初は当然〝二級品〟〝本物のコピー〟でしかなかった筈だけども、その存在が〝浮世絵〟として定着しちゃったら、それはもう〝そういうもの〟でしょ。画家のじめつきをフラットに解消しちゃうという、とんでもない革命がそこに起こっちゃってたの。

28 江戸のサブカルチャー

絵を描くとか書を書くとかっていうのは、東洋じゃインテリのする知的な行為なんだからさ、〝含み〟と称されるような内容っていうのがあって当然な訳さ。あって当然なけりゃバカなんだけどさ、でもこれって、自分で自分の整理が出来ないうっとうしさを垂れ流してるってことでもあるんだよね。それは必要なものでもあるけど、それはまた同時にうっとうしいものでもあるっていう、人間の表現が持つアンビヴァレントなものが、浮世絵が定着した瞬間に暴露されちゃったっていうようなもんなんだ。

版下画家は、自分の仕事である版下描きがおのずと要求するような、事物をクリアーに表現できるようなすっきりした線を描こうとするだろうしね。〝江戸前〟ってもののキーワードの一つが〝すっきりした〟っていうのは、かなりに重要なことだと思うよ。

歌麿なんかさ、女を描いてて、女の柔らかい体を描くのに墨の輪郭線はかなりに重いもんだって気がついて、どんどんそれを細くしてって、しまいには墨の輪郭線を取っちゃうんだもんね。浮世絵って版画だから、印刷する版木には凹凸がある――そこんところに目をつけて〝空刷り〟っていう技術がうまれるのね。紙に凹みを刷り出しちゃうの。雪とか綿とかの表現で、春信なんかはもうやっちゃってるんだけど、歌麿は、その空刷りを、女の肉体表現に使っちゃうの。へんなもんだよ。当人は「これで女の肉体の持ってる柔らかさは表現出来た」って思ってるのかもしれないけど、そして実際よく目をこらしてみると、輪郭線はみんな〝ないように表現されてる〟けど、現物は、ただ輪郭を奪われてただの茫洋とした塊りになっちゃった女が笑ってるだけなんだから。

まァ、女は究極においてそういうものなのかもしれないけど、それは一種の失敗だよね。でも〝失敗〟が公然と「これは表現である！」って形で登場してくるのって、それまでの日本文化じゃ前例のないことなんだから。「筆という、一種自分を垂れ流しにしてしまうものじゃないものでも、表現は可能である」ってことに気がついた時、そういうものは生まれちゃうの。〝その先〟っていうのは、まァ結局なかったんだけどね。

版画で刷るという、フラットにしかならない技法を前提にすることによって、浮世絵っていうものは、それまでとは一線を画した〝なにか〟を生んじゃったんだよ。

輪郭線の間を筆で彩色してくってことは、そこを自分なりに自由に表現してくっていう〝表現〟の面と、もう一つ「ああ、フラットに塗るのに筆っていうのはなんて効率が悪いんだろう」っていう、〝道具としての筆〟っていうことの二つがあった筈なんだけどさ、面そのものを版木によって刷り上げちゃうっていう彩色方法は、その〝なくてもいい作家の主観的感情〟っていうものをきれいさっぱり、それこそ〝すっきりと〟一掃しちゃったの。

広重の風景画を見れば分かるんだけど、あんなに情緒過剰であるくせにしつこくない絵っていうのは珍しいんだよね。あれ、一々筆で全部ていねいに色つけてたら、とんでもないことになってたと思うもの。色の濃淡ていうのは、浮世絵版画の場合〝ぼかし〟っていうワンパターンだけなんだけど、そのかぎられた技法を必要に応じてフルに駆使してね、ああいう絵に仕上げてたの。

色の段階で作者が一々「ああだ、こうだ」って言いながらやってたら、とんでもなく重くなって、見る方は風景画の風景なんて見てられなくなる。だって、そこにあるのは作者の描いた風景画の風景なんかじゃなくて、風景画を描く作者の主張であり思想なんだから。それじゃ禅僧が自分の精神修養の為に描いた山水画を眺めて、その〝境地〟を学習させられてるのと同じになっちゃう。そんなことだって必要かもしれないけど、でもその前にまず、その対象である風景を共有したいっていうことだってあるんだよ。広重がどう考えたか知らないけど、結果的に広重がやったことっていうのは、「我々の風景を我々のものとして共有しよう」なんだよね。

ゴッホが広重の模写をしたのなんて当然だと思う。そんな思想を体現してる絵なんて、絶対にゴッホの知ってる世界にはなかったと思うもの。浮世絵師が版画というメディアを通して達成しちゃった絵というのは、そういう〝共有〟という思想を孕んでる絵だったんだよね。

でもさ、それが肉筆になったら違うでしょ。共有の為に思想をなくしてしまったその作家自身の思想が今度は問題になってくるのね。でも、そんな〝実質〟を持ってる作家なんて、浮世絵師にはほとんどいない。晩年に肉筆画を描いてた北斎だけが稀なる例外なんだけどそれ以外はいない。北斎の晩年の『菊図』っていうのはとんでもなくすごいから、機会があったら見るべきだと思うけど――「ああ、遂にここに実質を持った浮世絵師が存在したな」って思うけど、そういう人は他にいないんだ。いなくてただ厚塗りの肉筆画。そういう一点だけのオリジナルを、床の間に飾りたがってる人間の為に描いてんのね。床の間に飾る絵って、思想を孕んでなくちゃいけないんだよ。一般性と〝個〟というものはやっぱり違うんだから。

アメリカのハリウッドのすごさっていうのは、まさにこの〝共有〟の思想のたまものなんだよね。名もない大衆が〝入場料〟というわずかな金を払うことによって、とんでもなくすごい文化を支えてたんだから。江戸の浮世絵だって、実はそういうもんだったんだけどね、でもそれが、結局は薄っぺらなクォリティーライフの床の間を飾って終わり。

前に、明治になって着物が悪趣味になったって言ったけど、絵の方もおんなじなんだ。近代の日本画っていうもののヘンテコリンさは、本派絵師の通俗化と浮世絵師の上昇志向の間にしかないんだから。通俗的な

◀歌麿の空刷り

▲広重『木曽海道六捨九次』「洗馬」

▲北斎『菊図』

題材による表現の事大主義っていうのはそういうもんですよ。浮世絵師にとって、浮世絵版画っていうものの持つ意味が、江戸の中で変わってきちゃったのね。いってみれば、浮世絵版画はアイドル歌手のテレビ出演で、そこで顔を売っといて、有名を武器にして別のことをやるの。

　地方の公演とか、ディナーショーっていうのが肉筆画だよね。アイドル歌手のディナーショーなんて形容矛盾みたいなもんだと思うけどね。

　サブカルチャーのよさはサブカルチャーであることの中にあって、〝その先〟っていうのはまた別なんだってことは、なかなか分かんないみたいね。〝その先〟っていうことを可能にする為に〝共有〟という、ちっぽけな人間達による自前の文化の形がある筈なのにね。

29　江戸の町人は余分な存在だ

　ところで、江戸時代、町人に所得税がかからなかったことって知ってた？　こんな重要なことって存外知られてないんだよね。

江戸幕府って、〝封建〟体制って言葉があるように、土地に関する関係で出来上がってるのね。「所領安堵《しょりょうあんど》」っていうように、封建制度なるものの根本は、日本の場合、その土地の支配権を保証する機構として〝幕府〟が存在してるっていう、そういう構造なんだよね。支配権によって覆われた土地が領土、領土を支配するものが武士、その領土に住んでるものが農民、そして〝その他〟が町人てことになるのね。江戸幕府以前の武家政権の存在する世界はこれだけですんでたからさ、江戸幕府もこれを踏襲してるんだけど、でも「町人がその他である」ですんでるのは、はっきりいって中世の構図なんだよね。

まァともかく、封建制度っていうのは、基本的には武士と農民だけで出来上がる世界なの。町人て余分なのね。農民からの年貢で武士の世界は自給自足をまかなってる、農民も原則として自給自足をまかなってる。農民と武士とがそれぞれに自己完結してればなんの文句もない――しかしその為には、農民が武士に年貢を納めるっていう形で〝尽くす〟ってことが必要になる、ほとんど昔風の夫婦みたいなんだけどさ、この〝武士と農民〟の自己完結の関係は。

武士は武士で自己完結し、農民は農民で自己完結し、武士と農民は武士と農民だけの封建制度の中で自己完結しっていうね、武士と農民と封建ていう言葉を別の言葉におきかえれば、そのまんま〝夫婦〟のことになるんだけどさ、でもそうそうそんな自己完結がうまくいってるもんかっていうところで、第三の要素である、都市の町人ていうのが出てくんだよね。

士農工商の士農を〝夫婦〟ってとらえちゃうと、この士農工商はあまりにもあからさまに〝神話〟になっちゃうんだけどさ、工商という町人部分はほとんど二人の〝息子〟だよね。「初めの息子はおとなしくいい子で、両親の生活に役立つ色々な物を作り出していましたが、次の〝商〟という息子はワケの分からないものでした。人と人の間を行き来しては軽やかな弁舌でたくみに人々を騙し、いつの間にか富を蓄えてしまいました」って。別にそれで「神が〝商〟を憎みました」って訳でもないけど――なにしろそんな神がいないのが江戸っていう健全というかドメスティックな時代だから――ただ「父はその二番目の息子を疎み、母もまた決して心を許そうとはしませんでした」ぐらいのことにはなるだろうけどね。

商っていうのは流通でしょ。自己完結してるところに、それを解くような〝流通〟がやってきても困るっていうところはある訳でね、〝個人の自由〟とかっていう難しいものをタテにとって、「プライバシーの侵害だ！」とかっていう風に、その〝個人〟なるものの扉を叩こうとする〝マスコミ〟なるものを排除したがる――情報の流通を妨げたがる〝真面目な近代自我〟というものはとっても自己完結してるっていうのとおんなじなんだけどさ。ということは、江戸の〝商〟のおかれ方は、現在のマスコミ産業なるものとおんなじだっていうことでもあるんだけどさ――ある面では。まァ、あんまり話をおもしろくしてもしょうがないんでやめるけど、〝流通〟というものはそういうもんですね。自己完結してる世界にとっては余分なもので、でもそういう自己完結世界から生まれて、外にはみ出してしまったものにとって、流通という交流は必要なもんなんですよ。ただ、そんな論理は自己完結世界の中にはまともに存在したりはしないもんだから、余分なものはあくまでも余分である。だから、士農工商の最下位である〝商〟というのは余分なもんだった。訳の分からないもんだった。

自己完結を建前とする封建制度の中に、本来は余分である筈の流通産業がボコッとふくれ上がって、武士にしてみれば、これはワケが分からないものだから、ワケが分からないまま放っといて、それに初めて手をつけたのが田沼意次でさ、この人はただ単に、商取引で儲けた商人から税金を取ればいいと思っただけなんだけどね。メンドクサイ言葉でいえば〝重商主義〟だけど、当時の目で見ればワイロ政治ですね。

江戸時代の武士というものは自己完結を本分とするもんだから、まず「新しいものに手を出すべきではない」し、税金たって江戸時代の税金である年貢は、〝税米〟であって税金ではないんだから、米がありさえすればいい。金なんていうのはなんの為に必要かっていったら、「いざという時の為の軍資金として」ですよ。二百六十年続いた平和の中で「いざという時」がいつあったのか知らないけど、ともかく「そういう前提で始まっちゃったらそのまんまで行く」っていうのが前近代だから、金なんかに手を出す、口にするっていうのは、その武家政権の本来性に反するような、とんでもなくいかがわしくけがらわしいことだったんだよね。

武士というものはそういうもので、そういう武士にとんでもなくやっかいな感情を抱かせるようなものが、金を持ってる商人だった。それぐらいのもんだから、勿論江戸時代の町人は〝なんだか分からない余分〟で、所得税なんていうものはなかった。だから、江戸の町人に〝税金を払う権利〟なんていうものはなかった。

今なんかじゃ税金を払うのは国民の義務になってますけど、でも、ある時期、はっきりと税金を払うのが〝権利〟だった時代だってあるんだからね。明治になって議会制度が出来て〝国民の代表〟というものを選ぶ選挙というものが始まった時、選挙権というものは、ある程度以上の税金を払ってる人間にだけ与えられたんだからね。税金を払えるのは、そのかわり国政に参加出来る、国民の権利だったんですよ。「税金を払えるんだから一人前の口をきく権利だってある」っていう考え方だってちゃんとあるんだからね。

その税金を払わせてもらえないから一人前じゃないっていうのが、江戸の町人ですよね。税金を〝権利〟っていう考え方が出来なかったのが、ズーッと年貢を〝搾取〟されっ放しだった〝士〟の配偶者である〝農〟でさ。おかげで今の農民の税金て、とんでもなく優遇されてますでしょ。一遍しみついた〝被害者意識〟って、とんでもなく人間をだめにするんだよなァ、なんてことは勿論ひとりごとだ。

30 土地問題の由来

町人に所得税はない。税金のない町人は一人前の存在として全然認められていないのかというと、しかしそういう訳でもない。町人に全然税金がかからなかった訳でもなくて、税金はあるの。ただしそれは、町人の労働とか存在に対してじゃなくて、町人の所有する土地にかかるの。町人の税金はその住んで営業している土地という不動産に対してかかる。つまり、商行為によって利潤を上げてる人間が、そのことではまったく評価されなくて、ただ住んでる土地の広さによってだけ評価測定されるってことね。

　農民ていうのは土地によって規定されてるでしょ。だから土地を押さえとけばすべてはすむっていうことの延長線上にしか、商人ていうものもおかれてない。つまり、農民の基準によってしか町人は規定されないってことね。日本人は権利に関する考え方が甘いとかなんとか言うけどさ、個人がなにかをやるっていうことに対する評価自体が低いんだからしょうがないよね。だって、土地を離れてなにかをする人間に対する評価がゼロなんだもの。流通という、土地と土地とをつなぐものは〝別に存在しなくてもいいもの〟だから、そこに対して〝税金〟という奉仕を要求しなかった。その流通にたずさわるものが定住して店舗というものを構えた段階で、初めて〝土地〟という既成のキーワードに引っかかって来るんだからさ、その土地の上に乗っかってるものがなにをしてようと、評価する側は関係ないっていうようなもんだよね。営業用の店舗を持つっていうことは、別に土地を所有なんかしなくたっていい、その土地で営業する〝権利〟だけがありさえすればよかったんだけど、それは考え方でいけば、土地持ちの豪農に隷属している小作人とおなじなんだからね。小作人を一人前の農民として扱えったって、そんなことは無理な話でござんすよっていうのが、江戸、あるいは農地解放以前の常識でしょうね。都市住民を都市住民として評価するっていう論理がないんだからさ、都市住民はいっぺん農民になんなきゃなんない――農民であることが国民の基本であるっていう現在のスタイルは、江戸の基本公式をそのまんま踏襲してるんだよね。別に土地を耕す訳でもない都市住民が土地を持たなきゃなんないっていうへんな考え方が日本の土地問題をややこしくしているんだけどさ、その源流はここにあるんだよね。

　江戸には土地を持ってる〝古くからの町人〟ていうのが何人かいる訳さ。何人というか、何十人何百人という単位でね。名主とか町年寄とかいう呼ばれ方してる人間が、この〝町人〟だよね。これを〝土地持ち〟っていうの。〝地主〟のことだけどね。その下に来るのが〝家主〟っていう、家作を持ってる階級。あるいは地主の持ってる貸家の管理をしてるやつね。

〝住民〟というのは、その下にいるのね。江戸っ子っていったら、その借家住まいの人間のことを言うと思ってるかもしれないけど、正確には、それは〝江戸の下層民〟ですよね。狭義にしてしかも本来の町人ていったら、地主・家主のクラスだもの。まァ、地主の数ったら先祖伝来で、大体限られてるもんだから、新しく江戸にやって来て住みついた人間は、精々なれて〝家主〟クラスっていうもんよね。なんか、成り上がりが無理してエスタブリッシュメントになる時に派生するモロモロのいやらしさっていうのを考えてみるとさ、結局システムが江戸時代のまんま出来上がってることに全部由来してるんだもんね。相変わらずのバカらしさで、口もきけやしないやねってところはあるよね。

地主クラスの〝町人〟ていったら、本当のエスタブリッシュメントなんだけどさ、でもこっちの方は実際なにやってるのかよく分かんない。老舗の商店やってるのもいるけど、別になんにもやってない〝先祖代々のジイサン〟みたいな人間だっている訳でね。こっちがよく知ってる、いわゆる〝町人〟ていうのは、制度的には新興のボウフラみたいなもんだから、町人文化がどうあろうと、世の中そのものはちっとも変わらない、変わるべきファクターにはなりえないっていうところもあるんだ。第一、あんまりみんなそんな風には〝町人〟てものを考えないしさ。

政府の扱う書類上では、〝町人〟ったらどうしたって地主クラスの、言ってみれば〝年金生活者階級〟なんだからさ、膨大な数の都市住民が行政の上でおいてけぼりを喰わされちゃうのは、しょうがないったらしょうがない――今にいたってもね。そういう前例が日本にはないんだから。日本という国は、前例がないかぎり自分から進んで新しい例をだそうとはしない、そういう習慣のない国ですからね。江戸という時代が、そういう風に日本人を慣らしちゃったからね。日本がここまで都市化されていながら、相変わらず行政が田舎の方を向きっ放しっていうのは、そういうことすべての結果ですね。

31　都市とその後の親不孝

　まァ、今の〝江戸ブーム〟っていうのは、実のところ「我々はもっと遊んでもいいのではないか、我々はもっと下らなくてもいいのではないか」っていう、一種享楽の論理を江戸に探るっていう、〝真面目な近代〟に対するアンチテーゼってところが多分にあるんだけどさ、これも危険ていうのは、それやると合理主義の骨格であるところの〝近代〟が根こそぎどっかに行っちゃって、ホントに〝なんにもない〟という退廃がやって来ちゃうからね。もう一部には既にそういうものがやって来ちゃってるけどもさ。

　享楽の論理を探ってくと江戸の町人文化ってとこに行っちゃって、そこから「ああ、なるほど、我々には都市を探る論理はなかったな」ってことになるんだけどさ、でもそれだけじゃない。残念ながら、江戸の町人の享楽の論理っていうのは、全体に対する責任放棄でしかないっていう部分が忘れられちゃうんだ。江戸ったって〝町人の江戸〟だけじゃない、〝武士の江戸〟だってやっぱり江戸だってことを忘れたら単なる年齢退行の無責任に終わっちゃうんだけどさ、でもやっぱりそれだけじゃない。もう一つ、〝農民の江戸〟っていうんだって、ちゃんとあるはずなんだよね。

　日本の近代っていうもののヘンテコリンさを考えてくとなににぶつかるのかっていうと、必ず〝都市の排除〟ってところに行っちゃう。

　都市を排除するっていうのは、言ってみれば、江戸時代の贅沢に対する禁忌みたいなもんでね。〝新しい余分〟が都市を作っちゃう訳だからさ、その新しいものがなければ別にシチメンドクサイことを考えなくったってすむ、「だから排除しちまえ」になる訳でしょ。

　近代に於ける都市の意味っていうのはさ、近代資本主義経済の実現の場であるのと、もう一つは〝新しい余分が結集して出来上がった享楽の場〟なんだよね。近代の思想っていうのはさ、都市っていうものを前者でしか見てなくて、近代の思想を支えるものっていうのも、やっぱり農民に由来するもんだからさ、享楽には意味なんか見出せない訳よ。自然によって自分達の限界ってものをあらかじめ設定されてる農民の論理でいけばさ、なんにも生産しない都市っていうものは、享楽を煽って、生産というものの根本を破壊するような〝悪〟だからね。徳川の儒教政策の反映っていうよりは、これはもう農村社会特有の思想だと思っちゃった方がいいんだけどさ、享楽＝悪＝都市だからさ、都市から発生するような近代自我に関する思想っていうのは、ただ真面目なんだよね。いずまい正して、農村の人間から後ろ指さされないようにしとこうっていうのが都市の生み出した〝近代〟っていう〝立派な思想〟だものね。日本の場合は特にそうだと思う。

立派にしとけば親に文句言われない、だから、自分がなにをしたいのかっていうことをとりあえず棚に上げといて、上げっ放しで最後にはみんな忘れちゃったっていうとこに行くんだと思う。

農村から都市が発生して、農村住民のある一部が都市に移り住んだ段階で、その移り住んだ都市住民は、親の家を捨てた〝不良息子〟〝親不孝者〟なんだよね。それが後ろめたいから、後ろ指さされないような〝立派〟を目ざしてさ、余裕が出来たら〝親〟のことを考えて上げるっていう風に必ずなる。親を甘やかしたもんだから、親は自立出来なくなって、遂には子供を生み出すことも出来なくなって、田舎はさびれっ放しっていうことになっちゃったんだと思う。

田舎から見りゃ、都市は享楽の場だからさ、自分達がある程度豊かになったら、そこへ行って〝命の洗濯〟なんてことをする。命の洗濯をしてる自分ていうのは、〝旅の恥はかき捨て〟ってことをやってる自分とおんなじもんだからさ、そんなことの意味を考えようなんて気も起こんないだろうしね。だから、都市には〝真面目〟という表側の意味しか永遠に存在しないっていうことになっちゃうの。

都市に住んでる人間は、結局のところ「お前はなんにもしないグータラ息子だ」って永遠に田舎の親に言われ続けてるみたいなもんだからさ、真面目なことを考えて、その考えた結果が田舎の親の役に立つようにしたいなって、それだけでしょ。だから根本のところで、都市っていうものは、資本主義経済を成立させて、それで農村を搾取するものであるっていう考え方にしか行き当たらない。都市の思想が資本主義経由で農村に行って、結局そのまんま帰ってこれなくなっちゃうっていうのは、そういう結果だと思うね。

今の近代の嫌われ方っていうのは、いってみれば、都市の自由を理解出来ない田舎者に対する現代人の嫌悪みたいなもんだと思うんだけど、でも近代っていうのはそういうもんじゃないよね。近代っていうのは、言ってみれば〝更生しちゃった不良少年〟だもの。近世が近代になる、田舎から都会に出て来るっていう、その間にはとんでもない飛躍ってもんがあって、その飛躍はほとんど、近世や田舎の側から見たら〝グレた〟としか言いようのないもんだと思うんだ。それを近代や都会の側から見れば、自分の内的必然性っていう別のものになるんだけど、物事ってそう一面的なものじゃない。内的必然性で〝近代〟なり〝都市〟なりを選択したはいいけど、結果なんにも見えなくなっちゃったってとこに行き着いて、それで近代は壁にぶつかったみたいなことを言われるんだけどさ、それは、一遍更生しちゃった不良にとっては「なんだって自分が不良にならなくちゃいけなかったのか」ってことが考えにくいってことでしかないと思う。〝不良〟と呼ばれるようなものにならざるをえなかった必然性っていうもんを考えれば、なんにも分からなくてただ〝真面目〟をやっているしかない愚は避けられるもんだと思うんだけどね。

32 農民作家はなぜいない

近代の不思議っていうんであんまり言われないことなんだけど、日本の近代っていうのは「個人が口をきいてもいい」ってことになったと青年達が思った時代だと思うんだ。それだから、みんな不器用に一生懸命口きいて〝近代文学〟なんてものが生まれたと思うんだけどさ、不思議っていうのは、ここに農民出身の作家っていうのがいないってことなんだよね。農民文学っていうジャンルはあるらしいけども、そこにはあんまり有名な作家はいない。〝有名〟ってことも色々あるから、〝一般には知られてないけども有名〟っていう人もいるのかもしんないけどさ、ともかく〝農民文学〟というジャンルはあっても、〝農民文学から出た作家〟っていうのはまずいないようなもんだと思っていいんだと思う。

たとえば、農民出身の作家志望の人間がいたとして、それが作家になるパターンというのは、実はひとつしかない。都会に出て来てプロレタリアートという労働者になることね。〝都市〟〝労働者〟っていう、西洋近代に由来するようなものしか、個人に口を開かせないっていう不思議がここにある。

近代文学にはあんまり〝都市の文学〟っていうのがないってことは最近言われ出したけど、でもじゃァ、〝田舎の文学〟っていうのがあるのかっていったら、これもまたあんまりない。近代文学っていうのは、それ自体がとっても〝近代文学〟であるようなもので、別の言い方をしてしまえば、これも都市のものでもなけりゃ農村のものでもない、そのどっちとも言えないような中間地点にある〝地方都市の文学〟であるっていうことにしかならないと思う。都会の紳士っていうのはどっか危なっかしい根なし草だけど、地方の紳士には財産があるっていう、なんかそんなものが日本の近代文学のような気がする。

たとえば、森鷗外は御典医の息子でしょう。江戸時代に大名の藩医だった人間の息子が作家になるっていうのは結構ある——斎藤緑雨、巖谷小波、北村透谷、廣津柳浪、長與善郎。島崎籐村は信州の庄屋の息子だけど、豪農の息子っていうのは結構いる——正宗白鳥、徳富蘆花、近松秋江、長塚節、佐藤春夫、井伏鱒二、岡本かの子、坂口安吾。豪農の家に生まれるっていうことは、家は農家ではあっても、自分じゃ農業はしないっていうことですからね。子供の時に農業をやったことのある作家がどれくらいいるのかっていったら、ほとんどいない。家が貧乏で作家になった人間っていうのは結構いて、なんとなく農家の出身くさいなと思わせる人だっているけれど、それは教師の息子だったりする。プロレタリア文学の中野重治は福井県の自作農兼小地主の子供なんだけど、でもこの人の父親は農業の人じゃなくて地方公務員だ。小林多喜二だったら貧しい農家の出身だけど、でもこの人が、口をきき始めるのは、一家が都市に出て工場に関係を持ってからだ。どうも農業というものは、あんまりそこの人間に作家としての口を開かせるようなものじゃないみたいな気がする。

普通の頭で考えれば、貧しさが世の中全体への疑問というものを生み出して、それが人間を作家としてスタートさせるなんていうことは当たり前にあって、貧しい農家なんていうものは日本中にごろごろ存在してるんだから、農業出身の作家なんて全然当たり前にいたっていい筈なのに、それが皆無に近い。

不思議だと思わない？　そのことも不思議だし、そういう風な指摘がほとんどなされないっていうのも、考えてみれば不思議だよね。〝農耕的〟あるいは〝農民的〟な知性が、実のところ日本のどこにもないっていうことなんだから。日本的な知性っていうのは、なんだか知らないけれど、とっても農耕社会的なものなんだって思いそうになるけども、そういうことを体現している作家っていうのがほとんどいないっていう、この事実。

たとえば、『徳川家康』を書いた山岡荘八は農家の出身で、高等小学校を中退してる。後に上京して、印刷所を作って、一応所属は実業の人になって、それで後に作家になってる。いってみれば農村出身の日本人にとって、一番ありうべき履歴を持っている〝知性〟ではあるんだけども、そういう作家はこの人が例外的にそうであるようなもんで、他にはほとんどいない。農業と〝文学〟が両立しているような人達がいない訳じゃないけども、その多くは、あまり有名じゃない〝歌人〟とか〝俳人〟なんだ。自然とともにあって、農耕のかたわらに感慨をもらすっていう、江戸時代パターンがそのまんま続いてるとしか言いようがない。〝農村の文学〟〝農村文芸〟っていうのは、どうもそういうようなもんで、農村というところは、どうも、直接個人に働きかけて直接個人の口を開かせるっていうような所じゃないみたいなんだ。

一体これはなぜなんだろう？　っていうことを少し考えてみたっていいような気がする。

33　農民という不思議

江戸の農民ていったら、それこそ〝百姓一揆〟の話にしかならなくて、近代の歴史学で行くと『百姓一揆こそが江戸の封建体制に対する民衆の反抗だ』ってことになるでしょう。百姓一揆から逆算して、江戸というものはこんなにも民衆を弾圧したっていうね。でもさ、本当にそうだろうかっていうことだってあると思うんだ。

〝最後の百姓一揆〟がいつかっていうことになると、大体これは大正になってからの米騒動ってことになるけどさ、この時代っていうのは、まだ自由なんだよね。米騒動の後で総理大臣になるのは、かの政党政治のシンボルである原敬なんだしさ。自由だからこそ一揆は起こりうるっていうことだってあると思うんだよね。米騒動の時代は大正デモクラシーの時代でもあるんだからさ。でも、その米騒動の終わった後に来るものが何かっていったら、軍国主義のファシズムでしょう。農村は疲弊して、「娘売ります」の時代は来るし、活路を〝外〟に見出しての満州国建国ってことになるんだけどさ、でも、そういう本当に農村が虐待される時代になると、もう〝百姓一揆〟は起こらなくなるんだよね。

民衆史の常識でいけば本当に一揆という反抗手段が必要になる段階になって、そういうものはまったく起こらなくなってしまう。だとしたら、「反抗というものが可能になるのは、それを可能にするだけの豊かさと、それを必要とする〝貧しさ〟の両方が欠かせない」ってことにもなるよね。あんまり貧しくなったら、日本の場合はあきらめちゃう。文句言うのは、ある程度の豊かさが前提としてあって、それが奪われた段階、つまり既得権の回復に関してしか口をきかないっていうことがあるんじゃないかって。

話は飛ぶけど、千葉県の三里塚に国が東京国際空港を作るって時にさ、あそこは農業地帯だから、そこで働いてる農民をどかさなくちゃならない。だから「百姓にとって土地は命だ」っていう論理で反対運動が起こるけど、どかされる側の農民はそう言って、でもだからって「そうだ！」って日本中の農民が呼応した訳じゃないものね。三里塚闘争の中心になったのは、「百姓にとって土地は命だ」って言われて「まことにその通り」って答えるような農民じゃなくて、そこら辺のところに「そうだろうなァ」ってうなずくしかない、学生・労働者だったりする訳ね。不思議なんだよね。農民一般ならそこんところの〝百姓の論理〟っていうものを分かってもいい筈なのに、分かったのか分かんないのかよく分かんないまんまで沈黙してんの。提出された論理を一般化出来る筈の人達が口をきかないもんだからさ、提出された論理がちっとも一般化しないんだよね。そういうことに「そうだ!」って呼応する農民がいるんだとしたら「私達もおんなじようにひどい目にあってますから、あなたのおかれている状況はよく分かります」っていう、そういう人達だけね。普通の農民というのは、絶対と言っていいほどに、他人の問題に対して口をきかない。

今の日本の原子力発電所の問題でさ、原発を作るのは大体過疎の村ってことになって、そこに原発を作るとなったら説明会っていうのがあるよね。そこに〝付近の住民〟ていうのは来るけどさ、そこで「反対」の声が上がるっていうのはまずなかったよね。原発にたいする反対の最大の論拠ったら「危険」ってことだけど、設置する企業の開く説明会で「こんなに危険じゃありません」ていう話は出たって「こんなに危険です」なんていう話は出っこない。原発論議の最大のすれ違いったら、国及び企業側は「危険じゃない」と言い、反対する市民の側は「危険だ」と言う。そして、その問題が検討される前に、「原発を危険だというあなた達は、なんの関係があってこんなところにまでそんなことを言いに来るのか?」っていう、当事者性の有無がこっそり、しかも公然と問題にされちゃうことでしょ。「ここの人達はなんの反対もしていないのに、この土地と直接関係のないあなた達は反対をする」っていう論理で、原発推進の側は、反対側を〝特定思想の集団〟というもんにしちゃいたがる。「問題はそんなことじゃない、危険か危険じゃないかってことだ」っていう風に議論を持って行こうとして、でも決してその議論が結実なんかみなかったりするのは、そこに必ず「じゃァ、危険か危険じゃないかは、そこに住む住民の皆さんにきいてみましょう」っていうのが入るからね。一番の当事者がジャッジの役をするっていうのは、考えてみれば一番まっとうなもんみたいだけどもさ、でもそのジャッジがまたちゃんとしたジャッジだったためしも、この国ではほとんどないっていうのは、「危険か危険じゃないかって言われれば、別に不安がない訳じゃないがのう、でも、電力会社の人は安全じゃというけに……」っていうのが最終判断の声だったりするからね。

危険か危険じゃないか、データを集めて自分達で判断してみようっていう、一番当たり前の考え方が、な

▲『洛中洛外図巻』より都市近郊の農村風景

ぜか日本の農村地帯じゃ生まれなかったんだよね。どうして田舎には、ものを考えてそれを一般化して、自分達の判断を下そうっていう、当たり前の知性が育たなかったのかっていう不思議はあるでしょう。

〝地方の時代〟とかって言われて、でも〝地方〟っていうものがとんでもなく厄介な問題をかかえているっていうのはさ、地方がある種の知性を排除しちゃったもんだから、一遍排除された知性としては、今更そこに帰って行きたくないっていうことがあるからなんだよね。独創的なものの考え方をするような知性であればあるほど、「田舎じゃ自分は潰される」で、みんな〝中央〟に逃げてきちゃったもの。それを現実に適応してくような知性がいなくなっちゃったものだから、地方って、みんな中央の物真似になっちゃうんだよね。

まァ、結局のところ「農耕社会っていうのは自己完結を望んで〝流通〟っていう第三者の介入を拒否する」っていうことになっちゃうのかもしれないけど、じゃァ「農民は農民として〝農民一般〟ということを考えないのか?」っていったら、そんなことはない。だって〝農協〟というものがあるもの。農民が農民としての自己を認識しうるものであるからこそ、農協というものは存在しうるっていうようなもんでしょ。農協の名の下に、農民は〃統一行動〃だってとったんだしね。

34　悪代官を必要とする被害者の論理

最近じゃそうでもないけど、ちょっと前だと必ず「米価引き上げ」の全国大会なんてのやってたよね。あれはもうはっきり百姓一揆だよね。要求を呑ませることに失敗しないで、それから、決して権力からは弾圧されないものっていう風に変わっちゃってたけど、あれの実体は百姓一揆ですね。ああいう風に要求を出さなければ百姓はやっていけないんだっていう前提に立って、抗議集会っていうのは開かれてたんだものね。「百姓は国家権力のようなものから搾取されるものである」っていう、被害者としての前提に立って、あの抗議と要求の大会は開かれてた訳だけどもさ、その結果、日本の米価っていうものは、仕入れ価格の方が販売価格よりも高いっていう、商業の前提に反するようなとんでもない〃商品〃として流通してたわけよね。「我々は被害者である。我々は米を作り、その米を国家は不当に低い値段で買い入れて、我々の生活を破綻に追いこもうとしている」っていう前提は、まァ正しかったんでしょう。みんな悲痛な顔して絶叫してたから。でもその前提は、国が農民から米を買い入れる商品としての仕入れ値が、国民に売り渡す価格を越えちゃった段階で破綻しちゃってるってことに誰も気がつかないのね。「不当に低い値段」という主張が意味を持つのは、最大限、仕入れ価格と販売価格がイコールであるっていう線までなのにさ、「それじゃ我々は食えない」っていう主張の一本槍で、平気でその一線を越えちゃった。結局、食管法という法律で米の流通を管理している国というものが、農民にとっては、不当に高い年貢を取り立てる悪代官でしかなかったっていう訳ね。

農民は、食管法という法律を背後にして存在している国家というものだけを見て、その向こう側にいる、仕入れ値よりも高い価格の商品を無理やり買わされるという羽目に陥っている、〃別の国民〃の存在に目を向けようとはしなかった。悪代官の向こうには〝殿様〟〝将軍様〟という、更なる権力者しか存在しない江戸時代論理に乗っかっていればさ、その向こうには、やっぱり自分達とおんなじような〝国民〟なるものが存在するなんてことに気づかなくっていいんだもの。気づかないからこそ、毎年の米価引き上げ要求っていう、百姓一揆は成立してたんだけどね。

自分達は貧しい、だからこそ米価引き上げは必要であるっていう〝貧しさ〟と、全国からバスを連ねてやって来られるだけの〝豊かさ〟があった——だからこそこれは〝一揆〟として成立したのね。

まァ、戦後の農民の〝豊かさ〟っていうのは、実はそういうものとは別のもので、選挙という武器あればこその豊かさっていうことはある訳だけどさ。

だって、「我々は被害者である」っていう論理を成立させなければ農民の豊かさは生まれない。そしてそういう論理は、それを「誠にそうでございます」って保証する言説論理があって初めて成立する。そのことを成立させる為に、農村というところは保守党政治家というものを〝自前のお殿様〟のようにして持ってたんだから。

〝米価引き上げ要求〟という現代の一揆を可能にする〝豊かさ〟の正体っていうものは、〝自分達を支配しないお殿様を持つ〟っていう、地方を民主的な江戸時代にすることだった、ってことね。

地方の農民にとって、そこを地盤にする政治家っていうものは、好き勝手な贅沢を実践している現代のお代官様で、「自分達がそれを可能にさせてやっている以上、自分達はなんらかの見返りを得てしかるべきである」っていう論理が農民の間で生まれるのは理の当然だよね。だって、時代はまさしく、一人一人の人間が平等である民主主義の時代なんだから。政治家が贅沢をするんだったら、それを成立させる選挙民の方にも、人数割りの贅沢は支給されるべきであるってさ、こうして日本の選挙につきものの〝現金のばらまき〟っていうのは生まれる訳ね。

かくして政治家は合法的に支配者として存在し、その支配者が存在する以上、農民というものは被害者として存在する。なにしろ、農民の作り出す米というものは国家によって管理されているんだからさ、それを生産する農民には〃自由〃なんてものはありませんからね。

かくして農民は完璧に被害者であり、被害者が被害者として声を上げる以上、悲痛な一揆は十分に存在し、商品の価格体系というものを無視して、米の値段は上昇を続けたという訳ね。

35 米本位制は過去の日本の一切の根本である

日本の農業のいびつってことを言ったら、それは流通っていうものを無視してたってことだよね。日本の農業の米作依存の比率が高すぎるってことは前から言われてたことだけど、それは「米こそが日本人の食糧の根幹にあるものである」っていう、言ってみれば江戸時代の米本位制がそのまんま農業にだけ残っちゃった結果だものね。江戸の知行――武士の俸給は米の〃何石〃っていう単位でしょう。米は、それを必要とするものにとっては立派に商品として存在するものではあるけれども、税金を米で納め、俸給を米で支払ってもらう農民や武士にとっては、現金とおんなじようなものだもの。ただ、この〃米〃という通貨は、武士社会とそれに支配される農民社会の中だけでしか通用しないものだからさ、外の社会との接触を必要とする時には、現金に換える手続きが必要にはなるんだけどね。

江戸幕府の農民政策の基本にあるものは、極力都市の貨幣経済との接触を避けさせるようにするってことで、そっから農民の贅沢にたいするハードな禁止っていうのは出て来るんだけどさ、都市と農村が接触したら、「米は基本通貨でなくして売買される商品である」っていうことがバレて、米本位制を前提とする江戸幕府の根本が崩れちゃうもの。文明の進化によって余剰物資というものが生まれ、そこで流通というものが成立するっていう、歴史の原則が無視されて、その歴史の必然である〃流通〃に由来する、都市・商人・都市民(町人)・商業っていうものの位置づけは放棄される。「そういうものは全部余分なものである」っていうのが、徳川幕府の根本だからね。

農耕民が土地を耕し、そこから力を持った権力者なるものが生まれ、その権力者の支配・保護のトに入った人間は貢ぎ物を要求される。土地から生まれたものが〝税〟なる名目で上納されるっていう農耕文化の基本パターンをそのまま踏襲して、江戸幕府だって、基本的には農民保護の見返りとしての農民支配ってことをやってた訳だけどさ、それが時間の経過っていうものを計算に入れなかった為に、いつの間にか〝米の管理機構〟っていうものになってた。

日本で米がなんの為に大事にされ管理されるのか、今じゃまったく分からなくなっちゃったけど、それは米がまず最初に管理されるべきものであったっていう、それだけの話だよね。「国を成り立たせるのは食糧の確保である、日本人にとっての食糧とは米である、ゆえに米が確保されねばならない、確保し管理されねばならない」で、管理されっ放しになっちゃったから、米というものが不健全なものになっちゃった。過剰な管理が〝必要〟というものの根本を曖昧にしちゃったもんだから、食糧を大事にするっていう根本さえどっかに行っちゃった。「日本人にとって〝食糧〟とはそのまま〝米〟である、ゆえに米は大事にされなければならない」っていう論理は、「でもお米嫌いだもん」という一行でコテンパンに粉砕されちゃう。

米以外に食糧がなかったら、「米を粗末にする人間は飢え死にしたってしょうがない」っていうことは可能になるけど、米以外に食糧があったら、その論理は説得力を持てないその上に、「米を大事にしなければならない」っていう論理の裏にこっそりあった、「米以外のものはあんまり大事にしなくてもいい」っていう論理が公然と浮かび上がって来て、「食物を粗末にしてはならない、なぜならば、人間は食物によって生きるのであるから」っていう、モラルの根本が死んじゃう。過剰な管理というものは、実は根本に関する杜撰な管理でしかない訳で、それを放置すると一切は無意味になる。現在っていうのは正にそういうもんで、日本社会に於ける〝江戸〟っていうものを放置した結果、一切の論理が無効になっちゃったってことはあるんだよね。

36 「百姓に学問はいらない」と言って、日本の農村は近代を拒んだ

江戸幕府はともかく米を管理した。管理することによって、都市っていうものを排除してたのが、今度は近代というものがやって来て、商品経済の中にしっかと米を取り込んだ。なにしろ近代っていうのは、経済的には都市の資本主義の時代だからね。それまでは、米を管理し流通を排除していた側の幕府が明治政府になった途端、今度は生産流通を推進しなくちゃいけない側になった。いわずとしれた、明治政府の根本政策の一つは〝殖産興業〟ですからね。殖産興業が商品を生み出し、生み出された商品が市場を求めるっていうところで、日本は〝帝国主義〟という名の商戦に参加してくんだからね。

徳川幕府の管理は、米を悪徳商人が支配する流通から守るっていうようなもんだったけど、今度は明治政府自身が悪徳商人と結託して私腹ならぬ、国という公腹を肥やすようになっちゃった。江戸時代の百姓の生活が悲惨だっていうイメージは、時代劇によくある悪徳商人と結託した悪代官の横暴っていうところで決定されちゃってるけどさ、でもこの構図は、実のところ明治時代のもんだよね。江戸の武士っていうもんは、貨幣経済ってことを根本では考えちゃいけないもんだけど、でも明治の官僚は、それを考えなけりゃいけないもんなんだもの。明治というのが、理念が先走りしちゃって実質というものがあんまり追いつかない、その結果かなり呪術的になっちゃった時代だっていうのは、国家神道と議会が一緒に登場してくるってところでよく分かると思うんだけどさ、〝米〟っていうものだって明治になってかなり呪術的になっちゃったんだと思うよ。

日本の農村ていうのはさ、近代になって国家資本主義っていうものに搾取されて、それから戦争が終わった後になっては、「このままじゃ百姓は食っていけない！」っていう、〝要求が通る百姓一揆〟によって江戸時代を謳歌してたんだけどさ、じゃァなんだって、戦争前の百姓は、平気で搾取のされっ放しだったんだろうっていう、俺流のしつこい疑問ていうのはあるよね。

今となってはその理由がはっきりしてるっていうの

はさ、近代の百姓って、自分達が近代の中にいるっていうことを認識しようとはしなかったたってことね。かつてあまりにもポピュラーだったセリフに「百姓のせがれに学問はいらない」っていうのがあったけどさ、時代が近代になって、近代の学問常識を学習させる為の学校というところが設置されて、どんな人間でもその気と実力がありさえすれば上級学校に行くことを拒まれないっていうシステムが出来上がったのにもかかわらず、それを真っ先に拒んだものは、それを希望する子供の親だったたっていうのは、このセリフに端的に表れてるよね。近代に立ち向かうんだったら、まず近代の中に入りこまなきゃいけないのに、そのことを平気で拒んでる。〝農耕する知性〟っていうものを生もうとはしなかった、日本の田舎の背景ってこれだよね。「自分の頭で考えて自分の力でなんとかする、そのことが〝自由〟と呼ばれることである」っていうのが〝近代自我〟の根本にあるもんだと僕は思うんだけどさ、それよりも、管理というシステムの中で搾取されることを、日本の田舎は望んだのね。〝管理〟というものをすべての前提とする――それが幸福をよぶか不幸となるかは、それを管理する〝支配者〟あるいは〝責任者〟の腕しだいっていうのが、日本人の思考の根本にあるみたいでさ、勿論これを成り立たせたのは、徳川三百年という平和な管理社会のおかげだけど、でももう、これは終わっちゃったんだ。

「百姓のセガレに学問はいらない」って言って、自分の息子にさえも知性が育つことを拒んで、ただひたすら黙って搾取に耐えて、「そうしとけばいつか〝理想の江戸時代〟が来る」ぐらいの信じ方はしてて、そして実際、それは戦後二十年もして来たんだけども、やっぱり江戸時代とか近世っていうものは終わっちゃうんだ。それは一つの閉じた局部的な均衡だからね。黒船が来て近世が終わっちゃったみたいに、やっぱり〝日本〟という江戸時代も、外から扉を叩かれるような羽目に陥って終わるんだよ。

農村が〝農協〟という巨大組織になって、〝ムラ〟という一つの閉じた局部的な均衡状態が全国的な規模にまで拡大されて、そしてそのことが別のところで歪みを発生させてるってことに気づかないまんまでいられるってことは、催眠術的な妄想状態に支配されてるってことだけどさ、その典型である、米価の逆ザヤっていうやつが、「米の自由化」っていう外国からの声によって破られるのね。流通っていう動きは、放っとけば地球を一周しちゃうような動きだからさ、〝局部的な均衡〟なんてものは、平気で破られちゃうんだ。

地球は地球自身で回ってるし、その地球は太陽っていうものの周りを回ってるし、その地球と他の惑星を含んだ太陽系自身も銀河っていうものの中で回ってるし、その銀河系だってやっぱしそれ自身で回ってるし、その回ってる銀河系だって、やっぱり更に大きい軌道を描いて回ってるんだし、それとは反対の、極小の分子構造の中でだってやっぱし原子は回ってるんだしさ、最初から最後までグルグル回ってて一向にさしつかえないし、グルグル回ってないことの方が、自然の摂理に反してるったら反してるんだもんね。「ああ、やっとまともになりうるな」ってなもんでしょ。閉じたらだめですよ。

37 江戸の町は街区《ブロック》じゃない

江戸時代の町人の税金は、その住んでる土地に対してかかったっていう話はしたけど、そんなこと勿論、すべての町人に対してなんかじゃないのね。〝町のある特定の部分に住んでる町人〟っていう、限定がつくのね。

江戸の〝商・工〟に関する税金ていうのは、「その店の、メインストリートに面した間口の広さに比例する」ってことになってた。だから、京都や大阪の古い町家は、間口が狭くて奥行きがやたらある、ウナギの寝床みたいな作りになってるでしょ。間口を狭くすりゃ税金だって安くなるし。まァ、町家に対する税金をそんな風にしたのは、税金の天才だった室町幕府みたいだから、町家をウナギの寝床にしたのは徳川幕府じゃないんだけどさ、でも「町家の税金は表に面した間口である」っていうことから、江戸の町がまた独特の発達をしたっていうのもあるんだよね。

江戸時代以前の町の代表的なものっていったら、中国の写し《コピー》である平安京・平城京の二大都《みやこ》でしょ。周知のように、ここの道路は東西・南北に碁盤の目のように走ってる――坊城制ってやつだけどさ。それに対して、江戸以外の江戸時代の代表的な町の作りがどんなもんかっていったら、これの代表は宿場町ですよね。ともかく江戸時代には、街道が整備されて宿場がおかれて交通が整備されたっていうんだから、宿場町こそが典型的な江戸時代製の町だと思っていい。

宿場町と京の都を比べりゃ一目瞭然だっていうのは、一方は〝街道〟という一本の道路の両側に家並みが出来てそれが〝町〟というものを作ってるのに対して、もう一方は都という四角い碁盤自体が〝町〟になってるってことね。初めっから「ここを都にする、ここに都をこう作る」っていう、全体の設計図に基づいて作られた町は初めっから四角い面の世界で、「ここが今日から町になる」で出来ちゃった町は一本の線だっていう、その違い。

江戸の町っていうのは、実は線なんだよね。面じゃない。江戸の地図というのは不思議なんだけど、道路に名前がついてない。道路に道路の名前がついてないかわりに、道路に町の名前がついてる。たとえば、東海道五十三次の起点であるお江戸の日本橋から品川の方に行くとすると、この道路に名前がない。そのかわりに〝通《とおり》何丁目〟という町名がついてる。日本橋のたもとから始まって南北に通ってるこの道には何本かの道が東西に交差してるんだけど、大体、その十字路の角から始まって、ひとつの十字路を通って、その次の十字路の角までが一つの〝町〟。〝通一丁目〟〝通二丁目〟〝通三丁目〟〝通四丁目〟と続いて、その先が〝中橋広小路町〟になって、更に続いて〝南伝馬町一丁目〟〝南伝馬町二丁目〟〝南伝馬町三丁目〟って来て、京橋に続く。「道の両側が一つの町」なんだからさ、勿論こういう名称のついた道の両側はその名前を持った〝町〟ね。ところで、日本橋から東海道を進んできて最初の十字路を右に曲がる。ここはまだ〝通一丁目〟なんだけど、この通一丁目の十字路を右に入ると、すぐにここは町名が変わる。道をはさんで、右が〝西河岸町〟左が〝呉服町〟。「道の両側が一つの町」ってことになると、ここが道の右と左側とで町名が違うのはヘンじゃないかってことになるんだけど、この通一丁目の十字路を右に曲がった道っていうのが〝稲荷新《いなりしん》

▲日本橋周辺『江戸切絵図』より

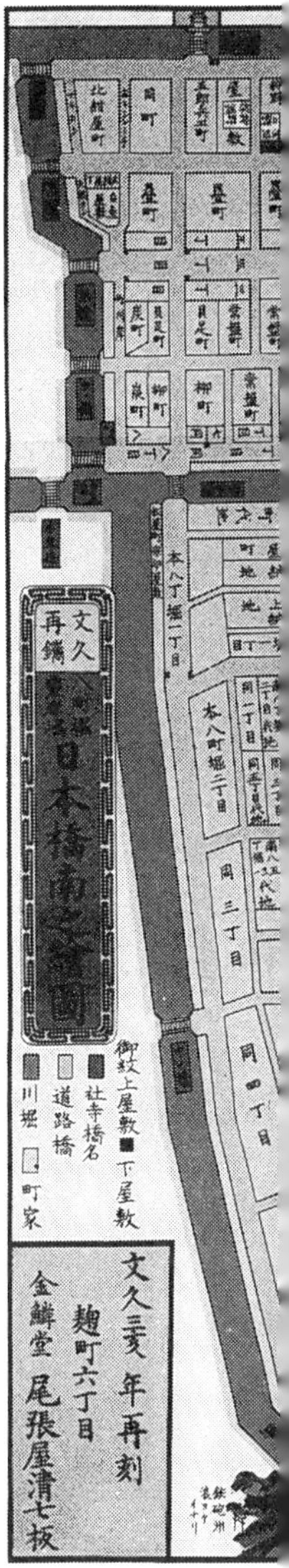

道《みち》〝っていう〝新しい道〟なんだ。新しく出来た道だから〝新道《しんみち》〟ね。

この稲荷新道を真っすぐ行くと、その先に東海道と平行して通ってるもう一つの大通りがあって、この大通りの西河岸町に面した向こう側が当然〝西河岸町〟呉服町に面した側がやっぱり〝呉服町〟っていうことになる。一つの道を挟んで両方の家並みが一つの〝町〟を作るっていうテーゼは、やっぱりここにも生きている訳ね。

で、稲荷新道はこの通りに突き当たるとなくなって、通りの向こうには西河岸町と呉服町が一つになったブロックがある。一つのブロックの右半分が西河岸町で、左半分が呉服町。江戸の町っていうのは、一つのブロックが背中合わせの二つの町になってたり、あるいはT字型に三つの町が組み合わさってたりするのがよくあるんだけど、これはぜんぶ、メインストリートが町を規定するっていう、そういう発想から来てるのね。

日本橋のたもとから、江戸のメインストリートである東海道を通一丁目の方に来るでしょう。稲荷新道のある十字路で右折しようとしてふと見る訳ね。別にこの時代に街路表示がある訳じゃないけどさ、でも町の区分で行くと、稲荷新道の先は右が西河岸町、左は呉服町でしょ。ところが、この稲荷新道に入らんとする道の入り口の両側二軒だけは〝通一丁目〟に属するの。メインストリートから一歩でも入れば、そこは〝後ろ〟になっちゃうからさ、所属ってものが違っちゃうんだ。

稲荷新道っていうのは、新しく出来た道だから〝稲荷新道〟っていう名前がついてるけど、でも江戸の道路には原則として名前がついてない。でも道路が町の名前を決定するから、町の名前はほとんど道路の名前に準じてるし、道路の名前もまた町の名前に準じてるっていう、一種ワケのワカンナイことになる。

今だと〝町〟っていうものを街区のブロックとして考えるけど――だから住居表示の変更ってのだって起こったんだけど、江戸の〝町〟は、道路の両側に家並みが並んでるだけの〝線〟なんだよね。だから、道が一本の線になってればその両側に〝町〟っていうものが出来る。だから一つのブロックには原則として四つの〝町〟が出来てるってことになる。長方形の辺の数は〝四つ〟だから。ホントなら町は四つ出来ることになるんだけど、でも普通は〝表・裏〟とか〝左・右〟っていう、背中合わせの二つかT字型の三つになってるっていうのは、結局のところ「町を決定するのは〝表通り〟というメインストリートである」っていう思想によっていたからだろうね。重要なのは〝表〟なんだから、その〝裏〟っていうものはべつになくたっていいようなもんなんだもの。東西と南北の道路が互いに交差してれば、町というものは結局のところ四角いブロックで出来上がって行くことになるんだけどさ、でも江戸の町は、そのブロックをブロックとして利用しなかった。主要な〝表通り〟に面したところだけを〝町〟として扱って、中は空洞のまんまにしといた。映画のオープンセットみたいに、道に面した表側だけがあって、その中側はなんにもないの。四つの辺である〝町〟によって囲まれた街区の真ん中にある空洞は〝会所《かいしょ》〟っていってね、ここは空き地として存在するんだ。

38 江戸に貴族はいない

江戸の町になんで空き地があったかっていえば、それは「江戸が貴族の町じゃなかった」からでしょうね。

道路が碁盤の目のように走って、町が四角い街区のブロックで出来上がってた平安や平城の都は、貴族の住むところなんだよね。だから町のワンブロックが貴族の屋敷の敷地として与えられる。ワンブロックが一つの屋敷なんだから、道路に面したところだけが〝町〟なんていうみみっちいことにはならない。江戸の町っていうのは、貴族の屋敷の周りを囲む塀が商店街のアーケードみたいになって、貴族の屋敷の庭が空き地になってたっていうようなもんでしょ。京の都の空き地っていったら〝人の住んでいない街区〟ってことで、江戸みたいに町のど真ん中に空き地を作るような構造になってるって訳じゃない。江戸の町に空き地があったっていうのは、単にそこに住んでいる人間の家のスケールがちがったってだけなのね。町人のスケールなら、そこを個人でもてやしないんだから空き地にするしかないけど、貴族ならそこを堂々の庭園にしてたってだけね。

江戸の町っていうのは、武家地があって寺社地があって、それから町人が住む町家地があってって、大体三分されるんだけどさ、ワンブロックをそのまま貴族の屋敷が占めるっていう京の都様式は、江戸城の周りにある大名屋敷と、それから寺社地だけだよね。大昔の京の都のスケールっていうのはここまでのもん。江戸の町っていうのは、この周りに更に町家地がくっつくっていうもんだから、京の都なんかよりもはるかにスケールは大きい。大きいけれども、町を作るっていうことになったら京都式の作り方しか知らなかったから、貴族の屋敷の〝塀〟だけが〝町〟になって、〝庭〟の部分は空き地になっちゃったってだけね。

町の誤解っていうのもあるかもしれないけど、平城京・平安京の都っていうのはさ、あれ、基本的には朝廷の主宰者である天皇の家だよね。朝廷の方じゃどう考えてんのか知らないけど、あそこに〝民衆〟っていうものは存在しないもの。内裏・大内裏っていうものがあって、その周りを整然と貴族達の屋敷や大寺院が取り囲んでるのが京の都の作りだけどさ、都を作る側っていうのは、ほとんどそれだけのことしか考えてない。だって、そこには貴族なんかとは関係のない人間達だっていた筈なんだけど、朝廷が貴族とは関係ない人間の為に〝公団住宅〟みたいのを作ったなんていう話って聞いたことないもん。朝廷は、貴族っていう自分達の官僚――つまりは〝身内〟の為の敷地だけは確保してさ、後はほったらかしだもの。国家なら少しは民衆のことを考えてやったっていいだろうにって思うけどさ、そんな発想ってないものね。都自体が、朝廷なるものの〝家〟だったって考えた方がいいと思う。だからあんなに碁盤の目の〝整然〟が可能だったんだよね。

貴族という〝身内〟の官僚は、そこに住んで、朝廷のあがりをいただいてた、と。話は飛ぶけど、武士と貴族は違うよね。貴族は官僚で、武士は一国一城の主であるっていう、そういう違いなんだよね。

貴族っていうのは朝廷の官僚で、大貴族っていったら、その朝廷の主宰者である天皇との血縁関係をなんらかの形で持続させてるもの。そして彼等はそれだけだ。彼等は、彼等自身がそこから出て来た、彼等の存在基盤であるような領地を持ってる独立した支配者なんかじゃない。衰えたりとはいえ、形骸化の極みとはいえ、日本の王朝貴族は、支配系統が一本しかない、中央集権国家の官僚ですからね。そんな地方分権みたいな考え方は絶対に出来ない。京の貴族が鎌倉幕府というものをとことん憎んだのは、それが公然たる地方分権だったからでしょうね。でもさ、江戸幕府っていう中央集権的な政治体制を支える〝大名〟っていう官僚は、それとはちょっと違うんだよ。参勤交代っていうのをやって、自分達の領国と江戸との往復をしてる彼等は、同時に、中央政府の官僚と自分の領国の領主の二重生活を送ってるような存在だからね。彼等は中央政府に所属するような官僚でもありながら、しかしみんな自分の〝領国〟というものをもつ一国一城の主ですからね。朝廷依存、ひいては権力者依存だけが存在の方法だった王朝貴族とは違う。

考えてみれば、日本の貴族っていうのは、ヘンなもんですね。日本の貴族とヨーロッパの貴族っていうのは違う。ヨーロッパの貴族っていうのは、領地を治める領主貴族で、どっちかっていうと武士的なものだもの。それが国王の主宰する宮廷にとりこまれて貴族になる。室町幕府から豊臣秀吉までの関西武士政権ていうのが、一番ヨーロッパの王権・貴族に近いと思う。国王がいてローマ法皇がいるっていう構図は、武士の政権があって天皇の朝廷があってっていう二重構造とおんなじでしょ。ヨーロッパじゃ武士が貴族になって、そこに市民革命というものが起ったけども、日本じゃ武士がもう一遍官僚化したという。

武士は官僚化しても官僚にはなりきらないで、なんだかよく分からない〝武士〟のまんまだったから、結局武士は〝サムライ＝個なる男〟という、そういうものにしかならなかった。日本の悲劇は、この〝個なる男〟というものを捨ててしまったことにあるっていうのがこの本の隠された結論ですけどね。本で結論を出すなんていう野暮なことなんかやりたくないからさ、それは秘密ね。

結局江戸っていうところはさ、武士というところに収束する〝個なる男〟とさ、町人なるところに収束する〝それを取り巻く膨大な自由〟ってという、二つのもの絶妙なるコンビネーションが最大の魅力なんだけどさ、〝個なる男〟が結局どうなったのか、〝それを取り巻く膨大なる自由〟が結局どんな種類のもんだったのかってことを見定めないと、ただの〝硬直した立派なファナティズム〟や〝二流の無責任〟にしかならない訳でね、江戸の難解さの最大のものは、この〝まだ始まらない膨大なる保留〟が江戸という時代であるっていう、そのことに尽きると思うね。

難しいこと言ってるけど、近代っていう時代は、所詮〝次なる本流〟じゃなくて、〝近世が必要とした新たなる補助線〟だったっていう、そのことを明らかにしちゃうようなもんが江戸時代だからさ、それで江戸って難解なんだ。

どんな時代だって、同時代人にとっては〝自分の時代〟っていうものは難解なものよ。その時代の人間にならなきゃその時代は分からないしね、その時代の人間になりっぱなしだったらまた分からないっていう、それだけの話だと思うんだ。江戸が難解だっていう話もね。

江戸の町には武家地があって寺社地があって町家地があって、町家地である〝町〟のど真ん中には〝会所〟と呼ばれる空き地があった訳だけどさ、その空き地である会所に出来上がって行くものが、〝裏長屋〟〝裏店《うらだな》〟を代表とする〝江戸の町〟。

本来は空地のまんまですむ筈のところが、別に表通りに居を構える必要のない人間達によって埋まって行く。〝町〟に関する発想が、基本的なところでは京の都の古代止まりだから、勿論そんなところに〝町〟なんていうものが制度上は存在する筈がない。筈はないけど、しかしそこには人間が住んじゃってる訳だからさ、ここはレッキとした都市文化の発祥地になる。

僕達が知っているような〝江戸文化〟が、長い間存在しないようなものになってたっていうのは、実はここが制度上は〝空き地〟でしかないような場所から生まれて来たからね。

江戸の町人文化がサブカルチャーっていうのはこんなもんだけどさ、すべての新しい文化っていうものは、まず最初は「制度上は存在しない」っていうところからしか生まれないサブカルチャーであるっていう、そういうことだよね。

39 江戸は勿論、法人社会だ

江戸は勿論〝法人社会〟だよ。だって、表通りに間口構えてる店の税金しか問題にならないんだもの。〝町人〟といわれて真っ先に出て来るのが〝地主〟で、表通りに店構えてなきゃ一人前の商人じゃないなんていうのは、まさに法人の発想でしょ。第一、町人には苗字っていうものがないんだから。苗字に相当するようなものを持ってる町人ていったら〝越後屋左兵衛〟とかっていうように、屋号を持ってる商人だけでしょう。

「江戸は〝男社会〟か?」っていったら多分勿論そうだろうけど、でも江戸っていうところは、それ以前に〝法人社会〟なんだよね。上は大名から始まって、ある〝個人〟ていうのは、必ず〝何かを代表する個人〟だもの。

大名は自分の領国を支配する代表者でしょ。大名は〝水野忠邦〟っていう姓名を持ってる個人でもあるけど、ほとんどの場合〝水野越前守〟っていう公的人格

――法人だよね。水野越前守の息子は、よっぽどのことがなかったら、やがて〝水野越前守〟という名前を名乗るっていうのが前提になってる存在だし、越後屋左兵衛の息子だっておんなじでしょう。〝水野越前守〟の方だったら、〝水野越前守〟っていう名前以外に〝水野忠邦〟とかっていう名前はあるけど、〝越後屋左兵衛〟の方だったら、〝越後屋左兵衛〟という名前を継いで〝何代目越後屋左兵衛〟というその店の当主になった途端、自動的にそれ以前の名前は消滅してしまう。法人社会だから、法人組織の代表者であることだけが必要であるっていうのは、そういうことね。

人間というのは〝自分自身に由来するような個〟じゃなくて、社会組織が要請するような、ある社会的・公的・法的人格でありさえすればいいっていうの

が、法人社会である近世的な常識で、だからここには〝近代自我〟というような〝個人〟という思想がないんだよね。現代に於ける世代の断絶なんていうものはさ、この人間のありように関する近世的と近代的の二つの解釈の断絶でしかなくってさ、法人的個を優先すれば私的な個はないし、私的な個を優先すれば社会的な個がなくなるっていう、個人に関する歴史の見解をちょっとでも考えてみれば簡単に分かるようなことなのにね。

〝ミーイズム〟なんていうものは所詮近代自我の亞流でしかなくって、近代自我がそんなものにうろたえるんだったら、それはそんな近代自我が、自分を生み出した近世的法人社会という時代背景に対して鈍感でしかなかったという、それだけの話だけどもね。

江戸が〝男社会〟っていうのは、武士の家を代表するものが男子に限られてたってことで、将軍は男しかなれなかった点で、江戸は立派に男社会だけど、でも江戸時代には女の天皇だって二人いたんだ。正確に言えば、江戸が法人社会っていうよりも、日本という国が法人社会で、江戸というところは男社会だったたって言った方がいいのかもしれないけど、たとえば、亭主が死んだ呉服屋で、一人娘はまだ婿をとってなくて、だから従って店の代表者が後家のかみさんであるなんていうことはざらにある。その代表者が〝男〟であることを必要とするような社会だったら、代表者は男に限るけれども、別にそれが男である必要もなかったら、そこの代表者は〝女〟だってOKっていうのが、法人社会の便利なとこだよね。だって、武士の家だったら、そこの代表者が死んだら、すぐに以前から〝後継者〟として届け出てあった人物に家督を相続させますっていう届けを出さなきゃならない。それをしなかったらその家は断絶だけど、町人の家にはそんなことって必要ない。番頭と妾が結託して、旦那の死んだ後を乗っ取っちゃうなんてことは当たり前に起こる訳でしょ。

武家っていうところは、代表者に戦闘能力を持つ男子を立てるってところで〝武士の家〟なんだからさ、江戸的常識を変えたかったら「女子だって立派に戦闘能力がある」っていう、新しい常識を打ち立てればいいんだよね。女の管理職っていうのがやたら現代じゃ評判になるけど、これなんか「企業に於ける代表能力は男にしかない」っていう、武家的常識に会社世界がのっかってるっていうだけでさ、非武家的世界じゃ、別に代表者が女であっちゃいけないなんて話は、ことと日本に関してはない筈だもんね。

40　江戸の契約

江戸っていうのは法人社会なんだからさ、勿論ここは契約社会だよね。事実を全部法論理で解釈しようとするのが〝世俗〟っていう世界だけどさ、大哲学のない江戸時代っていうのは、勿論そういう大世俗社会でしょう。普通、思想がないことを〝通俗〟っていうんだけどさ、そんなこと、思想を発見出来ない程度の頭が、自分の頭の悪さを棚に上げて「通俗」って言ってるだけかもしれないしね。法論理に神秘をからめちゃうのが合理主義以前の前近代っていう時代だけどさ、〝神秘〟という一線をどこに引くかっていう見極めがまだ甘いっていうところが、近代合理主義の限界っていうとこだよね。

江戸は勿論契約社会で、ただ江戸は近代合理主義以前の前近代だから、合理的になりきれない部分だってある。そして、世俗っていうのは、〝人間に関するおもしろい解釈〟がそのまんま共有論理となりうるような――言ってみれば論理がとっても物語的だったり、あるいは論理が自分自身を曖昧と見なされることを全然恐れなかったりするような社会だから、そこの社会で〝合理的〟であるものが、よその社会では言語道断の非合理の極みだったりすることはざらにある。

日本の論理っていうのは、江戸という鎖国した一大体制の中で〝外〟という異物を排除して完成しちゃったから――そして〝贅沢〟という内から湧いて来るような異物を排除しようとして、流通という異物間の混交システムを排除しようとしたんだけど――〝異物〟というものを見定めるのが下手で、だから従って異物との間で契約を結ぶのは下手だけど、ここが契約社会であることに変わりはない。西洋が契約社会だってことは言うけども、キリスト教圏だってイスラム圏だって、自分達以外の〝異文化〟と共生することが前提になってれば、異質との接点には〝契約〟という限定された窓口をつけるのなんか当たり前だっていう、それだけの話だよね。相手が異質だと思えば、その異質を受け入れるのにあたって契約なるものは不可避となるっていうね。

僕の話はいつだって前置きがオーバーだから困るんだけどさ、江戸時代の奉公《ほうこう》——つまり雇用関係っていうのは、全部〝契約〟なんだよね。江戸は封建時代だから全部契約なしの終身雇用の非合理なんだろうって思うのは、勿論間違い。江戸の新規採用は、まともなとこなら全部「何年間」って期限を区切る年季奉公なんだよね。女性が肉体を売る、〝非人道〟の極みであるような、売春施設の吉原でさえも年季奉公《ねんきぼうこう》の契約制。

年季というのは、大体五年が基本単位というか最低単位みたいなもんで、吉原あたりだと「年季五年で、その間の給金は前渡し」ってことになるのね。〝身売り〟っていうのはこの契約を成り立たせることで、勿論純然たる契約労働なんだけどさ、問題はこの給金が普通の労働の相場よりもずっと高かったっていうことね。

江戸の労働っていうのは、職人みたいに、自分が技術を持っていてその腕で何かを作り出すことによって手間賃を獲得するっていうんじゃなかったら、これは原則として住み込みですね。「寮完備三食付き制服貸与」が労働の原則条件なんだから、これにくっつく賃金ていうのは〝小遣い銭〟みたいなもんですよ。

江戸時代の小判一両が今の金額でどれくらいになるかは難しいところだけど、大体僕は〝二十万円〟と見てるのね。一両二十万円なら小判一枚は〝二十万円札〟ってことになるけどさ、江戸時代の庶民ていわれる人達の中で、一生に一度も小判の顔を見たことがない人がザラにいたっていうの、もう分かるでしょ。どこかに所属して働いてる人間達にとって正規の〝賃金〟というものはなきに等しいようなもんだったからさ、そんな高額の紙幣との関わりなんか持ちようがなかったのさ。「江戸っ子は宵越しの金を持たない」っていうけどさ、江戸っ子の生活美学としては〝イキのよさ〟を第一として、一晩経過してしまった〝宵越し〟のものは食べない——つまり、新鮮じゃないものを食べたら食中毒を起こすかもしれないから食べないっていう、冷蔵庫のない時代のイキのいい生活哲学にして美学にして不衛生の暴露でもあることのギャグ的展開がこのタンカなんだけども、江戸という、住み込み前提で賃金凍結が常識である労働世界で、もし冷蔵庫があったらそこに金をしまっておける人間がどういう人間達かは分かるでしょ。毎日現金収入があるような個人ていったら、日雇い労働者か職人か行商人ぐらいのもんですよ。倹約貯蓄の思想っていうのも、当人にもしそれだけの金があったとしたって、他にそういうことをやる習慣のある人間がいなかったら育つ訳がない。江戸っ子が宵越しの金を持たないのは、宵越しの金を持てる機会のある〝堅実な労働者〟というものが江戸にはほとんどいなかったっていう、そういう結果ね。大体江戸時代の常識としては「他人の雇用にあずかっている限りに於いては、その人間は一人前ではない」っていうことになってるんだから。

41　江戸の終身雇用

江戸の雇用労働者が小遣い銭以上、宵越しに出来る程度の金を貰える機会ったら、それは契約期間満了にともなう退職金としてだよね。遊女の契約前渡し金が高いんだって、そのことを含んでるからだって思うもの。江戸の庶民が小判の顔を見ることもない時代に、五年間の労働の賃金が最低でも十五両、もうちょっと美人だったら三十両五十両はザラっていうのは、その労働の質にもよるけど、とんでもなく高額だもの。

その金額を貰って、契約の五年間をはたらいたら無事おさらばっていうのは、考えようによってはとっても楽そうではあるけれども、しかし現実というのはそう簡単なものじゃない。衣食住は保証されてて〝制服貸与〟ではあってもさ、遊女が五年間おんなじ〝制服〟を着ている訳にもいかないし、貧乏生活から消費文化の度真ん中にやって来て口がおごったら、あてがいぶちの三食の他に、贅沢な食い物だって食いたいやな。遊女という女達の競争社会で、衣装を新調したり間食したりする、その金をどこから工面するかっていったら、その為の費用は勤務先からなんか出やしないんだからね。金は全部もう前渡しで貰っちゃってるんだから、それ以外の金は客からせびるしかない。客からせびれなかったら、契約先の女郎屋の主人から前借りをするしかない。前借りをした金をどうやって返すかっていったら、これも勿論客からせびるしかない。どっちにしろ客からせびるんだから、「客から十分な金をせびれるような遊女にならなければならない」っていう発想だって出て来る。じゃァ、その魅力的な遊女になる為の資本投下はどうやったら可能かっていったら、これまた主人に前借りをするしかない。ところで、じゃァその前借りを可能にする〝担保〟というものは何かっていったら、勿論〝自分自身の労働〟でしかない。「五年間の労働に対していくら」っていう契約はもう完了しちゃってるんだから、その先の前借りは〝労働期間の延長更新〟しかない。

女郎屋っていうところもさすがに浪費文化の頂点でよく出来てるんだけど、男の客に女を提供して金を取る、そしてそのことは男の客に女との〝疑似恋愛〟を提供することでもあるんだから、男の客の胸の中には「女の為になんかしてやりたい」っていう感情も生まれる。女が男に対して正規の料金以外に〝金をせびる〟っていう〝非合法〟が可能になるのもこれだけど、制度に縛りつけられた女の為に男が奉仕したがるという、男社会特有の感情習慣を逆手にもとってこの商売は成立するっていうのは、男に貢がせて豊かになった女からもきちんと富を吸い上げるシステムが、吉原に代表される女郎屋世界にはあるから。

男に恋愛を提供し、そして恋愛というものは男と女によって成り立つもんなんだから、「〝花開いた恋愛〟というものが存在するところで、なんだって簒奪が男ばかりに限定されるであろうか?・」という論理だってちゃんと生まれる。

だから、遊女には〝一人前以上の女〟としての贅沢が奨励される。〝紋日《もんび》〟と称してとくべつの記念日が廓全体に設定されて、ここでは特別の衣装を新調することが、ほとんど義務づけられる。「みんなが衣装を新調しようっていうのに、どうしてあんたにはその甲斐性がないの」っていう、日本特有だかなんだか知らない〝競争原理〟だってちゃんと導入されてね。

客から金を吸い上げると同時に、その客の相手をする自分とこの従業員からも吸い上げる。その為に遊女は、どんどん前借りを奨励される。〝前借り〟っていうのは、女郎屋の亭主に支払い料金を立て替えといてもらうんだけど、そういうことを〝やって上げる〟主人がマージンを取らない筈なんかない。遊女の前借りったら、もうその明細はメチャクチャと相場が決まってる。そうやって遊女は年季を増す――契約更新で労働時間を延長してくことを〝年《ねん》を増す〟っていうんだけど、そんなことをやってたら五年の年季が十年にも二十年にもなって、もう遊女としては使いものにならない〝婆ァ〟になっちゃう。だからそうならないように、遊女がまだ魅力があって絞り上げられる間は、いくらでも年をふやしといて、「ここら辺が潮時かな」と思ったら〝身請け〟の算段にかかるのね。身請けっていうのは、身請け費用の〝定価〟の他に、客に遊女の借金を肩代わりさせるってことでもあるんだからね。

稼げるだけ稼いで後はもう婆ァになるだけけっていうピークで身請けになって出てっちゃえばいいけどさ、そうならなくて、借金が増えて年季も残って身請けの客も来ないってことになったらこの女はどうするのかっていったら、勿論、一切の借金が帳消しになるまで労働契約の期間を延長して働くんですね。女郎屋で働くんで、途中からその女が〝女〟としては変質しちゃったってことになったら、当然のことながら職種は変わる。女郎屋にいる〝遣《や》り手婆《てばば》ァ〟っていう女性マネージャー（?）がそれですね。かつて廓で全盛の遊女だったのが今じゃワケ知りの遣り手婆ァなんていうのは、近松門左衛門の作品にざらに出て来ますけどね。

初めはきちんとした契約労働者が、その内時間がたつにつれてどんどん訳の分からないものに変わってく。それ帳簿上は膨大な借金を抱えてることになってて、それの返済で働いてることになってたって、その労働の賃金がとんでもなく安かったら、ほとんど返済のメドなんて立たないようなもんでしょう。返済が終われば労働契約も解消するという建前で、ほとんど終身雇用の家族同然というのは、こうやって出来上がる。ただ江戸には、契約満了はあっても〝定年〟というものはないですからね。契約途中であるにもかかわらず年取って寝こんだり、あるいは病気になったら、〝家族同然〟のその〝同然〟がどう変わるかは分かりませんけどね。もう家族として同化しちゃったと見なされて、そのまんま寝かしといてもらえるか、「もう借金の方

▲『吉原年中行事』より「倡家の法式」歌麿画

▲『吉原年中行事』より「夜見世の図」歌麿画

はどうでもいいから、さっさと出てってくれないか」って言われるか、それはケース・バイ・ケースでしょうね。まァ、契約だけの結果なら後者の方が多いとは思うけど――〝悲惨な老後〟っていうのは、そのようにして、来るんだったら来るんですね。

まァ、遣り手婆ァの老後っていうのは、定年というもののない、そして別になんの特技特徴もない、ただの職場の花のOLのその後っていうもんに似てますけどね、初期の契約満了時に自分で意志的になって態度決定をしないとなしくずしに終身雇用の悲惨になだれこむっていうのが、合理的なとこだけはしっかりと合理的にしとく――後は〝人生〟にまかせるっていう、近代合理主義以前の、前近代の論理っていうもんでしょうね。

42 江戸の見習い社員

江戸で契約が意味を持つっていうのは、なんでも最初の内だけだと思うね。ずーっと時間がたってから最初に交わした契約内容なんかを持ち出すと「今更そんな古証文持ち出しやがって」みたいなことを言って、それが結構まかり通っちゃうっていうのはそれと関係してるんだと思う。最初の内はお互いわりとなんにも知らないから、厳密な契約書なんていうものも存在しうるけど、その期間が過ぎちゃったらもう限定したつきあい方なんていうんじゃ間に合わない。もっとトータルな関係っていうものが始まる段階になったらそれこそ人間同士の関係なんてケース・バイ・ケースだから、それを網羅した契約書なんて膨大なものになりすぎちゃう。そんなもん、作るのも手間だし実行するのだってバカみたいなもんだから、〝契約〟なんていう言葉使うよりも〝信頼する〟っていうナァナァ主義に一切を委ねちゃった方がいいっていう、現実主義が出て来るんだよね。日本の論理が難しいっていうのは、契約書の論理っていう停止した言葉の向こうに、〝大人の論理〟っていう、動くフレキシビリティがデンと待ち構えているからなんだよね。

年季奉公の単位は別に五年て決まった訳じゃない。三年とかっていうのもあるけど、十年、十五年とかっていうんでもない。今の目から見ればあんまり短いものでもないけど、でもこの契約期間はそうそう長いもんでもないっていうのは、これが見習い期間のテストケースもかねてたからだと思うんだ。結婚に関する古い言葉で「三年子なきは去る」っていうのがあるけど、三年たっても子供が出来なかったら、女が離縁されてもしょうがないっていうことだけどさ、三年とか五年という単位がどういうもんか分かるでしょ。

商店の丁稚《でっち》奉公っていうのは、大体今の小学生の年齢で始まるんだけど、七つ八つの男の子が五年たっても中学生の年齢でしかないでしょう。どんなに遅くたって、丁稚奉公の年齢がハイティーンにかかることはない。大体ローティーンの年齢から始まって、五年の契約期間が終われば前髪を落とす元服の年齢が来る。その先まだそこで勤務を続けるとしたら、今度は当人の意志の問題になるし、もう単なる契約労働のノルマを果たすっていうんじゃなくなってくるっていうのは、その先にある労働のゴールっていうのが〝契約満了〟じゃなくて、一人前になるかならないかっていう、そういう〝人生の質〟に関わってくるからなんだよね。

子供が外へ働きに出るっていうことには二つの側面があって、一つは〝社会の学習〟もう一つは〝食い扶持を減らすこと〟ね。商家の娘が武家奉公するっていうのは、これは花嫁修業の一つである行儀見習いね。武家屋敷に奉公して礼儀作法を学習するという。こういう娘が奉公期間を終えて家に帰って来て、家の番頭を婿なんかに取ったりすると、「私はただの町人の娘じゃない、ちゃんとしたお武家様のお屋敷でご奉公をしてきたんだからねッ」って言って旦那に威張り散らすなんてことはよくあるけど、言ってみればこいつは〝昔の大学出の女〟だよね。ランクが上の世界に労働者という形で入りこんで、その上の世界の様式を学習する。契約労働にはこういう面だってある。

もう一つの〝食い扶持減らし〟で行くと、「貧乏人の子沢山」て言葉もあるけど、大勢の子供を養って行くのは親としても大変なんだから、その内の一人でも他人様が預かってくれて衣食住の保証をしてくれるとなったら大助かりにシンニュウがかかっちゃう。貧乏じゃなくたって――というか、なまじっか貧乏な家よりこっちの方が厄介かもしれないっていうのは、普通の家だったら、子供はその跡を継ぐよね。子供が一人だったらいいけど、子供——特に男の子が何人もいたら、継ぐべき家は一つしかないんだから面倒なことになる。長男が家を独占的に相続することが法律によって絶対化されてくるのは明治になってからのことだけど、後にそうなるぐらいだから江戸時代だって長男が家督を継ぐのは常識みたいなもんでしょ。長男に家を与えるのはいいけども、それ以外の次男三男をどうするかって考えるのは、当時の親の勤めだものね。長男は跡継ぎとして家に残しといて、残りの男の子を外に出すっていうのはこういうことから生まれる。

別に家督が問題になるのは武士の家だけじゃなくて、商家や農家だっておんなじ。大きなとこだったら、親が金出して分家を立てるってことだって可能だけど、財産を分散させたら家が傾いちゃう程度の規模だったら、とてもそんなことは出来ないでしょ。小規模な農家で、相続のたんびに農地を分割してたら、やがては水呑み百姓の共倒れだもの。「お前は外に出て自立の道を探しなさい」って、小さい内から奉公に出されるのはその為だよね。だから、年季奉公の契約が存外しっかりしてるっていうのは、そういう形で労働に出るのが、いわゆる〝弱者〟であるからで、勿論江戸は〝人身売買〟が禁止されてますからね、うっかり〝期間〟っていうものを設定しなかったら〝永遠〟っていう形で労働を強制されるようになっちゃう、その為だよね。

近郊農家とか中小商店の次三男坊が子供の内から外に働きに出るでしょ。初めは見習いで丁稚の雑用やってるけど、これが雇用主から「どうにも使い物にならない」という判断を下されたら〝お暇をいただく〟っていうことにもなる。順調に行ってて、丁稚としての契約期間が終わって、元服して手代になって、それまでの雑用から〝自分の仕事〟っていうような守備範囲を与えられて、そこから商店員になって行くコースを取るものもあれば、契約満了と共に親許に帰るやつだっている。「今まで家が貧乏でお前を手元において育てることが出来なかったけれども、やっとゆとりというものが出来たから、家にお前をおいて、お前の行く末っていうものを考えてやれるようになったよ、帰っておいで」っていうのもあれば、「お前を外に出したはいいけども、でも跡継ぎだったお前の兄さんがどうもいけなくなっちまったから、お前に家に戻って跡を継いでもらうしかなくなったよ」っていうことだってある。人生の初期を見習い期間にするっていうのは、当人の意志がまだはっきりしなくてよく分かんないからっていうだけじゃなくって、周囲の環境の方にだってまだ予測不可能の部分が一杯あるからだよね。かくして、フレキシビリティーなんてものに富んでいる――言い換えれば〝自由とも表現出来る不安定な地盤に立つもの〟は、契約という選択が可能であるっていうようなことね。

43 江戸の一人前

江戸っていうのは勿論〝法人社会〟だからさ、一家を構えることによって初めて〝一人前〟なんだよね。一人前の条件ていうのは、多分これだけだと思う。

今だと、結婚して子供持って一家を構えてっていう、順序が逆になる倒錯が起こってるけどさ、たとえば、江戸なんかだと、すごくケチな男がいて自分は立派な店を構えてる〝ご主人〟なんだけど、結婚もしなけりゃ子供も持たないなんてことは、ザラにある。家の中のことは婆やにまかせて、性欲の方は丈夫だけが取り柄の女中に手をつけてすませて、生まれた子供は外の奉公に出して、自分の家の跡継ぎとしては外から持参金つきの養子を取って、その養子に対して〝親〟としてではなく〝主人〟として威張りちらすっていうことだって可能なんだもの。これで立派に〝一人前の旦那様〟だよ。システマチックっていやァとことんシステマチックだけど、〝家族〟というような幻想をここまで解体しちゃうことだって可能だったっていうことね。一人前の条件が〝法人の代表者であること〟だけなんだから。社会的人格であることを満足させれば、後は当人の自由であるっていうのは、それで寂しいか寂しくないかっていう、個人の感情っていうものが表に現れて来る近代以前のことだから、すべてがいたってシンプルなのね。

「江戸は法人社会である」ってことは、だから従って、「江戸は自立を前提とする」ってことなんだけど、江戸の自立は必ず〝家〟っていう外枠を必要とする。社会的人格が〝家〟でしかないっていうところが前近代なんだけど、近代という時代は、その〝家〟という外枠からの自由を求め、そしてやがて、一切の社会的関係から遮断される〝孤立した個人〟の現代に至るって訳だけどもさ、だったらそんな の簡単だ。「確立した個がもう一遍、〝自分のもの〟として社会的人格を取り戻し、それを操作して外界というものを作って行けばいい——支配者抜きの共同作業で」っていうだけの話なんだ。

江戸っていうのは法人じゃなきゃ一人前じゃない——ということは、雇用契約によっている限りは一人前じゃない、ということね。

江戸の雇用っていうのは、雇用主が衣食住を保証するってことだからさ、ある意味で賃金はあってなきがごとしでもある。ということは、雇用契約を結んで使用人になるということは、ある意味で〝独立していない居候になる〟ということなんだよね。江戸には雇用契約を求めて職場を転々としてた、今でいう〝フリーター〟〝アルバイター〟の類は一杯いたよ。典型的なのは〝渡《わた》り仲間《ちゅうげん》〟ていうやつだけど。

武士の家なら公式の外出には必ず〝仲間〟というお供がいる。この仲間は一種の下男でもあるけど、下男ていうのは家内のことをする〝男の女中〟みたいなもんで、仲間というのは〝家の外に向いた下男〟ていう、そういう細かい違いがあるところが江戸時代なんだけどさ、こんなものを常に置いとくだけの余裕のない貧乏武士だって江戸には一杯いる訳で——貧乏じゃなくたって、普段はそんなに数を必要としないから定員の内の何人かはアルバイトで間に合わせとくっていうところがザラにあるのは、もうほとんど現代なんだけどさ——これは典型的な〝江戸のアルバイター〟だよね。武士の家で働いてる大人の男だけど、〝忠義〟とかっていうものとはまったく関係なく生きてられる。但し〝渡り仲間〟ていったらゴロツキの代名詞みたいになっちゃってたところもあるけどね。

だって、ズーッと雇用だけなんだもの。人に使われることだけを前提にしてて、自分から何かをしようっていうことがないんだもの。こんなものがまともなものである筈がないっていう風に江戸の人間なら思うよね。〝まともな渡り仲間〟というのがあるとしたら、それはほとんど、正規の採用にありつけなくて、仕方なしに臨時契約だけで生きている〝気の毒な渡り仲間〟でしかない。江戸には〝法人〟に代表される〝個〟という制度はあったけども、その人間の中を埋める〝個〟という思想がないいんだからさ、〝契約によって個を成り立たせる人間〟ていうのは、〝一人前を放棄したアブナイ人間〟か〝一人前になる機会に巡り会えない気の毒な人間〟にしかならない。

44 忠義の構造

やっと出ましたというかなんというか。長い間、江戸時代っていうのは日本の近代人に「古い」って嫌われてたんだけど、その元凶はこれですね。〝忠義〟っていうやつ。これが人間を縛るからこそ、江戸時代っていうのは嫌悪されてた。江戸の雇用が〝合理性〟なんて言葉で割り切れなかったっていうのは、雇用には必ず〝忠義〟っていう思想がまつわりついてたからね。こういうもの忘れて〝江戸ブーム〟なんていうものに浮かれてちゃだめですよ。なにしろ「親子は一世、夫婦は二世、主従は三世」っていう思想が支配してる時代なんだから、忠義っていうのは最大の支配論理ですよね。なにしろ〝主殺し〟っていうのは最高最悪の犯罪なんだしね。最大の支配論理だから、論理として解明されることがない。解明を拒む論理は論理じゃないけど、でもどんなもんだって〝それが支配的になるっていうプロセス〟抜きで〝支配的〟を獲得出来る訳もないんだからさ、どんな非合理にだって〝論理〟というものはある訳ね。忠義というのは、勿論武士の論理ですよね。そして、武士っていうものの最初は〝武力を持った農業従事者〟で、それだからこそ〝一国一城の主〟になりうるんだもの。

平安京の朝廷にいた武士じゃなくて、地方で台頭して来た武士っていうのは、半分土着化した武士だし、と同時に武装を始めた農民でもある。武士の〝自分〟という基盤は土地にある、農耕にあるっていうのはそういうことね。それあればこそ、農耕と関係のない武士だって、最終的にはどっかに領土を持って〝領主〟になる。武士が〝何かを守る〟ような存在で、その〝守るべき何か〟が〝自分〟というものとどっかで不可分になっているっていうのは、こういう武士と農業、武士と土地っていう関係を考えれば分かる。

武士と貴族が違うっていうのは、貴族には〝守るべきもの〟なんていうのがないんですからね。貴族の守るべきものは〝自分〟。ただ〝自分〟。そして貴族の〝自分〟というものは朝廷という〝制度〟から降りてくる〝位〟というものによって決定される訳だからさ、〝守るべき自分〟を決定するような根拠が、その〝自分〟の中にはなんにもない。こういうものをただの〝保身〟ていう訳だけれども、貴族の思考には、〝位が上がる〟っていう〝上〟と、〝現在の立場をキープ〟するっていう現状維持しかない。下がったその瞬間に失われるものが〝自分〟なんだから、〝あえて下がってでも守るべき自分〟なんていうものは存在しない。「自分の外側に存在して、自分自身と不可分になっている守るべき何か」っていうものを持っている、武士に近いものは〝母親〟でしょうね。母親に於ける〝子供〟っていうのは、武士にとっての〝自分の領地〟に近い。いくらでも簒奪出来るっていう意味じゃ勿論なくて、〝守るべくして持っている存在理由〟という意味でね。母親というものはもう変わっちゃったから今更こんなこと言ってもしょうがないんだけど、「自分の中には〝自分〟というものが立派に存在する」っていうことをストレートに言う近代自我以前に、自分の中に〝自分〟というものを自覚するのって難しかったんだよ。そういう思想がなければ、そういうことっていうのはなにか具体的なことをきっかけにしないと発見しずらいから、多くの人にとって〝自分〟というものは守りずらかった――そういう中で〝自分の中から生まれて来た子供を持つ〟っていうのは、どんぴしゃに具体的な〝自分〟だからね。〝母の威厳〟であろうと〝母の献身〟であろうと、自分の外に存在するものに〝自分〟をそそぎこみ、そのことによって〝自分〟というものを確固とさせるっていう行為は、原初の武士の持った（あるいは発見した）〝自分〟というものとおんなじですよ。

忠義というものは、そういうような〝自分〟を持ったものにしか自覚できない関係なんだよね。

45　武士の根本

忠義というのは、「自分とは不可分の形で存在する

〝自分〟というものを守る」っていうことを自覚出来る人間が、その〝守る〟っていうことをより確実にする為に社会の〝上位概念〟と結んだ契約の質ですね。

まァ、こんなことを言うとちょっと分かりにくいかもしれないから註釈を加えますと、〝自分とは不可分の形で存在する自分〟なんていうのは〝社会性〟っていうことを考えればわかるのね。だって「自分の社会的人格を自覚する」っていうのはこういうことだもの。江戸時代に武士が社会の支配者というか管理者だったのは、武士というものがこういう自覚を持っていたものだからですね。〝自分とは不可分の形で存在する自分〟なんていうものは一種の分裂症みたいなもんだけどさ、自己完結した世界で育った幼児的な人格が、その外にある〝社会〟なる開放空間をうまく自覚出来ない時に、この〝自分とは不可分の形で存在する自分〟というものがゴッチャゴッチャになって分裂症なる破綻を示すっていうだけですね。分裂症になる人間ていうのは根本が幼いんだし、分裂的な思考を忌避するのは、その忌避する世界が自身の単一に気がついていない、閉鎖的な完結社会だっていうだけだよね。分裂症というのは、勿論その後の〝統一〟をうながすようなモメントなんだからさ、奨励されることはあっても禁圧される必要なんてないのね。分裂症なんて、所詮〝肥大したガキのワガママ〟ですよ。というところで、社会生活を送るということは〝自分とは不可分の形で存在する自分〟というものを自覚することなんだから、このことを自覚しちゃったら、どうしたってこの全体を〝守る〟っていうことが必要になる。

つまり、人間というものは、まず〝自分〟があり、次に〝自分とは不可分の形で存在する自分〟というものがあり、そして〝これを守る自分〟というものがあるっていう風に、〝三人の自分〟を駆使するもんなんだけどさ、そんなことはまァこの際どうでもいい。要するに、人間が安心して社会生活を送って行けるようになる為には、この〝守られる〟っていうことが満足される必要がある。だからこそ〝守られることに関しての契約〟っていうのが必要になる訳ね。最初の武士政権である鎌倉幕府の根本にあったのは〝所領安堵《しょりょうあんど》〟——要するに、自分とは不可分のところにあって自分というものを成り立たせる〝領地〟というものの安泰を約束する機構が鎌倉幕府だったっていうことを忘れちゃいけませんよ。〝坂東武者〟なんていったって、人間なんてみんな臆病なもんでね、武士のスタートと〝安堵〟なんていう言葉が結びついてるのなんか、俺はとってもチャーミングで可愛いことだと思うけどね。髭面の坂東武者が〝安堵〟なんて可愛らしいものを大切にしてるってことがね。

封建制度の構造なんて話になったらとんでもなく難しいことになりそうだけどさ、でも、それを成り立たせた根本は〝守られる〟なんだよね。守られてるものが自分を守ってるものに対して、バーターで「なにかしてあげたい」ってことになるのは目に見えてる。〝忠義〟を根本におく武士道っていうものがいかがわしくも同性愛的になるのなんて当たり前でしょう。「守られてる」っていう自覚から生まれるのは感情だし、その感情はたやすく容易に〝愛情〟ですよ。庇護されるものが庇護されることによって庇護するものに対する愛情を発生させるけれども、その愛情はまだ十分な力を持ちえないっていうのは、この〝庇護するもの〟〝庇護されるもの〟を〝親〟と〝子〟って言葉に置き換えてみれば簡単に分かる。

忠義っていうのは、この〝未熟〟ってことを頭においた〝限定的な愛情〟ですよ。「お前にはまだ力がないんだから、言われたこと、自分の分かることだけをしといてくれればいいよ」って、庇護する側の言葉を先取りした、庇護される側の愛情表現が〝奉仕〟である、と。

忠義が愛情表現だってことになると「結構じゃないか」って言うのが前近代の論理だけどさ、「愛情なんていう個人的なものをシステム化されちゃったらたまったもんじゃないねッ！」っていうのが現代ですね。

忠義っていうのは〝自分〟なるものを把握出来る武士に限定されときゃ別に問題はなかったんだけどさ、愛情論理を〝個人〟というところに還元しないで一般化しちゃったのが〝忠義〟なる美学ですからね。別に愛して夫婦やってる訳でもないのに「夫婦を成り立たせるものは愛情でしょ！」なんてこと言われたらいい迷惑っていうようなもんですね。夫婦を成り立たせる根本がなんらかの形で〝愛情〟に近いものであっても、愛情ということになったら個々人でその発現様式は違う、その違うところを無視して〝一般的な愛情様式〟を強制されたらファシズムになるっていうだけの話ですね。

〝農業〟ってもんが登場してからの俺の話っていうのは、その底流に〝歪んだ愛情〟っていうものを妙にちらつかせてるんだけどさ、忠義っていう一般化された愛情を野放しにした結果が、日本というものをだめにしたのよ。

46 近代がやって来た日、武士は突然消滅する

もう一体この話はどうやったら終わるんだろう? ってとこまで来てるんだけどさ、残念ながらその話をする当人が「本で結論出すのなんて野暮だからやだ」って言ってるんだからしょうがない、テキトーなところでしか終わらないですね。そんで、そのテキトーがとんでもなく膨大だっていうのは、「江戸がなぜ難解かといえば、それは現代が〝江戸〟というベースの上にそのまんまのっかってるからだ」っていう認識にこの本の著者が立ってるからですね。「現代はなぜ難解か?」って言ったら、その答は現代に生きてる個々の人間によってみんな違う。統一的な〝一般的見解〟なんて存在しないんだから、〝結論〟なんていうものは出しようがないというだけですね。

江戸時代の支配者は武士という階級だから、武士の生活様式は国民一般に支配的になる。武士であるということはほとんど〝自分を持つ〟っていうことだから、武士は「自分を持て」と要請されているのに等しい。勿論自分を持つということは不安を持つということだから、自分をもった武士は必ず〝保護〟というものを提供される。〝主君〟というのはそういう存在で、だからこそ武士の社会では〝主君〟というものは、実際はどうあれ、基本的には〝名君〟として設定されているようなものだから、この原則と現実との間に存在するギャップの中で〝忠義〟というものは〝重い現実〟というようなものに変質する。まァそんなことはどうでもいいんだけど、この武士というものが支配的になった結果、〝忠義〟というものが一般に及ぼされて行く、そこのところが一番の問題というのは、忠義を要請されるような町人には、実は〝自分〟というものの

がないからだ、っていうことですね。

忠義というものは人に仕える人間が上に対して持つようなものだけど、上につかえる町人というものは勿論雇用労働者なんで、最前からの論理で行くと、雇用労働者にはまだ〝自分〟がない。雇用契約に従っている間、町人はまだ一人前じゃないんだから、どう考えたって一人前じゃない人間に〝自分〟なんてものがある筈もない。

前の方から縷々言っている通りに、江戸時代の町人というものは〝余分なもの〟で、〝主権者〟として国政に参加することを拒まれて、税金という〝参加権〟さえ拒まれている。だから従って、町人というものは〝店〟という法人の主人になることによって、一人前であることの資格を獲得しようとしている。だから当然、その一人前になる道筋にある筈の雇用労働者に〝一人前の自分〟なんてものがある筈もない。武士というものは、町人のその状態を先回りするようにしてつかまえてバカ扱いしてるんだから、町人に〝忠義〟というモラルを成立させる必要なんかどこにもない。これは自分で言うのもなんですが、完璧な論証です。

それであるにもかかわらず、雇用労働者である町人に忠義が要請されたっていうのは、勿論時代が武士の気分に冒されていたからですね。そして、肝心なのはここから先なんだけど、ある日、武士というものは忽然と消滅してしまう（！）。なんということだろうと思うけれども、日本ではある時期、こういうとんでもないことが公然と起こったんだからしようがない。そこで起ったのが〝不平士族の反乱〟ていうんだから、こういうネーミングをする日本の知性の冴えかえり方には感動さえしてしまう。勿論こんなネーミングをしてしまうのは、江戸の町人的な知性だとは思うけどね。

近代というのは個人の時代で、個人に対して「平等であれ」っていうことを政府が宣伝して回る時代でもある。四民平等なんだから、「誰かが誰かに守られねばならない」なんていう〝制度〟が必要な筈もない。だから従って、忠義なんていうことも必要じゃない。だから従って、〝忠義〟なんていう、限定された人間に対する愛情を前提にして存在する〝義務〟なんかは不必要になる。だって、平等ということは、「誰一人として自分というものを限定しておく必要はない」ということなんだから。自分というものが限定されないんだから、誰かに守られるように自分というものを設定しておく必要もない。だからこそ〝近代〟なる論理にはあることが隠されているっていうのは、以上のような前提を踏まえてしまえば、そこから導き出される結論は一つしかないから。

　つまり、「強くなれ！」ですね。

　近代の論理をつまんない〝弱者に対する愛情〟なんてもんでばっかりとらえてるから肝心なことが分からなくなるんだけど、弱者に対する最大の愛情は「強くなってもいい！」っていう励ましですよ。弱者が救済されるっていうのはそういうことでしかないんだから。

　近代っていうのは義務と権利がワンセットになった時代だからさ、それ風に展開してしまえば、「誰にだって強くなる権利はあるし、誰にだって強くならなければならない義務がある」ですね。近代が〝個人の自覚〟っていうのを要請するのはそういうことだし、近代が〝教育〟というものを引き連れてやって来るっていうのもそういうことでしょう。

　近代がそういう風にして〝個人の時代〟であれば、ここには〝特別な強者〟というものは必要なくなる。武士というものが支配者の位置にあったのは、これが強者で、それ以外のものが弱者であるっていう〝不平等〟が前提としてあったからだけどさ、これがなくなってしまえば武士なんぞというものは必要がない訳で、先ず〝強者〟であること歴然の主君が消滅し、順送りで〝武士という性格〟はあっという間に消滅するのね。

　既に「すべての人間は平等に強くなりうる」ってことが前提として存在しちゃってる以上、「かつての支配者であった〝武士〟というものは何か？」っていうことの答は一つでしょう。「強いという性質であった」って。ある〝性格〟が消滅しちゃった以上、それにつられて、その性質を有するものは全部消滅して行かなければならない。現実問題として、別に〝強い武士〟でもなかったり、〝支配者として君臨する〟なんて機会がなかった武士でも、〝武士であること〟には不可避的にそのことが含まれちゃうんだからさ、こんなもの一網打尽で消滅するしかない。

消滅するしかないから消滅しちゃって、しかしそんな「よく分からない理由」で消滅させられるなんてことは承服しがたいっていうんで武士は反乱を起こすけれども、ハタの見る目はとんでもなく正直だっていうのは、そのことの全貌をとらえてたった一言〝不平士族の反乱〟。

武士という性格がとんでもなく抽象的だったっていうのは、戦後に民法が変わるまで存在していた〝士族〟っていう身分には、実はなんの特権もなかったっていうことで分かるのね。明治になって法というものが改めて整備されて、かつて武士だったものの〝特権〟というのが次々に消滅してって――武士は警備の任務につけるとか、武士は刀が差せるとか、今となっちゃ一体そんなもんのどこが特権かっていうようなものが次々消えて行って、それでも最後に〝士族〟という称号は残った。称号が残って特権がなくて、それでも士族に特権というものが存在したっていうのは、戸籍に〝士族〟と記すことが出来るっていうこと。そんなことになんの意味もないのにそんなことが残っていたっていうのは、「武士というものが結局のところは抽象的なものでしかなくなってしまっていた」っていうことでしかない。そういうもんだからこそ、かつて武士だったものが反乱を起こしても、それが一体〝何〟を目的にするものか、当事者は分かんない。分かんなくて説明なんか出来ないけども、第三者にははっきりと分かる――「あれは単なる不平である」と。

人間ていうのは、ほっときゃ平気で曖昧なまんまだっていうだけの話ですよね。それがかつていかに重要な〝意味〟を持っていたとしたって、意味なんだもの、機能しなくなったら〝無意味〟になる。無意味になったものはあっという間に消滅する。ただそれだけの話ですね。

何が一挙に消滅するかはわかんないけど、日本という国は、平気でとんでもないことを一挙に、しかも平穏裡に消滅させちゃうことが可能な、かなりに論理的な仕組みを持った国なんだっていうことですよね。

47 江戸の会社員は結婚出来なかった

問題は〝愛情〟というものの位置づけだけなんだと

思う。日本の社会が同性愛的だっていうのはある種の女性達の嫌悪の的だけど、でもそれは社会に愛情が存在するっていうことなんだからいいことなんじゃないかって思う。その愛情が同性愛的でしかないっていうのは、女性が世の中っていうところに存在しなかったんだからしょうがないじゃないかって思う。さっさと世の中に出て来ればいいんだから、「女性の社会参加」ってことが望まれてるんでね、男によって規定される〝女〟っていうものの中で単一的な自己完結を演じてたってしょうがないと思う。〝女〟というマイナーな位置づけに甘んじて、その中で外側に対する文句言ってたってしょうがないと思うよ。「分裂症なんて所詮肥大したガキのワガママ」っていうのはそういうことだけど、やっぱり近代の意味ってよく分かってない人って多いね。江戸時代っていうのは、女のヒステリーが一般的かつ旺盛になった時代だとは思うけどね。ヘンな〝精神性〟に深入りするってことはさ、限定されたまんまのエゴを肥大させるだけなんだと思うんだ。

江戸の宗教っていうのを省いちゃったけど、江戸時代っていうのは、宗教が〝葬式〟と〝御利益〟を除いては無意味になっちゃった大世俗の時代でさ、江戸には〝精神世界〟っていうものはないんだ。あるとしたら、それは〝土俗〟っていう、まだ解放されてない欲望の保留だけだもの。人間の欲望を正当に位置づけようっていうのが近代なんだからさ、江戸の残した問題っていうのは、それだけなんだ。〝それ〟っていうのは、たとえば〝贅沢〟に代表されるような〝個人の欲望〟だけどね。

江戸時代、三食付き住み込みで衣服まで保証されていた雇用労働者に〝賃金〟というものがあってなきがごとしだったのはなぜかっていうと、人に雇われている、まだ〝一人前〟以前の段階で〝欲望〟なんて持ったってしょうがないじゃないか、持ちようがないじゃないかっていう、そういうことの反映なんだよね。だから給料は小遣い銭程度だった――つまり〝一人前〟じゃなかったら、大の大人でも、その扱いは近代家庭の子供とおんなじってことね。

たとえば大店っていわれるようなところに〝番頭さん〟て呼ばれる人がいたとする。この人に〝奥さん〟

ていたと思う？　そりゃ童貞じゃないだろうけど、この人が結婚して一家を構えてるっていう方が不思議だよね。だってそうでしょ。〝一人前〟じゃないんだもの。

住み込みだったものが「もう〝大人〟って言われるような年だから」ってことになって、四十ぐらいで〝通い〟ってことになったとするよね。長屋か、じゃなかったらもうちょっとレベルがあがって一戸建ての貸家かなんかに住まわせてもらって、そこから毎日お店に通って来る。昔の男なんだから、自分で台所仕事なんて勿論しないから、〝婆や〟っていうもんを雇う。言ってみれば〝仲間という供のついた侍〟〝侍女にかしづかれる奥女中〟っていうのとおんなじだよね。昔は身分制社会だから、〝決してひとりだちが出来ないような身分の人間〟だっていた訳で、そういう人間は誰か上の身分の人間の世話をすることを専門にして生きていた。婆やとか女中とか下男とかっていう〝供の人種〟がそれだよね。「お前もやっと一人前だから供の一人もつけてよかろう」っていうのが、ある意味で前近代の〝自立〟、前近代の近代自我みたいなもんだからさ、今でも男が自分の身の回りのことなんにも出来なかったり、離婚したキャリアウーマンが実家で両親と同居して母親に食事の支度してもらってるのと全然おんなじなんだよね。

自分の住家を確保して身の回りの世話をする人間も確保した番頭さんは、それで〝十分〟なんだ。結婚して女房を持つっていうのは〝一家を構える〟っていうことなんだからさ、それをやりたかったら、お店から独立して、自分の店を構えてからにしろっていうようなもんよね。だから「通いの番頭さんが女を囲ってた」っていうスキャンダルだって存在しうるんだ。

番頭さんが女を囲って、その女の為にお店のものをちょろまかしたっていうんなら立派にスキャンダルだけど、「あの物堅い番頭さんが旦那に隠して女を囲ってたんでございますよ」っていう種類のスキャンダルだってちゃんとある。呼ばれた番頭さんが「そんな浮いた話じゃございませんので、実はふとしたことでこの女と知り合いまして、ゆくゆくは夫婦になろうという約束はしておりますが、まだお店をあずかる番頭の身として、旦那にどうお話したものか考えあぐねておりました」なんていう申し開きをして、旦那が「そういいういうことなら許してやろう」っていうような展開をするっていうのは、「雇用労働者は一人前じゃない、従って一人前の人間のように一家を構えるなんてことがある筈もない」っていう常識が支配していた結果だよね。一人前をやりたかったら、他人の雇用を離れて一人前になれっていう、それだけの話ね。

でも、そんな話が出るっていうことは、その〝独立〟だって、結局は当人の意志・選択如何であるってことだからさ、独立したいとかなんとかっていう以前に、完全に主人の片腕として買われてお店の要素として取り込まれちゃった番頭さんなんか、かわいそうに、一生独身のまんまお店と心中だよ。当人が「私はこのお店に一生を捧げる気でございます」って宣言でもしちゃったら別だけど、大体はそうなる前に、「お前ももうそろそろ一人前だから、一軒店でも持たせてやろうと思うんだがどうだい？」って旦那が言うか、「こいつなら大丈夫だから、娘をやって婿にしよう」で〝次代の主人〟になるのが相場だよね。

芝居や大衆小説でよくあるみたいに、「若い手代とそこのお嬢さんが恋仲になって」なんていうのはありがちなことだったろうけどさ、どう考えたってこの二人が結ばれるなんてことはないよね。よっぽどしっかりした手代だったら「ゆくゆくはお前に娘をやってこのお店を譲ろうと思っているのだよ」なんてことは言われるだろうけどさ、そんなのは勿論〝ゆくゆく〟の未来の話よね。だって〝若い手代〟なんていうものは〝一人前の男〟であることから遠く離れているものなんだもの。〝ゆくゆく〟の保証付でお嬢様と密会するのを黙認されるってことはあったとしたって、〝今すぐの結婚〟なんてありようがない。一人前になるまでは〝我慢〟――ただそれだけね。

48 〝主人〟という制度

なんでそんなに〝我慢〟なのかっていったら、江戸が法人社会だったからだよね。ここで〝社会人〟やる為にはある種の資格がいった。一人前の資格が単に〝個人〟であることですんでたのは腕に技術がある職人だけで――それだって「お前は一人前である」っていう親方の保証がいったんだけどさ――他はみんな〝一家を構える〟っていうパターンになった。なんでそうなのかっていう話はもうしちゃったけど、〝法人〟という〝個人の制度〟はあっても、〝個人〟という思想がなかったからだよね。「人間は個として生まれる」んじゃなくて、「人間はまともな家の中で生まれる」っていう考え方が全体を支配してたんでしょうね。だからこそ〝家の格〟っていう〝身分〟が問題になる。基本単位が〝家〟だからこそ、個人は〝個人〟のまんまじゃ生きて行けない。

自分の一家を養う為に医者になって、それから後で国学者になって、弟子集めて国学の講義していながらも病人から依頼が来ると往診に行っちゃった本居宣長の話と、それから下駄屋の婿になって戯作者になって、それだけじゃあきたりなくて薬屋もやってた滝沢馬琴の話はしたけど、この二人はおんなじ人種だよね。宣長は商家の次男で、よその家に養子に行ってたのが、跡継ぎの兄貴が死んだので実家に呼び戻されて、でも彼には商売の才能がないらしいと未亡人の母親に判断されて、それで彼は改めて医者になるのを始めたんだけどさ、この本居宣長は講義の途中で悠然と往診に行った。でも一方の馬琴の方はイライラのしっぱなしだった。それはなぜかっていったらさ、一方の宣長が〝家族を養う為に医者になった商人の跡継ぎ息子〟だったのに対して、馬琴が「家族を養うのなんかいやだ!」で家を飛び出しちゃった、侍の次男坊だったっていう差だけだよね。宣長はそれを仕方なしに受け入れてた。馬琴はそれを受け入れたくなかった。〝それ〟とは何かっていったら、〝自分の家を成り立たせる〟っていう行為だよね。だからこの二人は、後に〝本業〟としてしか認識されない〝国学者〟や〝戯作者〟であること以外に、とってもへんな風に自分の時間を割いていた。

彼等が〝国学者〟や〝戯作者〟の家(っていうものがあったらとしてさ)に生まれてたんなら、国学者や戯作者が〝本業〟になっただろうけどさ、でも彼等はそうじゃなかったんだから、それが〝彼等の本業〟にはなりえなかった。それだからこそ、彼等は彼等の〝実際の本業〟を成り立たせる為に「ああだこうだ」の苦労をしてたっていう訳ね。

本業はその個人には所属せず、その個人の所属する"家"に所属するっていうのが、"法人社会"っていう"個人という制度"を持つ時代の実質なんだ。

"個人という制度"っていうのが分かりにくかったらはっきり言うけど、これは"主人という制度"ですね。

近代っていうのは"家からの解放"って言うけどさ、これをもっと正確に言えば"主人であることからの解放"だよね。だって「面倒な家族なんか引きずってたくない」っていう欲望なんか、誰にだってあるんだから。前近代、あるいは近代に於ける"家（イエ）"っていうものはさ、この"面倒な家族"の上に"先祖伝来"っていう呪術の色彩をのっけただけよね。"イエ"ってことになったら主に"親の重圧"ってことだけを考えてたのは、この"先祖伝来"っていう呪術にとらわれすぎてたからだけど、単純に考えてみれば、家っていうものは家族によって出来上がってるもんなんだからさ、「面倒な考えから自由になりたい」「主人であることから解放されたい」が、近代に於ける"イエからの解放"なんだよね。

「古い家の重圧から解放されたい」「旧弊な親から解放されたい」っていうんで、自由な恋愛に憧れて"自由な家庭"を作ったのかもしんないけどさ、でもその"近代人"が相変わらず"家族と共に家にいる"ってことに変わりはない。別に"近代という思想"が行きづまったんじゃないですね。その指し示すところがなんだか分からなくなって、前近代から一歩も出ていないっていう結果が明らかになっただけですね。"近代"という思想の指し示す"個人"というものがよく分からなかった前近代人は、従前通りに"近代"を"制度"としてとらえて、"近代という制度"を作っちゃったっていう、それだけの話ですね。

49　家族制度は近代の暗黒面だ

日本の近代というものが提起したのがなんだったのかなんてことはもうみんな忘れちゃってるだろうけど、これは詮じつめれば"個人の解放"。じゃァこの"個人"がどういう性質を持っていたものかってことを考えれば、それ以前の江戸時代がなにを禁じてたのかは分かる筈だよね。"家からの解放"は言ったけど、その家から解放される〝個人の質〟を近代という思想は〝賛歌〟という形で出して来る。実態がよく分からないから、まず〝憧れ〟っていう形でその輪郭を把握しようとしたのね。

その賛歌のまず第一は〝生命の賛歌〟ですよ。それから〝肉体への賛歌〟ですよ。ここに〝自由恋愛への憧れ〟っていうものが入るんだ。分かるでしょ？「肉体を持って生まれてくるのが人間である」っていうことが前近代じゃ排除されてたから、そういう〝根本〟から、まず〝個人〟というものの確定作業が始まるのよ。（しかし、とんでもねェ文章だなァ……）

人間は家の中に生まれるものでもあるけれども、人間は肉体をもった個として生まれて来るものであって、だからこそ、人間を「家の中に生まれてくるものである」っていう風にだけ規定するのは間違いだってことになるよね。このことが江戸という都市の時代には抜けてたんだよ。それ抜きで都市の文化を作っちゃったのが江戸なんだよ。モロ現代ですね。

「家族から自由になりたい」って言えば、「自由になればいいでしょ」「なにが不満なんだ」「自由にさせてるでしょ」「自由じゃないか」って答が返って来るのは、江戸のもの分かりのいい、そして〝個人〟というものを理解しない〝家族〟とおんなじなんだよね。なんにも変わってはいない。

封建制度にとって一番の重圧は親子関係、家族関係だっていう思いこみがなんとなくあるけどさ、雇用労働者であるような中産階級が一家を構えるっていうのは近代からの風習なんだからさ、江戸の〝家〟っていうのは、今の家とは実質が違うのよ。

だって、近代以前に〝家〟っていったら、これは〝労働の場〟だもの。農家は勿論そう。商家も勿論そう。家に仕事場を持つ職人の家だって勿論そう。ここで微妙になってくるのは、近代になって絶滅しちゃった武士の家だけだものね。

貧乏な侍の家というのは、そこで内職をしなきゃ食っていけないから、ここは必然的な労働の場。大名クラスの武士の家は、これは〝お城〟で、勿論〝統治者〟という仕事柄必要な労働の場。家老クラスになっても、部下というものが用事を持ってやって来るんだから、これ原則として労働の場。大体、管理社会の時代の武士が屋敷を持つっていうのは、一家を構えて主君の命令に待機する為なんだから、当然〝労働〟というか〝職業〟に付随するもので、〝プライベートライフを楽しむ〟っていうような種類のもんじゃないのね。こんなもの、それこそ〝贅沢〟を禁じられてた町人という種類の人間だけが持ってた〝保養の為の別荘〟だけですよ。住居が労働の場と切り離されてた例っていうのは、〝身の回りの世話をする介添え人付きの単身者住宅〟つまり、賄いの婆ァさんを雇ってる〝通いの番頭さんの家〟だけなんだから。

労働と切り離された家っていうものはとんでもなく抽象的なもので、〝主人に仕える〟っていうこと抜きで、ただ主人に養われてるだけの家族っていうのは、歴史に前例を見ない、異常なものなんだよ。

「そういうものはあった、貴族がそうだ、江戸の旗本もそういうもんじゃないか」って言うんだったら、「残念でした、それは間違いです」だね。彼等がちゃんとした家を構える、ちゃんとした上に〝贅沢〟とか呼びようのない立派な家を構えるのはなんの為かっていうことになったら、これは〝主君を迎える為〟です。王様殿様将軍様から帝様まで、立派な御殿を構えるのはなんの為っていったら、臣下がやって来る為という〝職業上の要請〟からだけど、その家来達は、どんなに偉くたって家来です。いつ自分が頭を下げなくちゃいけないような〝ご主君〟がやって来るか分からない。彼等の家が立派なのは、主君の来訪に応じる為です。

武家屋敷の門というのは原則として閉まってるもんだけど、これはその家の主人が行列を作って登城する時と、それからこれはほとんどそんな例はなかっただろうけれども、戦争で出陣する時と、後一つ、主君がやって来た時だけ開く。その他の時は閉じっ放し。だからその家の主人だって、普段の時は、門の脇になるくぐり戸——つまり通用口から出入りをする。それから、こっちは武士の家に限らないけど、昔はちょっと立派な家なら玄関が二つあった。一つは主人と正客の為、もう一つはその家の家族と普通の来訪者の為。もう一つの玄関の方を〝内玄関〟て言ったんだけど、勿論、使用人やご用聞きの類いはここさえも通れない——「勝手口に回っとくれ」の勝手口、つまり裏口ですね。〝上の人〟っていう制度があるから、入り口が〝上・中・下〟と三ついる。〝立派〟っていうのは、こういう制度様式の必要性を踏まえて存在してるもんで、「会社離れたら上司は関係なし」っていう現代に、こんなもんは成り立たない。

労働の場であるか制度上の要請であるかによって〝家〟というものは家の様式を持って建ってたんだけど、今こんなもんどこにもありませんね。〝家〟というものは、だから今〝異様なもの〟なんだ。「家族の為に家を持つ」なんてこと言ってるけど、「家があるからこそ家族が成り立ってる」んじゃないなんて保証はどこにもないもんね。

かつて〝自分〟というものを目指して家族からの解放を願った近代人達は、それが捕まえられない結果になってしまった時点で、家族という制度的輪郭によって、曖昧なる〝自分〟を実感しようとした。している。

言うのが酷は百も承知ですが、残念ながらそれは、個人の解放を目指した〝近代〟なるものの定義に照らして、間違いだ。

「無意味な制度が個人を縛る」という、近代の認識の最初に立ち返れば、家族というものは残された前近代――近代の暗黒面なんですね。

まァその内〝不平家族の反乱〟なんてものが起きるかもしれないけど、それは〝不平家族の反乱〟なんていうものではなくて、ただのバカです。近代というものの歴史の浅かった明治初頭なればこそ、その〝不平〟を言う士族のエゴイズムが糾弾されずに、ただ〝不平士族の反乱〟と描写されるだけですんだけれども、今や違う。「文句があるなら理由を言え、それもちゃんと」という時代なんだから――。

50 江戸のシステム

まァ、家庭というものの存在理由は、多分〝子供を育てること〟なんだろうけど、でも〝立派な個人〟であることを目指して育ってく子供の前に〝個人〟というものが明確な形で存在しないとなったら、家庭というところは、子供を育てることに於いてさえも失敗しちゃうけどね。

「お前の言い方はヘンだ、家庭や家族の存在理由を詮索するばかりで、人間として一番当然の〝家族と共にある幸福〟を排除しようとしている」なんてことを言おうと思ってる人だっているだろうけど、そういうことは〝ちゃんとした家族〟と〝ちゃんとした家族を形成することの出来る個人〟というものがあって初めて可能なことなんだから。それこそ、「江戸に市松模様があって、市松模様を粋に着こなすこともあって、でも江戸には〝粋な市松模様〟なんていう発想はなかった」っていうのとおんなじですね。

「〝ちゃんとした家族〟だの〝ちゃんとした個人〟って、一体それはどういうことだ?」って訊かれたって、私ア知りませんね。今私がいるのは、「〝ちゃんとした個人〟というものがどういうことなのか、近代はそれの確定作業にまだ目が行き届いてはいなかった」って、ただそのことだけがやっと明らかになった時点でしかないんだから。

江戸は、そういうことを近代に突きつけてくる、まだ始まらないスタートラインなんだもの。だから江戸は難解なんだもの。

という訳で、最後はセックス。

江戸のセックスは解放されていたかっていったら、そんなことはない。だって、それを演じる個人というものが、肉体というレベルにさかのぼって確定されてないもの。家が先にあって個人はそこに組み込まれて行くもの、「個人が個人と結合して作られるものが〝家〟というものなのかもしれない」ということがまだ全然はっきりしていない、それこそ「一番最初にゴールが確定される」っていう前近代にふさわしく、江戸のセックスっていうものだって、「性交のシステムが先にあって、そこに人間が組み込まれていくもの」でしかないもの。そのシステムが公然とあって、その表現も公然とあったってことだけが、近世と近代の違いでしょうね。江戸に売春施設は公然とあったし、江戸に刑法一七五条はなかったもの。

結婚出来ない契約労働者の番頭手代が、なんだってそんなにも〝我慢〟が可能だったのかっていえば、そんなにも享楽的じゃない真面目な人間だけがそういうことを我慢してられたっていうのと、もう一つ、男の性欲処理施設が江戸にはあったからですね。吉原とか。

近代というのは、結婚と結婚に直結する恋愛以外の性交渉を排除しちゃったから、とんでもなく非人間的な時代になっちゃったけどさ（ここら辺、突っつけばとんでもなくおもしろいはおもしろいけど、省略しよう――近代では妻と婚約者以外に娼婦はいない、とかさ、性交のイニシアチブは従って女のものになる、とかさ、近代人が望まないことばっかりがこの前提から出て来る）、江戸は違うもんね。

さて、それでは江戸の売春施設である吉原で、一体遊女達は〝避妊〟というものをどうしていたのか？　堕胎医がいない訳でもないけれど、そんなものの厄介になることを考える前に――そんな事態になって〝営業期間〟が短縮されない方法を考え出す方が、商売上手の吉原らしい。

じゃ、コンドームだの荻野式以前の吉原にはどんな避妊方法があったのか？　答は多分一つしかない。性交の忌避、あるいは擬似性交ですね。

昔、吉原に関する本を読んでた時――昔の話だから、そんな本を書くのは〝スキなおじさん〟だけで、そういうおじさんの書くものっていうのは「あんたが女好きなのは分かったけど、じゃァその吉原なるものはどういう論理によって貫かれてんの?・」って言いたくなるようなとりとめのない本で、まァ、江戸に関する本はそんなのばっかりだった時代だったんだけど、その中に突然「吉原を理解するには素股《すまた》を理解しなければならない」なんていう、とんでもない素っ頓狂な厳粛が登場して「?・」て首をひねったんだけど、要するに、吉原の遊女は客を取るにあたって〝素股〟という疑似性交を採用したということね。

〝素股〟っていうのは、両腿を閉じてその間に男性器を迎え入れるっていう方法だけど――そこら辺をとっつかまえて、「こりゃ驚いた、お江戸のおなごは大したもんだ、アレの中にも畳が敷いてある」っていう趣旨の、田舎者を装って詠んだ川柳があるって、その本じゃ言ってたけど――それやっときゃ、まァ安全ですよね。膣外射精っていう発想のない客の男にかわって、女がそれをこっそりと実行するようなもんなんだから。「遊女の手練手管《てれんてくだ》」っていう、その〝手管〟とは、太腿の後ろで男のイチモツをあしらってる女の手の動きを指す言葉なんだってさ。日本の風俗産業は、とんでもなく確かな伝統に裏打ちされてる訳なんだけどね、女と性交するということは「女と性交したい」という男の欲望を満足させればそれですむことであるっていう、とんでもないシステムがここに出来上がっちゃってるのね。「性交は幻想である」なんて、今更言うも恥ずかしいような現実だけどさ、男の欲望と女の肉体の間には当然ながら距離があるっていう、近代の究極のような認識が、もう既にここにある——いとも当たり前の実用として。

51 江戸の〝恋愛〟は結婚と並行する

吉原というところは女の肉体を売ってたんじゃなくて、女との性交渉を売ってたんでもなくて、〝女との遊び〟を売ってたんですね。大人の男のする〝遊び〟なんだから、そこには必ず〝性的満足〟ってことも含まれてたんだけど、でもそれだけなんですよ。洋の東西で話をしちゃうと、西洋の小説なんかには、時々〝男の性的欲望ならなんでもかなえるいかがわしい館〟っていう形で、娼婦と男娼の同居する売春宿が出て来るけど、日本じゃそういうのはありませんね。別に日本に男色の売春施設がなかったからじゃない。日本はそれぞれが別々に存在して、決して一緒にならなかっただけなんだけど、それはなぜかっていえば、日本は〝様々の一般〟には対応したけれども、〝様々なものを秘めた個〟には対応しなかったっていうことでしょうね。複雑巧緻なまでに制度の様々な細分化を図ったけれども、しかしそれを演じる〝一人の人間〟という単位の質を考えてみようとはしなかった。

吉原というか江戸の公娼施設は〝女との恋愛〟という遊びを売ってたんだけど、じゃァこの〝女との恋愛〟というものの実態はなにかってったら、これは平安時代の結婚様式である〝招婿婚《しょうせいこん》〟ですね。

男が女のところにやって来る。女はなかなか男に会ってくれない。やっと会えたはいいけど、初会《しょかい》はただ会うだけ。会ってもらった礼として、男はもう一度〝裏《うら》を返《かえ》す〟っていうことをして、女と〝床入《とこい》り〟が可能になるのはやっと三回目からっていう、このシステムは、ほとんど平安時代のもじりでしかない。

女のところに和歌を詠んで送って、女のそばにいる

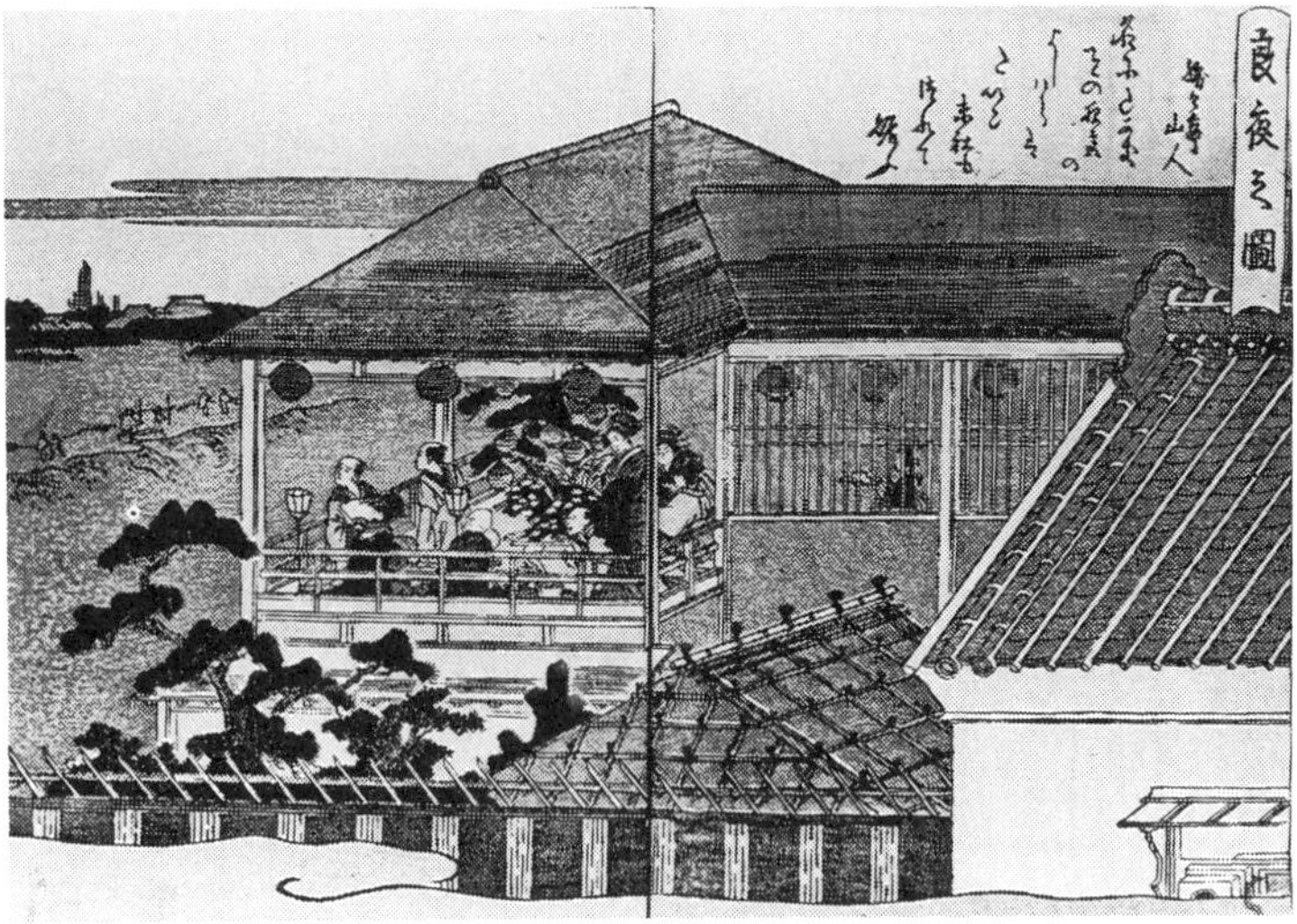

▲『吉原年中行事』より「良夜の図」 歌麿画

▲『吉原年中行事』より「後朝の図」 歌麿画

〝女房《にょうぼう》〟の手引きでなんとか女とあって、三日通って縁談成立ということを、江戸の吉原はそっくり踏襲している。勿論こんなめんどくさい段取りを持っているのは、吉原でも高級な遊女だけで、吉原の女ったって客のランクに応じて様々の種類の女がいる。でも、その中でこれだけがタブーっていうのは、一人の女と馴染みになった客が同じ女郎屋に所属する別の女に手を出すのだけは、どのランクの女であってもおんなじ。「浮気ならよそ行ってやれ」ですね。

平安時代の男は、一人の女と特定の関係を結んだからってそれで終わりじゃない、また別の女のところへ平気で通ってって、別の女と〝特定の関係〟を結ぶ。一つの家の中では一夫一婦制だけれども、男は色々の家で一々一夫一婦制を演じるという、不思議な一夫多妻制を演じてるんだけど、江戸の吉原もこれとおんなじ。

吉原の女には「いやでありんす」と言って客を拒絶する権利があったけども、これだって平安時代のお姫様とおんなじ。それから〝間夫《まぶ》狂い〟っていって、吉原の女が、客とは別に、自分で自分の揚げ代を工面して自分の好きな男と会ってることも別に禁止されなかったけど、この言ってみれば〝ボーイフレンド制度〟であるような間夫狂いだって、これが複数の男に通って来られるのを前提にしてる平安時代の女だと思えば、納得出来る。自分が〝月の障り〟の時、自分についてる新造《しんぞ》という配下の女の子を代理として男に差し出すのも、平安時代の男がお姫様に召し使われてる女房に手を出して、それを女の数にも入れなかったのとおんなじ。

かつての結婚制度というものが最早遠い過去のものとなって現実に適応出来なくなった、だからこそっていうんで、ここにロマンチシズムを発見して〝遊び〟として確立する。それが江戸の売春施設を成り立たせた根本なのね。

それがかつて結婚制度であったがゆえに、ちゃんとしたシステムがある。遊郭にかわって近代になってからの〝遊び〟の主流は〝芸者遊び〟だけど、これは女のところに〝通う〟んじゃなくて、〝旦那になって囲う〟なんだよね。芸者のパトロンになるのが芸者遊びの究極だっていうのは、江戸時代に確立された一夫一婦制を〝遊び〟として演じるってことでしょ。江戸で確立された〝男の遊び〟っていうものは、現在の結婚生活と並行して過去の結婚生活を演じるってことなんだ。近代だと〝恋愛は結婚に直結するもの〟だけど——そういう信仰というかマニュアルが一般だけど——前近代の〝恋愛〟は結婚に直結しない。結婚というものが恋愛と直結しないところにあったがゆえに、男は〝もう一つの結婚〟を現実の結婚生活と並行させていかなければならなかったっていうだけなんだから。
恋愛が〝遊び〟でしかなかったのはそういう訳ね。

52　自我というのは贅沢だ

江戸時代に結婚と並行してたのは、正確に言えば〝恋愛〟じゃないよね。カテゴリーとしては〝遊び〟で、このコードが〝恋愛〟というものと重なりうるものだったっていうだけだよね。勿論「遊びが本気の恋になる」なんてことはあっただろうけどさ、でも問題は、恋愛の位置づけじゃないんだ。問題は〝遊び〟としか呼ばれない〝余剰部分〟の位置づけなんだ。

この人間に関する〝余剰部分〟っていうのは、勿論江戸時代タームで言えば〝贅沢〟だよね。江戸が贅沢を嫌悪して禁止しようとしてた社会だっていうのは度々のことだけどさ、江戸がなぜ贅沢を禁止しようとしてたのかっていうのは、これも繰り返しだけど、江戸という時代が、最初にすべてを決定されていた〝予定調和〟の原則社会だったからだよね。

すべては決定ずみだから、問題になるのは後の管理だっていうんで江戸のシステムは出来上がるんだけどさ、じゃァなんだってその後に登場する〝余剰部分〟という歴史の必然が〝贅沢〟という二束三文にしかならないのかっていったら、予定調和でゴールが決定されちゃってるから、〝その後〟を位置づけ決定する論理がないっていうことだよね。江戸に〝法人〟なる〝個人の制度〟はあったけれども〝個人という思想〟はなかったっていうのは正にそういうことだけど、いつまでもそんな前提を引き受けてる必要なんてどこにもないんだ。

人間なんて、時とともに自分の中から様々なものを湧き出させるもんなんだから。子供に性器はついてても性交能力が備わっている訳じゃない。そして仮に子供に性交能力が備わっていたとしても、子供には〝性的な自分〟を語れるだけの言葉がない。

性交可能な子供にとって、人間とは〝子供＋性交能力〟だけど、でも残念ながら、大人というものは〝性交可能な肉体〟という、子供の肉体とは別種の肉体を持った人間なんだ。つまり大人にとっての人間とは〝性交可能な肉体＋そういう自分を把握する頭脳〟を持ったものなんだ。江戸の〝制度から割り出される人間〟ていうのは、勿論〝子供＋性交能力〟の方で、だからここには「それをする自分とはどんなもの？」という疑問もなければ答もない。「江戸に〝個人という思想〟がない」っていうのはそういうことね。

だから近代という〝個人〟を中心にすえる思想の時代がやって来て、でもそれは〝個人〟というものを理解しない支配者を倒すことにのみ熱心で、「じゃァその〝個人〟ていうものがどんな実質をもっているものか？」なんてことをあんまり考えなかった。きっと考えるだけの〝余裕〟がなかったんでしょう。近代が江戸に目を向けるっていうのは、その禁止され歓迎されないながらも公然と存在した様々の〝贅沢〟ゆえにだと思うけどさ、でも〝贅沢〟にばっかり目を向けて、それを禁止しようとした力の意味っていうものに目を向けるのを忘れちゃった。

江戸の方が、今よりはきっとヴィヴィッドでシステマチックだったとは思うよ。ここは〝方法の世界〟だから。〝それを始める自分〟というのがよく分からないから、自分の外にある〝それ〟をあれこれと考えて、「〝それをしている自分〟を存在させれば、〝それを始める自分〟というものに由来する不安は消える」っていう風にして落ち着きをはかってたんだから。

江戸は確定された中をどう動き回るかっていうそういう世界で、だからこそ〝動き〟に忙しい人間は、その確定された世界を壊そうという発想だけは持たなかった。持たなかったのか持てなかったのかはよく分かんないけど、既に確定された世界の中に調和することだけを考えてて、その〝調和〟がホントにきちんとした調和になってるのかどうかなんてことは考えなかったんだから。「調和がおかしくなってきたな」と思ったら、その調和を乱すような〝余剰部分〟を切り捨てて、それで調和を保ってきたんだから。

今は〝人並み〟という〝大哲学〟があるからさ、生活の全般からなにから、そのマニュアルに全部合わせてけばいいもんで、そのことを世の中がよってたかって教えてくれる。教えて分かんない人間がいれば、その〝教える〟ってことのレベルを下げるしね。現代のマニュアルっていうものはそんなもんだけど、そうなりゃシステマチックもへったくれもないよね。だって、江戸のマニュアルっていうのは「それを自分で考えてみろ、やってみろ」っていうところで出来上がっていったものなんだから、やってみなくちゃ分からない。江戸は方法の世界で、その方法は全部「やってみろ」の〝動き〟でしか捕まえられないんだから。江戸になにがないっていって、分かりやすいマニュアル教育だけがない。マニュアルが存在するのは、どうでもいい〝遊び〟というジャンルだけだものね。実生活にマニュアルが及んできたら、それを取り仕切っている制度の方が「不埒なり！」って怒るもの。

江戸には〝個人とはこういうもの〟っていう、基本単位に関する確定作業が欠けてるんだからさ、制度の一員としてやってく〝個人〟になるんだったら、実際になんでもやってみるしかない。マニュアルなんてないの。

近代というのは、人間というものは何であるのかをちゃんと考えた時代だからさ、「もう分かってる」で、マニュアルばっかりになっちゃった。子供のまんまで性交能力はあるから、それのやり方ばっかり教えるというのが、近代の行く末である〝現代〟ね。

近代というのは、「よき個人は自分の家を作る」っていって、全部をマイホームという制度の中に押しこんじゃった第二の江戸時代だからさ、〝性交可能な肉体を持った自分を把握する頭脳〟っていうのを排除するのね。若い時の〝性欲〟とか〝恋愛〟とかっていう〝余分〟を、自分のものとしてとらえなおすんじゃなくて、「今までの家にはこれを入れる余裕がなかった！」っていう理由だけで、ただ闇雲に家の中に押しこんじゃったのが近代だからさ、そういうものを持った〝個人〟というものがまだ分からない。近代のどんづまりの現代に残された最大の問題は〝性〟であるってんで、だから最後は性的な比喩で人間を語るってことになっちゃったんですけどね、でも、人間性的になっただけでなにが出来るってことだってあるんだ。性的なだけで他の一切を欠落させちゃった人間だって、今や一杯いるんだから。

余分なものを位置づける論理がないからって、それを野放しにしてただの〝贅沢〟で終わらせちゃう考え方はもうやめた方がいいと思うね。現代っていうのは、贅沢を黙認する寛容にして曖昧な江戸時代であり、と同時に、そのことを「それは個人の自由だ」というセリフで置き換える、近代という第二の予定調和の時代なんだよね。だから、「贅沢として規定されるものが〝個人〟というものの核だ」って言うんだけどさ。

江戸の番頭・手代のたぐいが、なんで「寮完備、三食付き、制服貸与」の生活に我慢出来たのかっていえば、人間の基本生活がそれだけだったからですね。生活とは〝それ〟である——つまり保証された衣食住をこそ生活というってのが江戸的な常識だったんだから、我慢もへったくれもない。そこに〝我慢〟というものが存在するんだったら〝贅沢を我慢する〟ということでしかない。でも、保証された衣食住の中から人間の〝豊かな考え〟っていうものは生まれて来るんだけど、それが〝我慢〟の中に閉じこめられちゃったら、〝豊かな考え〟というものは〝単なるエゴイズム〟でしかなくなってしまう。単なるエゴイズムで、秩序を乱すものしか〝余剰部分〟は生み出さないという前提があったればこそさ、番頭・手代の給料というものは全体を乱さない〝小遣い銭〟程度にとどめておくっていうことになった。余剰部分は、やがて来る〝新しい店の主人〟という〝家〟の概念に包みこまれるように設定されていた、と。

歌舞伎の河内山宗俊が言うんだけどさ、「お前達、毎日ヒジキに油揚げばっかり食ってるから知恵がまわらない」って。河内山宗俊はヤクザな坊主で、こんなイヤミ言われたのは、勿論、三食付きの住み込み店員である大店の番頭・手代の諸君だけどさ、「一定秩序の中に従属させられて安住しちゃったものには知性というものが訪れない」っていうことを真っ正面から指摘する人間は、こういう種類の人間だけだったっていうことを、もう少し考えてもいいと思うよね、現代のマイホーム人間諸君は。

IV

明治の芳年

月岡芳年《つきおかよしとし》は天保十年（一八三九年）に生まれ、嘉永二年（一八四九年）――一説に三年――に歌川国芳《うたがわくによし》の門に入り同六年（一八五三年）に処女作を発表し、以後明治二十五年（一八九二年）の死にいたるまでの四十年間、作家活動を展開する。

彼は江戸浮世絵の最後の絵師の一人である。同時に彼はまた明治の浮世絵師であり、更には世紀末の絵師であることになる。

浮世絵は江戸幕府支配下の町人によって生み出され、育て、完成させられて来たものである。それならば、その江戸町人文化が文明開化によって闇の中に葬り去られるまでの期間に生み出された浮世絵を「末期浮世絵」と呼んでよいであろう。そして浮世絵がその拠って立つ基盤を失ってからも、ほかの様式に取って代わられるまで暫定的に存在し続けた時期が明治である。故にその期間の浮世絵を「明治浮世絵」というように呼ぶこともまた許されるだろう。

芳年においてこの区分をあてはめるならば、主に「一魁斎《いっかいさい》」の号を用いた明治五年までの期間が「末期――」、「大蘇《たいそ》」の号を用い始める明治六年からを「明治――」ということになる。ここで注目されるのはそれぞれ二つの期間の終わり、明治五年と明治二十五年の死との二つが、ともに〝発狂〟――明治五年の場合は「極度の精神衰弱」といわれるが――によってピリオドを打たれていることである。芳年の特異さはこのことによって一際名高くなっている。

その「極度の精神衰弱」によって倒れる明治五年までの前半期の芳年の作品には、血の表現で名高い『英名《えいめい》二十八衆句《しゅうく》』を筆頭に、『美勇水滸伝《びゆうすいこでん》』『魁題百撰相《かいだいひゃくせんそう》』『一魁随筆《いっかいずいひつ》』等のシリーズや多くの合戦絵等が挙げられる。そしてそこで繰り広げられるものはことごとく、血であり殺戮であり、死であり怪奇であるといってよいであろう。ただしそうした題材を描いたことをすべて芳年の資質に帰してしまう前に――勿論芳年がそうした題材にたいして深く傾斜して行ったことは特筆すべきではあるが――彼が選んだ、彼がそこに棲息していた浮世絵の〝ジャンル〟が何であったかに注意を向けなければならない。

彼の作品から「無惨絵《むざんえ》」「怪奇画」というジャンルを考えるけれども、元々こうした題材は「武者《むしゃ》絵」というジャンルに由来するものであり、そして「武者絵」ということになるならば、芳年の師国芳に言及しなければならない。

「武者絵」として独立したジャンルを獲得したのは文政十年（一八二七年）『通俗水滸伝《つうぞくすいこでん》豪傑百八人之一個』からである。これによって国芳は「武者絵の国芳」という世評を得ることになる。このときの題材が中国の小説『水滸伝』であることで明らかなように、「武者」というのは歴史の中に実在した

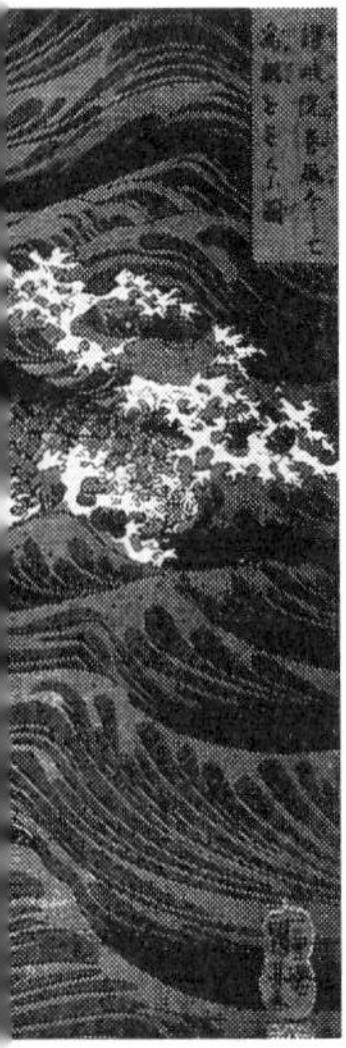

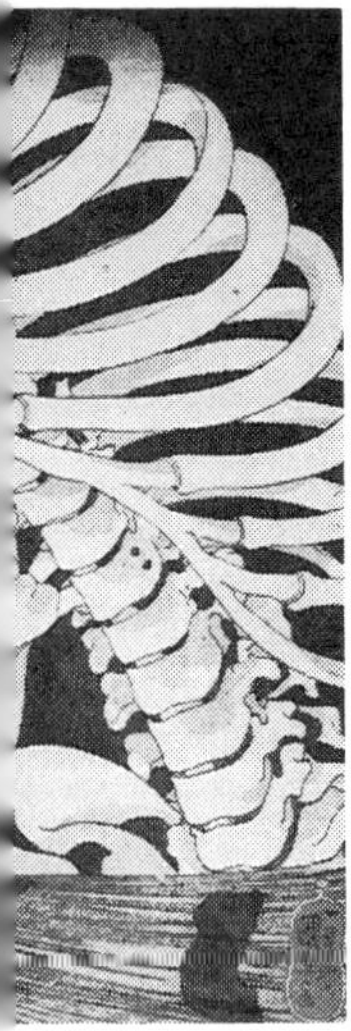

人物ではなく、虚構のドラマの中に存在する人物を意味する語と解したい。歴史上の人物も「稗史《はいし》」というフィルターを通して描かれるのだ。つまり「事実」は一度解体され、作者の頭の中で変形、再構成される。そしてそれを民衆の間に定着させ、その上でまた更にこの作業を繰り返すというのが江戸の文化のルールということになる。

この場合の〝作者〟とは浮世絵師だけではなく小説――草双紙、讀本《よみほん》等々――歌舞伎、浄瑠璃の作者すべてが含まれ、これら各ジャンルの間でたがいに脚色しあい、されあって、文学、演劇、絵画の三位一体が江戸の文化の核をなす。だから芝居絵、役者絵の類は歌舞伎によりかかった作品ではなく、歌舞伎という兄弟との合作になるものと解した方がよいだろう。

役者絵の中には、〝役者〟という一個のパーソナリティと、役者によって演じられる〝役〟という本来的にドラマの枠組みを持った人物との二つが同時に存在しているので、ここから人物のヴィジュアルな表現――すなわち〝絵になる〟こと〝絵にする〟ことであるが――に際して歌舞伎の型からの転用が起る。

小説の挿絵であっても、この当時の讀本の挿絵は単なる挿絵であるより、小説自体のヴィジュアルな表現であると解すべきであるから、これらの人物の動きはすべて歌舞伎の型に基づいて描かれる。

武者絵の主人公がすべて枠組みとしてのドラマを背負うことによって、彼らが描かれるときはすべ

▲国芳『讃岐院眷属をして為朝をすくふ図』

▲国芳『相馬の古内裏』

て自然のポーズではなく、以上の動きによる。逆にいえばその型を用いることによってすでに絵として成立していることになる。

武者絵の逆としての美人画のテーマは「女」であって、「女」を描くための有効な手段として画中の彼女等は種々の動きを与えられている。「武者絵」は「美人画」に対する「美男画」ではなく「男十行為」が前提として与えられているものであるから、「美人画」における有効なポーズに対応すべきものは、その「男十行為」が存在しうる背景、よりヴィヴィッドに動きうる世界設定となる。よって、ここに歌舞伎、小説に匹敵するだけのドラマ性を持った独立した絵画世界が登場する。国芳の放ったスペクタクルな三枚続き、『讃岐院眷属《さぬきのいんけんぞく》をして為朝《ためとも》をすくふ図』や『相馬《そうま》の古内裏《ふるだいり》』等の作品群がそれである。

芳年の場合、三枚続きのスペクタクルは「合戦絵」の方にあり、一枚絵の中にこうした人物一人一人を凝縮するという方向に進んで『英名二十八衆句』の方に行く。『英名二十八衆句』の場合も「英名」という形――例えば「福岡貢《ふくおかみつぐ》」「古手屋八郎兵衛《ふるてやはちろべえ》」――でドラマ性が枠組みとして存在しているから、これらの人物の動きが型に基づいて組み立てられているのは当然であり、これらの人物を描く線が国芳風であるのもまた、浮世絵という形式である以上当然である。

ただ芳年の線の場合、国芳のグイグイと押してくる粘りのある豪快な線に比べて、良くいえば精悍、悪くいえば神経症的なうるささが強くなる。こうした特色を持った線で芳年は無残、怪奇という表現に力を集中して行くが、線による象徴性よりも説明性にやや比重がかかり、かえって怪奇性のリアリティを高めて行くようで、明治五年の『一魁随筆』になると後期の芳年の特徴である癖のある線が衣《え》紋《もん》線等に登場する。

しかし、こうした幕末から明治初年にかけてのドラマ——内容と様式の蜜月時代は江戸の文化を卑俗とする文明開化の波によって押し流され、絵師たちは自分たちの文化的基盤を失ったままに画技をふるわねばならなくなる。

この中で例外は豊原国周《とよはらくにちか》のように役者絵を描くのを専門とする絵師で、明治の歌舞伎界は新しい国劇を目指して演劇改良を進めようとする、多くの観客、役者たちは依然として過去の歌舞伎から抜け

▲芳年『英名二十八衆句』「古手屋八郎兵衛」

出すことはできないという状況があり、歌舞伎そのものは古典化への道をたどるようになって行くから、彼のように役者絵を描くものは、古典となった――つまり世界としての存続を許された中に棲む役者たちを旧来のままにとらえていれば自身の役割をはたせることになる。

すなわち国周にとっては様式と内容が分裂する必要がなかった訳で、彼に必要なのは流行程度の様式の漸変のみでよかったのである。ところが芳年の場合は彼の描いていた、武者絵というジャンルそのものが消えうせてしまったことになる。

しかしそれから後も彼は描き続ける。例えば明治七年『郵便報知新聞錦絵《ゆうびんほうちしんぶんにしきえ》』というものが発行されるが、これは新聞に現れた記事の内でおもしろそうなものを選んで一枚刷りの錦絵に仕立てたもので、先に発行されていた『東京日々新聞錦絵《とうきょうにちにちしんぶんにしきえ》』の形式に倣い、芳年に開化風俗を描かせている。

かつてイメージによって膨大にふくれ上がったフィクションの世界を描いていた芳年は、いかにセンセイショナルであっても本来は日常の世界に属する方へと転換し、今までの彼の画風はここに一変する。

例えば『郵便報知新聞・第四百二十五号』では、若い女にちょっかいを出した酔っぱらいが、却ってその女の怪力によって締め上げられたという記事を扱っているのだが、ここで芳年は怪力女――「宮本花子《みやもとはなこ》」という――を中央に左向きに立たせ、彼女に胸倉を捕えられて膝をつき、首を後ろに倒さんばかりの酔漢をその左に配している。

注目すべきは、過去の人物のポーズが曲線的な肢体――型をそびやかして首をつき出すといったような肢体――に基づいていたのとは違い、ここではすべての人物は直線によって規定されていることである。

宮本花子の体の線は足の踵の先から首筋まで一直線に垂直に描かれ、酔漢の体の前面は花子の体の線と平行な垂線により、地面につけて折り曲げられた膝から下はその体の線と直角に交差する。また、後ろに反り返った上体も体の線と直角になるよう配されて、この人物の体全体はちょうど「コの字」になっている。この二人に続いて画面左方には二人の通行人が立ってこれを眺めているがこの二人もまた垂線に基づく。このふたりの後ろにある建物の垂直線と相まって画面はほとんど垂直線に支配され、これを破るのは酔漢の「コの字」と、画面右方に小さく描かれた二人の見物人のみである。

こうした構図を組み立てるのが過去の武者絵に用いられた伸びのある曲線ではありえず、非常に説明的な銅版画の線のようなギクシャクした癖の強い線になっている。明暗の導入による立体感こそないが、この線の集合からなる人物像は、明暗を線に置き換えた洋風画の感がある。

洋風画といえば国芳に、その以前に試みた『二十四孝童子鑑《にじゅうしこうどうじかがみ》』があり、その中にある人物の首、頭の表現——丸い頭部とそれに見合った首——まるで人間の胴体の中から亀が頭を突き出しているような表現がここにも見られる。

各人の動きは直線的に縛られてこそいるが非常に日常的で力みかえった所はなくなる。一例を挙げれば画面右方に立つ羽織袴に帽子をかぶった男は、足の先こそ束《そく》になって立っているが、その腕の動きは外人が驚く時によく見せる両腕を肩の上に広げて首をすくめる動きと同じである。そして以上の傾向は『郵便報知新聞錦絵』全般に亙る特徴である。

つまりこの時点において、新しい風俗——それは歌舞伎がかった動きではなく、日常的な動きでなくしては演じられえないものであるが――を描く時には新しい様式――説明的な線と直線的な構図――によるということを芳年が実践していたことが知れるのである。

▲芳年『郵便報知新聞錦絵・第四百二十五号』

▲国芳『二十四孝童子鑑』「曽参」

◀芳幾『東京日々新聞・八百六十五号』

このことは、同時に刊行されていた『東京日々新聞錦絵』を描いていた落合芳幾《おちあいよしいく》の作品と比較することによっていっそう明らかとなる。ちなみに芳幾は国芳門下における芳年の兄弟子であり『英名二十八衆句』における共作の相手である。彼の人物は旧来の浮世絵風人物と、さらにそれに陰影を施して洋風にした人物との混合であり、そのポーズ、画面構成は旧来のまま放置されている。すなわち彼にとっての文明開化の時代は洋風の明暗を施されただけの浮世絵としか意識されなかったのである。

芳年の時代に対する意識の鋭さは洋風化に対する新たな日本化を手にすることを可能にさせた。そして芳年は新たに獲得した様式を更に日本的に洗い上げた様式に高め、これに見合った新たな世界——歴史画という枠組みを獲得する。ここにおいて江戸の浮世絵版画はそのまま明治の時代に再生し、芳年の新たな展開は始まるのである。

型に縛られる人物の動きは幾何学的な直線的構図に置きかえられるということは彼の場合未だに制約されることが絵を描く上に必要であった——その点においてこれはまさしく「明治の浮世絵」なのだが、それと同様の制約が題材に歴史を選ぶというように働くのだが、その歴史というものの実態はといえば、ノン・フィクションまたフィクションの一種であるのと同様に、過去の稗史をそのまま歴史の中に押し込んだだけに過ぎない。しかしながらここに新しく生まれた歴史は、建て前としての虚構の排除を謳っているがために、芳年の作品の中に新たな問題を引き起こしてしまったのだが、この問題は後にまわして、完成された芳年の様式——構図に触れておこう。

明治十五年の作に『藤原保昌月下弄笛図《ふじわらのやすまさげっかろうてきず》』という横三枚続きの錦絵があり、これは市原野の溥の原を舞台に、左一枚に月、中央に笛を吹く藤原保昌、右から中央にかけて刀に手をかけてこれをつけ

▲芳年『藤原保昌月下弄笛図』

◀芳年『月百姿』「やまなかゆきもり」

ねらう袴垂保輔《はかまだれやすすけ》を描いたものである。藤原保昌は足のつまさきから頭の先まで一直線上にあり、この垂線の下端――足のつま先――から左上へかけて、袴の線と風になぶられる狩衣の垂《たれ》と袖が一直線にならぶ、この左上の点から水平に構えた笛の線を中心に袖が別の傾斜を作って、左肩へ続く、左肩の端から足のつま先へかけてもう一本体の左端を規定する線が通って、ここに藤原保昌は大きな逆三角形を形成する。

一方の袴垂も頭を頂点とした三角形を作り、その左の斜辺――体の右側面から足へと続く――はそのまま保昌のつま先へと続き、その刀の柄にかけた腕の線はまた直角になるよう構成されている。一面の薄と月と二人の人物のみによる構成で非常にすっきりと仕上がっている。

非常に単純な構成の作品をもう一つ挙げる。『月百姿』の中の「やまなかゆきもり(山中鹿之助)」であるが、一見して分かるように槍をかざした鎧武者が直立しているだけで、シリーズ全体を通す「月」はここでは兜の鍬形《くわがた》に見立てられているからこの作品の構成要素は一つだけしかない。単純なことこの上ない作ではあるが、要するに芸がない――まるで一昔前の三船敏郎の「のんでますか!」とおなじである。

人物を構成要素に還元して他の要素と組み合わせて画面を作り上げるとき、その説明的な癖のある線は効果的に働くが、それをのみ前面に押し出すとどうしても絵として弱くなる。また、それならこれを幾何学的な形に還元するようにもって行った場合は、そうした思いつきのうるささが先に立つ。

これが機知縦横の北斎の作なら「おもしろい」という点で楽しむことができるのだけれども、芳年のこの期の作品はすべてまっとう過ぎておもしろ味に欠ける――というよりはそのことを意識して避けている。おもしろさは〝おかしさ〟という点でかの戯れ絵にあるだけだが、おもしろさよりは媚びたいやらしさの方が先に立つ。画面を一つの空間に設定して組み上げたときの格調の高さが、そのままポテンツの低さになってしまっている。

これと対照的に画面構成のおもしろさでみるなら同じシリーズの「斎藤利三」だろう。この場合、人馬一体となった前景が線よりも色と面の組み合わせであるから遠景との対照が生き、空間に拡がりが生ずる。

そしてこれと同じような構成を持った作品は広重の風景画、『名所江戸百景』の中にあったことに思いいたる。「亀戸梅屋舗《かめいどうめやしき》」「堀切の花菖蒲」といった前景に梅の樹や花菖蒲を大きくクローズアップして空間的拡がりを出した作品群である。そしてこの『名所江戸百景』に限らず広重の風景画の中に

▲芳年『月百姿』「斎藤利三」

▲広重『名所江戸百景』「亀戸梅屋舗」

垂直線の構図を多用して動きを消し去っているものが多いことに気がつく。広重の人物——風景の中の点景人物ならば動きを封じられても構わないのだけれども、芳年の人物がそうであるのは奇妙である。

例えば『新撰東錦絵《しんせんあずまにしきえ》・田宮坊太郎《たみやぼうたろう》之話』（口絵参照）の左半分を占める水垢離《みずごり》をする乳母のお辻を見ると、彼女が両手で握りしめた綱はそのまま井戸の中へ入るが、その綱がさし示す方向には彼女の足があり、足と手の両端を結んだ線によって彼女の左側は規定される。

再び綱にかけた手を見ると、手前の左手はそのまま右下へまっすぐにのび、袖口のひだの上をなぞり、画面中央付近にある着物の裾に達することが分かる。この線をなぞるように、彼女の背後にある柱がこの線を強調する。彼女の両手の所を頂点とした長い二等辺三角形がお辻の体の動きを支配していることが見てとられる。この頂点に向うようにお辻の頭は傾けられ、肩から切って落されたように垂れ下がる黒髪はそのまま二等辺三角形の右端へ向う。また、左肩の上からは右の足の先へ向って一本の斜線が走り、髪の毛の線とともに直角三角形を作っていることが分かる。

つまり、お辻は不自由な姿勢のまま画面の中に整然と収まってしまっている訳だが、この絵のこのシーンが何を語っているのかを理解すれば彼女の静止がいかに不自然なものかが分かるだろう。

この絵の中に描かれているのは『花上野《はなのうえの》誉石碑《ほまれのいしぶみ》』の四段目「志渡寺《しどうじ》の段」であり、父の敵、森口《もりぐち》源太左衛門《げんたざえもん》を討つために偽唖を装っている田宮坊太郎と、それが計略とはしらずに何とかして唖を直したいの一念で、火絶ち五穀《ごこく》絶ちをして金毘羅大権現に祈願をかけるお辻の姿を描いたものである。

明治の名人団平《だんぺい》の三味線に代表されるように、この場は俗に「命を削る浄瑠璃」といわれ、泣き、叫び、祈り、舞台狭しとかけずり廻るお辻のファナティックな姿は有名である。ところがこの画面に現れるお辻像はそのファナティックな性格を外に発散することをせずひたすら内へ内へと入りこんでカタレプシーを起こしてしまっている……。

江戸の浮世絵の様式に基づいたお辻ならばこうはならない筈である。その型に基づいたポーズはどれもこれも内から湧き上がるエネルギーを今にもはじき飛ばそうとするようにたわみ、その線は弓の弦のようにピンと張りつめていた。その線が発散していた卑近なエネルギーはここできれいに消しさられ、その体の中にすべて封じこめられてしまっているのだ。その封じこめられた動きに代って画面を支配するのは繊毛をうごめかしてうねる不気味な蓮の葉であり、食虫植物のような不気味な花をつけた蔓の稲妻である。

『鬼神於松《きじんのおまつ》四郎三朗を害す図』（口絵参照）では、あわただしく飛び立つ水鳥とは対照的に娘姿の鬼神於松の袖と裾は水に根をはやそうかとするかのように音もなく垂れ下がり、痙攣する短刀を握りしめた手と反対にその目は無感動に見開かれたままである。

彼女には殺される者と殺す者の間に通い合う親密さを拒絶するものがある。殺し殺されるという行為を、ともに分け合うという殺される側に対する思いやりがない。「鬼神の於松というものは四郎三朗を刺し殺す、だから私はお前を殺す」とうそぶく理不尽さがあるのみである。

何故そうなのだろうか。

それはこの時代、この作品が属する文化を考えてみれば分かるだろう。つまりこの時代の持つ文化が豊かな拡がりを持つ虚構のドラマ世界に基づかずに、活歴とか実録とか称される歴史の事実に根差そうとしていたことによるのである。活歴、実録ともに事実に基づいている訳ではなく、事実はこうであらねばならぬという押しつけに過ぎないから、A、B二人の人物の間に生じたであろうドラマは「A、B二人の間は斯くあった」という事実とスリ替えられA、B二人の間は永遠に切り離されたままに終わってしまう。

この時代にもっとも生々しい恐ろしさを発散する作品は、『奥州安達がはらひとつ家の図』（一〇三頁参照）であるが、この図で最も恐ろしいのはこの天井から逆さ吊りになった妊婦が決して殺されない所にあり、殺されるために吊るされたのではなく、吊るされるために吊るされた所にある。

もしもこの時代に血を描くことが禁じられていなかったならこの女の体は『英名二十八衆句』の「稲田《いなだ》九蔵《くぞう》新助《しんすけ》」（一〇一頁参照）のように血塗られていただろうか?

それははなはだ疑問である。この時代は、殺し殺されることによって完結した「無惨絵」の時代ではなく、責め責められる無限地獄の繰り返しであって、決して完結しない「責め絵」の時代だからである。

この時代の芳年の人物は行為を拒む、他者を入れない。この時代に描かれた芳年の美人画『風俗三十二相』等の女たちが薄気味悪いのはそのポーズがことごとく男を招き入れた江戸の浮世絵美人たちのままであるにもかかわらず、その実は男を受けつけないからであり、一枚皮をめくると色情狂の血がとび出してくるかもしれない所にある。

『月百姿』「かほよ御前」は、垣根越しに高師直《こうのもろなお》がのぞいているのに、頓着なく上半身を広げ乳房を

◀芳年『月百姿』「かほよ御前」
▶芳年『風俗三十二相』「けむそう」

◀芳年『美勇水滸伝』「白縫」

誇示する。彼女は〝優雅な病気〟にとりつかれているように見える。この女たちが最も清浄に見えるのは状況が異常なときであり、責められてその苦痛を耐えるか、もしくは享受するかのどちらかの時初めてその〝病い〟は取り除かれる。

かつて芳年は『英名二十八衆句』の時代に『美勇水滸伝』というシリーズの中で、『椿説弓張月』のヒーロー鎮西八郎為朝《ちんぜいはちろうためとも》の妻の白縫姫《しらぬいひめ》を描いたが、その白縫姫は、全裸にされて棒坑に後手に縛りつけられ全身に竹針を打ち込まれて血みどろになって悶え苦しむ武藤太に向って心地よげに笑いかけていた。

「椿説弓張月」の讀本挿絵において北斎は同じシーンを描いたが、その白縫姫は夫を殺された怨みを晴らすために眦《まなじり》を決して竹針を武藤太に打ちこませた。ドラマと様式と見るものとが一体となりえた蜜月時代であった。

三島由紀夫は自ら『椿説弓張月』を歌舞伎に脚色したが、その中で白縫姫は武藤太を竹針責めにしつつも、自らは琴を弾じ亡き夫を思い嘆き悲しんでいた。その関係を断ち切った無感動な美しさが何故か芳年を思わせる。

断末魔の絶叫も凄まじく殺し殺される『英名二十八衆句』の〝睦まじさ〟には憧れを感じるけれども、春画を描かずに女の自慰という孤独な営みを描いた芳年の明治の静けさは不気味である。

私の江戸ごっこ

『明治の芳年』は私が二十六歳の時の文章で、今から十五年前の『美術手帖』誌に発表された。青土社の中島郁嬢がこんなものを引っ張り出してこなかったら、まずは日の目を見なかったようなものである。

その当時の私は、一応大学を卒業して、その後で美術史の〝研究生〟というのをやっていた。〝研究生〟という制度はある。学科の研究室に所属するもので、定員もあるらしい。「国家から来る予算の枠というのもあるので、あんまりいい加減な人に来られると困る」というようなものでもある。私はもう少しいい加減な制度だと思っていたのだが、面と向かってそう言われたもんだから困ってしまったのである。だからこのことは確かなのだ。ついでに、研究生になる為の試験というのは存在しない（しなかった）。授業料の類いも存在しない。そして「研究室にあるものは勝手に使っていいよ、ゼミに出てもいいよ」という結構なものが〝研究生〟というものなのである。不思議なものである。今でもそういうもので、どこの大学にでもあるものかどうだかは知らないが、今から十五年前の東京の某国立大学にあったのはそういうものだった。私はそういうことを二年続けてやっていたのであるから。

普通〝研究生〟というのは、向学心はあるけれども大学院に行ってハードに勉強するのにはちょっと不都合のある、その学科を卒業した主婦の為に開かれている。要するに、暇を持て余している自称〝知的な女〟である。なぜか知らないけど、私の時はそんなもんだった。まァ、〝研究生〟というのは、研究したい人のために開かれていた大学の制度ではあるんだけれども、しかし大学というところがそうそう開かれたもんでもないというところはある訳で、これは要するに〝知的学問世界に嫁入りする筈の娘の為にあるブラブラ期間〟である。大学は出たけれど就職口が見つからなかったり、大学は出たけども大学院には行けなかった大学院浪人の為の学内処理施設であったりもする。美術史の研究室じゃ男より女の方が多かったから、出戻りみたいなブラブラ主婦も結構いたし。〝嫁入り前の娘〟がみんな嫁に行く訳でもないが、しかし昔のある程度の家だったら、みんな娘をブラブラさせていた、というようなものである。大学というところだって〝人間の世界〟だから、そう幻想を持って考えない方がいい。

まァともかく、そこで私は〝大学院浪人のブラブラ〟をしていた、という訳だ。

なにしろ私は、自慢じゃないが、大学院の試験に二回も落ちてる。英語の成績が悪いんだ。二年目には教授に言われるんだもん「もう少し英語の勉強をして下さいね、そうしないと入れてあげられないから」と。それでしょうがないから代々木の予備校に英語の講習だけ受けに行ったんだから、二十六で……。二回しかその講義には出なかったけど（だってつまんないんだもん）。

私も細かいところでグチャグチャしてるから、色々と数奇な運命を辿っているんだが、本来私は文学部の国文科の学生だった。二十歳過ぎたら突然勉強が好きになって、学者になりたいとマジで思った変わった人間だが、国文科の学生だから当然大学院も国文科の大学院に行くつもりだった。そこに行って東大の教授になるつもりだったんだが、そういうことを一人で勝手に決めるから、〝数奇な運命〟しか待ってはいないのである。

私が国文科の学生になったのは歌舞伎が好きだった

からである。東京大学の国文科というところには、その昔守随憲治というえらい先生がいて、歌舞伎関係の資料をごっそり買いこんだ。買いこんだからとっても資料は豊富にあるんだけど、ほとんど誰もそんな研究をしなかったもんだから手つかずのまんまになっていた。「だからよかったら、あなた整理してくれませんか」と言われて、私は一人で屋根裏部屋のような別室の鍵を預けられて〝資料の整理〟というのをやってたんだから、これは確かな話である。おまけに私は、その結果として三千円の報酬を大学当局から貰ってさえもいるんだから（学生にとって大学というところは、こっちから金を払うもんであっても、あんまり向こうから金をくれるもんじゃないが……）。

そして更に、一体私が本当に〝整理〟に値するようなことをしてたのかどうかなんて誰も確認してない……。私が秘密の鍵のかかる部屋の中に、毎日昼寝をしに行ってただけかもしれないじゃないか……（でも今更三千円は返さないけどね）。

私は多分〝いい加減〟で、そして超法規的な存在なんだ。昔っから今にいたるまで。

そういう私が国文科の大学院の試験を受けて落っこちるのは、当然といえば当然である。だって、『枕草子』の現代語訳者は、学生時代に平安朝文学なんか全然読んでもいなかったし読みたくもなかった。近代文学なんてものも全然読んでなかったし、読みたくもなかった。勿論英語なんかも全然出来なかったのは、「だって、僕は江戸の歌舞伎のことが知りたいんだもん！」と思っていただけだからだ。そこに「知りたい！」と思わせる重大ななにかがあるような気がして、でも江戸の歌舞伎のこととなると、あまりにも膨大な〝未整理〟が目の前にデンと広がっていて、そのあまりにもの膨大さに目がくらんで、バカな学生は毎日鍵のかかる部屋で昼寝をしていただけだ。

私の大学には歌舞伎のことを教えてくれる教官なんて一人もいなかったし。そういう私には他のジャンルの勉強なんかしてる暇はないし。おまけに私は、その頃イラストの仕事もして金稼いでいたし。自分の着るセーターも自分で編まなくちゃいけなかったし。下手すりゃ人のまで編んでたし……。自立とかなんとかってことをマジに考えると、必ずヘンなものにしかなら

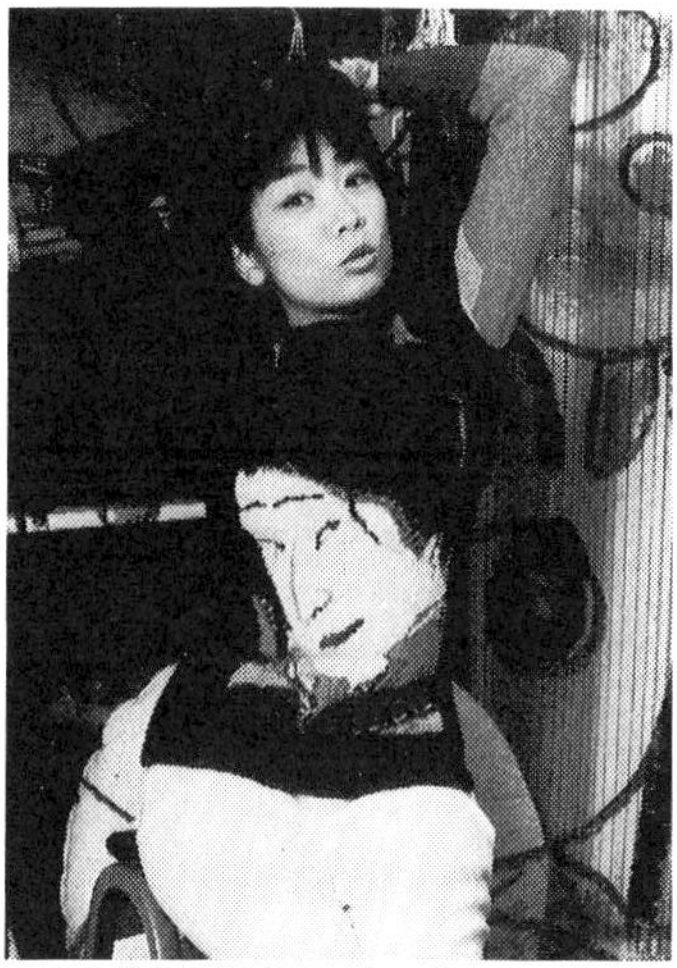
▲橋本治作「沢村田之助のけいせい敷島」のセーター

なかったんだ、昔は。
私は勿論国文科の要求するような知識なんてなんにも持ち合わせてなかったから、そういう人間を大学院に入れてくれたりなんかは、しない。そして、そういう私が恭順の意を表して、謙虚に国文学の勉強をする筈もない。大体国文学の勉強というのは、とんでもなく膨大に本読まなくちゃいけないし。歌舞伎の台帳全部読むのなんかほとんど至難の業なのに、国文学の人間はそういうものを全然読まないで、なおかつ人には『日本古典文学大系』全百巻とか、近代文学全集なんかを読むことを要求するんだもの。「そんなのってフェアじゃないな」なんてことを言うのは〝ヘンな学生〟の私ぐらいなんだから、そんなもんはどうでもいい訳だ。ただ、アカデミズムの「どうでもいい」を放置すると、私は大学院に永遠に行けなくなっちゃうからしょうがない、国文科の大学院の試験に落っこちた私は、方向を変えて、美術史学科の大学院を受けることにしたんだ。
だもんだから私は、美術史の研究室まで行って「あのォ……、研究生になりたいんですけど……」って言って、「いい加減な人は困る」って言われることになる。当時の私はいい加減どころの騒ぎじゃない、絵に描いたみたいにヘンな恰好してたんだから、どう考えたってヘンだ。あんまり、毛皮のコート引っ掛けて男子学生は大学行かないもの（行かなかったもの）。そういうのは少女マンガの世界にしかいないもんだったけど、でも、たとえ少女マンガの世界にしか存在しないものであったって、存在するものはみんな存在するし、存在してることが望ましいものはみんな存在させてしまうというのが、昔から今にいたるまでの一貫した私なんだからしょうがない。「存在するものは存在するんだから、あんまし差別なんかするべきじゃない」って言ったって、そんなもん、その〝存在〟を知らない人間にはなんの意味もない。よその学科からヘンなカッコした人間が「仲間に入れて！」って言ってきたって、それで「はいどうぞ」っていうほど、日本の社会は甘くないのね。

だから私は、直訴をする。「あのォ、僕、美術史の研究生になりたいんですけど、いいですか……」って。「ああ、いいですよ、そうしなさい」って言ってくれたえらい人がいるから、私はヘンなカッコして平気で専攻を変えちゃうんだけど。私は、学問というものは〝自由〟と〝情熱〟で出来上がってるもんだと思ってたから。見てくれなんてどうでもいいじゃないの、と思ってたし。だからこそかえって、少しぐらいの〝ヘン〟を引っこめるつもりなんか全然なかったし。

なにせ、私は大学闘争華やかなりし頃の学生だったんだし、学生運動全然やらなかった学生が、だからっておとなしいだけの学生である保証なんてどこにもないんだし。私の過激は「世間並の過激なんて全然過激じゃないや」って言ってることかもしれないし。

なにしろ、教養課程から専門の方に上がってったその時というのがなんと十二月だったという、とんでもない変則体勢で私達の学部生活というのは始まってて、その時のガイダンスで、学部の教授連は「私達はあなた方に講義に出てきてくれることを要求しません、それればかりが勉強じゃないので、どこででも勉強して下さい、こちらは別に出席なんかとりませんから、それから、レポートや論文にどういうことを書いても結構ですが、ただ一つ、私達に分かるように書いて下さい」と、そう言ったんだから。

私はとっても素直な学生だったから、その通りにして、自分だけの勉強してた。図書館にこもって昼寝してたし、鍵のかかる別室で昼寝してたり。「そうか、アカデミズムって、アカデミズムであることの手続きをきちんとさせとけば、後はなんにも文句を言わない世界なんだな」って思ってたし。だから私は、なにをするんだっても、まず向こうに文句を言わせないようにするだけの〝手続き〟を最初に考えるようにしてたけど。おかげで、文句というのは言われなかったけど、文句以外のことも言われなかったな。

普通の人間というのは、まず自分の目の前にあるものの〝全体像〟なんてことを把握してかかろうなんてしないもんだ。そんなことを考える前に、その全体の中に溶けこもうとする。それ以前にもう一体化してる。でも僕は、どうしてだか、そうはならない。僕はほとんど、幕府の伝習所にうっかりと入りこんでしまった、向学心のある町人のようなもんだ。学問がこんなもんという想像は出来ても、伝習所の意味なんか理解出来ない。

勿論、幕府の伝習所というのは幕府の為にあって、町人の向学心を満足させる為に存在しているもんじゃない。


さて、私の〝数奇〟がとんでもなくヘンなところにあるというのは、私がまだ国文科の学生だった頃の話である。ヤジ馬半分で、私は美術史学科のゼミに出た。新学期で近世美術史のゼミだったから、「へたすりゃ浮世絵のことなんかやるかもしれないな」とか思って、いい加減な学生はほんのちょっとだけ、よその世界に顔を突っこんだんだった。

しかし、講義開始の時間になっても学生は一人も来ない。いつまでたっても、教室には私一人だ。「こりゃ教室間違えたかな」と思ってたら、学生が来ないのに教授が来ちゃった。「この時間、教務課の手違いで、教育実習のカリキュラムとかち合ってしまったので学生が来れません」て。

普通、文学部の学生は就職口があんまりないから、教師免状を取る方に行く。しかし私にはそんな気が全然なかったので、そんなことを知らない。ポカンと口を開けてたら、「いずれ時間割を変えて他の学生諸君も出られるようにしますが」って、そのゼミは、私一人を対象にして平然と始まっちまった。今週も俺一人なら、来週も俺一人で、「一体どうするんだろう？」と思っているのは私一人なんだから、始末におえない――というかなんというか……。

単なるヤジ馬で顔を出しただけなのに、教授と一対一のゼミやる破目になっちゃった私は、なんの準備も勉強もしてませんけどォ……。そのえらい先生は山根有三教授って申し上げたんだけどね……。

焦ったのなんのって。学徒出陣で生徒が一人もいなくなっちゃった世界じゃあるまいに……。自分の専攻と違う学科の教授のゼミを一対一でやる破目になった学生ってそうそういないと思うけどさ。遅れると、教室で天下の東大教授が俺のこと待ってるんだもの。焦るは焦るは。自慢じゃないけど、私は遅刻の常習犯だし。古代ギリシアの家庭教師じゃないんだけどね。おまけに二回目のゼミで「来週からは大学院の学生諸君が応援に来てくれることになりましたから」って。学部の学生のゼミと大学院生のゼミとじゃレベルが全然違うじゃないの……。いきなりそんなところに叩きこまれたらどうすんのよ? というのが実際にあった話なんだからしようがない……。

その近世美術史の一回目のゼミでなにやったかっていうと、先生が画集取り出してさ、白黒の墨絵の写真が三つ並んでるのを指して「この中にひとつだけ他のとは違うのがありますが、それはどれでしょう」って、ほとんど幼稚園の知能テストのようなことになった。そういうことを天下の東大教授とサシでやる私の気持ちはとっても複雑だ。一体美術史ってなんなんだ? っていうのもよく分かんなかったっていうのに……。「あのォ、これのような気がします……」ってオズオズ指でさしたら、「そうですね」って言って次――。今度は図版が五つ並んでて、「この五つの中に二つだけ他のものとは違うものが入っています、それはどれとどれでしょう」って、ますます事態は〝知能テスト〟の様相を呈してきた。

要するにそれはなんなのかといえば、俵屋宗達の作品で、宗達は贋作が多いから、それを見分ける練習の初歩というもんだった。でも先生はそんなこと言わないで、いきなりおごそかに「違うのはどれでしょう」。

そう言う以上〝違うもの〟はある筈なんだから、〝違う〟というものを探すしかない。そう思ってみると、そこには明らかに〝異質〟であるような〝違うもの〟がある。「これですか……」って、結局は全部当てちゃったけど。それで「あなたは目が確かですね」って言われたけど。でもそれはほとんど、二十歳過ぎた自分が、まるで〝トランプの神経衰弱が得意な幼児〟になったのに等しい。さもなけりゃ、なんにも知らないまんま古道具屋の丁稚になった小僧が受けてる、目利きのレッスンだ。ここには〝知識〟というものがなんにもない。

別に私はそういうことが全然いやな訳じゃない。自分はまずそこからスタートするような人間であるってことは重々よく知ってる。「既成の知識なんかいらない、僕は自分の頭で考えたいし、自分の目で見たことを考えるべき対象にしたい」って思ってるんだから。でも、そう思ってるなんにも知らない学生が、物を見ることのレッスンなんか受けちゃったら大変だ。しかも一対一のサシで。とんでもなく危険なことになる。既成の知識を持つ前に、まず自分のオリジナルなものの見方というものを確固としてつかまえてしまうんだから。

日本で〝オリジナルなものの見方〟なんていうものを開発しちゃったら、大体その先には〝不幸〟しか待ってない。しかもその不幸に押し潰されずにそれを克服する方法となったら、そのオリジナルなものの見方の向こうにある〝既成の知識〟なるものの全体像を把握すること――その全体像に目玉をくっつけるようにして〝自分〟というものを位置づけることという、とんでもなく膨大な作業を要求される。それがアカデミズムの要求する〝手続き〟というもんだけど、でも多分、そういうことを要求するアカデミズムは、自分がそんなことを要求しているなんて風には決して考えない……。

オリジナルなものの見方が不幸を生むというのは、「この三つの中に一つだけ違うものがあります」「この五つの中に二つだけ違うものがあります」と言われて「これですか……?」と言った僕は、その次の瞬間、まったく別の〝疑問の扉〟を、知らない内に開けてしまう。

「だって、この〝違う一つ〟がなんで、〝違わない二つ〟がなんなのかは分からないけれども、この〝一つ〟が他の〝二つ〟とは違うことは明らかじゃないか。この〝違う二つ〟が〝違わない三つ〟と異質であることも明らかだ。でもどうしてそれが〝あなたは目が確かですね〟ということになるんだろう? だって、違ってることは〝明らか〟なんだもの。こんなことで〝目が確か〟だったりするんなら、じゃァ、目が確かじゃない人間がそんなにもゴマンといるってこと?」

——このことの答の方が、私にとってはとんでもなく恐ろしい。

だって、違うものは違う。そんなの見れば分かるのに、でも、それが当然の前提にならなかったら？　なにを言ってもおしまいだ。決して理解されない。

違うかどうか、見ても分からない人間が当たり前にいればこそ、そんなレッスンが意味を持つんなら、見ても分からないくせに専門的知識をゴマンと持ってる専門家というものも当たり前にいることになる。

本当だろうか？

でも、この疑問の答はとんでもなく恐ろしい。

「そんなにとんでもなく膨大なバカげたことがある筈ない……」と思うけれども、でも、それが本当にそうだったとしたらどうなるんだろう？

〝既成〟というのは、それが既に成立しているからこそ既成なのであって、一旦既成となったが最後、誰もその既成の内実を問わない。誰も問わない中で、たった一人問う破目に陥った人間というのは、やっぱりとんでもなくこわくて、つらい。

ひょっとしたら自分が江戸時代の町人で、自分のいるところが幕府の伝習所のようなところかもしれないなと思い始めたのは、その時が最初かもしれない。ともかく「現代じゃあんまり生きていたくないから江戸時代の人間になっちゃお」なんて勝手な、しかも悠長なことを考えていた私は、自分のことを江戸の町人みたいにしようとしてたんだけど、江戸の町人は江戸幕府の中じゃ生きていけない。身分というものが違うから。自分は人とはなにかが違うのかもしれないなと思ってはいたんだけれど、でもその〝なにか〟が、まさか〝身分〟だとは思わなかった。

僕は結局その山根先生に買われて、「あのォ……、美術史の研究生になりたいんですけど……」って言って「ああ、いらっしゃい」って言われて、それで次の年に大学院の試験に落っこって「もう少し英語の勉強して下さいね」って言われて、それで『美術手帖』で芳年の特集をするから、あなただったら書けるでしょう」って紹介されて、今考えてみると、学者の玉子としてはワリと順調だったのかもしれないけど、でも〝町人〟じゃね。

なにしろ僕は大学院の学生じゃなかったし。普通、大学の教授に紹介されて専門誌に原稿を書くっていうのは、大学院生のレベルで、それ以前の〝なんだか分からないもの〟っていうのは、あんまりそういうことしないもんだ。『美術手帖』の編集の人に言われたものね――「え、大学院の学生じゃなかったんですか……」って。それだけで〝怪訝なもの〟だけど。

僕はまず最初、山根先生に〝物の見方〟を習って、しかもそれをサシで保証されちゃったもんだからさ、困ったことに〝ひるむ〟っていうことを知らない。自分の英語能力のなさになんの不都合も感じてなかったし。その他の知識教養一切に関しても、自分の必要なもの以外にはなくたってなんの不都合も感じてなかったし。俺、好き勝手な論文みたいなもの勝手に書いてて、「それはいいけど、ともかく英語やって下さいね」って言われ続けてたけど、「どうして英語がそんなに重要なんだろう……?」って、やっぱしそう思い続けてたし。

僕の知りたいことは日本のことで、だからとりあえず英語なんて全然必要じゃないって、今でも相変わらず思ってはいるし。

実は『明治の芳年』は一遍書き直しをしてる。しかも全面的に。原稿を渡す新宿の喫茶店で、『美術手帖』の人に「本当にこれでいいんですか?」と言われて、「あ、じゃ直します」って、全面的に書き直したんだ。

というのは、実はこの文章、そもそもはとんでもない文章だった。なにしろ〝、《テン》〟の読点はあっても〝。《マル》〟の句点がほとんどない。原稿用紙二三枚にわたって一つの文章が切れ目なくだらだらと続いて行くんだ。だって、近代以前の日本の文章には句読点というものが原則として存在しないんだから。下手すりゃ枕詞掛詞の類まで使いかねないところもあったんだけど、さすがにそれを使いこなすだけの技量もないし、そんなもん使って読みやすい文章になる筈もないと思ってやめはしたけど、でもだからって「当たり前の文章になんかしたくない」とは思っていた。それをズッタズッタに切ったんだ。「本当にこれでいいんですか?」と言われて一瞬たじろいでいる自分がいる以上、この文章はまだサマになっていない。もっと別の言い方をすれば〝似合っていない〟〝着こなせていない〟から。

僕にとって〝江戸〟というものは衣装だ。後にセーターの本なんていうものを出版してしまうこの僕が、なんだって学生時代からズーッと自分の為のセーターを編み続けていたのかといえば、勿論その為だ。江戸は衣装だ。だから、僕の中では、江戸時代に深入りしていた自分と、セーターを編んでいた自分というのはピタリと重なる。江戸の男は背広なんか着てなかった。江戸時代に出来た歌舞伎という演劇の中に登場する男達は、みんなとんでもなく派手な恰好をしている。そしてそのことを誰も訝しがらない。僕が近代に突きつける問いがあるんだとすれば、ただ一つ、このことだけだ。

だって僕はつまんない男になんかなりたくない。中身なんか当人の問題だ。問題が起こるんだとしたら、その中身が外側と接触を起こしたその時だけだ。だからこそ、その中身を包む〝衣装〟が重要になる。段取りで様式で意匠で衣装だ。僕が江戸に求めたのは、ほとんどそれだけだ。だって僕はそれから百年以上もたった、近代という時間を経過してしまった後に生きる現代人なんだもの。中身なんかそんな昔の人間と相談する必要なんてない。そう思っていた。

『明治の芳年』と、それから十五年たって書いた『江戸の様式《てつがく》』とはほとんど同じ内容の文章だけれども、もしも十五年前に自信があったら、必ずや『明治の芳年』は『江戸の様式《てつがく》』のようなものになっていただろう。僕は一貫して様式しか問題にしていない。

『江戸の様式《てつがく》』にはこういう文章が出て来る――「ともかく、日常的なものとして存在していたからこそ、この『英名二十八衆句』というシリーズは、別に発禁にもなんにもなりゃしなかった」「明治の〝一つ家〟の方は、なんの芝居もしていない。女はぶら下がっているから苦しいのだし、鬼婆は包丁をといでいるから息をつめている、と。非常にリーズナブルで、歴史の一情景を冷静に絵にしているというだけですよね」

その絵の中に描かれている〝とんでもない内容〟を

平気で無視している。普通だったら〝江戸の情念〟というような形でクローズアップされるような〝内容〟をこうも平然と無視して〝日常的〟の一語に置き換えているのはなぜなんだろう？

答は一つ。そんな中身、人間だったらみんな持ってるのが当たり前だから。

『江戸の様式』のこの部分に対応するのは、『明治の芳年』の最後の部分で、十六年前の僕はこんなことを言ってる——

「断末魔の絶叫も凄まじく殺し殺される『英名二十八衆句』の〝睦まじさ〟には憧れを感じるけれども、春画を描かずに女の自慰という孤独な営みを描いた芳年の明治の静けさは不気味である」

まァ、とんでもなく耽美な文章だけれども、これはまたとんでもなくイヤミな文章だ。〝殺し殺される睦まじさ〟というのは勿論、〝ピタリと息の合った芝居をしている〟ということだ。私が問題にしているのは〝芝居をしている〟ということで、内容なんかなんの問題にもしていない。江戸というのは、とんでもなく高いレベルで芝居が可能だったというだけで、羨望を感じているのもそのことだけだ。それに引きかえ近代という時代は、関係を絶たれてしまった、ただ一方的な描写だけの時代だからつまらないと言っている。近代というのは、一言で言ってしまえば、関係を絶たれた男が他人の自慰を傍観するだけの時代でしかないから気持ち悪い——〝不気味だ〟と言っている。

私はズーッと前から、近代の男は気持ち悪いから嫌いだと言っている。そして、そんなこと公然と言ったら殺されるから、微妙な耽美でごまかしている。そして、更に本当のことを言えば、そんなことさえも言いたくない。近代とはまったく無関係なところにいたいと根本で思ってる以上、近代に対しては何を言ってるのかさっぱり分かんないような文章にするべきだ——だからこそ、とんでもなくセンテンスの長い、句読点なしの前近代の文章にしたかったというだけだ。

だってそんなこと——つまり〝近代の男は気持ちが悪い〟ということは——わざわざ言うまでもない当たり前のことなんだから、言う必要もない。そんなことを言うのは野暮だというのが江戸の美意識なんだからしょうがない。江戸のことをやる以上江戸の美意識なり方法論なりを踏まえなかったら江戸っ子に笑われちまァというもんであろう。

江戸っ子というのは、平然と笑うから厄介だ。

そういうことが分かって、でも残念ながら、十六年前の僕はまだ若かったので、そういうことがうまくやれなかった。だから文章をズッタズッタに切っちゃった。白井権八にはなれても、まだ幡随院長兵衛にはなれない年頃だったんでね。

『明治の芳年』が雑誌に載って、でも僕はもうその頃には大学の研究室に行かなくなっていた。〝研究生〟は一年半で勝手にやめちゃって、三回目の大学院の試験を受ける気はもうなくなっていた。せっかく目をかけてくれた先生にはなんの挨拶もなしにやめちゃうしね（ひどいやつだ）。突然イラストの仕事が忙しくなっちゃって、学者やるより職人やってる方がいいと思ったんだな。職人やってける自信てついちゃったし。勿論その頃には作家になろうなんていう気は全然なかったし。二十九になるまで、小説家になろうなんていう気は全然なかった。

という訳で、僕はひょっとしたらアカデミズムにコンプレックスを持ってるのかもしれないけど、それならそれでまたかまわないんだ。実際はどうあれ、やっぱりアカデミズムっていうのは一番カッコいいもんだって、僕は今でも思っているし。

ともかく、自分が絵を描く職人になって、それから数奇なことに、自分の頭でものを考える〝作家〟っていうもんになっちゃった以上、最早江戸時代にはいられない。僕はやっぱり現代に生きてる現代人でしかないんだから、いつまでも江戸ごっこをやっててもしょうがない。まともな現代人になりたいから、それで僕は江戸に修行に行ってたんだから。「どうしてこういうの着ちゃいけないの?」と思ってセーター編みながら。

現代に生きてない作家なんて、やっぱり一番しょーのない野暮の極みだし。僕の〝現代〟が他の人の〝現代〟と違ってたって、それは僕のせいじゃないとは思うけど。

という訳で、今の僕は、江戸が特別好きでもなければ嫌いでもない。所詮〝終わった時代〟だもの。

（**付記**・『明治の芳年』という文章が雑誌に発表された時、これには『時代の暗転と伝統』というタイトルがついていた。これは編集部の変更によるもので、私の関知することではない。私はどう考えたって、そういうタイトルをつける人間ではない。そういうタイトルをつけるのなら、私はこの文章の一番最後の一行から、改めて徹底的にその〝暗転〟を追及する。私はそれぐらい近代が嫌いだ——野暮だから）

安治と国芳——最初の詩人と最後の職人

1

以前テレビで『パリ物語』といって、〝エコール・ド・パリ〟をテレビドラマにしたことがある。範疇としては〝教養〟の〝美術番組〟をドラマに仕立て上げたドキュメンタリー・ドラマでもある。その台本を書いて――『桃尻娘プロポーズ大作戦』(大和書房刊)所収――そうしたら次の話が、名古屋テレビから来た。名古屋テレビの開局二十五周年記念番組で、テーマは浮世絵である。名古屋テレビにはかなり膨大な数の浮世絵のコレクションがあって、それを使って『パリ物語』みたいな浮世絵の番組が作れないかというのである。浮世絵ったって色々あるが、その浮世絵のなにをやるのかというと、安治《やすじ》と国芳《くによし》であるという。

井上安治は明治の浮世絵師で、国芳はそれよりずっと前の天保の人間である。両者の間に直接の関係はない。画風とかなんとかの間にも、関連とか影響とかいうもんがあるとは言われていない。はっきり言って、なんにも関係なんかない。おんなじところは〝浮世絵師〟というところだけで、ただ国芳の弟子が芳年で、その芳年のところに安治は一時弟子としていたというのだけが唯一ともいえる〝関係〟である。その二人をなんだって一時間の番組の中で一緒にしちゃうのかというと（〝一時間〟といっても、民放の一時間は〝正味四十五分〟でしかない）、それはその番組の企画担当者であり演出家の佐藤祐治ディレクターの〝趣味〟である。趣味といって悪ければ、彼の関心がその二人に重点的にある、ということだけである。私は「そういういい加減なことはいやだ」という人間では全然ない。逆に、そういう無茶な発想ならなんとか形にしたいと思う人間である。そうでもしないと、〝まともなこと〟は硬直したまま死んでしまう。

問題は既にして初めからはっきりしているというのは、「安治と国芳で浮世絵の番組を」ということは、「江戸が終わってしまった明治という視点から〝浮世絵とはなんだったのか？〟ということを探る」ということだからである。それ以外に〝この二人〟を生かす構造はないし、そういうことをさっさと計算出来なければプロではない。

江戸が終わってしまった後の〝明治の浮世絵師〟を登場させてしまえば、「彼のどこが江戸ではないのか？」という指摘が可能になる。そうすれば、そこから逆算されて、「江戸とはこうだ」ということが明らかになる。浮世絵の中に明治を置くということはそういうことでしかない筈である。浮世絵みたいに、あまりにもポピュラーで、誰もが知っていて、しかし〝ちゃんとしたこと〟になるとほとんどの人間が平気で知らないまんまでいるようなものを改めて解説するというのには、実のところ、そんな段取りがいる。

という訳で、〃明治から見た浮世絵〃という、いたって明瞭な、しかしその実とんでもなく膨大な仕事の内実である。

恥をしのんで白状すると、私は〃井上安治〃なる浮世絵師の存在を、実はまったく知らなかった。そういうことを知らないでさっさと〃明治から見た浮世絵〃なんぞという計算をしてしまうから困るのだが、まァ、それはそれでなんとかなるものだから構わない。一つのディテールに関して無知ではあっても全体を把握してしまえばそんなディテールはなんとかなる。そういう〃なんとかする〃がなければドラマというものは出来ない。それを知らなければ調べればいいし、調べて、新たに手に入れたディテールをもう一度〃全体の中〃にはめこめばいい。そこから新しい〃全体〃に関する逆算が始まるし、そうでもしなければ〃知っている〃と思いこんでいる全体の再点検なんかは出来ない。この仕事に関して問題点があるんだとしたら、それは〃井上安治〃というディテールにあるのではなくて、私が〃明治の浮世絵〃という〃全体〃に対して、かなり曖昧な把握しかしていなかったことにある。

2

〃明治の浮世絵〃というものは、一般には三人または四人の浮世絵師によって成り立っているというか、出来上がっている（ようなもの、である）。

一人は月岡芳年《つきおかよしとし》、もう一人は豊原国周《とよはらくにちか》。この二人は落とせないが、残りの一人ともう一人ということになると少しややこしい。

芳年という人は幕末・明治維新期・明治中期と三度画風を変え、その弟子に鏑木清方〜伊東深水という系譜を持つ人で、浮世絵が近代日本画になって行くことを示すような人でもある。だから、「この人の中には〝継続〟と同時に〝断絶〟もある」ということで、明治になって終わってしまった浮世絵師というものの最後の一人が彼ではあっても、彼が〝最後の浮世絵師〟であるのかどうかということになると、ちょっとした保留が必要ということになる。

私は例によってかなりややこしいことを言っているようなのだが、これは浮世絵というものの性質をどう見るか、ということにも関わっている。

たとえば、豊原国周という人である。この人こそが、ひょっとしたら明治になっても生き残った、そして明治になって終わってしまった、〝最後の浮世絵師〟なのかもしれないということがある。

国周という人は、歌川豊国《うたがわとよくに》以来続いて来た役者絵の系譜を継ぐ最後の浮世絵師である。役者絵というジャンルは、謎の絵師写楽を問題にする時に限って触れられるような、浮世絵のジャンルとしてはかなり不幸なジャンルだが、実は文化文政以降の江戸文化の中心にあるものはこの役者絵である。三代目豊国を襲名した国貞《くにさだ》、国芳、風景画の広重にこの国周まで、ほとんどの浮世絵師がこの歌川派の系譜に入る。勿論、広重も国芳も、その出身は役者絵で、歌川派以外の浮世絵師ということになったら、この時期には葛飾北斎と美人画の渓斎英泉《けいさいえいせん》ぐらいしかいない。歌川派が浮世絵の主流で、歌川派の中心にあるのは役者絵だから、その意味でいえば、正統なる江戸浮世絵の中心は国周にある、ということになる。国周の役者絵を中心にして、その周りに広重以来の風景画と、国芳以来の武者絵があるというのが、江戸幕末を引く〝明治の浮世絵〟の構図ということになろう。

広重以来の風景画には三代目・四代目の広重がいる。彼等が描いたのが〝開化絵〟と呼ばれる明治前期の風景画で、この筆致はまったく旧幕のそれと同じである。幕末から明治初年度の武者絵の画家はまた新聞錦絵の画家でもあって、ここには落合芳幾《おちあいよしいく》と芳年の二人がいる。だから〝明治の浮世絵師を三四人〟ということになると、国周・三代広重・芳年・芳幾ということになるのだが、ここで問題になるのが、その〝明治〟なる時期の質なのである。

3

浮世絵というものは、江戸時代から明治になるまで続いて、明治になって終わったものである。なぜ終わったのかというと、それはメディアと〝背景〟が変わったためである。

メディアの方からいくと、浮世絵は木版という技術によっている。江戸の印刷術の根本はこの手彫りの木版で、それが明治になって、西洋から活版の印刷術が入って来る。印刷技術の転換が起こる。浮世絵は、基本的には複製芸術であるが、しかしこの言い方はやはり間違いだろう。浮世絵は、〝複数芸術〟ではあっても〝複製芸術〟ではないからだ。浮世絵は初めからオリジナルに版画なのであって、別に〝名画の複製〟を前提にしたものではない。肉筆画というのは、そのオリジナルな複数の〝限定愛蔵版〟というようなものであって、浮世絵の木版印刷は写真製版の複製とは違うのだ。

オリジナルの〝名作〟が一点だけあって、それが優れた印刷技術によって複製され流布して行くのと、初めから木版なるメディアによって複数が生み出される浮世絵版画とでは、メディアの持つ意味が根本から違う。その違いは、江戸の町人文化は大衆文化であるが、近代の大衆文化は文化の大衆化であるという、そんな違いに等しい。だから、木版印刷が複製技術としては不徹底であるということが明らかになるにつれ（木版印刷は枚数をこなせない）、木版印刷はすたれ、木版印刷とともにあった浮世絵版画もすたれて行く。これは〝限定された数の大衆〟が、さらなる大衆化の中に解消されて行くのに等しいだろう。大衆の中のある部分の需要に応えることと、無限定に需要を拡大して行こうとする文化の大衆化とはやっぱり違う筈だ。

▲国周「沢村田之助のけいせい敷島」

もう一つ。明治になって、日本には外国から化学染料が入って来る。北斎や広重の風景画を成り立たせたものは、その空の色、水の色を可能にした〝藍〟だが、これはベロリンという、西洋渡来の化学染料だ。この色が入って来て、天保の浮世絵はそれまでのものと変わる――風景版画はそうやって生み出されたものだ。幕末から明治になると、ここに更に赤と紫が加わる。藍の一色は旧来の様式の中に溶け込んで、新しい世界を開いた。しかしその上に更に新しい、そして毒々しいまでに濃厚な新しい色が付け加えられた時、旧来の様式は破綻してしまう。その〝新しい色〟という新しい手段を使って新しい様式が生み出されるまでには、かなりの時間がかかる。月岡芳年の世界はその〝新しい色〟を使いこなした、ほとんど〝近代挿絵〟ともいうべき新しい世界だけれども、そこに至るまでの幕末版画は、ほとんど毒々しい色の氾濫する絵の玩具化だ。幕末からの開化絵は、毒々しい赤と紫、そして緑によって塗りたくられた絵の文様化である。新しくはでな色があれば絵は派手になるけれども、しかし現実には、そうそう生の赤だの紫だのという色は存在しないのだから……。

日本の浮世絵が色彩的に派手なのは、色の使い方がフラットだからである。版木を彫って色を一つ一つ刷り重ねて行く浮世絵版画は、油絵のように色をごちゃごちゃと混ぜ合わせることが出来ない。見れば分かるけれども、浮世絵の画面は、一つ一つがフラットな色面の組み合わせで、いってみればこれは着物の柄だ。日本の浮世絵が装飾的でありながらも一つの具象世界を示しているというのはそういうことで、一つ一つの色を際立たせて装飾的であるからこそ派手には見えるけれども、しかしそ

▲開化絵「横浜海岸鉄道蒸気車図」三代広重画

の実、色の種類はそうそう多くない。限られた色彩がぎりぎりのところで、絵のパターン化を拒んでいる。限界の中で、作者の工夫が〝限界〟を〝表現〟に変えて行ったのが江戸の浮世絵版画である。ところが幕末から明治の錦絵――特に風景画は、既に出来上がってしまった様式をなぞるだけだ。なぞって、そこに新しく派手な色彩をのせて行った。きわどいところで〝風景〟を成り立たせていたものが、この時点で完璧に極彩色の〝着物の新柄〟に変わるのだ。

風景画が平気で〝ただ派手な絵〟に変わってしまったということは、〝風景画を持つ〟〝自分達の風景画を持つ〟ということの意味が変わってしまったということだろう。そこにある、自分達を取り囲む情景を愛するということが〝風景画を持つ〟ということで、と同時にそれは、自分達の存在自体を愛し肯定することでもあるのだと思う。自分達を取り囲むものがそんなものだったのかという認識、こんなものであってほしいという願望が、それに取り囲まれた〝自分達〟なるものの存在を明確にする――勿論そういう形のアイデンティフィケイションだって存在すると思う。そういう形で存在していたものが、多分江戸の風景版画なのだ。江戸の風景画はそのようにして完成し、存在してしまった。そして、その後に来たものは、「それは既に存在する」という前提にのっかった〝ただの派手〟〝珍奇な新名所〟でしかなかったのだ。そうなってしまったら、最早〝その情景の中に生きる者〟と風景画との間に幸福な循環は起こらない。自分達の住む世界がどんな世界なのかという認識を育んでいた場所が、ただの〝他人の観光地〟に変わる。そこに住んでいる人間達は、よそからやって来る観光客の為に自分の住む世界を確保して、やって来た観光客はただ「へー」と言うだけだ。〝風景画を持つ〟ということがただの〝絵葉書を持つ〟ということに変わってしまう。三代四代の広重の描いた開化絵に代表される幕末明治の風景画というのはそういうものなのだ。横浜や新橋の新開地が旧来の浮世絵のスタイルで〝把握され〟、単に〝新しい色彩〟によって埋め尽くされる。そこには、明治という新しい時代に生きている筈の〝人間達の現実〟なんていうものはどこにもない。相変わらず続いている〝江戸時代〟の視点が、新しい時代をただ〝珍奇〟に見ている。そこにいる筈の自分達とはなんの関係もない新しい現実を、なんの関係もない当事者来訪者達が「へー」と言って見ている。

風景画という新しいジャンルを生み出した浮世絵というものは、そうやって〝旧弊な絵葉書〟へと変わって行ったのだ。描かれるべき〝背景〟が変わって行った時、それを〝描く〟という行為も、当然変わって行かなければならなかったのに。

4

役者絵の絵師・豊原国周が〝最後の浮世絵師〟であるということは、彼の描くべき対象――即ち歌舞伎が江戸時代のまま残り、しかし〝それを描く〟という行為の方が消滅してしまったからである。役者絵はブロマイドという写真にとって代わられた――それが明治になってからの〝役者絵の最期〟である。役者絵は、イラストレイションとして変貌を遂げて次の時代にまで残って行った〝江戸風の絵〟ではないのだ。役者絵はブロマイドに代わる、もう似顔絵を描く画家は不必要なのだ。

江戸の終焉という方向に向かって、幕末の歌舞伎は動く。それに合わせて幕末の役者絵も動く。どちらもある種の危機感を漂わせながら。しかし、江戸が終わった途端、歌舞伎には平安が戻った。だから当然役者絵にも平安が戻る。明治になって変貌を遂げた国周の錦絵は、〝新しい色〟で厚化粧を重ねた、劇場の中の〝開化絵〟だ。新しい時代になって〝変わった〟筈の歌舞伎が、しかしその実、単なる〝新しい見世物〟にしかなっていなかったのだということは、この時代の役者絵を見れば分かる。それは〝見捨てられた錦絵の江戸〟でしかない。しかしそれでも歌舞伎は残り、それを浮世絵として見る〝思想〟の方が消えてしまう。新しい観客は、浮世絵師の目を通して役者や舞台を見るよりも、カメラのレンズを通して見ることの方を選んだのだから。

江戸が終わって歌舞伎は残り、浮世絵の時代が終わって写真の時代がやって来たのだ。〝最後の浮世絵師〟なるものが存在するのなら、それはここ――役者絵というジャンルに於いてだろう。

明治という時期は、浮世絵が消えて行く時期でもあるし、浮世絵がまだ残っている時期でもあるし、浮世絵がイラストレイションとして変貌して行く時期でもあり、この三つの要素が同居している時期でもある。まだ残っている浮世絵は旧幕時代のままだし、消えて行こうとするものは、消えて行かざるをえないような方向に変わって行こうとするし、別のものにとって代わられるものなら別の者にとって代わられる。幕末には無残絵、開化期には新聞錦絵、そして最後には近代挿絵の門口にまで立った月岡芳年の変化は、正にこの時期の変化そのものを体現している。

明治になって、浮世絵というところでは、対象の変化と表現手段の変化と受け手の変化という、三つの変化が同時に起こる。現実は代わって行き、その現実を認識する筈の人間の変化は、しかしその変化に対応はしない。そのずれが様々の変種を生むのだ。明治の浮世絵の変化を語ることは、ほとんど〝現在の変化〟を語って行くようなものだ。

今までのところを少し整理しよう。

明治には様々な変化が起こった。その変化を自覚しない人間の上にも変化は訪れ、様々な変貌を見せる。そして、明治には、この時期を代表する浮世絵師が三人ないし四人いた。それは豊原国周であり、月岡芳年であり、三代目四代目広重であり、落合芳幾でもあるが、しかし、普通はここに、小林清親という、全く別種の〝最後の浮世絵師〟を数え上げる。

5

小林清親という画家は、実に不思議な存在である。浮世絵師に代表されるような〃絵師〃というものが前近代の存在で、近代になってのそれが〃画家〃と呼ばれるようなものならば、小林清親は完全に〃画家〃であるような人間だが、しかし彼は〃絵師〃として存在した画家なのだ。いささか分かりにくい話かもしれないが、「彼は浮世絵師としては近代画を描き、画家としては浮世絵を描いた」という、不思議な存在なのだ。

小林清親は弘化四年（一八四七年）江戸の御家人の息子として生まれた。九人兄弟の末っ子で、他に兄もあった筈なのに、この人は十五歳の時に小林家の家督を継いでいる。父祖伝来の家督を継いで御家人になったこの人は、鳥羽伏見の戦いに参加し、多くの徳川の家臣がそうしたように、将軍職を退いた慶喜のいる駿府（静岡）に行き、新しく〃東京〃と変わった生まれ故郷に戻って来たのは明治七年――二十七歳の時だった。父親が死んで家督を継いだ十五歳の少年は、当然母親なるものの面倒を見なければならない。もしも徳川の幕府が瓦解しなければ、彼はそのまんま老いた母を抱えて武士のまんまで一生を終えただろう。彼の二十七歳までの履歴というのは、最早終わってしまったものの最期を最期の際まで見届けて納得したがっていた青年のそれのような気もする。この頃から小林清親は河鍋暁斎《かわなべぎょうさい》に絵を、横浜の写真術師下岡蓮杖《しもおかれんじょう》に写真術を、イギリス人チャールズ・ワーグマンに洋画を学び、画家＝絵師というものの方向へ傾斜して行く。そのところを私の書いた『浮世絵　わが心のともしび——安治と国芳』の台本から引用すればこうである——。

「先生はずいぶん大人になってから、絵師になられた方でしたから——」

「先生は明治の初めに写真術を下岡蓮杖先生について学ばれました。それから先生は、英国人のワーグマンさんについて、油絵を学ばれて、それから日本画を学ばれ、三十歳の時に光線画と呼ばれるご自分の絵を作り上げられたのです」

私はこの名古屋テレビが製作する〝浮世絵ドラマ〟のナレーションを〝井上安治〟自身にさせることにした。

このドラマは、彼自身のナレーションで、こんな風に始まる——。

「僕が子供の頃、戦争がありました。上野のお山に火がついて、人が沢山死んだそうです。江戸が明治に変わる、遠い昔のことです。日本に初めてガス燈が点ったのは明治五年のことでした。その明るさに人々は目を細めましたが、でもまだ夜は暗くて、広い夜空にお月様だけが輝いていました」

幸い名古屋には明治村というところがあって、明治の町並を撮影するのにことかかない。小林清親の描いた『明治十年勧業博覧会《かんぎょうはくらんかい》瓦斯《がす》新館《しんかん》之図』が最初に登場し、ガス燈の明るさに人々が驚愕して

▲清親『明治十年勧業博覧会瓦斯新館之図』

▲安治『日本橋夜景』

いる光景にこのナレーションがかぶさると、暗い明治の通りを安治と彼の許嫁が歩いて行く実写シーンになる。

6

井上安治は元治元年（一八六四年）江戸の太物《ふともの》商の長男として生まれた。太物というのは、普通の着物に仕立てる絹織物を呉服というのに対して、ドテラや布団生地、あるいは日常着や作業着に仕立てる綿織物のことで、一種ランク落ちの呉服屋というニュアンスもある。

商人の息子に生まれた安治は、幼くして芳年の門人になり、やがてそこを去る。〝幼くして〟というのがいつの頃なのかはよく分からないが、当時の商人の子供が〝習い事〟として絵を始めたのなら五つ六つの年で、この頃——明治初年度の芳年といったら、血みどろの無残絵・合戦絵を量産していた浮世絵師である。そういうところに小学校や幼稚園に入る年頃の子供が平気で入門するというのはちょっと考えにくいが、しかしたとえば、安治がもう少し大きくなって明治の五年ぐらいのことだとすると、九歳の安治は〝精神衰弱〟という病気にかかっていた芳年の門人にならなければならない。どっちにしろ、明治の初めに幼い少年だった井上安治のそばには、かなりアブナイ世界が平気で存在していた、そして、彼はそこでプロの絵描きが受けるような手ほどきを受けていた、ということである。

小林清親が絵描きとしてスタートしたのは二十七歳で、しかも彼は特定のプロに弟子入りするという形を取ってはいない。なんだかよく分からない情熱に駆られた青年が——しかもいささかとうのたった青年が――自分の求める〝絵〟なるものを作り上げようとしてあちこちに首を突っ込むという、かなり現代的な〝修業〟をしている。こういうことを江戸的常識に従って言えば「オシロートさんの独学」ということになるのだが、しかし明治の初めに浮世絵なるものは、もう〝現代的な人間の表現〟であることから降り始めていた。確立された現業であった浮世絵版画が、まだ現業であることをそのまま残して、やがては〝江戸情緒を伝える過去のメディア〟に変わって行こうとする時、〝当座しのぎの新しさ〟がシロートの中から平気で生まれて来るのは当然だろう。考えてみれば、日本の近代化というものはすべてそのようなものだし。

一方、明治維新の年に四歳の幼児だった井上安治はどうだろう。ほとんど近代の中に生まれ育って行こうとする彼は、ほどなくして前近代の師匠の下に弟子入りする。小林清親という、前近代に生まれ前近代に育った近代人は独学で〝自分〟なるものを築き、近代の中で人となって行く少年は前近代のシステムを学習する。少年安治にとって、空中楼閣のような〝近代〟は、しかし確固として自分の前に存在している既成の現実なのだ。

明治九年、安治が十三歳の年に父親は死ぬが、生来病弱だった安治は家業を継ぐことを強制されなかったらしい。多分彼は、絵師となって生計を立てて行こうとしたのだろう。そして明治十一年、小林清親と出会って、彼に入門する。ある雪の降る日、人気のない隅田川のほとりで雪景色をスケッチしている清親の様子を眺めている少年がいた。降る雪の中でじっとその様子を眺めていた少年が安治で、この恋物語の挿話のようなものが安治入門のいきさつだという。ある意味でこれは、近代のノウハウをもった前近代と、前近代なる環境の中に置かれた近代なるものの、時間を超えた出会いなのだろう。

安治は清親の弟子となり、十七歳で自分の作品を発表し、二十一歳の年に井上探景と号し、二十六歳の年、結婚を目前にして死ぬ。生来病弱だった彼の死因は心不全だという。

安治の問題で一番大きな謎とされているのはなにかというと、十七歳で既に師清親を超えるような素晴らしい〝風景画〟を発表していた彼が、どうしてその後、凡庸な〝浮世絵師〟に堕してしまったのか、ということである。〝井上安治〟（あるいは〝安二〟〝安治郎〟〝安はる〟）というシロートっぽい名前で発表された作品は〝素晴らしい近代風景版画〟であるのに、それが〝探景〟なる一人前の号を持った途端〝単なる旧来の浮世絵師〟になってしまうのはなぜか？　ということである。

私自身は、劇中の安治にこんなセリフを与えた――。

「僕が初めて逢った時、先生はもう三十二歳で立派な大人でした。僕はまだ十五歳で、結局僕はその年まで生きていることが出来なかったのです……」

井上安治の問題は、ほとんど「どうして近代は〝少年〟でしかないのか？」「どうして少年は〝凡庸な一般〟にしかなれないのか？」に等しい。

どうしてなんだろう？

ほとんど答は見えているようなものだけれども……。

7

とりあえずは、劇中の井上安治自身に、自分が浮世絵師として登場するまでの前史を語ってもらうことにしよう。

「僕が清親先生のところへ入門したのは、十五の年の冬でした。先生は明治になってから、光線画といわれる新しい浮世絵を作り出した人でした。江戸時代の浮世絵にはあまり影がありませんでした。なんていうのか、あまりうまくは言えませんが、平らで、まるで決まった描き方があるみたいな、そんな絵でした。浮世絵師といえば、たいてい歌川派の人達で、初代の豊国先生から始まって、国貞、国芳、芳年……。東海道五十三次で有名な安藤広重先生も、やはり歌川派の一人でした。浮世絵には決まった浮世絵の描き方がある。みんなそんな風に信じているみたいで……、だから江戸が明治に変わって行っても、浮世絵はあんまり変わりませんでした。でも小林清親先生だけは違いました。先生はずいぶん大人になってから、絵師になられた方でしたから」

つまり、近代人としてスタートした清親にとって、絵を描くということはかなり意図的な行為だったということである。そこに〝絵を描く〟ということの下地だけはほとんどマスターしているような少年がやって来る。清親の技法に関する学習は後天的だが、安治のそれは先天的である、というような差である。

劇中、小林清親と彼の作品の版元具足屋《ぐそくや》の手代は、こんな会話を交わす。


「ごめん下さいまし、具足屋でございます」

「おお、いいところへ来た。ちょっと上がってこれを見ておくれ」

「いつもながら結構なもんで、いただいて帰ります」

「(笑っている)それは私の絵じゃないよ」

「またまた、滅相な」

「いや、この人が描いたんだ」

(安治の顔と手許の絵を見比べている具足屋)

「ヘェーッ、この若さで。なんとまァ、器用な」

「お前さん、そうお思いなさるかい？　へたすりゃ、この人はあたしより上だよ」

「またまた、ご冗談を」

「ほんのこったよ。あたしは光線画を作るまでに三年かかったんだ。ところがこの人は、それを一年で分かっちまった。西洋人は不思議だ。見た通りのまんま絵を描く。どうすりゃ描けるだろうと思って、ああでもない、こうでもないとやってた絵をさ、この人は平気で、見たまんまを描いてる。見たまんまを平気で絵にしやァがるんだよ」


小林清親の絵を見ているとあることに気がつく。それは技法のバラつきである。小林清親は、それ

▲清親『海運橋第一国立銀行』

▲清親『向島雪』

までの日本の絵にないもの――つまり光による立体感というものをもとにして絵を作った。〃光線画〃というのはこれだが、すべてのものは光と影の作用による〃かたまり〃としてとらえられるのだから、そこでは〃形〃を作り上げる人為的な輪郭線というものが不要になる。それまでの日本画というものは、すべて毛筆の線によっているもので、光や影がどんなフォルムを作り出そうと、そんなものとは関係なく、すべてにわたって支配的な〃輪郭線〃が一切を仕切る。そこから日本画特有の〃様式〃なるものが生まれるのだが、清親はその輪郭線なるものを取っ払ってしまった為に〃様式〃というものとも決別せざるをえなくなった。〃浮世絵〃なる万能の様式がありさえすれば、どんなものでも描ける――そして、その様式が限界を示してしまえば、その様式を持つ全体は〃旧弊な物〃に落ちる。清親は、浮世絵にない〃光〃という量感を導入して〃新しい浮世絵〃を作り、浮世絵に〃新しいジャンル〃を開いたのだけれども、しかしその彼は〃新しい様式〃を作った訳ではない。彼は、たまたま光と影が作り出す自然のドラマを見て、そのまんまそれを絵という二次元平面に置き換えただけなのだ。勿論そのことは大変なことだけれども、しかしその行為は、自然なるものが作り出す〃光景〃という偶発的なドラマに大きく依存している。それをそのまんま絵にすることは、ある意味では簡単だが、しかしそれまでの日本の絵師というものは、そういうスケッチをもとにして、改めて〃絵〃というドラマを人為的に作り出すようなものだったのである。小林清親の写生帖というのを見れば分かるけれども、この人の写生能力はすぐれている。しかし、この人はそうして拾い上げたスケッチをもとにして〃絵《タブロー》〃を作り上げる能力がないのだ。酷なことを言ってしまえば、この人の絵に〃情感〃はあっても、画家なる個性は存在しない。「なんか、自分の技法というものはある筈なんだがなァ……」とい

▲清親『千ほんくい両国橋』

▲安治『両国百本杭之景』

う呟きさえ、小林清親の絵からきこえて来る。そして、井上安治は、この小林清親の作品を、スケッチとして把握してしまったのである。

安治の作品には、清親の絵をそのまんまいただいてしまった作品がかなりある。「どうしてこんなことをしなければいけないのだろう?」という疑問も湧いてくるのだけれども、しかしよく見ると、安治の作品と清親の作品とでは微妙なところが違うのだ。

清親の描いた『千ほんくい両国橋』という絵は、ほとんどそのまんま安治が『両国百本杭之景』という作品に仕立て直している。構図はまったく同じ。しかしよく見ると、清親の絵で中景にある、竿を使って船を出そうとしている船頭の乗った船が、安治の絵にはない。画面前面を仕切った杭があって、その向こうに隅田川の水面があって、清親の絵の中心は、明らかにこの船を出そうとしている〝船頭のドラマ〟にある。あまり言われないことだが、清親の絵を〝絵〟たらしめているのは、画面の中で情景の〝人間ドラマ〟を演じている人間の存在にある。別の言い方をしてしまえば、清親の絵は、安藤広重の描いた〝江戸情緒〟の明治版なのだ。清親の描いたものの中には、広重の構図の流用というのはけっこうあるのだけれども、どうやら明治の素人画家小林清親にとって、絵とは江戸の広重の描いた〝情景〟を〝光と影〟という三次元的な表現でとらえなおすことだったらしい。

江戸の風景画というのは、実のところ〝風景画〟であるよりも、そこに人間がいる〝情景画〟〝光景画〟である。人間のいない純然たる風景画というのは、そうそう江戸の浮世絵版画にはないものだ。どの作品にも大概〝人物〟がいて、その人間達がいずれも軽微なドラマを演じている。広重の描いた『東海道五十三次』などは、視点を変えて見れば、これはほとんどすべてが〝人情ドラマ〟であるよ

▲広重『東海道五十三次』「蒲原」

▲北斎『富嶽三十六景』「神奈川沖波裏」

うな〝光景画〟である。画中に人物がいて、それが様々な生活人生をその中で演じて見せ、それを見ることによって——その画中人物の人生と自分の人生を重ね合わせることによって、〝風景を持つ〟。江戸の風景画と大衆との関係はこのようなものだ。風景画中の人間達は、決して自然の一部分にはならない。かえって逆に、画中の風景が〝人生〟の一部になる。だから、浮世絵の風景画と歴史画の間にはどこかで一線が引きにくい。人間ドラマがなければ、芸のない風景は絵になりにくいのだ。北斎の風景画というのは、有名な『富嶽三十六景』中の「神奈川沖波裏」の〝大波〟を頭に思い浮かべてみれば分かるけれども、どれもこれも、自然が奇矯なまでの〝芸〟を演じている。〝絵になる・絵にならない〟という言葉の存在を考えれば分かるけれども、前近代の日本には、〝ありのままを絵とする〟なぞという考え方はないのだ。

勿論、清親だとてそうだ。彼は画中人物に〝人生〟なるドラマを演じさせたがっている——だがしかし、それがシロートだから、出来不出来がはなはだしい。

ところで安治である。この人の絵の中で、人間はドラマを演じない。人間もまた、自然の中の一点景としてただぼんやりと佇んでいるし、あるいは、ただ空間だけがあって、人間なる〝ドラマ〟を成り立たせる異物はまったく存在しない。清親の描いた作品をもとにした『両国百本杭之景』では、清親がそこにドラマの中心を設定したであろう〝竿を使う船頭のいる船〟は存在しない。ただそこにはなにもない隅田川の〝水面〟があるだけだ。

8

江戸というのは、大人が取り仕切る制度社会である。人間はすべてどこかに所属した〝社会の一員〟で、ここには他から隔絶した〝個人〟とか、その人間の持つ〝心理〟というものは存在しない。江戸の浮世絵の中に〝やる瀬ない胸の想いを抱えて一人あてどなく佇む青年〟などというものが登場しないのはそういう訳だ。ここには〝なにもしないでただ個であることが剝き出しになっている個人〟などというものは存在しない。それはちょうど、家族という〝愛の制度〟に取り仕切られてしまった人間集団の中に〝個人〟というものが存在しないのと同じことだ。

家族の中で〝個〟を主張すれば、主張した人間は他から孤立する。孤立した人間達の集団を〝家族〟と呼ぶ訳にもいかないから、家族は、あることになっている〝愛情〟という一体感の中で〝個〟なるものを曖昧にしているだけだ。家族の中に心理というものが存在せず、それが存在するとしたら、必ず〝隠されて〟という条件付きになるのは、そうした理由だ。だから、家族というものが描かれる時には、家族の面々は必ずなにかの行為を演じている。家族が揃ってなにかを演じていたり、家族がそれぞれになにかを演じていたりする違いはあっても、なにも演じていない家族が描かれることはまずない。お父さんはカラオケ好きで、家族はそれにあきれていたりして、必ず〝なにか〟を演じている。それはほとんど、江戸の風景画の画中人物がなにかのドラマを演じているのに等しい。個人というものは、〝なにかを演じている〟という行為にコーティングされて、初めてその存在を認められるのだ。〝なにもしない個人〟などというものは、前近代には存在しない。

例えば、前近代に〝不良〟なるものは存在しない。それは必ず〝悪党〟か〝男伊達〟のどちらかである。〝善でもなく悪でもなくただ不良〟なぞというのはありえなくて、それが地域住民の役に立つ存在であれば〝男伊達〟だし、さもなければ、必ず悪事をしでかす〝悪党〟なのだ。江戸の歌舞伎のヒーローの多くが盗賊であるのは、〝なにもしない〟ということが理解出来ずに、〝なにか〟をかならずさせられていた、そのことの結果である。〝なにもしないもの〟の代表というのは、〝まだなにもすることのない青年〟というものだが、当然のことながら、江戸にはこういうものは存在しない。それは〝遊び人〟であったり〝若旦那〟であったり〝若殿様〟であったり〝ただ年齢的に若いというだけのある職業人〟である。ここには〝青年〟も〝少年〟も存在しない。〝まだなにもすることがないもの〟は〝まだ存在していないもの〟だからである。世界の中心は、〝既になにかをしている生活者〟にだけあって、〝なにもしない〟などということはありえないのだ。なにもしないでいるものは、ただの〝ろくでなし〟であり、あるいはまた〝ブラブラ病《やまい》〟という病気（こういう言葉は存在した）にかかっている人間なのである。人は、かならずなにかのカテゴリーに属して、〝なにもしない〟というカテゴリーは存在しない。

たとえば、前近代という世界の中で〝少年〟というものは不思議な存在の仕方をさせられる。これは恋愛の対象である。少年は、男に愛されれば、ラブシーンの中の女のようなセリフを吐くし、女に愛されれば一人前の男のようなセリフを吐く。そして、男に愛される少年は〝女〟と同じなのだから、〝恋を演じる〟ということはあっても、「それが自分という人間にとってはどういう意味を持つことなのか」なんぞという、めんどくさい思索はしない。つまり、行為だけがあって、行為から派生するような心理を持たされていない、ということなのだ。だから従って、行為を派生させるような心理だって持ってはいない。〝恋〟や〝仕事〟を演じても、なにもない〝孤独〟を演じることは許されていない。まさか前近代に〝孤独〟なるものが存在しなかった訳もなかろうが、ともかく、前近代には〝孤独〟が存在する余地はなかったのだ。〝孤独〟というものは、前近代の制度社会が崩壊した、その間隙からしか生まれない。人間の心理というものは「寂しい……」と思う感情からしか生まれないのかもしれないが、それが生まれてしまえば〝近代〟である。近代は「寂しい……」と思う感情を持つことが人間に許された時代なのである。

だから私は、作中の安治にこんなセリフを与えてみた——。

「僕が絵師として独り立ちしたのは、十七の時でした。その頃海の向こうでは印象主義という絵が流行っていたそうです。見たまんまを絵にするという……。勿論僕はそんなことは知りませんでした。僕はなんにも知らなかったのです。自分が孤独だということさえも」

井上安治は、私が知る限りでは、日本で最初に「寂しい……」という感情を表現してしまった〝少年〟である。

彼の絵の中には〝ドラマ〟を演じているような人間が存在しない。絵の中には、ただ人間のいる、そしてその人間の存在を帳消しにしてしまうような〝風景〟があるだけなのだ。

この、日本で最初の風景画家は、自分の目の前にあるかもしれない〝人間の営み・ドラマ〟という

ものをまったく見なかった。見ないから描かなかったのだ。
井上安治は、作品の中にありうべきドラマを描かず、へたをすれば「寂しい……」と言い出しかねない〝風景〟だけをそのまんま描いた。つまり、作品の中にはドラマがないが、しかし作品自体がドラマを構成しているような、見る者の胸の中にだけある種の感慨を呼び起こす作品――後の言葉で言

並木町六番地 井上安治画

月 日御届

橋の圖

うのなら〝芸術〟と呼ばれるようなものを作り出したのである。

井上安治が十七歳で絵師としてのデビューを果たした明治十三年、坪内逍遙の『小説神髄』はまだ存在しなかった。『当世書生気質』も。二葉亭四迷の言文一致体小説『浮雲』も存在しなかった。日本で最初の新体詩である島崎藤村の『若菜集』も、夏目漱石の『坊ちゃん』も、勿論中原中也も。なにひとつ〝そういうもの〟は存在しない中に、井上安治の風景画はあった。

井上安治は、多分小林清親の絵の中に〝風景を把握する方法〟だけを見たのだろう。あるいは「このように自分の目の前にある〝風景〟なる状況を把握してもよい」という許しを。井上安治は多分、小林清親の絵の中にあった、小林清親が描こうとしていた〝絵なるものを作る核となる人間の情景〟などというものを見ようともしなかったのだ。そんなものなら、もう彼はとうの昔に描けていた筈なのだから。日本の作家達が〝自分を述べる言葉〟というものを作り出すずーっと以前に、井上安治という少年は、自分にそのまま〝自分〟なるものを語らせてくれる〝言葉〟をつかまえていたのだ。

9

小林清親が旧将軍のいた駿府から上京して、絵師としての模索を開始した明治六年、フランスでは第一回目の〝印象派展〟が開かれた。〝印象派〟なる名称を決定づけたモネの『印象　日の出』がこの時に出品されている。勿論〝印象派〟という名称は、「なんだこんなもの、所詮ただの〝印象〟でしかないじゃないか」という、モネの作品を見た批評家の悪口に由来している。それを逆手に取った画家達の誇りが〝印象派〟なる会派——というよりは〝思想〟である。

印象主義の登場は、「描くべきものを描け」というフランス絵画のアカデミズムに対する、「見たままを描きたい」という近代個人主義の戦いである。別にどうってことのない話のようだが、これを日本の話に置き換えてみれば、こういう思想が登場するヨーロッパの奇妙というものも分かるかもしれない。

フランス絵画のアカデミズムとは、日本で置き換えれば、殿様のお城の障壁画を描く狩野派・土佐派である。既に江戸時代〝本派絵師〟と呼ばれていた彼等に、描くべきものもそれを描く描き方も決まっていた。城の襖に松の木や中国の聖人の絵は描いても、そんな所に裸の女の絵を描かないのが日本だが、フランスとなると話は違う。こちらは、城の天井に平気で裸の女の絵を描く——但し、それはみんな〝裸の女〟ではなく〝由緒正しい女神達〟ではあるけれども。

フランスには「女神が裸であってもかまわない」という思想がある。そして日本には「裸の女の絵が公式の場に存在する」という制度がない。そして勿論、日本には浮世絵という、いくらでも女の裸を公然と描いている絵師があるが、しかしフランスにはそういうものがなかった。だから、有名なマネの『草の上の昼食』というスキャンダルが存在する。要するにこれは、〝女神〟でもない〝裸の女〟がサロンという公式の場（展覧会）に登場してしまったというスキャンダルである。狩野派の絵師が歌麿のあぶな絵を真似して城の襖に裸の女の絵を描いてしまったら、到底〝スキャンダル〟どころの騒ぎでは収まらなかっただろうが、フランスという国は〝本派絵師〟だけで、〝浮世絵師〟のいない国だったのだ。日本には本派絵師と浮世絵師の二通りがあって、身分の違う両者の間に「互いに交わろう」などという気は生まれなかっただろうが、フランスではアカデミズムなる本派絵師が浮世絵師になろうとしたのだ。

本派絵師には〝描くべきもの〟があり、技法はそれに奉仕する。フランスでは、技法の前にタブーがある。しかし一方、日本の浮世絵にはそんなものがない。まず〝様式〟があって、技法とはその様式を満たすものだ。

フランスでは、絵画の中に裸の女を見つけた場合「女神だ」と言わなければならないが、日本では、どんな女でも見たいと思えばその女を裸にして描く自由がある――但し、どんな女でもすべて〝浮世絵の女〟という独特のものになってしまうけれども。

フランスあるいはヨーロッパ人にとって〝見たままを描く〟というのは〝個人の印象〟をよしとするか否かの〝思想の問題〟だが、日本の場合は〝技法の問題〟である。なにしろ、現実の風景に光は射しても〝輪郭線〟などという不思議なものは存在しないのだから。


フランスの画家達は「見たままを描いてもいい筈だ」という思想上の問題から、「どう描くか?」という技法の問題に入って行く。内に刻まれた印象（im-pression）を描くという行為が、やがては「作品として描かれたもの＝外に刻まれたもの（ex-pression）こそが見るに価するもの（真実）である」という、表現主義の思想に変化して行く。

ところで一方、身分制度というタブーがなくなった日本の浮世絵師達はどうなっただろう? どうにもならない。なにしろ、浮世絵そのものがやがてはなくなってしまうのだから。日本では、かつての本派絵師達が〝近代日本画〟という、新しい何か――それは多分〝新しい〟という思想だろう――

に仕える、新しいアカデミズムを始め、洋画という新しいアカデミズムを西洋から導入する。日本の画家達にとって〝見たままを描く〟ということは、〝見たまま描いてあるように見える西洋画の技法をマスターすること〟なのだから。第一、浮世絵ばかりでない、日本の絵画、あるいは東洋の絵画なるものは、初めっから〝描かれたものが見るに価する真実〟という表現主義なのだから、今更〝どう見る〟もへったくれもないようなものだ。なにしろ、日本には「筆の赴くまま」という思想さえある。

しかし、その日本にはないものが一つだけある。「一体この画家はどう見たのか?」という、画家の思想を問題にする土壌がないということだ。問題にされるのは、「この画家はどう描いたか?」という技法だけだ。

描くべきものは、既に〝人間の存在する情景〟としてある。問題は、それをどう描くか、という技法だけだ。

小林清親は、西洋絵画がそうであるように、西洋絵画にある〝見えるがまま〟を絵にしようとした。彼は技法を学んで、それによって広重的な江戸の世界を明治に於ても再現しようとした。そして、やっぱり彼は下手だったのだ。清親の作品の多くは、彼の画家としての苦闘しか語っていない。

彼は光線画から『東京名所絵』の画家になり、井上安治という画家をデビューさせ、そしてそれからしばらくして『清親ポンチ』という諷刺画の作家になる。自由民権運動という政治の季節がやって来て、清親は新聞社に入社し、安治は一人で景色を絵にしている。清親は武士経由の文化人で、そうなれば当然政治の季節の中にいる人で、商家出身の天才少年は、なにも知らずに、人間のいない風景を描いている。

「先生はやがて、光線画も東京の名所絵も描かなくなりました。新聞社に入って、ポンチ絵と呼ばれる諷刺絵や挿絵を描くようになったのです。僕は相変わらず名所絵を描いていましたが、先生は元々色んな絵を描く方だったのです」——私の台本の中で、少年安治はこう語る。そして、こんなことも言う——。

「僕がなにを描きたかったのか、僕にはよく分かりません。だって僕はもう一番初めに描きたいものを描いていたからです。どうして僕は描きたいものを描いていちゃァいけないんでしょう？　どうして〝その絵もいい絵だね〟と言ってはもらえないんでしょう？　どうしてそんなにも色んな絵を描かなくちゃいけないんでしょうか？　小林清親先生は、明治二十四年、東京絵画学校の絵の先生になりました。若い学生さん達に色んな絵の描き方を教えていました。日本画とか、油絵とか、色んな絵があって、でも先生は浮世絵師じゃなかったんですか？　……いいなァ色んな絵が描けて……。僕はもう、一人前の浮世絵師になってしまったから……」

小林清親は、明治二十四年に東京絵画学校の教授になる。彼の描いた絵——浮世絵版画の技法による絵がなんだったのかは、私にはよく分からない。しかしその彼が当時としては絵の技法に詳しかった人間であることも確かだ。彼がなんだったのかは、結局のところはっきりしない。しかし、彼が井

▲『清親ポンチ』

▲清親『鴨と枯蓮』

上安治よりも有名な画家であったことは確かだ。私としては、安治の絵の方が清親の絵なんかよりは数層倍すぐれたものであるとは思うけれども、絵描きとしての扱いは、清親の方が数層倍上だ。多分、〝日本の近代〟という特殊な通過期間は、小林清親のような存在に代表されるものだろう。

ところで、小林清親が東京絵画学校の教授になった明治二十四年には旧幕以来の伝統を引く〝最後の浮世絵師の一人〟である月岡芳年が発狂している。原因はなんだか分からないが、清親が近代絵画の教師としての位置を確立したその年に、前近代の絵師が発狂して、そしてその翌年には死んでしまう。〝日本の近代〟というのは、多分、そういう時期でもあったのだろう。

そして、肝腎の井上安治は、清親が近代アカデミズムの一角に職を得る二年前に死んでいる。彼が死んだ年は、ちょうど大日本帝国憲法が発布された年だ。言ってみれば、日本が堂々の〝近代日本〟としてのスタートを切る時に、最初の少年は〝曖昧なる職人〟として死んで行くのだ。

「僕は二十歳を過ぎて、名前を井上探景と改めました。景色を探す、だから探景です」——そう言う二十六歳の浮世絵師、探景こと井上安治は、その大日本帝国憲法の発布式の様子を三枚続きの錦絵に描いている。よく描けている絵ではあるが、しかし見る者になにも伝えない絵ではある。

勿論そんなことは当たり前だというのは、当時の習慣として、それを描く絵師は想像だけでその情景を絵にするからだ。町の一介の浮世絵師が、どうしてそんな重大な式典に立ち会えるだろうか？日本の浮世絵師はルーベンスやドラクロアのような〝宮廷画家〟ではないのだ。

▲探景（安治）の開化絵『東京小網町鎧橋通り吾妻亭』

▲探景（安治）『浅草蔵前通』

10

死を目前にして〝一人前の浮世絵師〟になった井上安治の前には一人の女が現れる。彼が結婚しようとした女がどんな女性だったか私は知らない。知らないが私は、その許嫁にこんなことを言わせてしまった。

「私はね、以前の安治さんの絵がもう一つ好きになれなかったのよ。空は灰色だし人間はいないし、ずいぶん寂しい絵だなって、そう思っていたの。でももう、ね？」

〝でももう〟なんなのかというと、「安心ね」ということである。〝一人前の浮世絵師〟になった井上探景は、それまでの名所絵とは違った、〝華やかな絵〟を描いているからである。

小林清親は、安治がデビューした次の年には、もう『東京名所絵』の筆を取らなくなっている。清親の、いってみれば寂し気のする風景画は、そのことをより一層鮮明にした安治に受け継がれて行き、やがては安治も江戸以来の伝統的な風景画の世界、そして相変わらずあった派手な〝開化絵〟の世界の人になる。〝一人前の浮世絵師〟というのは、だから、もうとうの昔に終わってしまっていながらも〝まだ消滅していない〟という理由だけで存続している、死んだメディアの人間になることをいうのである。

さて、それでは、どうしてそういうものが明治の二十年代にもなろうという頃に相変わらず存続していたのかというと、それが〝派手〟だったからである。多くの〝女子供〟に代表される人間達にとって、錦絵というものは「まァ、きれい……」と言えるようなものでありさえすればよかったのだ。だからこそ私は、劇中で安治の許嫁になる娘に、まず「まァ、きれい……」と言わせたのだ。そして、その後で「私はね、以前の安治さんの絵がもう一つ好きになれなかったのよ」と続けさせたのだ。〝そういう一人前の立派〟を必要とする人間だってゴマンといる。そして、そういう人間は他人の〝寂しさ〟を嫌う。なぜならば、彼女達は心理のない、制度社会の住人だからだ。この〝彼女達〟に、なにかというと「クッラーイ」という〝なんとかギャル〟の類を重ねてみれば、私の言わんとすることが分かるだろう。彼女等にとって、派手な贅沢は〝夢〟で、心理はただの〝苦痛〟なのだ。

そして、そういう「まァ、きれい……」と婦女子に感嘆の声を漏らさせる井上探景は、それと同時に、相変わらず〝寂しい景色〟も描いていた。彼は晩年まで葉書大の小判錦絵で〝東京名所〟の錦絵を百点以上描き続けている。

だから私は、「まァ、きれい」と、なにも知らない少女に感嘆された後で、一人前の探景＝安治にこんなセリフを与えてみた——。

「ねェ、具足屋さん、ふっと思ったんだけど、もう錦絵ってなくなってしまうんじゃないのかしら」

「（頭を振って）ブルルル……、滅相な。じゃァ、どうしてこういう御立派な絵がここにあるんでございます?」

「そりゃそうだけど……」

しかしもう、実際それはなくなっていたのである。

「僕が心不全で倒れたのは、二十六の年でした。元々、あんまり体は丈夫じゃなかったけど……。でも、どうして僕は長生きが出来なかったのでしょう? 僕が死んだのは明治二十二年、ちょうど明治帝国憲法が発布されたその年の秋でした」

たまたま存在した〝少年としての近代〟の向こうにはなんにもなかったからである。なにしろ、帝国憲法の先にあるものは〝帝国主義〟という華やかな無知の暴力なのだから。

11

ところでこんな〝少年の物語〟と〝天保の戯れ絵師〟〝武者絵の国芳〟と呼ばれていた歌川国芳とはどんな風に続くのだろうか? 確か私のこのドラマの仕事のタイトルは『安治と国芳』だったのだが、それはこんな風に続く――

「清親先生と同じように、色んな絵を描いた人が江戸の昔にもいました。歌川国芳先生です」

「浮世絵といえば美人画、それから役者絵――、それから北斎先生や広重先生の風景画が有名ですが、でも国芳先生の名前を有名にしたのは、勇ましい武者絵でした」

歌川国芳は色々なジャンルの絵を描いた人間である。風景画も歴史画も美人画も役者絵も、洋風画も肉筆画も。しかし勿論、国芳の描いた絵は〝様々なジャンルの浮世絵〟である。彼は様々な技法にアプローチして、まだ存在しない〝自分の絵〟を探し求めて試行錯誤を繰り返していた――その結果〝様々な絵〟を残した小林清親とは違うのだ。国芳の時代、浮世絵はまだ健在で、浮世絵師は「自分

▲国芳『荷宝蔵壁のむだ書』

がどんな画法を持てば画家として存在出来るのか？」などという疑問を持つ必要がなかった。必要なことは〝一人前の技術を持つ〟ということで、「なにをもってしてこの現実に一人前たりうるのか？」などという哲学的な疑問は存在する必要がなかった。一人前の技術を習得して徒弟制から這い出してくれば一人前——それがすべてである。前近代には、青年が到達すべきゴールなどはない。なにしろ、前近代というのは〝青年〟なるものの存在に意味がないところなのだから、ゴールもなければスタート地点もない。しかしそのかわり、前近代には〝一人前〟というゴールはあった。そして、そこは同時に、〝更にその先〟というあてどのないゴールを目指す為のスタート地点でもあった。手っ取り早く言ってしまえば、一人前になったからといって、それだけじゃまだどうってことないというだけの話である。

一人前の浮世絵師になった井上安治の〝その先〟というのは、既に終わってしまった過去に生きる〝老人としての世界〟でしかないのだが、浮世絵が立派な現在メディアとして機能している江戸時代の〝その先〟とは、〝個性を持ったひとかどの人間としてまず頭角を現すこと〟である。それが国芳の場合にどういうことか、まずは国芳自身のぼやきに耳を傾けてみよう。

「なんであたしが武者絵を始めたか？　答えは簡単。売れなかったの。売れ・な・かったの！　あたしが歌川派のお師匠さんのとこに弟子入りしたのが十五の年だ。おい、坊主、ちょっとこっち来い！　お前が清親ンとこに弟子入りしたのが十五だろ、そんでなに、十七でひとりだちした？　嘘だろ。おい、俺なんか十七の時はよォ、下っ端もいいとこだぜェ。前頭だよ、前頭。横綱、大関ズラーッといてな、そこで前頭二十七枚目。考えてみてくれよ、下っ端もいいとこ。清親ンとこにゃ何人弟子がいたんだ？　一人ィ？　お前が一番弟子？　カンベンしてくれよォ、いいなァ、じゃ売れる訳だ。俺の時代じゃなァ、同門の弟子ってなァゴマンといてな、そいつがもう、似たような絵をワンサと描きやがる。みんなと同じもんを描いていたんじゃだめなんだ。違うもんを描かなきゃな。江戸の終わりは、水滸伝のブームだった。小説はなんでもかんでも水滸伝。馬琴の八犬伝だって、お前ェ、あいつは水滸伝の焼き直しだぜ。それで俺は考えた。水滸伝の一枚絵を錦絵にしたらどうだってな。俺はこいつに自信があったんだ」

▲国芳『水滸伝豪傑百八人之一人』「花和尚魯知深　初名魯達」

私の台本では、歌川国芳と小林清親の二人を同一人物が演じ分けることになっていて、国芳に扮した高田純次が井上安治に扮した坂井徹に話をするという、かなりシュールな設定になっている。だからこの〝坊主〟とは、勿論、井上安治のことである。そして、この国芳の許に版元の手代がやって来る。清親の許にやって来た具足屋の手代（木村庄之助）が二役を変わって、江戸と明治とでなにも変わらない〝業者〟の姿を見せる。

実際の国芳が「俺はこいつに自信があったんだ」と言ったかどうかは知らないが、ともかく国芳は水滸伝の中から『花《はな》和尚《おしょう》魯《ろ》智深《ちしん》』の一枚絵を描いた。当時の浮世絵師の番附（冗談半分でこういうものはよく作られる）で前頭二十七枚目というとんでもない下っ端の扱いしか受けていない国芳としては「コンチクショー！」というところもあったのかもしれない。寛政九年（一七九七年）に生まれた国芳は、二十歳過ぎにはひとりだちの絵師になってはいたのだが、ほとんど人気がなかった。彼が三十代の初めに描いた『花和尚魯智深』の絵を見ると、まだ国芳のよさもあまり発揮されていないのだけれども、これを突破口として国芳は時代の中心に躍り出て来る。別に清親との類似点をこじつける訳でもないのだけれど、三十歳を過ぎて開花する才能というものもあるのだろう。

売れない国芳は『花和尚魯智深』の絵を版元の手代に見せ、その手代はこう言う。――。

ずいぶん荒っぽい絵でございますねェ。いただいてまいりましょう……（無感動に去る）

がっくり来た国芳は「売れやしねェ……」と言ってへたりこむ――ところへ「先生、売れました！」といって先ほどの手代が走りこんで来る。


「売れたか⁉」

「売れました！」

「売れたか‼」

「はい。だから先生！（と催促する）」

「売れたぞ！　売れたぞ手前ェ！　俺なんか〝先生〟だ！　なんだ手前ェ、おもしろくなさそうな顔して人の絵を持って行きやがって、売れたとなりゃァ、このザマだ」


ここら辺はひょっとしたら私自身の〝私怨〟であるのかもしれないが、そう言って国芳役の高田純次が手代役の木村庄之助の鬢を取ると、そのまままそれは明治の具足屋の手代になることになっている。そこに向かって――。

「お前らなんかいつだってなんにも考えてやしねェ、売れてるもんだけ追っかけてる。人がチィッとばかし毛色の変わったもんを出しやァ、首をかしげるだけでなんとも思やしねェ。売れりゃこのザマだ。売れなきゃなんとも思やしねェ。俺達ァ職人、ただの消耗品だぜェ」

▲写楽『二代目大谷鬼次の奴江戸兵衛』

そこからしばらくは、浮世絵なる大衆文化の持つ〝一般性の非情〟といった話である。国芳はこう語る――。

12

「俺が生まれるちょっと前にいたのがこいつだ。写楽だよ。すごい絵を描きやがるぜ。だがなすごすぎて売れやしねェ、おかげで版元は傾いたとよ」

写楽の絵が実際に人気がなかったのかどうかは、実のところよく分からない。実際は人気があったのだけれど、それがやがて忘れ去られてしまったのだという説もある。私としてはどちらとも決しがたいが、しかし写楽の存在がやがて忘れられ、あるいは「なんだこれは?」という目で見られるようになったことだけは確かである。役者絵といえば歌川派というステロタイプの時代になってしまえば写楽の絵の持つすごさは〝異様さ〟にしかならないだろう。そして、その歌川派の役者絵も隆盛期が過ぎれば、ただの〝粗製濫造の結果〟で、「幕末の浮世絵には見るものがない」という単純なる一般的見解に行き着いてしまう。ある時期まで――少なくとも明治までは、浮世絵といえば歌川派のことだったのがやがてはそれは〝末期の退廃〟の代名詞となり、浮世絵の黄金時代は写楽・歌麿のいた寛政期ということになってしまう。一般的見解なんていうものはコロコロ平気で変わってしまうものだったのだ。一般的見解と流行の間にはほとんど境界が引けない。

ところで勿論、国芳だとて歌川派の人間だから、役者絵を描いている。

「俺の芝居絵は人気がなかったんだな。まァ、描きゃァ売れるから、セッセと描いたけどよ、芝居らしくねェんだと。どこが？　分かんないね。俺のが、いいと思うね。な？　俺の描き方が人間らしいだろ？　芝居だってなんだって人間のやってるもんだ。そうだろ？　これが大石内蔵助だよ（――国芳『誠忠義士伝　大星由良之助』の絵）。お前ェ、見たことあるか？　そっくりだろうが……。バカ言っちゃいけねェよ。俺がどうして大石内蔵助に会えるんでェ？　会ったことも見たこともねェよ。でもな、この絵、本物に見えるだろ？　リアリズムってのはこれだわな。なんにも知らねェやつが騙されるのよな。なんで武者絵がよくって、芝居絵がだめなんでェ？　どっちだって芝居してるじゃねェか」

また国芳は、北斎、広重と並ぶ風景画の名手でもある。

「おいらだって風景画を描いてたぜ。おいらのは北斎や広重なんかとはちょっと違うだろ。なァ？　存在感があると思わねェか？　人間だって秤《はかり》にかけりゃ目方がある。山だって草だって目方がある。人間生きてりゃ、空気にだって重さはあるわな（――国芳『江戸名所首尾の松』の絵）」

◀『誠忠義士伝
大星由良之助』

▲国芳『江戸名所首尾の松』

歌川国芳の問題をややこしくさせるものがあるとするならば、それは〝歌川派〟なる日本で最初の膨大なる量産集団の存在である。歌川派の実質的な開祖は写楽とほぼ同時期に登場した歌川豊国（初代）であるが、この人は役者絵の画家である。写楽の登場した時期に豊国もやはり写楽がみたのと同じ舞台を題材にして錦絵を発表しているけれども、写楽と豊国のどこが違うのかといえば、本質的にこの二人の間に違うものなどはない。あるとすれば、この二人が活躍した時期と、多分年齢の差である。

写楽の絵は容赦のないリアリズムで、「あまりに真を画かんとして」やがて廃ったと言われるけれども、後年の豊国だとて似たようなものなのだ。豊国の描いた似顔絵が写楽の描いたものにくらべて〝甘い〟ということはよく言われるが、それは写楽が存在した時期の豊国の作品に限ってのことで、「この時期彼はまだ甘かった」という、ただそれだけのことである。

写楽以前の役者絵、似顔絵がどんなものだったかといえば、これはほとんど記号である。役者絵に描かれた役者の顔を見たって、誰が誰やらよく分からない。その時の舞台の雰囲気と、それから役者絵の中に大きく描かれている役者の紋所を見て、それでこの役者は誰かということを見る側が当てるのである。ここには〝個性表現の芽生え〟はあっても、まだ〝確立された個性表現〟なんぞというものは存在しない。その時期に写楽は、突然の衝撃のように、完璧な個性表現をやらかしてしまったのである。喜ぶ人間は喜んだだろうが、分からない人間にはまったく分からないのが写楽の〝似顔絵〟であろう。

似顔絵というのは似ているかいないかで、似ていさえすれば簡単にそれが誰かは分かるようなものであるが、しかし、すべての人間がそのように人間の顔を見ている訳ではないのだ。〝憧れのスター〟なるものは、自分が憧れたいような顔をしているものであって、ファンにとっては、憧れのスターというものはすべて〝美しい〟のだ。〝スターの虚像〟などという言葉は、そのスターのファン以外の人間の口から発せられる言葉であって、ファンというものは、そういう客観性を捨ててかかる態勢の出来上がっている人間のことを言う。

勿論、今の言い方もあまり正確なものではない。もっと正確に言えば、ファンというものは、まだ〝客観性〟などというものを持たずにすんでいるようなものだからである。ファンとは勿論大衆の別名であるが、写楽はそういう時期に——つまり個々人の判別を普通の人間がまだ必要とはしない時期に、〝似顔絵〟なる明確なる個性描写をやってしまったのである。早過ぎた天才というのはいるもので、当時の人間の目には、写楽の絵は異様なものとしか映らなかっただろう。今でも写楽の絵に〝異様〟とも言えるインパクトが残っているのは、そういうことの反映であろうと私は思う。

写楽が登場した当時の役者絵は勝川派の全盛期だが、勝川春章・春好を代表とする彼等の作品はとても〝美しい〟とは言いがたい。写楽の絵を〝美しくない〟というならこの勝川派の絵がどれほど美しいか比べて見ればよいのだが、勝川派の役者絵というのは、ある種の野暮ったさを漂わせている。その作品を同時期の画家である歌麿の横に置いてみればよいのだが、その美的洗練度は段違いである。当時絶世の美貌を謳われた女方瀬川菊之丞を描いてさえ、勝川派の絵は美しくないのだ。美人を描く技術が歌麿の中で確立されている時代に、どうして当時の人間はこの菊之丞の似顔絵にクレイムをつけなかったのかということだって考えられるのだが、それがなぜかといえば、美人画という女を描く技術と、歌舞伎という〝男〟を描く技術はあきらかに違ったのだ。勝川派の絵は歌舞伎という男だけの演劇を描く為の技術を持った一派で、だからこそそれは美人画と違って野暮ったかったのだ。基準が女の美人画にあるのではなく、〝男の力感〟にあったから、〝女〟はある程度に女らしくあればそれでよかったのだ。

すべてのものは、実のところ、全体を包括する〝統一的基準〟あるいは〝一般的見解〟から導き割り出される。現在は一般的見解なり統一的基準などというものが死んで久しい時代だからこういうことはなかなか理解されないが、しかし歴史というものは長い間そうだったのである。

〝勝川派〟なる統一基準の中では、さして美しく描かれてもいない〝美貌の女方〟は十分美しい。〝当時の浮世絵〟という枠を設定してしまえば、歌麿の美人画があり、勝川派の役者絵があった――それぞれ別に、ということである。〝浮世絵〟ということでは歌麿も勝川派も一緒だが、しかし〝美しく描かれた女性像〟という点で、勝川派の役者絵と歌麿の美人画は一緒にはならない。カテゴリーが違えば違うのだ。

写楽の絵は、勿論カテゴリーとしては勝川派の延長線上にある。しかし、勝川派の女方像が美人画の技術を援用したものであるのとは違って、写楽の絵は明らかに男が女に扮した女方なる別個の存在を描いたものである。勝川派という〝以前〟がなければ写楽の絵は異様でもなんでもなかったろうが、しかし残念ながら、写楽の絵は勝川派の延長線上にあったのである。その統一的な基準から行けば、写楽の絵は〝前例のない異様〟である。

ところで、同時期に登場した豊国がどうかといえば、これは勝川派という前例を洗練するという形

▲歌麿『青楼十二時続』より

▲春章の三世瀬川菊之丞

で〝以前〟を踏襲したのである。勝川派の絵は、やがて豊国の率いる歌川派に一掃されてしまうことになるのだが、その理由を一口で言ってしまえば、豊国の延長は新しく、勝川派の絵がその結果古くなってしまったということである。

13

歌麿と勝川派とは同腹の兄弟のようなものである。歌麿の完成してしまった美人画をみれば「どこが？」と首をひねりたくなるようなものだが、初期の歌麿の作品を見ればこんなことは簡単に理解される。歌麿も春章も、どちらも美人がまだ半分狸のまんまでいるような、野暮ったい山出し女の像でしかないのだから。それが歌麿や春章の出発した〝当時〟の〝様式〟というか〝技法〟というものだった。その後歌麿は山出し女に磨きをかけることに専念し、春章は男のダイナミズムを表現することに力を入れたという、その結果の差が両者の差である。出発点はひとつでも、その後は〝両者〟という形で別れた。その二つを再び一つにしたのが豊国である。

豊国は、歌麿が完成した美人画の技術をもって女方を描くことに成功した。「女方というものは美しいものである」というステロタイプの認識があればこそ、女方は美人画の技術の流用によって十分に表現される——それが勝川派の役者絵である。豊国もこのことを踏襲している。ただしかし、その踏襲する豊国の前には、既にプリミティブな〝先祖の美人画〟ではなく、その後の〝完成された美人画〟があったというだけだ。美人画の様式が一つであれば「女方は美人画の様式にのっとって描く」というだけですまされるが、既に豊国の時分には「どの美人画の様式で」という選択肢も用意されて

▲豊国の五世岩井半四郎

▲初期の歌麿

いた。進歩というものはそういうものである。

豊国はためらわずに歌麿的美人画の様式で舞台に立つ女方を描く。これによって〝女方の肖像〟というものは飛躍的に美しくなる。「女方は美しいものである（筈である）」という一般常識はこれによってより確固とする。そして、女方という演技者には、ただの女とは違う、〝芸風〟なる個性がある。個性がある以上、女方の顔には個々人の差というものがあってもよい筈である。私はいささか不思議なことを言っているのかもしれないが、しかし、当時の美人画に描かれる女の顔には個性なんぞというものはないのである。「歌麿は女の理想像を描いた」とよく言われるが、しかしそんなことは歌麿に限らない。当時の画家は、すべて〝理想の女性像〟というステロタイプを描いていたのである。そのステロタイプが「なるほど理想像だ」とより多くの人間に納得されれば〝女の理想像〟になるという、それだけの話だ。〝理想〟と〝現実〟の〝理想的な調和〟ということになれば、ルネサンスなるものはレオナルド・ダ・ヴィンチのある時期にしか存在しないことになるのだが、そのデンでいけば、歌麿のある時期には立派にルネサンスはあったのである。そして、それと時を同じくして写楽という個性表現のバロックも存在していたのだから、日本ということを考えると西洋流の美術史概念なんぞはゴッタゴタである。

それはさておき、美人画の中に〝女〟は一人しかいないが、舞台の上には複数で〝芸風の違うそれぞれの女方〟がいる。芸風が違えば顔も勿論違ってもいい。だから、三世菊之丞と並ぶ当時の人気女方四世岩井半四郎なんかは、顔が下ぶくれであった為に〝お多福半四郎〟と呼ばれていたのである。

▲豊国の三世瀬川菊之丞

▲豊国の四世岩井半四郎

▲写楽の三世瀬川菊之丞

▲写楽の四世岩井半四郎

〝お多福半四郎〟は顔が下ぶくれである。そして、そういう異質を傍らにおけば、〝絶世の美女〟である瀬川菊之丞は、うらなりのような顔をしたオチョボ口の女方である。容貌は、既に〝違い〟を持った。つまり、瀬川菊之丞を描くということは、〝瓜ざね顔で受け口の美人を描く〟ということなのだ。岩井半四郎を描くということは〝下ぶくれできりっとした表情を持った女を描く〟ということなのだ。つまり、美人画の女は決して個性を持たないが、しかし役者絵というジャンルの中で女方が描かれる時、そこにはれっきとした〝個性を持った美人画が存在する〟ということである。初代歌川豊国という人は、そのようにして、美人画というジャンルを役者絵のジャンルに収めてしまった人なのだ。〝個性〟はそのようにしてステロタイプの様式の中に定着する。〝似せる・似せない〟という個性表現は、その中から生まれて来るのだ。豊国は、そのようにして着実に駒を進めて行った。その後に豊国が写楽のようなリアリズムを見せたところで、もう誰も異を唱えない。その後の浮世絵界が歌川派一色になるのは当たり前のことだ。

14

文化文政以降の浮世絵は、すべてが芝居絵の様式で描かれるようになる。草双紙合巻の挿絵は、すべて芝居絵のスタイルだ。なにしろ、ドラマを演じるスタイルが歌舞伎しかないのだから、ドラマを描く小説の挿絵がそのスタイルになるのは仕方がないだろう。それがどういう結果を生むのかというと、人間の動きの様式がすべて歌舞伎の動きに影響されるということになる。錦絵の画中人物が全部〝芝居をしている〟というのはこれである。勿論そうなれば、現実の女性の姿も女方の動きの延長線上にしかないことになる。江戸の後半が歌川派一色になったということは、実は江戸の町人文化のすべてが演劇的、様式的になったということである。

ここではすべてが〝芝居をする〟。人間ばかりでなく、風景も、日常的な風景の中にいる人間達も、勿論〝日常的な演技〟という芝居をする。なにしろ歌舞伎には生世話という日常的な写実演技がもう既に存在していたのだから。〝一人前の男であること〟をすべての前提として出来上がっていたこの江戸という制度社会は、だからその〝様式〟をこなさなければ〝サマにならない〟のである。〝絵にならない〟のである。〝絵〟とはつまり、〝絵になるようにして出来上がっている絵〟なのである。

明治になって登場した清親の風景画は、ある意味で写楽の絵と似ている。前例というものがそこにはないのだから。しかし写楽の絵とは違って、清親の絵は好評の内に迎えられた。それはなぜかといえば、一つには、明治という時期が、もう〝江戸〟という前例自体が終わってしまっていた時代だからである。前例が無意味なのだから、受け入れられるものでありさえすれば、それはどんなものでもいい。そしてもう一つには、清親の絵が、受け入れられる為の条件を満たしていたからである。清親の絵の画中人物がほとんど広重の絵のように〝芝居をしている〟ことはもう言った。

〝芝居をする〟というのは、これほど重要なことなのである。江戸の浮世絵にかぎらず、日本文化のほとんどは様式的なものだが、江戸の最後は、様式的が更にその上〝演劇的〟なのである。国芳が登場するのは、こうした前提の上にである。

国芳の出世作が水滸伝の一枚絵のシリーズであるのはなぜかというと、それは他の人間がそういうものを描かなかったからだろう。

15

江戸というのは不思議なセクショナリズムが支配するところで、さすがに鎖国状態の島国根性なのかもしれないが、そこにはやはり職人の持つ閉鎖性も一枚噛んではいるだろう。江戸の後半、町人文化のヴィジュアル部分は歌川派が覆ったようなもんだが、ただ一ヶ所歌川派の及ばないところがあった。それは読本の挿絵である。ここでトップの座を占めたのは、歌川派ではない葛飾北斎である。読本という小説の挿絵は、他とは少し違ったのである。

歌舞伎という演劇はどんなものでも貪婪に組み込んで行ったが、しかし江戸時代に小説の劇化だけはしなかった。どんなベストセラーであっても、小説のドラマ化だけは指をくわえて見守っているのが芝居世界の不文律だった。これが崩れるのは幕末になってからのことである。歌舞伎と読本とはどこかで違っていたのだ。やはりなんでも描いた北斎も役者絵だけは描かなかったし。

読本というのは江戸の中国趣味を反映するもので、言ってみれば江戸の〝純文学〟である。同じ小説でも各ページごとに挿絵の入っている草双紙・合巻（草双紙が何冊も続いたもの）とは違って、読本の方は文字ばかりのページがやたら続く。勿論読本も草双紙も総ルビ付きのものではあるけれども、両者の質は文学・小説とマンガ・劇画ほど違う。そして、この質の差は、一方の挿絵が北斎、もう一方の挿絵が歌川派という違いである。歌川派の挿絵は時として登場人物の顔が当時の役者の似顔絵で

▲歌川豊国の草双紙『傾城水滸伝』より

描かれている。北斎のそれは、勿論役者の似顔絵なんかではない。読本で当たりを取ったものがダイジェストのような形で合巻に仕立て上げられるのは〝著作権〟という考え方のなかった当時としては日常茶飯である。歌川派＝役者絵＝歌舞伎という一派と北斎＝読本＝漢文趣味という一派が草双紙・合巻をひとつの境界にして存在していたようなものである。これは結局、書物というものを辿れば〝漢文〟というものに行ってしまう伝統と、大衆性・ポップアートというものを辿ると演劇的・口誦的歌謡というところへ行ってしまう〝歌舞伎・浄瑠璃←能・平曲←和歌・歌謡〟という伝統と、日本の文化には二つの流れがあったことの反映でしかない。少なくとも私にはそうとしか思えない。

歌舞伎が小説を舞台化しなかったのはなぜかということを考える前に、「小説は歌舞伎を小説化しなかったのか?」ということを考えてみればいい。勿論、小説は平気で歌舞伎の材料を小説化したのである。小説を書く側にとっては、歌舞伎というものは大衆的な説話の宝庫のようなものだったのである。というよりも、小説を書く側は、歌舞伎なる大衆文化をそのように設定してしまったのである。歌舞伎・浄瑠璃だとて勿論一つの〝作品〟ではあるけれども、小説を書く側・持つ側はそのようには考えなかった。それは知名度のある〝材料〟で、いかようにも料理が可能である。そして、歌舞伎の側から見れば小説は「関係ない」のである。そのように両者は、一方から見れば交わらないし、別の一方から見れば容易に交わるという、不思議な関係を持っていた。「吉本ばななは以前の大島弓子のマンガみたいな小説を書くが、大島弓子は吉本ばななの評価とは関係のないところにいる」というようなもんだろうか。事態はさして、江戸の昔と変わらないでいる。

だから、国芳が水滸伝の豪傑の一枚絵を描いて人気を博したのは、水滸伝は歌舞伎の舞台にはかけられないし、だから従って歌川派の絵師は誰もこれを描かないということがあったからである。

16

国芳のかわりに水滸伝の一枚絵を描くような画家がいたとしたらそれは勿論葛飾北斎ということになるだろうが、国芳が水滸伝の一枚絵で人気を博した文政の終わり頃、北斎は読本の挿絵に専念していて、とりあえずは錦絵の作家ではなかった。北斎が『富嶽三十六景』の製作にとりかかるのはこの少し後のことだから、有名な〝風景画の北斎〟というものはまだ存在しなかった。だから当然、まだ〝風景画の広重〟も存在しない。

葛飾北斎というのは不思議な浮世絵師で、この人は浮世絵師のくせに庶民文化とは一線を画したところにいつもいる。我々は北斎を『富嶽三十六景』の画家として、あまりにも浮世絵の中心に置きすぎてしまうが、この人は錦絵中心の浮世絵文化の中では、かなりヘンなところにい続けた人なのだ。勿論錦絵というのは浮世絵の一ジャンルで、この中が役者絵だ美人画だ風景画だという具合に分かれているのだけれど、しかし浮世絵の描いた作品は錦絵だけに限らない。読本や草双紙の挿絵という、色を使わない〝墨一色の挿絵〟というジャンルがある。それから、江戸の町人、特に上層町人のものであった狂歌というものに付随する〝狂歌絵本〟に代表される〝絵本〟というジャンルがある。この狂歌という一種の社交芸術は町人社会にサロンを形成していた訳だけれども、このサロンの中で配られる〝摺物《すりもの》〟というジャンルの絵がある。これは横長の紙に色刷りの絵で、多色刷りの一枚絵という点では錦絵と同じだが、市販はされない。有志が製作させて自分のサロンのメンバーに配る為の非売品だ。特注のバースデーカードのようなものと思ってもらえばいいのだが、これはかなり特殊な作品である。浮世絵師の手になる作品であることは本質的にかわらないが、この絵に要請されるものはまず第一に〝上品〟ということである。

普通、錦絵は色の喰い付きをよくする為に紙の上に明礬《みようばん》の水溶液を塗る。この作業を〝礬水引《どうさ》き〟というのだが、これをすると色が滲まない。従ってかなり濃い色を紙の上に刷り出すことが出来るのだが、摺物の場合はこのプロセスを省略する。絵柄の上品は勿論だが、彩色の上でも、これはあっさりと上品な仕上がりになる。肉筆画を除いても、浮世絵には錦絵の他に〝挿絵〟〝絵本〟〝摺物〟という三つのジャンルがあることになる。錦絵ばかりが浮世絵ではないのだが、『富嶽三十六景』で錦絵の連作を発表する以前の北斎は、じつはこの〃絵本〃〃摺物〃〃挿絵〃の方面で活躍していた浮世絵師なのだ。江戸の不思議なセクショナリズムはあまり理解されないが、実態はそうである。国芳が水滸伝の豪傑を錦絵の一枚絵に仕立てて発表した頃、〃錦絵の世界〃に北斎はいなかったのだ。

17

国芳のやったことは、写楽がいた時代に初代の豊国がやったことと同じである。豊国は、既に存在している、歌麿が完成させた美人画の様式を役者絵の中に持ち込んだけれども、国芳のやったことは、その結果豊国が完成させた〃役者絵＝錦絵〃の世界に、既に存在していた〃非歌舞伎＝非大衆＝読本世界〃のドラマを持ち込んだのである。ある意味でこの関係は後の歌舞伎とチャンバラ映画の関係に似ている。

劇場内の〃舞台〃という限定された空間で演じられていた歌舞伎のドラマを地面の上、大空の下という解放空間に引っ張り出してカメラに収めたのがチャンバラ映画の始まりで、その為に新しいリアリズム演技は起こる。書き割りを背景とした演技と実景を背景にした演技が同じであっていい筈はないのだから、ここで新しい様式が生まれても当然である。私が劇中の国芳に「なんで武者絵がよくって、芝居絵がだめなんでェ？　どっちだって芝居してるじゃねェか」と言わせたのはここのところである。

国芳が水滸伝の一枚絵で始めた〃武者絵〃というジャンルは、役者絵を〃歌舞伎〃とする〃チャン

▲北斎の読本挿絵『椿説弓張月』より

▲北斎『富獄三十六景』「甲州石班沢」

バラ映画〟なのだ。

北斎の描いていた読本挿絵には、そのドラマが演じられる〝空間〟という背景描写がある。歌川派が読本挿絵の世界で北斎に負けたのは、この空間描写のせいである。役者絵の歌川派の中心にあるものは人間の個性描写であるのだから。北斎が読本挿絵から『富嶽三十六景』の風景画に行ったのは簡単に理解されるだろう。読本挿絵の大枠を作った〝背景〟が完成されて、〝背景〟なる従から〝風景〟なる主へと変わったからだ。

こういう時代に、歌舞伎とは隣接したドラマでありながら、それゆえに一線を画した〝小説世界のドラマ〟を〝錦絵〟という〝歌川派的世界〟に持ち込んだものが国芳の〝武者絵〟である、ということになる。歌川派の描く背景が〝役者の演じる人物ドラマの背景となる書き割り〟であればよかったものを、〝役者（似顔絵）〟の介在なしで、作中人物をそのまま〝一人の人間〟として動かさざるをえない国芳の武者絵の場合は、どうしても〝書き割り〟ではない〝自然の風景〟そのものを必要としたのである。国芳の絵の中では、風景も人物と同様にドラマを演じる――それは北斎の絵の場合と同じである。国芳が「おいらのは北斎や広重なんかとはちょいと違うだろ。なァ？　存在感があると思わねェか？　人間だって秤にかけりゃ目方がある。山だって草だって目方がある。人間生きてりゃ、空気にだって重さはあるわな」と言った――私が国芳に言わせたのはそこである。国芳の絵にある〝芸〟の質は、北斎や広重のそれとは少し違うのである。

18

国芳の絵のベースにあるものは〝役者の演技〟である。ところで一方、役者絵の画家ではない北斎の絵のベースにあるものは、〝ドラマという葛藤を演じる人間の情念〟である。

歌川派の演じるものが様式的であるというのは、その絵のベースに〝歌舞伎演技の様式〟があるということである。江戸の表現が「すべては様式的であらねばならない」ということの上に、歌舞伎の演技様式がある。歌川派の絵は、二つの様式を一つにまとめたのだ。ところで一方、北斎の絵にはそういう様式がない。あるのだとしたら〝日本的様式を持たない中国絵画のクセが残っている〟ぐらいのもので、北斎の絵には〝他人の様式〟がない。〝様式〟なるものを要請する日本的常識の中で、〝自分の様式〟なるものを独自に確立するとなったらとんでもなく時間がかかる。北斎が読本挿絵の画家としてようやく〝自分の様式〟を整備確立するようになるのは五十歳を過ぎてのことだが、職人世界のオリジナリティーというのはそういうものなのだ。北斎の演技には、だから、他とは交わりたくない・交わらないと言う、人間の〝情念〟がある。葛飾北斎という人が〝近世の浮世絵師〟という〝職人〟を超えて、かなり近代的な〝画家〟でもあるのは、その様式の中に存在する〝北斎という個〟のゆえであろう。

というところで広重ということになると、この人は北斎の風景画から〝毒〟のようにある芝居っ気を抜いたもの、ということになろうか。

安藤広重という人は、歌川派の画家にはあるまじき人物のヘタクソな絵師である。彼が風景画の絵師になるのは当たり前かもしれないが、広重の描いた役者絵なんかを見ると、膨大な数の一門を擁していた歌川派が設定した〝絵師としての一般レベル〟というものが分かるような気もする。

広重の描いた役者絵というものは、「役者絵の描き方だけは一通り心得ていますのでこれは役者絵になっています」という絵で、そしてただそれだけである。役者絵らしい描き方を知って習得してはいてもそこにそれ以上の〝なにか〟がある訳ではない。彼は単に〝役者絵〟というものを描くのに必要な〝様式〟を習得しているのに過ぎないのであって、そこには〝ある動きを見せている役者の絵〟があるだけで、その絵の中から描かれている筈の〝動き〟が伝わって来る訳でもない。へんな話だが、広重の役者絵を見ていると、役者絵が必要とする〝動き〟は見えずに、その役者絵の様式が伝えていない〝動き〟のようなものが見えて来る。どういうことなのかというと、舞台に上がった役者の動きを表現する為の役者絵をマスターした筈の広重は、実のところ〝そういう動き〟を描きたくなかったのかもしれない、ということである。広重の描きたかったものは、そういう誇張された舞台の上の様式演技の動きではない。いたって日常的な動きだったということである。

たとえていえば、役者としての魅力がない大根役者の舞台写真なんか見たってしょうがないが、しかしその人間が実に〝いい人間〟だったら、というようなものである。日常の中で魅力的な〝おばさん〟が、そのまんま〝美人女優〟である筈がない。というようなものである。広重の役者絵にはなんにもないが、しかし広重の描いた風景画の中にいる人物達はいい味を出している、というのはそういうことだ。

たとえば、ゴッホは広重の絵を何点か模写している。『名所江戸百景』の内の『大橋あたけの夕立』という雨の絵は、〝夕立〟という〝動〟を静けさの中に収めてしまった傑作ではあるが、これをゴッホが模写しているそのことの不思議というのをちょっと考えたっていいのではないかと思う。たとえば、「どうしてゴッホは北斎の模写をしなかったのだろうか?」とか。『神奈川沖波裏』ではなくて、『大橋あたけの夕立』をゴッホが選ぶ理由はなんだろう? ゴッホは広重よりも、ずっと〝北斎的な人間〟ではあるはずだが。「北斎を第一級の画家として評価するヨーロッパ人があまり北斎の模写をしないのはなぜだろう?」という疑問だってあっていい。

なぜだろう?

北斎の動きは、あまりにも演劇的でありすぎるのだ。役者絵に表現された動きと同質の動きを別の様式でとらえなおしたのが北斎の動きである。しかし広重の絵にはそういう〝動き〟がない。それは

▲ゴッホ『大橋あたけの夕立』模写

▲広重『大橋あたけの夕立』

ほとんど、小津安二郎の映画演技と歌舞伎のそれとの差だ。歌舞伎という前近代の動きをとらえるのにヘタクソだった安藤広重は、その結果として近代的な動きを獲得してしまっていた、ということである。

〝近代的〟ということのとらえ方は色々あるだろうが、前近代であることに失敗してしまった結果の〝近代的〟ということだってある筈である。私は安藤広重の近代性というのはそれだと思う。

近代というのは、近世の〝都市住民〟が〝市民〟と〝大衆〟との二つに分裂する時代である。だから従って〝名もなき庶民〟というものは近代になって生まれる。ということになれば、〝名もなき庶民〟というものは〝近代市民という特殊な演技様式を持てない人間〟ということになって、これは〝役者絵であることに失敗した広重の人物〟とイコールになる。つまり広重は、まぎれもなく〝近代人〟――それも〝名もない庶民〟という種類の近代人を描いていたことになる。つまり、北斎は〝前近代に於ける近代的な個の予感〟であり、広重は〝前近代で既に表現されてしまった近代のある情景〟ということになる。ヨーロッパの近代画家がどちらを模写したがるかは簡単に分かるだろう。広重である。

19

近代になって狂死した画家芳年は国芳の弟子ではあるけれども、彼は師の国芳より北斎の影響を濃厚に受けている。さもありなんというところである。国芳から引き継がれた武者絵の格闘世界は、北斎的な情念の導入によって、近代という理性世界の中で出口を見失う。近代という時代は〝市民〟と

〃大衆〃という二極分解の時代であって、これは〃近代的理性〃と〃反近代的ロマンチシズム〃が同居する時代でもある。別に日本の明治だけが過剰にロマンチックな時代だった訳ではなくて、近代とは必然的にそうしたファナティズムを含む。含んでそれを分立させ、そしてそのことに気がつかない時代なのである。

さてそれでは、その芳年の師であった国芳の作り出した〃武者絵〃というジャンルはなんだったんだろう？

国芳の作り出した武者絵とは、劇場の舞台を離れて実景の中に飛び出してしまったドラマである。ロマンチシズムというものは別に劇場の中だけ、小説の中だけにあるものではないということを実証してみせた〃虚構《フィクション》〃である。〃人間だって秤にかけりゃ目方がある。山だって草だって目方がある。人間生きてりゃ、空気にだって重さはあるわな〃というのは、そんなところを表したセリフのつもりだ。ウソはウソだが、人間の必要とするウソには〃本当らしさ〃というものがなければならない。これだって実は〃リアリズム〃の一つだ。人間の〃願望〃なるあてどのないものが要求する〃ウソ〃という〃必然〃を確固として定着させる為には〃本当らしさ〃という技術がいる。国芳の絵の持つ〃重量感〃というか〃実質感〃というのはそれだろう。

国芳の描いた『誠忠義士伝』という武者絵のシリーズは、考えてみればかなり不思議な種類の絵で、これは〃リアリティーを持った架空の人物の、二重の意味で架空の肖像画〃である。これは「芝居や浄瑠璃で有名な忠臣蔵の登場人物（四十七士）が実際にはこういう顔つきをした人物達だった」ということを表した肖像画だが、勿論写真もない江戸時代に、百年以上も隔たった時代の人物の顔を国芳が知りえる筈もない。知らない、見たこともない人物の顔をいかにも存在するように描き分けるというのは大変なことだが、しかしその上で、この『誠忠義士伝』の画中人物達は、〝実在の人物〟でさえない。

『誠忠義士伝』のシリーズで、まず国芳が描くのは一味のリーダー『大星由良之助』だが、これは勿論〝大石内蔵助〟ではない。近松門左衛門が『碁盤太平記』という浄瑠璃で作り出し、その後『仮名手本忠臣蔵』で決定的な存在になってしまった架空の〝大星由良之助〟である。『仮名手本忠臣蔵』で有名になりほとんど実在の人物と同等の存在感を獲得してしまったその〝大星由良之助〟が「実はどのような人物であったか」ということを語る、存在しないことを前提にした〝事実〟の探索なのである。〝大星由良之助〟に〝事実〟を求めれば〝大石内蔵助〟に辿り着く筈なのに、しかしこの武者絵の世界は〝実際の大星由良之助〟という事実を平気で捏造してしまうのである。人はノンフィクションという娯楽《フィクション》を求めるということなのかもしれない。それはほとんど、長谷川一夫が扮した大石内蔵助のブロマイドを見て「なるほど、大石内蔵助とはこうした人物か……」と思うことであり、片岡千恵蔵の扮した大石内蔵助のブロマイドを見て「この大石という人は――」と論ずることに等しい。人間は、そのようにして論ずべき〝人物像〟を具体的に求めるものなのだ。

　それはまた、かつて初代豊国に於いて、現実には〝一人〟しか存在しない女性像が〝女方〟という型枠を使って〝それぞれに違う個性を持った女性像〟を生み出したことに等しい。国芳に於ける〝大星由良之助〟は、豊国に於ける〝女方〟という既定の対象に等しい。論ずべき実在の人物がいなければ、論ずる架空の人物を実在させる。論ずべき実在の人物がいないというような時代もあったのだ、女性が〝理想の女性〟というフィクションの中にしか存在しなかった時代があったように。リアリティーというのは、だから、〝実在させてしまえる技術〟のことを言う。

国芳の芝居絵に人気がなかったという理由はもうお分かりだろう。彼は、芝居絵の中にいる役者にまで〝ドラマを実践している人間〟というリアリティーを与えてしまったのだ。他の歌川派の絵師の描く役者絵が、決して現実には存在しない、舞台の板の上にだけ存在する絵空事の〝華麗なる嘘〟を描いていたのに対して、国芳はそれを実体化してしまったのだから。肉体を持たない、見るものの観念を刺激する役者の〝動き〟だけを描いていたのがそれまでの役者絵なら、国芳のそれは、役者絵の武者絵化ということになるだろう。それはほとんど、「まァきれい……」と、ただ派手なだけの錦絵に感嘆の声を洩す娘の前に、井上安治の〝どこか寂しい感じのする東京名所絵〟を差し出すようなものなのだろう。

20

歌川国芳という人は、浮世絵が浮世絵のままでいられた最後の時代の職人である。「職人の技術はここまで来た」ということを示す一つの到達点であると行ってもいいだろう。職人は、大衆の合意の上に存在する。一般的見解と〝一人前〟という達成基準の上にのっかって、このプロフェッショナルは活動を許される。そして、江戸の浮世絵は、やがてそういう〝合意〟を失うのである。

歌川派の役者絵はやがて写真にとって代わられて消滅する。広重の風景画は、確固たる技法を失って、やがて消滅する。小林清親の作り出した風景画には、まだ確固とした技術がなく、その為に彼は

〝存在する筈の自分の浮世絵様式〟というものを求めて〝様々な絵〟を描いて行くのだから。小林清親の〝技術〟を確固とさせたのは天才である少年井上安治であるが、しかし彼は〝ドキュメンタリー作家〟ではあっても〝フィクション作家〟ではなかった。小林清親も安藤広重も、どちらも小津安二郎のようなドラマ作家であって、井上安治には、まだ〝笠智衆〟を動かせなかったのだから。

そして、北斎の〝情念〟は、それを受け継いだ芳年の狂気と共に消滅する。浮世絵は近代に到って断絶してしまうのだが、と同時に、浮世絵はまた、近代に到って〝芸術〟として登場する。大衆と市民とに分裂せず、ただ〝都市住民〟としてだけあった前近代の人間達が、近代というイデオロギーあるいは通過儀礼の登場によって分断され、〝大衆〟の部分は消滅して行く。浮世絵が〝芸術〟として再浮上するのは、〝大衆〟を切り捨てた近代が〝市民〟としてだけ生き残って行くのとおなじである。早すぎた役者絵の画家東州斎写楽は、近代になって〝天才画家〟というものになる。彼は「役者絵というジャンルの中で天才的な肖像画を描いた芸術家」ということになるのだが、〝芸術〟という大雑把な総論の中では〝役者絵〟なるものが近代以前の時代にもっていた意味が一切抹消される。彼はまず〝役者絵〟というカテゴリーに属す〝浮世絵師〟なのだが、そういうメンドクサイ〝現実〟はあまり問題にされない。

井上安治の早すぎた死は、多分、彼の所属していた浮世絵という世界が、シチメンドクサイ現実社会と、既に分断されていたその結果であろうと私は思う。

『浮世絵　わが心のともしび――安治と国芳』というテレビドラマの台本を書き、出来上ったその番組を見て、私は「やっぱり言葉が足りなかったかな」と思う。私は、少年をテーマにした作品を書くと、困ったことに、いつも極端に言葉を減らしてしまうのだ。「少年というものは、自分を説明する言葉を持っていないものである」と私が思っているからだし、「少年が気づくべきことはそれしかない」と、私が確信しているからだ。

少年は表情ばかりが濃厚で、自分自身を語るべき言葉をまったく持ち合わせていない。井上安治の描いた（〝錦絵〟ではない）〝風景画〟は、そういう意味で、まったく〝少年〟のものである。

そして、近代という時代は〝表情の語る意味〟ばかりを表現したがるくせに、その意味を考えようとしない。その〝意味〟の持つ意味を言語化しようとはしない。

安治の絵は、あまりにも雄弁に〝語られないなにか〟を語っているのだけれど、やっぱりその〝なにか〟は、しつこいばかりの言語化を必要としているのかもしれないなと、私は思ってしまったのだった。

私はこの番組で〝成長を奪われてしまった少年の物語〟を描きたかったのだけれど、どうやらそれには、あまりにも言葉が足りなさすぎたようだ。普通の人はあんまり〝絵が語ること〟に気づいてはくれない――〝人間の表情が語ること〟に気づいてくれないのと同じように。市民と大衆に分断され、大衆の方を消滅させて行ってしまう近代は、人間自身も〝言語〟と〝表情〟に分断してしまって、その〝表情〟の方を捨てて行ってしまったのかもしれない。機能的なだけで、さして有効でもない〝言語〟などというものばかりの無効性を嘆いているくせにさ……。

私は、〝少年の話〟だと思ったから、いささか〝表情〟に期待を託しすぎてしまったのだな……。

明治の初めという、前近代が近代の中でゴチャマゼになっている時期に、そんな風に〝少年〟が存在するんだとは私も思わなかったので、私は〝井上安治〟という画家の存在を知らなかったのだ。

そして、「そういうものがそういう時代にいたんだとしたら、こういうテーマしかないかもしれないな」と思った私は、井上安治の物語に、五木ひろしの歌謡曲を引っ張り出して来てしまった。

結局使われなかったそのテーマ曲は、こういうものである――。

日陰そだちの　この俺が
みつけた道は　遠すぎた
疲れた足を曳きずって
昨日につづく　雨の道
灯りが欲しいよ
道があんまり　遠すぎる

〝光の絵〟というものは、こういうところにしか意味を持って生まれないんじゃないだろうか？

まァ、五木ひろしが〝少年の物語〟にふさわしいとは誰も思わないだろうけれども……。

こういう〝余分〟をくっつけるもんだから、私の話は分かりが悪い――ということぐらい、私は十分承知しているさ……。


でも、現実はいつだって余分の上に成り立ってるもんだけどな。

V

その後の江戸——または、石川淳のいる制度

以前『ロバート本』という本の中で、私は「石川淳『荒魂《あらたま》』を読めなくて」という文章を書いた。この本は〝書き下ろしの雑文集〟というふれこみのヘンな本で、要するに〝雑教養〟というのがどんなもんかちょっと整理してみようというそんなもんで、やっぱりそういうところには〝石川淳〟がいた方がいいだろうというので、とりあえず『荒魂』を読んでみようという段取りになった。これが私の〝石川淳〟の初見である。

ところがそれを始めたら、読めなかったのだ――つまんなくて。なぜつまんないのかというと、作中人物がみんな古臭いから。そこら辺をちょっと引用してみる（私の生の文体だから、かなりヘンテコリンな文章だけど）。

しょっぱなはメチャクチャ面白いんだ。生まれて来てすぐ殺された赤ん坊が土の中で生きてるんだよね。《のろまの思案が足ぶみしているうちに、秩序に反して、鬼子は穴の底から這いあがって来た。》とかね、そういう文章がメチャクチャ面白いの。親兄弟皆殺しにして凌辱して、村をオン出て都会に行ってという書き出しで、タイトルが『荒魂』だったりすると、「こいつァ人間ゴジラかな?」とか思ってサ。私はそういうの好きだしね。ところが、こいつが都会に出て来た途端、時代は〃現代〃と知れた。昭和三十八年の作品なんだよね。この時作者は六十四歳だったんだけどサ。

(中略)

《穴の底から這いあがって来た》鬼子の佐太ってのが都会に出て来ると、都会にゃ、サディストの若き電気会社の社長がいて、その伯父にあたるコンツェルンの総帥の〃化け物〃がいて、それの愛人であるとんでもない女がいて、とかサ、道具立てはメチャクチャ面白いの。そんで、読んでて途中まで「これは昔の小説だ」って思わせなかったんだから、その完成度の高さたるや大変なもんですよ。私は、ギトギトの道具立てで作られた大人の寓話だと思ってたんだから。若き社長が伯父を倒そうとしてサ、そんで化け物の方は政界に乗り出そうとしてサ、「オーッ、エンターテイメントで、サドやってくれんのかな」とか思ったんだけどね、なんか違うみたい。(中略)やっぱり、ロッキード以後の神話の崩れ方って大きいんだな、とか思った。

唐突に〃ロッキード事件〃が出て来るけれども、とりあえずは〃権力〃の話である。ロッキード事件というのには色んな意味があるんだけども、とりあえずみんなは、ガッカリしたんだ。〃政界の黒幕〃っていうのが、児玉誉士夫という〃周知の人物〃であったことに。国民のみんなは、なんか知らん、不満を持ってて（特に男は）、その不満と釣合いを取るような〝上の方〟というのをロマンチックな妄想の中で設定してたんだ。そこら辺をもう一遍『ロバート本』からひくと——

世の中には腐敗が渦巻いててサ、その頂点に保守党政治家と財界の大物とがいてサ、もう、美女は裸にされて奴隷市場に売り飛ばされて、そんでなおかつそういう状況を「フオッフオッフオッ」って笑ってる〝未だかつて一度たりともその存在を世に知られたことはないけれども、実は影で日本を牛耳っている謎の老人〟とかサ、その人が〝御前〟とか呼ばれてたりしてサ、その人の豪壮なる邸宅の茶室には美女が二匹、裸で鎖でつながれたりしてサ——とかね。

普通この「フオッフオッフオッ」の〝御前〟が、〝主人公の前に立ちはだかる巨大な影〟なんだけども、〝石川淳〟の場合は、こっち——つまりジイサンが、主人公なんだよね（ヘンな文章引用してると口調が移る）。やっぱり、そういうものの主人公は若くなくちゃつまんない。つまんないというか、フェアじゃない（と思う）。たとえ作者が六十四歳のジイサンでも。

石川淳の小説というのは、大体〝隠されていたものが蠢く〟っていう、そういうパターンでしょ？穴の底から這い上がって来た鬼子とか、欲望をギトギトさせた影の黒幕とか、あるいは『至福千年』の隠れ切支丹とかね。蠢いて、その結果がどうこうというのではなくて、ホントだったらあんまり威勢よく蠢けない筈のもんがとんでもなくエネルギッシュにその存在を主張するっていうね。つまり決して〝活劇〟にはならない。〝存在を主張する〟だけなんだから。だからどうなのかっていうと、〝鬼子の佐太〃だったら「うっとうしいなァ!」と言うだけだろう……。生きながら葬られて、〃存在しないことになっている筈のもの〃が這い上がって存在してしまったら、その彼の前では、すべてが〃自分の存在を葬ろうとする側〃と〃未だ存在を許されていない自分〃との二つに分かれてしまう。つまり、れっきとした〃対立〃があるんだから、これはアクション小説になるしかない筈のものである、と。

〃石川淳〃の小説というのは、基本的には、〃未だ存在を許されていないもの〃の側に属するものだけれども、だからといって、これが〃未だ存在を許されていない自分〃であるのかどうかは、よく分からない。彼の主人公は、基本的には、〃既に存在を許されてしまっているもの〃――即ち〃老人〃だからである。

彼の作品は、基本的には、〃既に存在を許されてしまっているものの内にある、未だ存在を許されていないある部分〃に関するものである。だからこそそれはエネルギッシュに蠢くのだし、その作品は〃立派な文学〃なのだ。つまり、制度の黒幕であるような〃闇の御前〃は、既に制度の中にいて隠れているだけなのだし、存在を抹殺されてただ自力で這い上がって来るしかなかった鬼子の佐太の方は、制度の外にいる〃若者〃だ。〃闇の御前〃であるような老人は、制度の中で〃自分の中の存在を許されないある部分〃を抱えて、ジタバタする。そのジタバタに高尚なレトリックの衣装が引っかけられるところが、〃制度〃の中の、しかも上層にいるものの特権である。勿論、〃闇の中で蠢くもの〃は、当然のことながら、制度の中にいる。制度の外ではなく、制度の中にあればこそ、彼等は〃隠れる〃のだ。制度の外にいるものに、今更〃隠れる〃もへったくれもない。隠れようもなく、そして黙殺されていればこそ、〝制度の外〟は目に入らないままなのだ。

さて、権力というものは、その権力を認知し存在させる制度組織の存在によって、初めて〝権力〟としての存在が可能になる。つまり、制度の外にいる力とは、ただ意味もなくパワフルなだけであるのに対して、権力というものは必ず安全な制度の中にあって、穏やかである。宦官の欲望のようなものが権力だ。そしてまた、制度というものは、必ず権力によって作られるものでもある。ということは、〝闇の中で蠢く権力〟というもののその〝蠢き〟がなにに由来するのかといえば、結局のところ自縄自縛に由来するということである。もっと俗な言葉を使えば、「自分のバカに気がつかない権力というものは気持ちが悪い」ということである。私は、薄気味の悪い老人が嫌いだ。老人に、自分が薄気味の悪い老人であることを自覚させないでいる〝立派な制度〟というものが嫌いだ。

〝制度の中にいるもの〟とは、すべてが〝その制度〟を作り上げた権力によって成立させられているものである。だからして、〝そういう置かれ方をしてしまった自分〟を自分に許してしまったものには、一切権力に対して文句を言う筋合いも権利なんかもない、ということである。たとえそれが〝名もない庶民〟であろうと〝豪壮な邸宅に蠢く陰の黒幕〟であろうとも。制度の中にいるものが、その制度を成り立たせている権力に対し文句を言って、そしてその結果権力を倒してしまったら、一体どうなるのか？　文句を言った自分達の存在が危うくなるという、ただそれだけの話である。危うくなった自分を立て直す為には、もう一遍その自分をしっかりと立て直してくれる〝制度〟というものが必要で、その為には再び〝権力者〟というものが必要でという、悪循環が続くばかりだ。そのくどいばかりの連続は、フランス革命以後の〝混乱〟というものを見れば一目瞭然である。

だからというか、つまりというか——要するに、権力によって成立させられた制度の中にいる人間達は、結局のところ、その制度が壊れないような、安全な文句ばっかり言っている。自己嫌悪で口がきけなくなるまで——。ここら辺は、親の悪口ばっかり言っている子供、夫の悪口ばっかり言っている専業主婦とおんなじである。

という訳で、文句を言う人間の大部分は、その不満を発生させる制度に対しては、平気で〝容認〟の態度を見せる。それを容認しなければ、〝文句を言う〟という発散が不可能になる。結局のところ、すべての不満の原因は、その制度が固定されたまま一向に揺らごうとしないところにあるのだが、だからといって、その制度によって甘い汁を吸っている身としては、正面きって文句を言うことも出来ない。民主主義の最大のジレンマとは、論理の筋道を辿って行くと、「最終的な権力者とは自分である」ということに行き着いてしまうことだ。名もない庶民は、権力者を見つけ出すことが出来ないのだから、文句を言いたくとも決して言えない。影の黒幕が「フォッフォッフォッ」と笑うのと、名もない庶民がおとなしくしているのとは、結局のところおんなじである——そこら辺のジレンマが、〝闇の御前〟という形で、存在しない権力妄想を生み出すのだ。ロッキード事件とは、その不気味に存在する筈の〝闇の御前〟が、所詮は児玉誉士夫という周知の人物で、知らない人間にとっては〝ただのオッサン〟にしか見えないような人物でしかなかったということを突きつけた、〝戦後最大の幻滅〟でもあるようなものだったのだ。だから、〝制度の中に存在する筈の権力者〟を必要としていた人間達は、みんな鼻白んだのだ。

そういう〝周知〟を引きずって、『荒魂』の中に登場する〝エネルギッシュな闇の権力者＝政財界の黒幕〟なるものに再会してしまうと、「一体このオッサンは、なにをデカイ面してジタバタしてんだろう？　所詮は〝孤独な権力者〟でしかないくせに」と思って、どっちらけになってしまうのである。そして、「あーあ、そういうことに気がつかないで、みんな〝凄い！〟って言ってたんだなァ」とか、思ってしまうのだった。

さて、その〝石川淳〟である。私は実のところ、〝石川淳〟にはまったく興味がない。ただ「十五の男の子だったら〝石川淳〟を読んだ方がいいとは思うけどね」とかは思うけれども、私はもう〝十五の男の子〟ではないので関心がないという、ただそれだけの話ではある。

私の『ロバート本』には「石川淳『荒魂』を読めなくて」の他に、実はもう一ヶ所〝石川淳〟が登場するところがある。それは巻末で〝中西憲司〟なる十五歳の少年と〝対談〟している部分である。『ロバート本』は書き下ろしの雑文集だから、対談もオリジナルである。ここで、〝中西憲司〟なる少年と私は、こんな話をしているのだ——。

中西：文芸評論？

橋本：しらないの？

中西：うん。

橋本：一体、何知ってんのサ？

中西：ここだと（註：『ロバート本』収録の文章）『金閣寺』は知ってる。石川淳とか。

橋本：なんでそんなの知ってんの？

中西：『ジャンプ』見てたら広告出てた。
橋本：オーッ!!　で、読んだの？
中西：読んだ。
橋本：何読んだの？
中西：『狂風記』。
橋本：面白かったの？
中西：うん。

勿論この〝中西憲司〟なる十五歳の少年は、私の創造になる人物だから、実在しない。虚構の人物とリアルな対談をやるというのは私の得意技だから、こんなものは勿論デッチ上げである。そういうデッチ上げで、〝石川淳掌論〟ということもやっているのである。

『狂風記』は、集英社から出版された。『週刊少年ジャンプ』も、集英社から出ている。だから、『週刊少年ジャンプ』に『狂風記』の出版広告が出ていて、十五の少年がそれを読んだって、別に不思議はないのである。普通そんなことを誰も問題にはしないけれども。

集英社の作家の中で別格的に一番偉いのは、死んでしまった〝石川淳〟であったろうし、集英社の中で一番別格的に売れているのは『週刊少年ジャンプ』である。『すばる』に『週刊少年ジャンプ』の広告が載ることはないが（と思うが）、『週刊少年ジャンプ』には『すばる』の広告が載る。だから、

〝文芸評論〟という言葉を知らない少年が〝石川淳〟を読んでいたっていいのである。〝世の中〟とはそういうものだ。

十五の少年は、終わってしまった『北斗の拳』を見るつもりで『ジャンプ』を開き、そこから〝石川淳〟の世界に行ってしまったのである。つまり、〝『北斗の拳』を見るような少年〟と〝石川淳を読むような少年〟はおんなじものでもある。ということなのだ。私は、〝十五の少年との対談〟という創作《デッチアゲ》を通して、そういう少年もいるし、そういう少年の知性が十五の知性としては最も望ましいものであろうという、〝少年論〟を展開しているだけなのだ。誰もそうは思わないだろうが、そういうつもりでもなければ、私は〝そういう十五の少年〟なんぞというものを創作したりはしない。〝創作〟とはそういうものである。

さて、という訳で、『週刊少年ジャンプ』なるものは、〝文学〟という制度の外にある。なぜかという説明はもうしたが、それではどうして〝文学〟は制度なのか?

勿論それは、文学がマンガ（少年ジャンプ）を含まずに、マンガの領域に文学が平気で登場するからである。

ところで、『週刊少年ジャンプ』にとって、文学とは〝関係ないもの〟である。文学に向かって「なぜあなたは『少年ジャンプ』を含ませない、存在させないのか」と言えば、〝文学〟は返事に困るだろう。しかし、『週刊少年ジャンプ』に「なぜあなたは文学を含ませないのか」と問えば、「だって関係ないじゃん」という答が返って来る筈だ。関係あろうとなかろうと、そこも自分の領域だと思えば、平気で存在してくるものが〝制度〟というものである。制度にとって〝制度の外〟というものは存在しないものであるから、それが制度によって抹殺されながらも存在していたとして、それが存在すること自体が制度にとっては〝矛盾〟である。だからこそ制度としては返事に窮することとなのだが、だからといって、制度の外に存在するものが自分のことを〝存在しないもの〟だとは思わないだろう。だって、制度の外にあるものにとって、制度とは〝関係ないもの〟なんだから。

制度の外から見れば〝制度〟というものは存在する――そしてそのつながりは〝関係ない〟だ――だがしかし、制度の方から見れば、〝制度の外〟というものは存在しない。だから従って、制度は〝関係ない〟という言葉を持てない。「〝関係ない〟という俗語もあるらしいですなァ」という認識を精々するものが〝制度〟である。〝文学〟とは、故に〝制度〟である。別の言葉を使えば、「だって関係ないじゃん」という言葉をもつ十五の少年を把握出来ないものは、所詮ただの老いぼれである。現実を持たない老人は、ただズレている。

さて、十五の少年とは、まだ制度の外にいるものである。制度の中にいるだけの十五の少年もいようが、そんなもの、私にはなんの関心もない。自分が制度の外にいると思えばこそ、その十五の少年は〝石川淳〟を読むのである。

何故か？

そこ――つまり〝石川淳〟には、〝未だ存在を許されていない部分を公然と存在させる制度〟があるからである。

〝未だ存在を許されていない部分を公然と持つ制度〟というのは、勿論〝未完成のままでいる制度〟であり、と同時に〝矛盾した制度〟である。そして、制度の外でスタートを開始したばかりの十五の少年にとって、「それはそれでよい」のである。〝未だ存在を許されない〟という条件の下に〝存在を許されているもの〟は、それ自体が矛盾した存在なのだから、そのことを告げてくれる〝矛盾〟が公然と存在していれば、それでよいのである。後は、その〝矛盾〟を引き受けてしまった〝十五の少年〟なる当人の〝その後の問題〟なんだから。つまり、〝制度の外の十五の少年〟とは、捨てられた穴の底で目を開いたばかりの〝鬼子の佐太〟であるようなものである。それがそのまんま〝死人〟として制度の中に位置づけられるものか、それとも穴の底から這い上がって、〝制度の外〟を生きおおせてしまうものかどうかは知らないが。

　しかし私は、非常に不思議な対比をしている。だがしかしそんな風に思うのは〝制度の中の人間〟だけだから、そんなことは私の知ったこっちゃない。要は、「十五の少年とは、制度の外にその時目を開いて生まれた知性である」ということだけだ。十五の少年がその先に〝男としての肉体を獲得して行く〟というプロセスの存在を自覚するかどうかということが、実は一番重要な問題なのである。最早制度の中の人間にはまったく分からない話なので、私はうれしい。

　さて実は、日本の制度には肉体がない。人間を制度的人格（官僚）としてしか把握しないから、制度の中に入った途端、人間は肉体を失う。意外なことに、明治以前、日本人の正装には武官のそれがない。正装とはみんな文官のそれである。別にそんな話はなんでもないと思うかもしれないが、十九世紀ヨーロッパ帝国主義時代の正装が〝軍服〟であることを考えれば「へー」ぐらいは思うだろう。
明治日本の第一礼装である〝大礼服〟は、ヨーロッパの正装、即ち軍服のアレンジである。それは世界が〝武官の時代〟――つまり〝肉体を持つ男の時代〟であったことの反映で、それ以前の日本には、肉体を行使するもの＝軍人・武官が、そのままの恰好で儀式に参加することはなかった。儀式に参加するには、〝一旦武装を解いて〟という条件が必要になった。朝廷の儀式に〝武者〟なんぞというムサイものがそのままのスタイルで参加列席することになれば、それは即ち会場警備のガードマンであるというだけだ。日本の制度は、肉体が参列することを拒絶した。別の言い方をすれば、肉体は〝下品〟なのだ。それは制度をおびやかす。そして、そんなことを一切考えず、制度なるものは、〝肉体＝卑しい〟という発想の下に、肉体の解除――即ち〝文官の衣装による正装〟ということを要求する。戦後の日本に勿論軍隊はないし、正装の基本は、背広という名の市民服（文官の衣装）だ。（文官の衣装ウンヌンが分かりにくいかもしれないが、要は、平安時代に鎧を着た人間が儀式に出席することはないし、徳川幕府だって鎧の着用を正装とは認めなかったというだけのことである。侍の略正装である長裃でまさか戦争は出来なかろうという話である）
という訳で、これから男としての肉体を獲得して行こうとするスタート地点に立つ十五歳の少年はまた同時に、制度社会なるものの中に進んで行こうとするものでもあるが、しかしその彼は、自分の肉体を抹殺する方向にしか、自分の未来を見出せない。もしも彼が〝肉体を持つ人間〟になりたければ、肉体をさらす芸人か、ヤクザになるしかないだろう。どちらも制度外の人間である。肉体労働者というのは、日本の文化的伝統という制度常識によってみれば、制度の最下層に位置づけられるものである。日本で労働者が差別されるのだとしたら、それは彼等の持つ肉体故であるということを、労働運動に携る人間は自覚するべきであろう。

という訳で、十五の少年は、肉体の乱舞だけを誇示する『北斗の拳』と、〝未だ存在を許されていない部分を公然と持つ制度〟の〝石川淳〟を両端として存在するのだ。そうした両端の中央には〝格闘技マンガのパロディで暇を潰している自分〟しか存在しないだろうけれども。

さてそれでは、肉体を持たない制度の中にいる人間達は、どのようにして自分の肉体を存在させているのだろうか？

答は一つ、〝そんな存在の仕方は考えない〟である。肉体が卑しいのであればこそ、文の制度がそんなことを考える筈がないではないか。そこら辺を、〝石川淳〟は白状している。

恋愛生活では、それが精神に依ってつらぬかれるかぎり、そして肉体がそこにくたばらないかぎり、情熱の過度はどうしても女人遍歴という形式をとらざるをえず、したがつて、有為の男子はどうしてもドン・ファンたらざることをえない。ドン・ファンのエネルギーは女人遍歴に於いて集中するがゆゑに、箇箇の女人について散乱することがないのだろう。

——「恋愛について」

男という武官の肉体は、女という文官の衣装に覆われることによって、〝制度上の男〟というものになる――だからこそ、男が男という肉体を持つ必要はないという論理である。

石川淳の言う〝肉体〟とは、〝男子の陽根〟であって、〝陽根を持つ男子の肉体〟という意味ではない。肉体とは〝人格の一部〟で、それが〝遊び〟という真剣勝負の場では前面に登場してくる、というようなことでもあろうか。肉体が〝一部〟でしかないような人格、あるいは〝性的な一部〟であることが〝肉体〟のすべてであるような人間がどういうものか私は知らないが、しかしこんなことはどうせ〝よく分からないこと〟であろう。

石川淳のロジックというものは、日本の伝統的な制度に実によくあてはまっていて、〝女〟とは、衣装を身にまとって儀式に列席する〝公〟の場面以外では、男というものの肉体を包みこむ〝淫乱〟という名の衣装でしかない、ということになる。意外なことに、〝私的な存在〟であった筈の女に、実は私的な部分がまったくないというのが、〝女の実像〟であったりはする。

女人の情熱は流血の中にも聴きとりがたき音を聴きとらうとする。絶対的に待つといふ姿勢に於て、女体のエネルギーは集中する。恋歌といふ詩的操作のかぎりでは、女人はしばしば男子にまさる所以だらう。さういつても、この恋歌の女人は現実ではドン・ファンのよき餌食である。

――同前

なんと女とは男にとって便利なものであろうし、なんと石川淳は女という〝制度外の淫乱〟に対してやさしいオジサマであろうか。私は〝女〟も嫌いだし、制度の中で公然と蠢く特権を持ったオジサマも嫌いだ。「みんな壊してやるッ!」と、『帝都物語』の加藤中尉は、軍服を着て怒鳴っていたけれども——。

勿論ドン・ファンとは、女という制度的衣装によってパッシブに自分自身の中の〝男〟という肉体を感じる、制度内の人間ではあるけれども。制度というものは、ドン・ファンという男と、そのドン・ファンなる男を嫉妬する男達とによって出来上がっている(らしい)。

おもへば、ドン・ファンへの通俗モラルの嫉妬も、この敵の恋愛生活にごまかしが見つからなかつたせゐだらう。

——同前

ドン・ファンが〝錯覚〟によって成立しているのだということは、この〝ごまかし〟と言う言葉によっても分かるが、石川淳の〝蠢き〟がエネルギッシュであるというのは、この彼=ドン・ファンを取り巻くものが〝嫉妬〟であるという仮定から出ているようだ。

嫉妬かどうかは分かんないよ。別にそんなにもいいもんだとも思わない人間だって一杯いるんだし——ということも、勿論あるのである。

さて、石川淳は〝戦争中江戸に留学していた〟のだそうであるが、あんなにデモーニッシュなものが徘徊していた時代に、なんでまたそれをさけて江戸なんかに——、というのはとんでもない誤解で、制度化された肉体（つまり軍隊）というものはストイックなもので、制度は肉体を排除するという公式に、軍隊だって勿論、スッポリと合致している。

制度化された肉体＝軍人は、〝肉体を制服の中に包み隠す〟ということを過剰に突きつけられて、その結果混沌しか生まない——だから〝あの時代＝戦争中〟の〝男の中の男＝軍人〟は、デモーニッシュに理性的で、とんでもなく厳格に禁欲的だったという、それだけの話である。

そして、実は私も、太平洋戦争から二十年後に起こった〝戦争中〟に、江戸へ行っていた人間である。以前に「学生時代はどうしてたんですか？」と人に訊かれて、それは「あなたと学生運動との関わりは？」ということを暗に訊かれているようなもんだったので、メンドクサイから「ハァ、戦争中は江戸に行ってました」と言ったのだけれども、そしたら「誰かもそんなこといってたなァ」と言われた。私はその頃石川淳なんか全然知らなかったので、「へー」としか言わなかったのだけれども、しかし、どうして私は石川淳と江戸で出会わなかったのかと、不思議に思う。多分、寄宿先が違ったんだろう。私はほとんど、〝文化年間の市村座〟という、特殊に限られた場所にしかいなかったから。

ところで私は、江戸の町人文化が嫌いである。殊に〝文芸〟というものが。ほとんど、どうでもいいことばっかりだ！

どうして江戸の町人達には〝明治維新の為の思想を用意する〟という発想がなかったんだろう？　彼等は、遊んでただけだ。日本人が〝近代〟である明治維新の為に、一体どういう〝思想〟を用意したってんだろう？　明治維新が市民革命であるかどうかなんていう発想は、このことを頭に置いたら出て来る訳がない！

明治維新は表向き、〝四民平等〟だぜ。でも、そのことを用意する思想はゼロだった――たとえあったにしろ、その影響力はゼロに等しかったということは、とんでもなく異常なことじゃないか。明治維新を促進するような思想っていったら、明治になって四民平等とはアンチの形で近代を推進する、国学由来の〝復古主義〟だけなんだから。どうしてこれが〝四民平等〟の〝革命〟を生めるの？　どうしてこういう異常なことが公然と指摘されないんだろう？　不思議以外のなにものでもない。〝市民革命〟になったっていいようなもんに、市民（町人）は参加しようともしないし、市民（町人）に参加を呼びかけるような思想の必要を感じさえもしないで、脱藩という逆行に走った人間（下級武士）だけによって成立した〝日本の近代〟って、一体なんなんだろう？「脱藩した武士が町人になって、それから――」っていうんじゃないんだからね、日本の〝変革〟は。それを担った人間ていうのは、官僚化した武士社会から脱藩して、その制度以前である〝浪人（郷士）〟に戻ったまんまの人間だけなんだから、それが後に〝反動〟となって結束するのなんか当たり前だよな。

一体どうして、町人はそういうことから「関係ない」でいられたんだろう？　彼等の精神構造ってどういうもんなんだろう？　多分、狂歌だの黄表紙・洒落本だのという江戸文芸は、そういうものを探る為の一つの歴史資料でしかないんだと思う。誰もそんなことを言わないけど。みんなはあれを〝文学〟だと思ってるみたいだけど。

江戸にはまともな〝文学〟なんてないんだ。江戸で文学的価値があるものは、冗談と怪奇だけなんだ。冗談を可能にするテクニックと、それから怪奇を生み出す〝まだ存在を明確にされていないもの〟だけが、文学的な価値がある。それ以外の〝叙述〟になんか、三文の値打ちもない。

ヨーロッパじゃ「小説は十九世紀で終わってる」ってことになるらしいけど、でも日本は違う。日本じゃまだ、小説なんかほとんど始まってさえもいない。そして、十九世紀で終わってしまったヨーロッパの小説と対応するようなものというのは、日本でいったら十八世紀に終わってしまった人形浄瑠璃のドラマなんだ。人形浄瑠璃の中に出て来る人間達は、みんな制度との葛藤によるドラマを熱演してる。日本の市民の〝完成されたドラマ〟なんていうものは、みんなここにある。それ以後は、そのドラマを、どう〝我が身〟という肉体を持った個人に引きつけるかという、そういう試みばっかりだ。

現代文学の〝問題〟なんて全部夏目漱石の中にあって、〝その後〟っていうのは一つもない。それだけの話だ。すべては、とうの昔に終わってるし、すべてはなんにも始まっていない。その中間に、怠惰な江戸町人の〝どうでもいい述懐〟があるだけだ。

一体〝狂歌〟っていうのはなんなんだろう？　あれは、二年前だったら正体が分からなかった。でも今ならはっきり言える。あれは〝サラダ歌〟だ。

俵万智がもしも「私のは和歌じゃありません、とてもそんなホントのじゃなくて、自分の気持ちがなんかそういうのになったらいいなって思って——だから、別に短歌じゃなくったっていいんです。たとえば〝サラダ歌〟とか、そういう風のが可愛くていいな」と言っていたら、『サラダ記念日』は現代の狂歌集になっていたろう。狂歌とは、そういうものだ。「これが和歌であっていい！」という対決を、江戸の狂歌は決して迫らない。しかし俵万智は、それを和歌にしたんだ。だから、俵万智は立派な歌人だ。しかしその後、既に彼女の『サラダ記念日』が存在することを前提にして、安易にそれによりかかって登場して来た〝○○達の記念日〟の類は、紛れもなく〝サラダ歌〟だ。和歌じゃない。そして〝サラダ歌〟の作者達は、自分達の三十一文字が和歌であろうとなかろうと、そんなことはどうでもいいのだ。自分の気持ちが素直に表現出来れば。

しかし、そんな簡単に表現される〝気持ち〟に、なにか意味でもあるんだろうか？　狂歌は、そういう〝サラダ歌〟だ。狂歌という言葉に惑わされて、狂歌がなにかナンセンスなものと思ったりしない方がいい。ナンセンスじゃない狂歌の方が、狂歌の主流なんだ。ナンセンスじゃない狂歌って一体なんなんだ？　となったら、それは〝サラダ歌〟なんだ。

江戸の狂歌に意味があるんだとしたら、それは狂歌絵本という形で浮世絵師達に新しい絵を描かせた、触媒としての意味だけだ。狂歌絵本の絵は立派だけど、そこにのっかってる狂歌なんかおもしろくもなんともない。江戸は一つの歴史時代で、そこにある膨大な〝文字史料〟の類が江戸の戯作だと思った方がいい。江戸を一つの歴史時代だと考えないから、それが〝史料〟とはならずに〝文芸作品〟になるのだ。結局〝史料〟にしかならない、その当時は〝文芸作品〟だった〝文学〟なんかゴマンとある。そして、江戸をそうさせないものが、制度なんだ。というのは、江戸の戯作というものは、日本文学で唯一、〝ドン・ファンであること〟を前提にして出来上がっているものだからだ。〝ドン・ファンであることを肯定している〟じゃない。そんな面倒な手続きを、江戸の怠惰が踏むものか。肯定しないで前提にしちゃうから、平気で「立つものがいつの間にか立たなくなっている」という、平賀源内の『痿陰隠逸傳《なえまらいんいつでん》』なんかが登場するんだ。どうしてそれが萎えるのか、平賀源内にはきっと謎だったんだろう。

制度のガンジガラメは、ドン・ファンの蠢動を羨望する。別に嫉妬なんかしないさ。日本の十九世紀的教養の総本山である岩波書店が、実は同時に〝江戸文芸〟の最も系統立った出版社でもあるという事実は、そのことを端的に物語っている。肉体を排除した男達は、せめて〝ドン・ファン〟という陽根に蠢動してもらわなければ困ってしまうんだ。女の書いた〝色好みの光源氏〟は、男の目から見ればあまりにも肉体的ではない。日本では珍しい肉体派の谷崎潤一郎が、ああも何度も『源氏物語』の翻訳に挑んだのは、自分とは正反対の〝非肉体派〟を羨望して、ものにしようとした結果だろうと私は思う。

江戸の戯作する〝作家〟達は、みんな作家ではない——そのことによって報酬を得る戯曲作家という職人を除いては、みんな〝余技〟だ。本職は〝富裕な町人〟であり、〝うだつの上がらない貧乏武士〟だ。〝享楽する素人〟であることを作家の前提にしてしまえば、別に〝対立〟なんか生まれない。「文芸書が売れないのは流通のせいだ、文芸書の専門書店を作れ！」と言い出すおめでたい〝作家〟の存在する現代は、正にこの時間軸の上にある。〝売れる売れない〟を問題にするんだったら〝売れる商品〟という発想をしろというのが、正しい商道徳というものなのに。

江戸というのは、まず社会学的考察を必要とするところで、遊んでるところじゃないんだぞ。それがまともな〝現代人〟というものじゃないか。

十五の少年がまともに自分の未来というものを考えた時、そこには〝女たらしの自分〟しか存在しないということを知ったなら、きっと、舌嚙み切って死んじゃうな。そういうことを考える頭のない人間ばっかりだから、かろうじて日本の男の子の自殺率が増えないでいるっていうだけの話だ。

さて、一体なんだって私がこんな文章を書くのかというと、勿論理由がひとつだけある。それは私が〝作家〟だからだ。〝一度たりともその創作を評価されたことのない作家〟というのがこの私だ。そんなに日本の文学という制度は、よってたかって〝小説を書く橋本治〟だけを抹殺したいんだろうか？　なことやってると言っちゃうよ。《のろまの思案が足ぶみしているうちに、秩序に反して、鬼子は穴の底から這い上がって来た》って。私はこの石川淳の文章が大好きだって、一番最初に言っただろう！

（しかしお前、そんなメチャクチャなこと言うなよな。お前が才能のない〝自称小説家〟ということだってあるじゃないかって、実は何遍も謙遜してみようとはしたんだけどね。しかしどう考えても今や、そういう謙遜とか韜晦の類は似合わないんでねぇ……。喧嘩の売りっぱなしってことにします。今やそんくらい自信があっから）

（しかしところで、ここにある〝制度〟と〝制度外〟とは、俗にいうサブカルチャーのことである。サブカルチャーの〝サブ〟というのがどうやら〝下位の〟ということであるらしいということは分かったが、じゃァそのサブカルチャーと対峙する〝制度〟の方はどういうんだろ？　と思っていた。「おじさんとは、自分自身が何者であるかを他から規定されることを免れているもの」という私の『蓮と刀』流の定義によれば、〝制度〟なるものは〝サブカルチャー〟的な命名を免れているもので、単に〝カルチャー〟としか呼ばれないものだと思っていたのだが、こないだ新聞紙を見ていて〝ハイカルチャー〟なる単語に出っくわしてしまったもんだから、びっくらこいてしまった。ハイカルチャー……!!　ハイ・カルチャー…………!!　あきれてものも言えやしねェ。よく言うぜェ……、ハイカルチャー…………!!　ホントに羞恥心てないんだねェ。あきれちゃったよ。ハイカルチャーだもん。どこがァ？　背広着たオッサンが座談してるだけだろォ。どうしてそれがハイカルチャー？　自民党が消滅するってこの御時世に。まァ、それだからこそ消滅しちゃうんだけどさァ、よりによって〝ハイカルチャー〟ねェ……。〝制度外〟がサブカルチャーで、〝制度〟がハイカルチャーねェ……。分かりました。よォおおく、肝に銘じさせていただきます。それにしても、ハイカルチャーねェ……。どこが高いの？　まさか〝ハイ〟でラリってるって訳じゃないんだろ？　ハイカルチャーねェ……。やっぱり少し考えた方がいいと思うよ、ループタイはずしてさ。本気かよ？　ホントにもうよォ、ハイカルチャーだもんなァ……。「何やってんだー　偉そうに　世界のど真中で」って、忌野清志郎は『ラブミー・テンダー』の中で言ってんだけどさ、ホントだよなァ。何言ってんだエラソーに、世界のど真ん中でー、よ。しかしまァ、それにしても〝ハイカルチャー〟ねェ……。世に盗人の種は尽きまじというか、驚愕の種は尽きねェなァ……。ホントに本気でそんなこと言ってんだからなァ……、ただ年取ってるだけなのにィ……。ハイカルチャーねェ……………………

…………………………………………………

…………………………………………………

…………………………………………………

…………………………………………………

…………………………………………………

…………………………………………………

…………………………………………………

…………………………………………………

…………………………………………………

……………………………本気なのかねェ…………。）

立たない源内と『痿《ナエ》陰《マラ》隠《イン》逸《イツ》傳《デン》』、
そして国芳の侠気はヤクザの背中に消えて行く

1

最早ほとんど〝あとがき〟ではあるが、ひょっとして私は、まだ肝腎な話をしていないかもしれない。少年というのは「分かってほしい」という表情ばかりで肝腎の話はしないのでこまったもんなのだが、私はもう少年ではないので肝腎の話をしなければならない。

ところでこの〝肝腎〟という言葉も最近では〝肝心〟と書く方が優勢である。〝腎〟よりも〝心〟の方が簡単であるし、第一心《こころ》がある。昔は人体で重要なところといったら〝肝臓〟と〝腎臓〟だったのが、〝肝臓〟と〝心臓〟に代わったのである。心臓が止まれば死んでしまうし、現代は〝こころの時代〟だし、人体で一二を争う大事なところが腎臓だったりするのは、カッコ悪くていやなのであろう。腎臓に故障が起こればムクミも出るし、病名が〝尿毒症〟というのもカッコ悪くていやなのであろう。一体なんだって昔は、腎臓と心臓がおんなじレベルに並んでしまっていたのだろうか？ 腎臓と心臓というか、オシッコと心というか……。

今では死語となってしまった言葉に〝腎虚《じんきょ》〟というのがある。腎臓が虚＝空っぽになってしまった結果の病気である。腎臓が空っぽになって病気になるというのは、腎臓がなにかを作り出している所という前提があってのことであろう。〝腎虚〟という言葉が死語になってしまったというのは、実は腎臓にはそんな機能がないということがはっきりしてしまったからだが、実は昔は、腎臓というところは精子を作る所だと考えられていた。セックスしすぎると腎臓が空っぽになってしまって、腎虚という衰弱状態に陥って死んでしまうのである。肝心が肝腎だった時代の腎臓というのはこういうものだった。「じゃァ女の腎臓はどうだったのか？」ということになると私は知らない。ひょっとしたら、昔の女には腎臓なんかなかったのかもしれないし。まァ、どっちにしろ肝心の時代には腎虚なんてないんだからいいじゃないかというようなものもあるが、私の言う〝肝腎な話〟というのは、その〝昔の腎臓〟領域の話である。

先の『安治と国芳』のところで、うっかりというかあえてというかはずしてしまったことが一つある。それはどうして、浮世絵なるものの最終局面に登場するのが〝武者絵〟というジャンルなのか、ということである。国芳の創設したというか確立した〝武者絵〟というジャンルは、北斎の情念を芳年が取り込んで、血みどろの〝無残絵〟から近代に於ける発狂ということになるのだが、そういう結果を見るような武者絵とは、勿論〝男の勇ましさ〟を描いたものである。武者絵の国芳の号が〝一勇《いちゆう》斎《さい》〟であるのはダテじゃない。

江戸というのはそもそもが男性原理社会だから、役者絵・芝居絵が題材とする歌舞伎も、基本的には男の勇ましさを描くドラマだ。そういうものがゴマンとある中に、どうして〝男の勇ましさ〟を描く武者絵なんていうものが出て来なくちゃならないのかというと、〝舞台は現実ではない〟からだ。劇場の内部という限定された特殊な空間で見たものが、どうして現実にあってはならないのか？　というところに登場するのが国芳の武者絵である。

普通はこういう考え方をしないから別に不思議でもなんでもないことになるが、実は美人画というものは浮世絵の歴史と同じくらい古いものだが、それと対となるような〝美男画〟というものは存在しない。美人画と対になるようなものは役者絵で、どうしてこれが対になるのかというと、美女＝遊女＝体を売る女であるのに対して、役者＝体を売る男という娯楽に関する常識があったからである。絵に描かれて鑑賞の対象になるというのはそんなことだ。

しかしそれなら役者絵が〝美人画〟と対になるような〝美男画〟であったのかというと、実のところはそうでもない。享楽の対象になることと絵の題材にされることとの間には、微妙な距離がある。役者絵なるものは、実は民族信仰の道具でもあったのだ。

初期の浮世絵の対象となる歌舞伎は荒事である。荒事というのは江戸の人間にとっては〝邪気を払う強い神〟に等しい。「団十郎に睨んでもらえば瘧《おこり》が治る」というのはそのことの反映で、荒事の舞台を描いた浮世絵を飾るということは、ほとんど〝疫病除けに鍾馗《しょうき》の絵を貼る〟というのに等しい。

江戸の歌舞伎の勇ましさのベースにあったものはそういうもので、それがだんだん世俗化して、〝等身大のヒーロー〟というところに来るのが、江戸も終わりに近くなる、広重や北斎の風景画が登場し国芳の武者絵が登場する天保の頃なのである。

日常を描写する絵は、すべて芝居がかった、役者絵から出発した歌川派で、そこに等身大の〝風景〟と等身大の〝勇者〟がいる。国芳の『誠忠義士伝　大星由良之助』のような〝架空の実在人物〟が登場し、その〝架空の人物〟はいかにも〝実在の人物〟であるように、至って日常的な表情をもって描かれている。一体こんな〝日常的な英雄〟になんの意味を当時の人（男）は見出すのだろう？　勿論それは〝鏡〟のようなものだ。人間の持つ〝等身大の信仰〟というのは、〝自分の発見〟なのだから。

自分を発見するということは、天動説から地動説へと移行するようなものだ。自分なるものが既に規定の事実だったら、人は誰も〝自分〟などというものを鏡にかけて覗こうとはしない。江戸が男性原理社会であるということは、男が当然のごとく自分を〝主体〟としてとらえているということだ。それが〝武者絵〟という等身大の鏡を求めるようになったということは、自分という男を〝客体〟としてとらえ始めたということである。天動説から地動説というのはそういうことだ。

ところで勿論、ここでいう〝男〟とは、武士ではない。武者絵に描かれる男のほとんどは〝武士〟であるが、しかしそれを求める男は当然町人の男である。〝主体としての男〟が、実は自分という主体を持って行動することを許されない、あるいは期待されない〝町人の男〟だということに気づいた時、町人の男は、自分と同じ〝男〟というものを客体としてとらえ始めたのだ。

勿論だからといって、町人の男達が明治維新を市民革命として担ったのだなんていうことはない。それは、昭和の三十年代に全盛を極めたチャンバラ映画の観客達が革命を志向しなかったのとおんなじである。豊かになった彼等は、その豊かな自分と等身大であってくれるようなヒーロー達の活躍を求め、そしてそのささやかな贅沢に満足して〝高度成長〟という嵐の中に突入して行ったというだけなのだから。

武者絵の客達も似たようなものだろう。芽生えつつあった自負心を、その等身大の鏡によって満足させたのだ。ある意味でそれは、自意識が目覚め始めた思春期の始まりのようなものだ。〝そこ〟には〝自分〟がいる。

さて、近代で思春期といったらそれは〝性の目覚め〟である。しかしところで、江戸のこの思春期とはそういうものではない。江戸時代に性はタブーではないのだから。江戸の町人文化というものは、性に関してはとんでもなく寛容な文化だった筈だ。タブーは別のところ――即ち〝自意識〟という〝自分〟のありようにある。

江戸は、性的には寛容な管理社会だった。つまり江戸は現代と同じなのだが、しかし我々はなぜ江戸により多くの自由を感じたりしているのかというと、江戸が管理社会で、管理社会というところが各人の〝自分〟という自覚を制限する社会であることを忘れているからだ。

江戸には勿論〝主君〟というものが存在する。そして、その主君を守るべき管理体制がある。今と昔の管理社会でなにが違うのかといえば、この〝主君〟なるものの存在である。近代市民社会というところは、この〝主君〟なるものの支配を倒した結果の民主主義である筈なのだから。

さて、それでは本当に今の時代、〝主君〟なるものは存在しないのか?

答は勿論〝存在しない〟。それだからこそ多くの人は困っている……。

主君は存在せず、しかし、多くの人の中に〝主君を持つことを当然の前提とする〟という思考体系だけが残っている。


日本の近代なるものがいつ始まったのかという議論はとりあえずおいて、近代が始まった時には〝主君〟がいない。しかし、近代の周りには膨大なる〝前近代〟が存在する。近代はこれをどうとらえるのかといえば、これを〝父〟として把握する。

不思議な考え方かもしれないが、「自分は一人前の人間だ」という自覚があればこそ、近代を樹ち立てた人間は、主君を追放して〝自分達の近代〟を開始する。しかしこの〝近代〟というものは極めて観念的なもので、〝近代〟なるものの実質を理解しないものの中に浮かぶ孤島のようなものが〝近代〟ということになってしまう。そして気がつけば、自分達近代を取り囲むものは、自分達としてはとうの昔にそこから脱出してしまった筈の〝前・近代〟である。

その〝前・近代〟なるものは、自分達を阻む。この、「自分達よりも既に前にあって、一人前になった筈の自分を阻むようなものはなんだ?」ということになったら、この答は一つである。即ち、〝一人前〟ということを自覚した青年の前にある〝父〟である。行動を阻まれた近代の前にあるものは、常に〝無理解な父〟という〝権力者〟である。

果してこの〝父〟が権力者であるかどうかは分からない。ただはっきりしていることは、この〝父〟を〝権力者〟として規定してしまったものは、〝父よりも力がないもの〟である。〝専制君主〟として規定された権力者は、その支配者を戴く人民がそうした権力者を必要とするゆえをもって〝権力者〟であることを保証されているのだが、この〝近代なる青年〟と〝前近代なる父〟との関係はそういうものではない。これは単なる力の強弱の問題なのだ。〝主君〟なる支配者が存在しないという前提に於いてはそのようにしかならない。そうでしかないのに、近代なる〝青年〟はなかなかそのようには理解しないのはなぜだろうか？

2

私は最早〝心理学〟とか〝精神分析〟というものが大嫌いなのだが、それはなぜかというと、この思想を支えるものの根本が「自分は〝父なるもの〟に迫害される子供である」という前提だからだ。心理学というのは近代になって登場するものだから、実際のところこういう前提は成り立たない筈のもんなのであるが、一体なんだってこんなへんなものがあるのかというと、近代の前にはいつだって前近代という〝ワケノワカンナイ現実〟があるからである。この〝ワケノワカンナイ現実〟が〝父〟として想定されるものだが、もうそういうバカな考え方はやめればいいのにというのが私の考えである。

くせものは〝自意識〟という観念と、〝現実〟というその〝外側〟である。勿論、前者が近代、後者が前近代というのが、私の無茶な規定だから、心ある人はこんなことを理解する必要はない。前近代の肥溜の中で現実をやっていればいいのだ。もうほとんどめんどくさくなったので、〝肝腎な話〟なんぞというものはどっかにすっ飛ばして、こういう話である——。

私は以前『問題発言2——THE AGITATION』という自分の本の中に『彼は一体なにを怒っていたのだろう——平賀源内考』という文章を載せた。これは雑誌『ユリイカ』の平賀源内特集号に発表したものを大幅に加筆したものだが、この中でこういうことを言っている。

どうして彼は、この世には〝個人〟というものを認める思想がまだ存在しないのだということを考えようとはしなかったのだろう？「自分は仕方がないから立たないままの（不能の）男性器のままで存在している」というのが彼の唯一の〝思想書〟である『痿陰隠逸傳《ナエマラインイツデン》』だけれども（これは原稿用紙にして六枚ばかりの長さ）、「結局男は立てないのだ」ということを男＝男性器に仮託して語るこの論説は、「そういう仮託をすること自体が戯作である」という前提にのっかって、仮託＝戯作で、本質を見失われてしまっているけれども、でもそうなの？ 逆じゃないの？ と、私なぞは言いたい。

男は〝結婚〟や〝吉原〟に代表される〝男女〟という制度の中でこそ性交可能だけれども、しかし個としての男そのものは禁欲を強いられる。不思議な儒教道徳の江戸時代にあって、この〝立たない男根〟こそが比喩ではない、矛盾の中にある男の個そのものだったということに、どうしてこの人は気がつかなかったんだろう？

この答は「そういう時代だったんだからしょうがないじゃないか」ということだけだろう。平賀源内が『痿陰隠逸傳』を書いたのは、国芳が武者絵のスター作家になる六十年ばかり前なんだから。まだ時期というのは熟していない。不思議なことに私は、この平賀源内がまだ存在を認めなかった〝個人という思想〟を、平気で国芳の武者絵に重ねている。理由はなにかというと、「だってそういうもんだから」ということである。

実は、国芳の描いたものは、〝肉体を持った男〟というものである。平賀源内の言う〝立たないまの男性器〟というのは、〝肉体を持てない男〟のことである――なんてことを言ったってどうせ分かりゃしないだろうというのは、大方の人が、この平賀源内の『痿陰隠逸傳』なんぞという文章を読んじゃいないからである。

という訳で、この際その文章を紹介しちゃおうじゃないかご同輩、ということになるのである。

この文章は短いもので、読めば大体なにを言ってるのかが分かる筈のもんなんだが、しかし当時の戯作の常識として、やたら難しい漢字をはめている。そこで、原文を読みたかったら岩波書店の『日本古典文学大系55　風来山人集』に直接あたってもらうことにして、私はこの表記をいささか改める。特殊に難しい漢字は普通の漢字に直す。分かりにくい漢字を使ってある単語や表現は、この際ダ洒落の一つや二つ犠牲にするつもりで、これも分かりやすい文字に直す。かなにした方がいい漢字も直して、それからここが重要なんだが、本文中に頻出する男性器・女性器を表す単語は、男性器ならカタカナに、女性器ならローマ字で表すようにする。これで、このとんでもなく難解な見てくれをもった文章が、どういうことを言っている文章なのかということは理解してもらえるだろう。

では――。

『痿陰隠逸傳《なえまらいんいつでん》』

天に日月《にちげつ》あれば人に両眼あり。地に松茸《まつたけ》あれば股にカノモノあり。その父を屁《へ》といひ、母を於奈良《おなら》といふ。鳴るは陽にして臭きは陰なり。陰陽相激《あいげき》し無中《むちゅう》に有《ゆう》を生じてコノモノを産む。因《よ》って字《あざな》をヘノコといふ。

稚《いとけなき》をシジといひ、又チンポウと呼ぶ。形備《かたちそな》わりてその名を魔羅《マラ》と呼び、号をテレックと称し、また作蔵《サクゾウ》と異名す。万葉集にツノノフクレと詠めるも、疑うらくはコノモノならん歟《か》。漢にてはセイといひ、またキウといひ、チョウといひ陰茎といひ玉茎といひ、肉具《ニクグ》と呼び、チウレイと命《なづ》け、俗話にてはキイハといひ、紅毛《おらんだ》にてはリヨルといふ。男なる人ごとにコノモノのあらざるはなし。

その形状《かたち》、大なるあり、小なるあり、長きあり短きあり。或は円《まろ》く、或は偏平《ひらた》、又は根太・頭がち、白マラあれば黒陰茎《マラ》あり、木マラあれば麸《フ》マラあり、イボマラあれば半包茎《カワ》あり。中太《ウツボ》あれば先細《スボケ》あり。雁高《カリタカ》あれば包茎《エチゼン》あり。上反《ウハゾリ》あれば下反《シタゾリ》あり。そのさま同じからざることは人の面の異なるが如くなれば、一々にいひ尽くすべうもあらず。

その業《わざ》に至りてもまた一様《いちやう》ならず。堯《げう》・舜《しゅん》・禹《う》・湯《とう》・文《ぶん》・武《ぶ》・周公《しうこう》・孔《こう》・孟《もう》のマラ骨には詩書礼楽の教えをこめ置き、釈尊《しゃくそん》胥虚の火が高ぶっては天上天下唯我独尊と金箔の恥垢《マラクソ》を光らせ、千早ふる神代にはマラの姿もただ直《すなを》なるを本《もと》となんしけるが、人の世になり下りてマラの心自《みずか》ら頑《かたくな》にて、川上の梟師《たける》をはじめ、東夷《あづまえびす》の謀叛マラを、日本武尊《やまとたけるのみこと》の剣に悉く薙《なぎ》散したまひしより、この剣、マラ臭ければとて、臭薙《くさなぎ》の宝剣と号《なづけ》て末世の無駄マラの戒《いましめ》とす。

或は将門《まさかど》、関東に駄マラを勃起《おや》せば、純友《すみとも》、四國に自慰《あてがき》をなし、貞任《さだたう》・宗任《むねたう》・武衡《たけひら》・家衡《いえひら》が毛尻は頼義《よりよし》・義家《よしいえ》の長肛交《ばば》にし殺され、前より交《しめ》しを前九年といひ、後接《うしろどり》を後三年と云ふ。保元・平治、豆の殻《から》を燃《たひ》て己《うぬ》が陰茎《ヘノコ》で己が肛門《かま》をほり、平家の奢《おごり》は淫水《いんすい》の池をたたえ陰毛《つけび》の林をなせしも、範頼《のりより》・義經《よしつね》のマラ骨にたたき潰され、頭の大なる頼朝のマラは政子のBOBOの罠にかかり、時政が術中に陥て纔《わずか》三代も勃起通《おえ》すことを得ず。北条九代の大マラに三鱗《みつうろこ》を生じたるも亢《こう》龍の悔《くひ》、高時《たかとき》の下疳《げかん》となり、新田・足利のマラ競《くらべ》も、楠湊川《みなとがわ》に去勢《らせつ》してより、後醍醐天皇褌《ふんどし》のしまり悪く、南北両頭のマラと分《わか》る。足利十五代の長陰茎《ながまら》、信長・明智の早マラ供に痿《な》えてより、太閤の大マラ自慢、朝鮮人の糞門《けつ》を穿《ほり》て進む。ことときマラは痿《な》ゆることも速《すみやか》なり。そのほか和漢蛮国、昔が今に至るまで智恵なき無駄マラ数ふるに遑《いとま》あらず。

ここに一つのマラあり。その珍相《マラとなり》を尋ぬるに、あまさかる夷《ひな》の毛深きに生育《そだち》、筋骨頗《すこぶる》武骨にして、白陰茎《マラ》の手薄《てうすき》にもあらず。又モノを覆ひかくして濛々《もうもう》たる皮かつぎにもあらず。事なき時は首《かうべ》をたれて麩《ふ》の如く、事あるに臨《のぞん》では、強きこと金鉄のごとく、熱きこと火焰のごとし。目なくして見、耳なくして聞く。BOBOの広きに入りて迷はず。尻のせまきを窮屈とせず。変化きはまりなきこと恰《あたか》も龍の如し。浮世の駄HEKIはBOBOの数とせず。常に国HEKIを思ふて、世間の爲にへきせられず。自ら管仲《くわんちう》・楽毅《がくき》がマラ骨に比す。

千里の馬太鼓を撞《う》てども世に伯楽《はくらく》なければ顔回《がんくわい》・孔子のマラもBOBOに合はずとかや。古《いにしへ》、志の高きヘノコは多く山林に痿《な》ゆるといへども、彼の西行の「捨果《すてはて》て身はなきものと思えども、雪の降る日は寒くこそあれ」。マラの立つ日はしたくこそあれ。山林に痿《な》えて、したきを堪《こら》ゆる時は必ず淋病となりて世を恨み、夢精《いせい》妄想蒲団を穢《よご》すことあり。されば大隠《たいいん》は市中に痿《なえ》、或は医に痿《なえ》、売卜《ばいぼく》に痿《なえ》、陶渕明《とうえんめい》は五斗米に痿《な》え、東方朔《とうばうさく》は金馬門《きんばもん》に痿《な》ゆ。功成《なり》名遂《とげ》て五湖に痿《なゆ》るは前代未聞の范蠡《はんれい》がマラなり。張型《はりかた》を帷幕《いばく》の内にめぐらし、交接《とる》ことを千里の外にあらはし、赤松子《せきせうし》に托《たく》して痿《なゆ》るは古今独歩の張良《ちょうりょう》が玉茎《マラ》なり。三度《みたび》口説《くどひ》て容《いれ》られず、世の毛虱《つびしらみ》を厭《うるさ》がり、陰毛《マラのけ》を剃《そり》て痿《な》ゆるは藤房卿のヘノコなり。その立つところ各異《こと》なりといへども、痿《なゆ》るところは皆一なり。尺取虫《せきくわく》の屈むは信《のびん》が為なり。智者のしたがるは能《よ》く痿《な》えんが為なり。餓ゑたる者は食をなし易《やす》く、渇《かつ》する者は飲をなし易し。世に交《す》まじきを交《する》ものは、多くは欲《したき》をこらゆる徒なり。そのしたき時に臨《のぞん》で止むことを得ざれば葭町《よしちょう》・堺町に走りては、何やら天皇の後胤《こういん》信濃源氏の嫡流《ちやくりう》を、無慙《むざん》なる哉《かな》、黄蜀葵根《ねりぎ》と共に葛西《かさい》の土民の手に渡し、吉原・品川に遊んでは、落花心あれども流水情なく、BOBOをかりて手弄《せんずり》をかき、無念の無駄マラの頭をはりて、立つまでは痿《なへ》、痿《なゆ》るまでは立ち、寝れば起、おきれば寝、喰ふて糞《はこ》して快美《きをやり》て、死ぬるまで活る命、世を我儘《わがまま》の、住家と問はば、BOBOと尻との領分境、会　陰《ありのとわたり》の裏店に業《ごう》マラ痿《なや》して世をおくる、これを号けて痿陰隠逸《なえまらいんいつ》といふ。

春も立ちまた夏もたち秋も立ち冬もたつ間になえるむだまら

志《し》道軒《どうけん》門人
悟道軒《ごどうけん》誌《しるす》

こういう文章である。かなりとんでもない文章であることだけはお分かりになられたとは思うが、しかしこの文章がなにを言っているのかというとよく分からないであろう。別にそれは古典の素養の問題ではなくて、この文章が実は〝なにも言っていない文章〟だから〝よく分からない〟だけなのである。

この文章に論旨はない。ないから戯作なのである。とんでもなく難解な語彙と教養を使って、なんにもないことを書くのが戯作なのである。昔は「なんにも言ってない」ということを表す為に、とんでもない苦労をしたのである。昔も今も、〝教養〟というものを持ってしまった人間の中には、自分の持ってしまった教養を「あーうっとうしい」と思う人間がいるということなのだろう、この〝無意味〟の存在は。

結局のところ、平賀源内の言っていることは、大正時代の言葉で言うならば「俺は河原の枯れすすき」ということだけなのだ。〝春も立ちまた夏もたち秋も立ち冬もたつ間になえるむだまら〟——立春・立夏・立秋・立冬と、四季は立っても自分は立たない性器である、と。「俺は河原の枯れすすき」ということだけが残って、それ以前の滔々たる弁舌はどこかに消えてしまっているということを〝論旨がない〟という訳だが、要するに〝難解な口をきく駄々っ子〟だったりもする訳だ。

〝天に日月云々〟というのは、このテの文章によくある序文で、陰陽思想のそれっぽさで話を始め、そこから「チンボコには様々の呼び名がある」というところに行く。「勿論オランダ語にだってチンボコを表す言葉があるんだからチンボコがついてない訳はない」というところから始まって、「形状の様々」に移る。「男には誰にでもチンボコがついていて、しかしその形は様々だから、そのチンボコの働きも様々である」というところから、話は不思議な比喩に移る。〝堯・舜云々〟の中国古代の聖王から孔子・孟子に釈迦の意味を性器にかたどると、とんでもなくシュールな光景になってしまうのだが、どうやらこの平賀源内は仏教の〝冷静〟が嫌いらしい。釈迦は腎虚で、もう出来なくなって衰弱してるくせになんだか欲望だけは高ぶって、なにかを表したがっているけれども、それは男性器の勢いのようなものではなくて、亀頭の奥の恥垢でいいというのだから。

釈迦の後は、チンボコ盛衰記というような日本史概観で、あっけらかんと、しかしとんでもなく鋭いというのは、「結局戦争というのは男同士の戦いで、それはどっちがオカマを掘るかということでしかない」ということを彼が言っていることだ。「結局それは猿のマウンティング――ボス猿に服従の意を示す為に雄猿が尻を突き出して、その上にボス猿が乗る――でしかない」ということなんだから。

保元・平治の乱を〝豆の殻を燃て云々〟と言っているのは、豆を煮るのに豆の葉や茎を燃す――つまり同胞同士の争いで、それは自分のチンボコで自分のオカマを掘ってるようなもんだということだ。そしてここら辺から話がかなり本気くさくなってくるというのは、それまで〝マラ〟に〝魔羅〟の字をあてて来たのがここら辺から〝勢《まら》〟という書き方をするからだ。〝頭の大なる頼朝の勢は〟とか

〃新田・足利の勢競〃とか〃信長・明智の早勢〃〃太閤の大勢自慢〃という風に漢字だけを見ると、結局支配者の歴史というのは、子供の元気競争のようなもんだという風に見えてくる。見えてきて、これが〃マラ（勢）〃であったりすると、子供の無邪気あるいは単純バカとは違う、いわく言いがたい大人の男の持っているシチメンドーなうっとうしさがからみついてくる。

　チンボコ盛衰記の次に来るのは平賀源内自身の話である。「昔から今に至るまでくだらないアホのチンボコは数々あれど、それと違ってこのチンボコは――」である。〃ここに一つのマラあり〃とは、即ち平賀源内のことである。「私はそこらのくされオメコなんかはオマンコの数にもいれず、常に国家というオマンコのことを考えている」というのが〃浮世の駄HEKIはBOBOの数とせず。常に国HEKIを思ふて〃で、〃へき〃という女性器の名称と〃国益〃をかけている。

　平賀源内の女嫌いは最後の方の〃そのしたき時に臨で止むことを得ざれば葭町・堺町に走りては、何やら天皇の後胤信濃源氏の嫡流を、無慚なる哉、黄蜀葵根と共に葛西の土民の手に渡し、吉原・品川に遊んでは、落花心あれども流水情なく、BOBOをかりて手弄をかき〃というところで明らかだけれども――「やりたくなったらしょうがない、陰間茶屋の並んでいる葭町・堺町に行って、〃何やら天皇の後胤〃で信濃源氏の出身でもある筈の自分の子種をオカマ用の潤滑油と共に葛西の土民《そこらのアンチャン》にくれてやり、吉原・品川の女郎屋に行っても、こっちにやさしい気はあっても女はバカだから、しょうがない、オマンコ前にしてセンズリかいてるだけだ」という意味なんだよ――平賀源内の好きな〃女〃というのは、唯一〃国家〃というものだったらしい。

　平賀源内が男色家であったのは事実だけれども、だからといって彼が男を好きだった訳でもないらしいというのはここら辺で明らかで、自分のセックスの相手をする若衆のことを〝葛西の土民＝隅田川の向こう岸のドン百姓〟と罵っているし、〝へき→国益〟の言葉の勢いであっても、ともかく〝国家＝若衆〟でもないし〝国家＝尻〟でもない。「自分なるものの受け入れ先は当時の概念では一番大きい家である〝国〟で、男性器の受け入れ先は女性器である」という前提に彼が立っていた、ということだろう。

主君なるものがいて、国家なるものが自分を受け入れて（そして庇護して）くれるということになれば、たやすく国家は〝やさしく賢明な女〟〝庇護する力のある女〟ということになって、国家＝母になる。意外とフェミニズム幻想は一般的なのかも知れない……。

結局、近代は自分を取り囲む前近代を〝父〟と見て、その結果〝一人前〟からじりじりと後退する青年になる。その青年を支えるものは〝女〟で、しかし女を手に入れた青年の〝父〟は相変わらず健在で、青年は女のそばであいかわらず後退を続け、その結果女は〝青年の母〟となるしかなく、〝父親健在〟という幻想の下で、母となった女は〝後家〟となる。オバサンバンザイで結構かもしれないけど、私はそんなのやだね。

3

平賀源内の『痿陰隠逸傳』で一番重要なことは、「チンボコは痿える為に立つ」ということである。〝ことときマラ（勢いのあるチンボコ）は痿ゆることも速なり〟とか、〝古、志の高きへノコは多く山林に痿ゆるといへど〟とか。〝山林に痿ゆるへノコ〟というのは、〝竹林の七賢〟に代表されるような隠者である。自然の山野に遊ぶことが昔の知識人の理想だったのだから、〝古、志の高きヘノコは多く山林に痿ゆる〟になるのだけれど、これが〝勃起する《おえる》〟ではなくて〝痿《な》ゆる〟というところがすごい。志が高くて自ら進んで隠棲したんなら、当然ここは〝なえる〟ではなく〝おえる〟だろうが、平賀源内の場合は〝なえる〟だ。

平賀源内の『痿陰隠逸傳』のタイトルは、「太隠《たいいん》ハ朝市《ちょうし》に隠ル」——偉大なる真の隠者は市中に隠れ住む——という有名な漢詩の一節に由来しているのだが、自分は隠れた逸物で、それが痿えた性器のように市中に埋もれているという自嘲である。そして、この人のパロディー文のリズムは、そこからすべてを〝痿える〟で一般化してしまう——〝されば太隠は市中に痿、或は医に痿、売トに痿〟〝その立つところ各異なりといへども、痿るところは皆一なり〟と。

インテリは自分が習得した知識を役立てることが出来ずに医者になったり易者になったりするしかない、と。その立ち方・勃起の仕方は様々だが、結局〝痿えている〟というところで一つである、と。他はともかく、『痿陰隠逸傳』はこの一行だけで〝買い〟だ。だってそうだもの。平賀源内自身の愚痴はともかくとして、立った〝勢〟は結局〝痿える〟〝痿えている〟という状態の中に解消されている。

「自分は仕方がないから立たないままの（不能の）男性器のままで存在している」という愚痴がやけくそ半分の勢いで、「結局男は立てないのだ」というところにまで行っている。行っていることを強調する訳でもなく、そのことの意味を探る訳でもないのは、この『痿陰隠逸傳』が論旨のない戯作だからなのだが、それならばどうして、戯作なるものが論旨を持ってはいけないのだろうか？

論旨を持たないままの戯作は、それこそ立つことを放棄したままの〝痿えマラ〟だ。

江戸の男は、〝結婚〟や〝吉原〟に代表される〝男女〟という制度の中で性交可能で、そしてそれがいやなら〝陰間茶屋〟という別誂えの娯楽施設で性交可能だけれども、しかし個としての男そのものは禁欲を強いられる――しかしこの文章も不思議な文章だ。なぜならば、普通の男は「それだけ可能で、どうしてそこに〝禁欲〟なんていう事態が登場すんの？」ということになる筈だからだ。

勿論この〝禁欲〟とは、〝痿えている〟という、〝その後〟の不能状況をさしてのことだ。

性に寛容な江戸時代はまた、性に厳格な儒教道徳の時代でもある訳だけれども、この厳格と寛容は、どこに境界線を持つのであろうか？

それは勿論、〝管理社会の内と外とで〟という形で存在する境界線によってだ。

管理社会の内側は儒教道徳の厳格が取り仕切る、管理社会の外側は「どうでもいい」という逸脱社会だ。管理社会は、自分の管理の行き届かない所を、平気で見て見ないふりをする。だから、厳格の外には公然と、その厳格とは相い容れない筈の退廃がだらだらと広がる。

儒教道徳の厳格は、実は性の享楽に対してではなく、管理社会の外側の存在、その外側が侵入して来ないようにする為の厳格なのだ。〝禁欲〟とは、だから性行為に対する禁圧ではなく、管理社会を逸脱しようとする〝自分〟なる思想の保持に対する禁圧なのだ。だから私は「近代で思春期といったらそれは〝性の目覚め〟である。しかしところで、江戸のこの思春期とはそういうものではない。江戸時代に性はタブーではないのだから。江戸の町人文化というものは、性に関してはとんでもなく寛容な文化だった筈だ。タブーは別のところ——即ち〝自意識〟という〝自分〟のありようにある」と言ったではないか。

平賀源内の言う〝立たない男根〟とは、性欲の不在によって立たないのではなく、自我の不在によって〝立たない男根〟なのだ。だからこそこれは〝個なる男〟の比喩となる。チンボコのことを〝男性自身〟と呼ぶことの、かなりややこしい真実を、少しは考えてみた方がいい。

江戸は男性原理社会だったが、しかしその江戸で、そういう男の〝勇ましさ〟が描かれるようになったのはかなり後のことだったということを考えてみるべきである。男は長い間〝立たなかった〟のだ。そして、やっと立った〝男〟は平賀源内の言う通り〝すぐ痿えた〟のだ。

近代になって、国芳が武者絵で描いたような〝男〟はどこへいっただろうか？　まさかそんなものがアカデミズムの中で評価されたとは思うまい。近代の市民は〝紳士〟という美学によって、国芳的なものを〝下賤な野蛮〟と排すのである。

国芳の武者絵が近代になってどこへ行ったのかというと、ヤクザである。国芳の武者絵は、刺青の下絵となった。入墨が罪人の刑罰から〝男の飾り〟になったのは江戸の末期になってからで、国芳以前に全身の彫物というのはない。武者絵の時代に日本の入墨文化＝彫物は開花するのだ。勇み肌という男達が文化の上に登場するのは、男性原理社会の江戸の最後期になってだ。

鳶や火消しや大工という肉体労働者が〝個〟なる男の肉体を持って登場し、そしてこれがやがて近代になってどこへ行くのかといったら、ヤクザというあぶれ者だ。肉体に対する嫌悪は〝非知性的〟という決めつけから、前近代をそのまま〝アウトロー〟として放置した。肉体誇示→覚醒剤→発狂廃人という構図は、そのまんま武者絵→無残絵→発狂という芳年の構図の大衆化であろう……。

勿論、国芳の武者絵は〝個人という思想〟の確立なんかではない。平賀源内の『痿陰隠逸傳』が〝論文〟でも〝思想表明の文章〟でもないのと同じように、国芳の武者絵だってなんでもない。それは〝俠気《おとこぎ》〟というような形で表された、〝個人という思想のある表現〟だ。

表現は表現のままで、何も話してはくれない。それはちょうど、少年が表情ばかりで何も語らないのと同じ。井上安治の風景画が、なにかを語りかけてはいても、でもその自分がなにを語っているのかをまったく理解していないのとおんなじだ。

語る必要を理解しないものは語らない。言葉にする必要がないと思っていられるものは、語るべきことを言葉にしない。言葉にする必要なんかなく、ただ立っていられるものが〝勢〟というものだ。これを〝いきおい〟と読むか〝マラ〟と読むのか。まことに、〝その立つところ各異なりといへども、痿るところは皆一なり〟である。

江戸という、そして前近代という男性原理社会は近代の及ばぬところで立って、そして近代に痿えたのだ。平賀源内風に言えば「俠気《おとこぎ》高き肉体《ヘノコ》は多く近代に痿ゆる」である。「近代は小市民に痿、小市民は一家に痿、或は愛に痿、生活に痿、管理に痿、女に痿ゆ」である。

個人という思想は近代に痿、肉体は近代に痿、頭脳は肉体に痿ゆ。
それじゃァ、一体なにが〝立ってた〟っていうんだ？　そんなもん、単に幻想が立ってたっていうだけじゃないか。

どうしてみんな気がつかないんだろう、この世には〝個人〟というものを認める、〝個人〟というものが肉体を持って生活を持って関係を持って現実の中にいるかなりシチメンドクサイものだという思想がまだ存在しないのだということを。一方的に語ったつもりになっている〝表情〟なんていう曖昧なものを拾い上げる〝主君〟なんていうものがもういないのだということを！

バカぢやねへの!!
（肝腎な話をしてしまった♡）
これが私の人権宣言である。
終。

背中のいちょうが
泣いている
男東大どこへ行く

初出一覧

呪縛の意匠——過去へ行く為に　「ル・キモノ2」一九八五年四月に加筆
古典の時代——もう一度、歌う為に　「図書」臨時増刊一九八八年十二月
「集団批評の精髄——あるいは全体を語る個について」　「歌舞伎評判記集成」第二期月報3　一九八八年七月
愛嬌——または幻想する肉体　「早稲田文学」一九八五年七月号を大幅に加筆訂正
怪——歌舞伎の論理　「国文学解釈と鑑賞」一九八〇年七月号を大幅に加筆訂正
江戸の〝様式〟　「朝日ジャーナル」一九八七年一月三十日号
江戸の段取り　「朝日ジャーナル」一九八七年三月二十七日号
江戸の〝総論〟　書き下ろし
江戸はなぜ難解か？　「広告批評」一九八六年五月号を徹底的に加筆再構成
明治の芳年　「美術手帖」一九七四年十一月号
私の江戸ごっこ　書き下ろし
安治と国芳——最初の詩人と最後の職人　書き下ろし
その後の江戸——または、石川淳のいる制度　「ユリイカ」一九八八年七月号に加筆
立たない源内と『痿陰隠逸傳』、そして国芳の俠気はヤクザの背中に消えて行く　書き下ろし

江戸にフランス革命を！　新装版

2019年6月25日　第1刷印刷
2019年7月10日　第1刷発行

著者——橋本治
発行者——清水一人
発行所——青土社
東京都千代田区神田神保町1-29　市瀬ビル　〒101-0051
（電話）03-3291-9831〔編集〕　03-3294-7829〔営業〕
（振替）00190-7-192955
印刷・製本——ディグ

装幀——大倉真一郎

ISBN978-4-7917-7189-9　Printed in Japan
日本音楽著作権協会（出）許諾第8962032-901号